UWE ITTENSOHN

Letzte Lese

TOD IM VOLLERNTER Ein Winzer wird übel zugerichtet unter seinem Traubenvollernter gefunden. Zunächst geht die Polizei davon aus, dass er sich bei einer leichtsinnigen Aktion mit Hilfe des Autopiloten selbst überrollt hat. Doch nur eine Woche später wird im selben kleinen Weinort ein Polizist auf der Landstraße kurz vor dem Ortsschild überfahren. War auch das nur ein Unfall? Kriminalhauptkommissar Achill und sein Team wollen ermitteln, doch der neue Oberstaatsanwalt, der so gar nicht mit den Gepflogenheiten im Winzermilieu zurechtkommt, legt sie an die Kette. Da kommt der Privatschnüffler André Sartorius mit seiner Mitbewohnerin Irina wie gerufen. Gemeinsam stoßen sie bei ihren Ermittlungen auf ein komplexes Gespinst, das weit über eine Winzertragödie hinausgeht, in dem sich Irina verfängt und ihre Existenz aufs Spiel setzt.

Uwe Ittensohn, in Landau/Pfalz geboren, ist vielseitig engagiert: Krimischriftsteller, Autor für Weinliteratur, anerkannter Berater für deutschen Wein, Kultur- und Weinbotschafter sowie Hochschuldozent. Er lebt in Speyer, wo er ein denkmalgeschütztes Stiftsgebäude sanierte und sich um den historischen Klostergarten kümmert, in dessen schattigen Winkeln er auch die Muße zum Schreiben findet.
Der vorliegende sechste Band seiner Krimireihe ist eine gelungene Symbiose zwischen Pfalz, Wein und Spannung. Mit seinem schriftstellerischen Wirken will er die Kultur, Lebensart und den im Herzen der Pfälzer verankerten Hang zu Wein und Genuss über die Grenzen der Region hinaus bekannt machen.
Uwe Ittensohn ist Mitglied der Schriftstellervereinigung Syndikat.

UWE ITTENSOHN

Letzte Lese

KRIMINALROMAN

GMEINER

Personen und Handlung sind frei erfunden.
Ähnlichkeiten mit lebenden oder toten Personen
sind rein zufällig und nicht beabsichtigt.

Im Ehnried 5, 88605 Meßkirch
Telefon 07575/2095-0
info@gmeiner-verlag.de

1. Auflage 2024

Lektorat: Claudia Senghaas, Kirchardt
Herstellung: Mirjam Hecht
Umschlaggestaltung: U.O.R.G. Lutz Eberle, Stuttgart
unter Verwendung eines Fotos von: © katrinshine / photocase.de
Druck: CPI books GmbH, Leck
Printed in Germany
ISBN 978-3-8392-0609-6

Der Weinstock trägt drei Trauben: die erste bringt die Sinneslust, die zweite den Rausch, die dritte das Verbrechen.

Epiktet (60–140), griechischer Philosoph

FIGURENÜBERSICHT

Die Ermittler und ihr Anhang:

André Sartorius	privater Schnüffler und Gästeführer in Speyer
Irina Worobjowa	BWL-Studentin und Sartorius' Mieterin
Frank Achill	Kriminalhauptkommissar bei der Mordkommission Ludwigshafen, zudem Andrés Freund
Verena Bertling	Kriminaloberkommissarin und rechte Hand Achills
Jonas	Mitglied in Achills Team
Bernd Scherer	Kollege und Freund von Achill im Kriminaldauerdienst (KDD) des Polizeipräsidiums Ludwigshafen
Professor Doktor Astrid Schmollinger-Backhaus	Direktorin des Rechtsmedizinischen Instituts der Uni-Klinik Mainz
Polizeidirektor Andreas Metzger	Polizeipräsident am Polizeipräsidium Ludwigshafen
Oberstaatsanwalt Doktor Sigmar Mühlenkamp	Leitender Oberstaatsanwalt am zuständigen Landgericht Landau in der Pfalz
Professor Doktor Hasso von Lychow	Irinas Rechtsanwalt

*

Die Winzerszene in Landau-Nußdorf:

Karl Knöringer	Seniorchef des Weingutes Knöringer und Unfallopfer
Thomas Knöringer	sein Sohn
Ernst Eberhardter	Seniorchef des Weingutes Eberhardter in Nußdorf
Niklas Kronauer	Bio-Winzer und Mitglied der Winzervereinigung »Next Generation«
Waldemar Peters	Umweltaktivist und Angestellter bei der Winzergenossenschaft Landau-Land eG
Marek Dabrowski	sein Freund
Adam Kowacek	Waldemar Peters' Rechtsbeistand

*

Sonstige Beteiligte:

Andreas Böhm	Inhaber eines Speyerer Bestattungsunternehmens
Florian Bachert	Unfallopfer, Streifenpolizist bei der Polizei Landau in der Pfalz
Sandra Bachert	seine Witwe
Igor Komarow	russischer Universalkrimineller
Doktor Ansgar Kaiser	Chef der *Pfalz Oil* in Speyer
Kurt Kerbel	Pensionist der Stadtverwaltung Speyer
Melanie Weiler	Oberbürgermeisterin von Speyer
Annika Raps	Bürgermeisterin von Speyer

*

Mitwirkende bei der Schwarzmeeroperation:

Fregattenkapitän Femke Hansen	Hubschrauberpilotin bei der Bundesmarine
Cem Deveoglu	Kommandant der türkischen Fregatte *Yildirim*
Margarethe Bornemann-Konopka	ZDF-Journalistin

LESEFEHLER

Landau-Nußdorf, Dienstag, 13. September 2022, 22.50 Uhr

Er spürte keinen Schmerz. All seine Gedanken flogen wie scheue Vögel davon. Er vermochte es nicht, sie zu halten. Alles, was seine Sinne noch aufnahmen, verschwamm, noch ehe es Konturen annahm. Nur unscharfe Fragmente blieben.

Wo war er?

Ihm fehlte die Luft zum Atmen.

Was sollte das Glucksen, das jeden Atemzug begleitete?

Warum dieser Geschmack nach Eisen und Erde in jenem Brei auf seiner Zunge?

Die Finger gruben kraftlos im lehmigen Grund.

Er roch feuchte Erde. Ein guter, vertrauter Geruch, der ihn ein Leben lang begleitet hatte. Der Duft nach Heimat.

Wieso war da dieses Gefühl gewesen, als ob er in einer Waschtrommel durchgeschleudert worden wäre?

Keine Luft. Die Lunge brannte. Ertrank er?

Er wollte den Kopf heben, um dem Wasser unter ihm zu entkommen.

Ein Schmerz, der wie ein Blitz in sein Genick einschlug. Er tilgte das Wenige, was ihm an Bewusstsein geblieben war.

Nur dieses Gesicht erschien für einen Wimpernschlag scharf vorm inneren Auge. Kannte er ihn?

Dann erlosch sein langes Leben wie das Flämmchen einer Kerze im Wind.

MORGENGRAUEN

Landau-Nußdorf, Mittwoch, 14. September 2022, 7.50 Uhr

Wieder einmal traf es Bernd Scherer vom Kriminaldauerdienst des Polizeipräsidiums in Ludwigshafen. Ihm war es zugefallen, quasi als Vorhut am Unfallort zu erscheinen. Das Unglück war in Nußdorf, einem Stadtdorf von Landau in der Pfalz, passiert.

Ein Winzer, der schon früh mit dem Traubenvollernter den Nachbarwingert befuhr, hatte den havarierten Vollernter gefunden. Noch immer starrten dessen Scheinwerfer leer in die Trübnis der Morgendämmerung. Sein Motor tuckerte beharrlich im Standgas weiter.

Dass sich die große Maschine heute am frühen Morgen nicht von der Stelle bewegt hatte, hatte ihn skeptisch gemacht.

Als sich Scherer dem mächtigen Gefährt näherte, sah er die bizarre Ursache. Zunächst fiel sein Blick auf ein völlig durchnässtes Kleiderbündel um einen unnatürlich verrenkten Leichnam. Das Gesicht war mittlerweile vollständig im schlammigen Untergrund versunken. Der haarlose Hinterkopf eingedrückt mit einer teigigen Melange aus Lehm, geronnenem Blut und Hirnmasse drum herum. Die verwaschenen Reifenspuren auf dem Rücken, die sich trotz des Regens erhalten hatten, erklärten, wie es dazu gekommen war.

»De Nochbar hodden weg'fahre. Der Räfe vun dem Vollernter isch noch druff g'schdonne«, kommentierte ein Kollege der Landauer Polizei, der der Erste am Tatort gewesen war und sich wohl jetzt in seiner Gastgeberrolle gefiel. Sein breiter Südpfälzer Dialekt ließ unschwer erkennen, dass er aus der Gegend stammte.

»Haben Sie schon die Kollegen von der Kriminaltechnik angefordert?«, fragte Scherer den förmlich an ihm klebenden Polizisten.

»Die Beer isch g'scheelt«, verkündete der Uniformierte pragmatisch und wies auf den schlammigen Untergrund, auf dem es von Fußabdrücken nur so wimmelte. »'s halwe Dorf war schunn do bis ma kumme sinn. Ausgereschend do wachst kän Grashalm und mir hänn jetzt de halwe Wingert on de Fies babbe.«

Scherer blickte angewidert auf seine ehemals weißen Sneaker, in die schon der lehmige Schlamm hineingelaufen war.

»Und an eine Absperrung des Tatorts, bevor das da passiert, haben Sie wohl nicht gedacht?«

»A woher donn, des hot doch schunn ausg'sehe wie so ä Sausuhl, wie ma kumme sinn. Seit'ähm norre sechse schitt's wie aus Kiwwel.«

»Und die Spuren?«, setzte Scherer vorwurfsvoll nach.

»Die hot der do owwe und der do driwwe kabutt gemacht.« Der Beamte wies in den Himmel und anschließend auf den Winzer, der den Toten gefunden hatte. Er verharrte noch immer triefnass in der Nachbarrebzeile, die wohl schon zu seinem Weinberg gehörte.

»Ich wollte nix kaputt machen«, wehrte sich der Angesprochene.

»Kein Problem, ich komme mal zu Ihnen rüber«, beschwichtigte Scherer und drückte sich unter dem untersten Draht der Rebzeile hindurch in den Nachbarwingert.

»Ich war als Erster hier, hab gehofft, noch was retten zu können, hab den Vollernter ein paar Meter vorgefahren, den Motor aber laufen lassen, so wie ich ihn vorgefunden habe – wollte möglichst wenig ändern. Karl war aber längst tot, das war nicht schwer zu erkennen. Dazu musste ich ihn nicht mal anfassen.«

»Karl?«, fragte Scherer.

»Ja, das da ist Karl Knöringer, ein Winzerkollege vom Ort, wir kennen uns ganz gut.« Er wies mit dem Zeigefinger auf den Alten, der noch immer im Schlamm steckte.

»Und was hat er zu der Zeit in seinem Weinberg getrieben?«

»Na ja, das Gleiche wie ich. Der Wetterbericht hat für heute Regen gemeldet. Er ist wohl gestern Abend noch rausgefahren und ich heute Morgen in aller Frühe.«

»Und woher wissen Sie das so genau?«

Der Angesprochene schaute überrascht. »Was, dass es regnen würde?«

»Nein, dass er schon gestern Abend rausgefahren ist?«

»Erstens rieche ich das. Das Lesegut bei ihm in den Behältern ist schon einige Stunden alt, und man sieht es hier an den Beeren.« Er zupfte eine Beere vom Rebstock vor ihnen und wies auf die Stelle, wo eben noch der Stiel in der Beere gesteckt hatte. »Bei den Beeren auf dem Vollernter sind die verletzten Stellen schon bräunlich.«

»Und auf so was achten Sie?«, fragte Scherer erstaunt.

»Klar, das ist mein Beruf und bis Ihre Kollegen kamen, hatte ich Zeit, mich umzusehen.«

Scherers Stirn legte sich in Falten. Innerlich musste er seinem Kollegen zustimmen, dass die Spurensicherung hier kaum noch etwas tun konnte. Nicht nur auf dem schlammigen Boden, sondern auch auf dem Vollernter waren die meisten Spuren schon unwiederbringlich zerstört. *Die Beer war tatsächlich schunn g'scheelt.*

»Dann können Sie mir sicherlich auch erklären, wer Ihren Kollegen überfahren hat?«

»Na der Vollernter«, antwortete der Winzer überrascht.

Scherer packte allmählich die Wut, erst hatte dieser Einfaltspinsel alle Spuren vernichtet, und nun musste er sich noch anhören, dass Traubenvollernter ohne Fremdeinwirkung ihre Besitzer überfuhren. »Ich glaube kaum, dass der wild gewordene Vollernter Jagd auf seinen Fahrer gemacht hat.«

»Nein, natürlich nicht, da ist der alter Knöringer schon selbst dran schuld. Kommen Sie mal mit. Ich muss Ihnen was zeigen, bevor es einer Ihrer Kollegen beseitigt.«

Scherer schüttelte den Kopf. Wollte ihm dieser begriffsstutzige Weinbauer gerade klarmachen, dass seine Kollegen die Spuren hier vernichten würden. »Wohin soll ich mitkommen?«

»Na auf den Vollernter.«

»Und die wenigen Spuren, die noch da sind, komplett zerstören?«

»Nein, aber man sieht da am besten, was passiert ist.«

»Geht das auch verbal?«

»Ja, schon. Ich wollte Ihnen zeigen, dass ein großer Rebholzknüppel, wahrscheinlich abgebrochen wegen einer Esca-Erkrankung des Rebstocks, im Sortierband festgesteckt hat.«

»Esca, was wollen Sie mir da für Winzerlatein auftischen?«

»Esca ist eine Krankheit, die Rebstöcke von innen befällt, und im Endstadium brechen dickere Holzstücke durch die Vibrationen des Ernters einfach ab. Wenn sie erst mal im Mechanismus festsitzen, kann man nicht weiterarbeiten, ohne die Sortierfunktion wieder klarzumachen.«

»Ja und, was hat das mit Knöringers Tod zu tun?«

»Na ja, der alte Knöringer war ein Hektiker vor dem Herrn und zornig obendrein. Wie ich ihn kannte, stieg er während der Fahrt aus dem Führerhaus und ging nach hinten auf die kleine Arbeitsbühne dort droben und hat den Prügel rausziehen wollen. Ich hab ihn nicht selten bei so einer waghalsigen Aktion beobachtet. Das ist auch der Grund, warum er das Führerhaus abmontiert hat und nun Cabrio fährt.« Er wies auf den unüberdachten Sitz des Fahrzeuges. »So war er halt. Nur nicht stoppen und absteigen und wertvolle Minuten bei der Lese verlieren!«

»Verstehe. Und wie kam er unter das Rad? Ich meine, wenn das Gerät steht?«

»Der stand nicht, der fuhr weiter. Dieser Vollernter hat einen Autopiloten. Der stoppt nur, wenn die empfindlichen Sensoren einen Widerstand spüren oder spätestens am Ende der Rebzeile.«

»Und er war wohl der Widerstand«, bemerkte Scherer lakonisch und wies auf die Stelle, wo der Leichnam in den Schlamm gedrückt lag.

»Er war auch etwas schräg dagestanden, bevor ich ihn weggefahren hab. Vielleicht hat er auch deswegen angehalten.«

Ein weiteres Mal wurde Scherer bewusst, dass es mit den Spuren hier nicht zum Besten stand.

»Wir werden das Ding wohl sicherstellen, vielleicht lässt sich das alles auch aus der Bordelektronik auslesen«, bemerkte er mehr an sich selbst als an seinen Gesprächspartner gerichtet. »Könnte eine weitere Person im Spiel sein, die für das hier verantwortlich ist?«

Der Winzer schüttelte den Kopf. »Wer sollte so spät gestern Abend noch im Wingert gewesen sein? Und warum sollte man dem alten Knöringer was antun wollen? Wenn Sie mich fragen, nein.«

»Hatte er möglicherweise Feinde?«

Wieder schüttelte sein Gegenüber den Kopf. »Was soll er für Feinde haben? Manche mögen ihn mehr, manche weniger. So wie es halt nun mal im Dorf ist. Die Familie ist, soweit ich es beurteilen kann, intakt, und von Streitigkeiten weiß ich auch nichts. Er ist ein alter Mann, den Hof hat er vor Jahren seinem einzigen Sohn übergeben, seine Frau starb vor rund zwei Jahren. Also worum sollte es gehen?«

»Hmm«, brummte Scherer. In der Tat sprach alles für einen Unfall.

BORDSERVICE

Luftraum über dem Schwarzen Meer, nahe dem Bosporus, rund vier Monate vorher, Samstag, 4. Juni 2022, 11.25 Uhr, 9.25 Zulu

»Missionsstatus okay, Restflugzeit 35 Minuten, Rendezvous voraussichtlich pünktlich um zehn Zulu«, brabbelte Fregattenkapitän Femke Hansen in das Mikro an ihrem Pilotenhelm. Das Wort »Zulu« stand dabei für die im Flugverkehr übliche Greenwich-Zeit, die der mitteleuropäischen Sommerzeit zwei Stunden vorausging.

Sie war Fregattenkapitän, was dem Dienstgrad Oberstleutnant im Heer entsprach. Es war einer jener Statusberichte, die sie alle 30 Minuten an den Helikoptercontroller auf dem Einsatzgruppenversorger *Bonn*, dem aktuellen Flaggschiff der Bundesmarine im Mittelmeer, absetzte. Die *Bonn* war das größte Schiff der Bundeswehr und mit einem Lazarettmodul ausgestattet. Hierher sollte ihre wertvolle Fracht – wenn sie sie denn aufgenommen hatten – verbracht werden.

Obwohl Hansens monotone Meldung ausgesprochen unaufgeregt geklungen hatte, spürte sie eine gewisse Unsicherheit in sich. Sie wusste, dass man im Außenministerium im 2.000 Kilometer entfernten Berlin jetzt genau verfolgte, was sie tat. Es war ein Einsatz, bei dem man nur verlieren konnte. Lief alles nach Plan, war man in den Augen der Beobachter nicht viel mehr als die Pilotin eines Touristencharterflugs. Lief es schief, konnte man schnell zum Politikum und Sündenbock der Großen und Mächtigen werden.

»Ich geh mal nach hinten«, bemerkte Hansen, schnallte sich los, nahm die Verkabelung ab, kletterte vom Sitz und ging durch den Durchgang zwischen den Pilotensitzen in den Bauch des Sea King-MK41-Hubschraubers.

Neben den beiden Piloten gab es zwei weitere Besatzungsangehörige: Der Luftfahrzeugoperationsoffizier, im Marinejargon LOPO genannt, dessen Arbeitsplatz sich links hinter der Eingangstür befand, saß konzentriert an seiner Konsole und überwachte das Radarbild. Er musste sicherstellen, dass sie die geplante Rendezvouszeit einhielten und auf dem fixierten Flugweg störungsfrei fliegen konnten. Ganz hinten rechts, hinter dem Ladetor, saß der Bordmechaniker. Er war für die Sicherheit in der Kabine zuständig und behielt wachsam die Passagiere im Auge.

Auf den Sitzbänken im Frachtraum saß rechts ein Vertreter des Auswärtigen Amtes. Daneben die Marineärztin, die sich später um die zu übernehmende Person kümmern sollte, und zwei erfahrene Marinesoldaten, die die Aufgabe hatten, die vierschrötigen Typen ihnen gegenüber keine Sekunde aus den Augen zu lassen.

In Flugrichtung links auf der Bank hatte sie jeweils an den Enden ebenfalls einen Wachposten positioniert. Dazwischen, in Hand- und Fußfesseln, saß die eigentliche Fracht des ersten Teils ihrer heutigen Mission. Zwei Häftlinge aus das JVA Diez in Rheinland-Pfalz.

Der Gesprächigere der beiden, dem man drei schwarze Tränen unter das rechte Auge tätowiert hatte – eine für jedes in Diez verbüßte Haftjahr –, winkte Hansen zu sich. »Endlich, der Bordservice«, raunte er. Was allerdings vom Lärm in der Kabine verschluckt wurde. Natürlich hatten die Gefangenen im Gegensatz zu den anderen Passagieren keine Headsets für die Kommunikation erhalten. Er hatte wohl beschlossen, sich mit einem Handzeichen zu begnügen, formte mit Zeige- und Mittelfinger ein »V« vor den Lippen und imitierte einen Zug an einer Zigarette. Hansen verstand. Sie zog einen Zettel aus der Uniform, malte das Zeichen für Rauchverbot auf und hielt es ihm mit einem süffisanten Lächeln vor die Nase.

Ihre Leute quittierten ihren schlagfertigen Konter mit einem Grinsen.

Sie hakte sich mit der Hand in eine, an der Deckenkonstruktion befestigte, Handschlaufe ein und musterte die zwei grobschlächtigen Typen. Beide waren von außerordentlich kräftiger hochgewachsener Statur, sie schätzte knapp zwei Meter. Sie trugen noch die Sträflingskluft, bestehend aus weinroten Jogginghosen und weißen T-Shirts. Die Shirts spannten sich über muskulöse Oberkörper und Oberarme. Bei dem mit den auftätowierten Tränen ließ sich durch den verzogenen V-Ausschnitt des Shirts der obere Teil eines großen Brusttattoos – ein Totenkopf oder Ähnliches – erkennen.

Offensichtlich erkannte er, dass sie ihn musterte, und grinste breit. Er spitzte die Lippen und zog die Augenbrauen hoch, als ob er ihr einen Kuss zuwerfen würde.

Sie wandte sich ab und wankte wieder ins Cockpit. Es war selten, dass sie der schiere Anblick eines Menschen in Unruhe versetzte. Bei ihm war es so. Die Vorstellung, dass er im Austausch für diese Journalistin, wenn auch mit Verzögerung, auf freien Fuß gesetzt werden sollte, verursachte ihr Übelkeit.

»Es wird unruhig.« Der Copilot wies auf die digitale Windanzeige im Cockpit.

»Hmm«, erwiderte sie. Sorgenfalten gruben sich in ihr Gesicht.

TOTENMAL

Speyer, Mittwoch, 21. September 2022, 10.20 Uhr

Andreas Böhm war ein ruhiger Mann. Alles, was er tat, tat er mit Bedacht. Er war der Meinung, dass Eile und Hektik nicht zu seiner Profession passten – sie sogar gänzlich pietätlos waren. Es war ein Ausdruck des Respekts, den er seinen Kunden zollte. Und genau dies war der Erfolgsfaktor des Unternehmens, das er von seiner Mutter, deren würdevoller Nachfolger er stets sein wollte, geerbt hatte. Er war stolz, die Firma nun schon in dritter Generation zu führen. Er fand Erfüllung in dem, was er tat. Auch wenn das Außenstehende oft nicht verstanden.

Seine Arbeit war für die Menschen wichtig. Die meisten erkannten das oft erst, wenn die Stunde für eine oder einen ihrer Liebsten geschlagen hatte.

Böhms Geschäft war im Gebäude einer ehemaligen Bankfiliale untergebracht. Mit ihrer modernen sechseckigen Form kontrastierte sie deutlich zu der prächtigen Backsteinvilla Ecarius gleich nebenan – ganz so, wie es der strenge Speyerer Denkmalschützer schätzte.

Schaute man üblicherweise gar etwas verstohlen weg, wenn man den Laden passierte – als wäre es ein Menetekel, hier allzu lange zu verweilen –, war man umso dankbarer, wenn man ihn erst brauchte.

Böhm war Bestatter. Der Dienst an seinen Kunden stand für ihn im Vordergrund. Schließlich war er es, der dem verehrten Vater oder der geliebten Mutter einen würdigen Abschied zu bescheren hatte und die Angehörigen vor schlechten Erinnerungen an einen letzten Blick auf den Leichnam des Verblichenen bewahrte.

Gerade heute hatte er mal wieder einen herausfordernden Fall vor sich auf dem Waschtisch liegen.

Ein alter Mann, sein Kopf und Körper durch einen schweren Unfall mit einem Traubenvollernter grotesk entstellt. Fast schien es so, als hätten sich über das Wenige, was das mächtige Gefährt nicht zermalmt hatte, dann aasgeiergleich die Rechtsmediziner mit ihren Messern und Sägen hergemacht.

Außenstehende hätten sich bestimmt gefragt, warum ausgerechnet in so einem Fall die Angehörigen eine Aufbahrung wünschten.

Doch ihm war es klar. Man wollte wenigstens zum Abschied einen Blick auf einen ansehnlich und würdevoll hergerichteten Vater und Bruder werfen. Und damit das verstörende Bild der Erinnerung, das sich im Gehirn festgesetzt hatte, als man den zerschundenen Mann nach dem Unfall fand, durch ein angenehmeres ersetzen.

Und er würde sein Möglichstes tun, um den Trauernden diese gute Erinnerung zu bescheren.

Der Verstorbene lag bereits entkleidet vor ihm auf dem Tisch. Sein Körper war von Wunden und Blutergüssen übersät. Der Schädel war mehrfach gebrochen, der Brustkorb durch die Schläge der vibrierenden Bügel, die die Aufgabe hatten, die Trauben von Rebstöcken zu klopfen, eingedrückt und ein Bein bizarr verdreht. Die Rechtsmediziner hatten zu allem Überfluss den Schädel noch aufgesägt und den von ihnen geöffneten Leib mit einer groben Naht in Form eines Ypsilons wieder notdürftig zusammengeflickt.

Böhm schätzte solche Herausforderungen. Sie beanspruchten sein ganzes berufliches Geschick.

In vier bis sechs Stunden würde er den alten Mann in einer würdigen Art und Weise hergerichtet haben, damit die Familie von ihm Abschied nehmen konnte.
Dazu musste er zunächst die Leiche waschen, bevor er sich der plastischen Arbeit zuwandte, bei der man mit allerlei Polstern und Schminke Narben und Blessuren unkenntlich machte. Dabei war er sich noch nicht sicher, ob er für das stark entstellte Gesicht gar die Unterstützung eines Thanatologen – der sich darauf verstand wie ein Schönheitschirurg, Gesichter zu rekonstruieren – heranziehen musste.

Er füllte eine kleine Edelstahlschüssel mit lauwarmem Wasser und nahm einen neuen Schwamm aus der Schublade seines Materialschrankes, genauso wie man es beim Waschen eines lebendigen Menschen machte.

Auch wenn man in der Rechtsmedizin den Leichnam schon auf dem Seziertisch abgebraust und gereinigt hatte, reichte ihm das nicht. Häufig wurden die bei der Obduktion entstehenden Spuren anschließend nur notdürftig beseitigt. Seine Leiche sollte aber schön sauber sein. Schließlich hatte sie bei der letzten Feierlichkeit, die ihr bevorstand, in bestem Licht zu erscheinen.

Er begann im Gesicht, schüttelte missbilligend den Kopf, als sich der Schwamm durch Reste der noch immer fast unsichtbar anhaftenden Lehmreste des Wingerts, in dem der arme Teufel wohl eingequetscht worden und ertrunken war, braun färbte. Dann arbeitete er sich über den Hals langsam nach unten. Wäre er mit der Front fertig, würde er den Leichnam wenden und die Prozedur an Nacken und Rücken fortsetzen.

Es war ruhig im Raum und er konnte sich mit voller Konzentration der Arbeit widmen. So wie er es schätzte.

Er war mit den welken Schultern des Alten fertig und

wandte sich der grau behaarten Brust zu, als er etwas kräftiger mit dem Schwamm zu Werke gehen musste. Ein kleiner braunschwarzer Tupfen inmitten einem der Blutergüsse. Der Fleck war nicht größer als ein mit spitzem Bleistift gesetzter Punkt. Er ließ sich nicht wegwaschen.

Böhm wusste, dass andere Vertreter seiner Zunft über solche Kleinigkeiten achtlos hinweggingen. Er nicht. War doch der Leichnam genauso zu reinigen, wie man es bei sich selbst bei der morgendlichen Körperhygiene tun würde, gleich, ob später ein Hemd die Stelle bedeckte. Häufig wurde er von seiner Frau und den Mitarbeitern für diese Pedanterie verspottet. Doch das war ihm egal. Entweder man machte es richtig, oder man ließ es besser sein.

Er wusch den Schwamm in der Schüssel aus, nahm etwas Seife und probierte es erneut. Ohne Erfolg. War der Fleck etwa ein Leberfleck?

Er richtete die Lampe, die vergleichbar einer Schreibtischlampe über dem Tisch hing, auf die Stelle und griff nach einem Vergrößerungsglas, das stets für solche Zwecke auf einem kleinen Instrumententisch bereitlag.

Er beugte sich über den Leichnam und schaute durch das gewölbte Glas der Lupe. Seltsam – war das da vor seinen Augen eine Verletzung? Mit einem winzigen Metallspatel umfuhr er die Stelle. Er konnte gerade so erkennen, dass etwas Sekret austrat. Für den Bruchteil einer Sekunde meinte er, einen süßlichen Geruch wahrzunehmen.

FERNAUFKLÄRUNG

Luftraum über dem Schwarzen Meer, nahe dem Bosporus, rund vier Monate vorher, Samstag, 4. Juni 2022, 11.57 Uhr, 9.57 Zulu.

»Da unten ist sie«, sagte Kapitänleutnant Ulrich Wellenkamp, der Copilot, der seit Hansens Ausflug in den Bauch des Helikopters die Steuerknüppel übernommen hatte, und wies mit dem Zeigefinger auf einen grauen Fleck am Horizont. »Wir dürften die Fregatte in acht Minuten erreichen.«

»Der steife Ostwind hat uns fünf Minuten gekostet. Wird ein heißer Ritt, bis wir diese große Kiste unten haben. Überhaupt wundert es mich, dass sie uns diese Sondergenehmigung erteilt haben, sonst lassen sie keinen Sea King auf das enge Flugdeck von Fregatten dieser Bauart«, fügte er mit in Falten gelegter Stirn hinzu.

»Und zu allem Überfluss nähert sich da noch querab von Norden ein weiteres Schiff«, merkte der LOPO per Funk von seinem Sitzplatz vor dem Radarpult im Heck des Helikopters an.

Ohne das zu kommentieren, setzte Hansen eine erneute Meldung an die *Bonn* ab: »Sichtkontakt zum Rendezvouspunkt, Ankunftszeit voraussichtlich um 10.05 Zulu. Ein unbekanntes Schiff nähert sich von Norden.«

»*German Navy King* verstanden. Passen Sie auf sich auf«, war die knappe und für den Kontingentführer des deutschen Einsatzkontingentes der NATO im Mittelmeer, Kapitän zur See Ottmarsen, ungewöhnlich unmilitärische Antwort.

Er hatte es sich nicht nehmen lassen, selbst in der Operationszentrale zu sitzen und mit Hansen Kontakt zu halten.

Es vergingen nur zwei Minuten, dann meldete sich Ottmarsen zurück. »Unsere Fernaufklärung hat herausgefunden, dass der Besucher, der sich von Norden nähert, Iwano6 ist. Seien Sie vorsichtig. Bei jedwedem aggressiven Verhalten der Russen brechen wir die Aktion sofort ab. Verstanden?« Iwano6 war das für diese Mission gewählte Codewort für die *Dimitry Rogachev*, ein schweres russisches Patrouillenboot der Bykov-Klasse.

»Verstanden!«, erwiderte Hansen und versuchte, ihre Stimme möglichst hart und unaufgeregt klingen zu lassen.

Es knarzte, und die Funkverbindung brach ab.

ERLEICHTERUNG

Speyer, Montag, 26. September 2022, 10.10 Uhr

André Sartorius schätzte Rituale. Sie machten für ihn das Leben leichter. In der Wiederholung gleicher oder ähnlicher Abläufe sah er so etwas wie einen Kurzurlaub für den Geist.

Musste er doch sein Gehirn nicht mit den profanen alltäglichen Abläufen beschäftigen wie der Auswahl eines geeigneten Restaurants, der Wahl des passenden Tischs, der Auseinandersetzung mit der Speise- und Weinkarte und letztlich den Schrullen des Bedienungspersonals. Nein, er konnte sich ganz auf das beschränken, was seine Passion war, nämlich das Beobachten.

Hier im *Mediterraneo*, einem Café-Restaurant unweit seines Hauses in Speyer, kannte man ihn und wusste, dass er morgens vor seinen fast täglichen Stadtführungen, die er als Gästeführer der Stadt Speyer zu bewältigen hatte, hier frühstückte. Giovanni, der flinke Kellner, brachte ihm unaufgefordert Cappuccino und Cornetto an den freien Tisch am Fenster, den man stets für ihn reservierte. Von hier aus hatte er sowohl den Gastraum als auch die Wormser Straße vor der großen Scheibe im Blick. Er liebte es, das Treiben auf der belebten Geschäftsstraße mit den zahlreichen Passanten, die er als alteingesessener Speyerer häufig persönlich kannte, zu verfolgen und seine Schlüsse zu ziehen. Er las in dem, was er sah, wie in einem offenen Buch.

Dass den Besitzer des Schuhladens um die Ecke der Beinbruch aus seiner Jugend plagte. Die Scheidungsanwältin ernster dreinsah als sonst und wohl wieder einen Rosenkrieg abzuwenden hatte. Oder sich die Bürgermeisterin mit einem nur ihm auffallenden stummen Kopfschütteln über ein allzu forsch vorgetragenes Bürgerbegehren echauffierte.

Häufig wirkte er dadurch für Außenstehende abweisend und in sich gekehrt. Doch es war umgekehrt der allzu intensive Blick nach außen, der ihn abwesend erscheinen ließ.

Ein lautes »Buon giorno, der Herr!« riss ihn aus seinen Gedanken. Es war Camilla, die Besitzerin der Gaststätte, die spöttisch grinsend auf sich aufmerksam machte, weil André sie in seinen Studien mal wieder übersehen hatte.

»Buon giorno«, erwiderte André auf die in solchen Situationen für ihn typisch flüchtige Art, die jedem anzeigte, dass er jetzt nicht gestört werden wollte.

Gerade zog ihn etwas in seinen Bann und beanspruchte all seine Aufmerksamkeit. Drei Tische entfernt, unweit der kleinen Bedientheke, an der man sich mit all den italienischen Köstlichkeiten zum Mitnehmen eindecken konnte, die man hier auf Focaccia, Ciabatta und Co. servierte, erblickte er einen Mann, den er hier noch nie gesehen hatte.

Er war Andreas Böhm, der Besitzer eines Speyerer Bestattungsunternehmens. André hatte ihm schon die sterblichen Überreste von Mutter und Vater anvertraut und kannte ihn daher.

Aber es war nicht die bloße Anwesenheit des Mannes, die sein Interesse weckte. Es war die verstohlene Art, wie er immer wieder, wenn er glaubte, er würde es nicht wahrnehmen, zu ihm herüberschaute. Es war mehr als der interessierte Blick auf einen Kunden. Es wirkte, als wollte Böhm heute mehr von ihm.

Getrieben von der Neugier, was der Bestatter von ihm wollte, wartete André einen passenden Augenblick ab, reckte sich hoch, als würde er Böhm erst jetzt erkennen, winkte ihm freundlich lächelnd und rief »Guten Morgen!« zu ihm hinüber.

Wie erwartet, verfehlte das seine Wirkung nicht. Zwar zögerlich, aber ebenso freundlich lächelnd erhob sich Böhm und bewegte sich unsicher auf ihn zu. Offensichtlich wollte er das nunmehr gebrochene Eis für sich nutzen.

»Guten Tag«, sagte Böhm, als er vor ihm stand, und reichte ihm die Hand. »Schön, Sie hier zu treffen, Herr Sartorius.«

»… und weitaus angenehmer, als wenn man einen Grund hat, Sie zu besuchen«, scherzte André.

»Ja, klar«, sagte Böhm hektisch und lachte artig über Andrés lauen Scherz, den er in dieser oder ähnlicher Art wohl schön öfter hatte über sich ergehen lassen müssen.

»Dabei … ähm … also, wenn ich ehrlich bin …« Böhm pausierte. Hilflos schaute er André an.

»… gibt es einen Grund«, vollendete André den Satz.

Böhm nickte heftig.

»Wollen Sie mit Ihrem Cappuccino nicht einfach zu mir umziehen?«, fragte André und wies auf Böhms verwaisten Tisch.

»Gerne, aber nur, wenn es Ihnen nichts ausmacht.«

»Aber natürlich nicht, Sie wissen doch, in der Pfalz rückt man gerne zusammen und freut sich über jedes freundliche Gespräch.« André wies auf den freien Stuhl zu seiner Rechten.

Ohne weiteren Kommentar eilte Böhm zurück an seinen Tisch und holte die halb volle Cappuccinotasse.

»Zunächst muss ich Ihnen ein Geständnis machen«, begann Böhm, sobald er saß. »Ich bin nicht zufällig hier. Ich weiß, dass Sie hier meistens frühstücken, und habe Sie, sagen wir mal, abgepasst.«

»Kein Problem«, erwiderte André und versuchte, es möglich belanglos klingen zu lassen, obwohl sich seine innere Neugier bereits auf Ballongröße aufgepumpt hatte und mit jedem Atemzug weiterwuchs.

Böhm legte eine Kunstpause ein. Wahrscheinlich überlegte er, wie er das, was ihn bewegte, ansprechen sollte.

»Und was kann ich für Sie tun?«, durchbrach André die Stille.

»Ich gebe zu, es fällt mir schwer, Sie anzusprechen. Ich

rede normalerweise nicht mit Unbeteiligten über meine Arbeit, aber …«

»Aber …?«, ermunterte ihn André.

»Aber in diesem Fall weiß ich mir nicht anders zu helfen. Es ist zu wichtig, um es auf sich beruhen zu lassen.«

»Natürlich können Sie sich auf meine Diskretion verlassen, und ich weiß, dass Sie ein sehr gewissenhafter Mann sind.« André rückte näher an seinen Gesprächspartner heran.

»Vor einer Woche hatte ich den Leichnam eines alten Mannes auf dem Tisch, der einen schweren Unfall erlitten hatte.«

André nickte. Er wollte ihn auf keinen Fall unterbrechen.

»Er war übel zugerichtet, da waren einerseits die großen Verletzungen durch den Unfall. Andererseits sind die Rechtsmediziner, die routinemäßig jeden Unfalltod untersuchen, auch nicht gerade zimperlich mit dem armen Mann umgegangen.«

Wieder entstand eine Pause.

»Und was beunruhigt Sie daran?«, fragte André, der aus Böhms Augenringen las, dass er einige Nächte nicht gut geschlafen hatte.

»Es gab noch etwas. Beim Waschen der Leiche ist mir ein Einstich aufgefallen«, platzte es nun förmlich aus ihm heraus.

»Aha«, erwiderte André, der unfähig war, das Gehörte zu deuten. »Ist es nicht ganz normal, dass bei einer Wiederbelebung Infusionen angelegt oder Spritzen verabreicht werden?«

»Schon, aber dieser Mann war schon lange tot, als man ihn fand. Er wurde nicht wiederbelebt. Und selbst wenn, hätte man ihm Adrenalin oder etwas Vergleichbares direkt ins Herz gespritzt und nicht einfach in die rechte Brust gestochen.«

André schluckte. »Und kann es sein, dass er zum Beispiel mit Heparin gegen Thrombose behandelt worden war, das spritzt man doch in den Bauch oder vielleicht Insulin …«

»Nein, ausgeschlossen. Ich habe seinen Sohn gefragt. Nichts. Er war kerngesund, hat keine Medikamente gebraucht und war schon Jahre bei keinem Arzt mehr.«

»Hmm«, brummte André, dem es schwerfiel, etwas Sinnvolles zu entgegnen. Einerseits hätten die Rechtsmediziner das doch merken müssen, andererseits schätzte er Böhm als einen sehr vernünftigen Mann ein, der nicht aufs Geratewohl einen Fremden in wilde Spekulationen einweihte.

»Und wenn bei diesem Unfall im Wingert, von dem Sie sprachen, sich vielleicht ein dünner Zweig …«

»Ausgeschlossen. Der Mann trug eine Jacke. Ein Zweig wäre entweder abgebrochen oder viel zu dick für diesen feinen Einstich. Es war die Kanüle einer Spritze, da bin ich mir ganz sicher. Es gab einen minimalen Blutaustritt. Da war einfach so ein kleiner brauner Punkt auf der Haut und dann dieser eigenartige Geruch …« Wieder stockte er.

»Geruch? Was für ein Geruch?«

»Es roch süßlich. Nur einen kurzen Augenblick, als ich die Wunde etwas quetschte, weil ich noch davon ausging, dieser winzige Blutpartikel sei eine Verschmutzung. Wissen Sie, ich bin da stets sehr sorgfältig, wenn ich eine Leiche reinige.«

»Süßlich? Kann das auf so was wie Leichengeruch zurückzuführen sein?«

»Nein. Glauben Sie mir, ich weiß sehr genau, nach welcher Liegezeit ein Leichnam wie riecht.«

»Hmm«, erwiderte André ratlos.

»Ich bin ja kein Rechtsmediziner. Aber normal ist das nicht. Glauben Sie mir bitte, viele meiner Leichen leben in

Krankenhäusern ab und haben unzählige Einstiche. Ich weiß genau, wie so etwas aussieht. Ich täusche mich nicht. Und einen solchen Geruch habe ich noch nie an einem Leichnam wahrgenommen.«

»Und hätten die Rechtsmediziner diesen Geruch nicht auch wahrnehmen müssen?«

»Nein, die Wunde war ja durch das geronnene Blut, das ich entfernte, wie versiegelt.«

André rieb sich übers Kinn, wie er es immer tat, wenn er grübelte. »Aber warum sind Sie mit diesen Erkenntnissen nicht zur Polizei gegangen? Die müsste das doch interessieren.«

»War ich ja. Man wollte davon nichts wissen. Der Fall wäre doch klar. Schwerer Unfall mit Todesfolge. Die Unfallfolgen wären so gravierend gewesen, dass es ausgereicht hätte, um gleich mehrfach zu sterben. Offener Schädelbruch, innere Verletzungen und letztlich das Ertrinken in einer Pfütze, in die ihn der auf ihm stehende Vollernter gedrückt hatte – wie im Totenschein stand.« Böhm war in seinem Vortrag immer lauter geworden. Auch die Gesichtsfarbe hatte sich von der anfänglichen Blässe nun in ein Rosa gewandelt.

»Na ja, wenn alles so klar ist, dann war es wohl wirklich nicht der Einstich, der ihn das Leben gekostet hat«, versuchte André den immer aufgeregter wirkenden Mann zu beruhigen.

»Verstehen Sie denn nicht. Der Stich war nicht die Folge, sondern vielleicht die Ursache für den Unfall.«

André spürte ein Prickeln in sich. Von dieser Warte hatte er das bisher nicht gesehen. »Nun zugegeben …« Er legte eine Pause ein. Es fiel ihm schwer fortzufahren. Was sollte er als Außenstehender auch dazu sagen. »Und was erwarten Sie nun von mir?«, setzte er schließlich hinzu.

»Na ja, ich weiß, dass Sie in den letzten Jahren schon mehrfach – wie soll ich sagen – der Polizei auf die Sprünge geholfen haben. Und dieser Ludwigshafener Kriminalhauptkommissar ist ja wohl so etwas wie Ihr Freund.«

RENDEZVOUS

Luftraum über dem Schwarzen Meer, rund vier Monate vorher, Samstag, 4. Juni 2022, 12.02 Uhr, 10.02 Zulu.

Sie waren in den letzten fünf Minuten der Fregatte *Yildirim* deutlich nähergekommen. Mit zusammengekniffenen Augen ließ sich bereits die seitlich am Bug auflackierte Schiffskennung F 243 erkennen.

»Mann, ist das Flugdeck klein«, brummte der Copilot.

»Was dachtest du denn, warum es für den Sea King nicht zugelassen ist?«, erwiderte Hansen lakonisch und versuchte, ihrer Stimme einen eher gleichgültigen Tonfall zu verleihen. In Wirklichkeit bereiteten ihr die unbekannten Verwirbelungen durch den Wind über dem Flugdeck und die dadurch entstehenden Turbulenzen Sorge. Daneben war der Hubschrauber durch die Fracht sehr schwer und hatte nur wenig Leistungsreserven.

Wieder kündigte ein Knarzen einen Funkspruch an: »Helicopter German Navy, hier spricht der Helikoptercontroller von Rufzeichen Tango Bravo Uniform Papa. Der Kommandant lädt Sie ein, uns zu besuchen und Ihre Fracht abzusetzen«, hörten sie eine Frauenstimme in nahezu akzentfreiem Deutsch. Nach einigen Sekunden ergänzte sie: »Ich benötige noch Ihre Angaben zur Landung.«

Hansen gab die benötigten Informationen für die Landefreigabe im für beide Länder gültigen NATO-Verfahren durch: »Elf Personen an Bord, haben Flugausdauer von 30 Minuten, sind nicht bewaffnet. Anflugmasse ›heavy‹, möchte Sichtanflug durchführen. Erbitte Wind von vorne mit maximal 30 Knoten für die Landung«, antwortete Hansen. Die Routine wirkte beruhigend auf sie.

»Verstanden, Luftdruck 990 Hektopascal, Lufttemperatur 25 Grad, unsere Flugdeckhöhe beträgt 18 Fuß. Der Sichtanflug ist genehmigt. Warten Sie bitte, bis wir den gewünschten Kurs zum Wind eingenommen und Sie Freigabe zur Landung haben«, erwiderte die Hubschraubercontrollerin der *Yildirim*.

Nach ein paar Minuten meldete sie sich militärisch streng wieder: »Kurs zum Annehmen des Hubschraubers ist 315 Grad mit zehn Knoten, ergibt relativen Wind von Steuerbord mit Winkel 30 Grad mit 30, in Böen 40 Knoten. Sie haben grünes Deck zur Landung. Landeerlaubnis auf unserem Achterdeck erteilt«, setzte sie etwas weicher hinzu.

»Tango Bravo Uniform Papa roger, Wind grün 30 mit 30, grünes Deck, wir kommen rein für einen Sichtanflug, der links sitzende Pilot fliegt«, erwiderte Femke Hansen, der, bis sie endlich das Schiffsdeck unter sich haben würde, nicht nach dem Austausch von Höflichkeiten zumute war.

Sie umfasste die Steuerknüppel, lockerte zweimal die Hände, indem sie den Griff löste und wieder schloss und die Finger jeweils kurz abspreizte. Auch die Füße, die sie für die Bedienung der Pedale und damit für die Kontrolle des gleich besonders beanspruchten Heckrotors benötigte, lockerte Sie einmal kurz durch Bewegung ihrer Zehen.

»Ich übernehme«, sagte sie nüchtern zu ihrem Kollegen. Auf seinem Gesicht zeichnete sich Erleichterung ab. Vor den Augen von 200 fremden Offizieren und Matrosen eine verpfuschte Landung hinzulegen, war nicht das, was man sich wünschte.

Hansen überflog die Fregatte in einem weiten Bogen und näherte sich von hinten an.

»Starker Wind von Steuerbord«, mahnte der Copilot.

Hansen flog in einem kontinuierlichen Sinkflug an und ließ den Helikopter behutsam über das Flugdeck absinken.

Unvermittelt drehte sich die Maschine nun um 90 Grad nach rechts.

»Pass auf! Eine Bö!«, raunte der Copilot heiser.

Hansen trat mit aller Kraft in das linke Pedal. Der Helikopter regierte nicht. Er drehte sich weiter.

»Wir touchieren die Aufbauten!«, schrie nun der Copilot.

Hansen spürte, wie ihr Schweißperlen übers Gesicht rannen.

Für einen Augenblick erwog sie, die Maschine hochzuziehen. Aber auch das konnte ins Auge gehen.

»Brich ab!«, schrie der Copilot, dem wohl gerade ähnliche Gedanken durch den Kopf gingen.

Genauso unvermittelt, wie die Maschine ausgebrochen war, fing sie sich wieder und drehte sich in die Normalposition längs zur Fahrtrichtung der Fregatte.

Der Copilot blies hörbar die Luft durch die Zähne. Alle an Bord atmeten durch.

»Dann setzen wir mal unsere beiden Paxe ab«, sagte Hansen entschlossen. »... und in Zukunft bitte etwas gelassener, Kollege«, fügte sie an ihren Copiloten gewandt hinzu.

Sie wandte sich gleich wieder ab, um durch das Grinsen, das sich über ihr Gesicht ausgebreitet hatte, nicht zu verraten, dass sie ebenso erleichtert war.

Dann setzte sie den Sea King auf dem Flugdeck ab.

Eine Welle, die in diesem Augenblick das Schiff anhob, ließ die Gummibereifung hart, begleitet von einem Quietschen, auf dem Schiffsdeck aufschlagen.

»Wow, ausgeprägte Materialprüfung«, kommentierte ein vorlauter Matrose aus der Wachmannschaft im Bauch der Maschine.

»Die Kleine weiß, wie man bumst«, grölte der Typ mit dem Tränentattoo, ungeachtet der Tatsache, dass die lauten Rotorengeräusche diese Unflätigkeit ungehört verklingen ließen.

»Soeben auf Rufzeichen Tango Bravo Uniform Papa gelandet«, meldete Hansen via Funk an die *Bonn*.

»Bravo Zulu« – was im Marinejargon so viel hieß wie gut gemacht – war der knappe Kommentar Ottmarsens am anderen Ende.

ERDUNG

Speyer, Montag, 26. September 2022, 14.20 Uhr

»Was treibst du denn hier? Ist es etwa endlich so weit?«, flötete Irina, Andrés Mieterin, Austauschstudentin und mittlerweile so etwas wie eine Art Adoptivtochter.

»Wer ich?«, fragte André verwirrt, als wäre er gerade aus einem Tagtraum gerissen worden.

»Na wer sonst? Putin und Biden sind gerade nicht hier, da bleibst ja nur du. Ey, bist du wieder lost, alter Mann.« Sie schüttelte den Kopf.

»Und was ist endlich so weit?«, hakte er nach.

»Na ja, dass du dich zum echten Trinker weiterentwickelt hast. Wie sagst du doch sonst gleich immer: ›Tagsüber trinke ich nicht‹ und jetzt das.« Irina wies auf das Portweinglas, das neben einer Espressotasse mit Dom-Motiv vor ihm stand.

»Das ist, sagen wir mal, eine Nachdenkhilfe.«

»Und über was musst du so heftig nachdenken, dass du dich mit Portwein abfüllst?«

»Das ist kein Portwein, das ist Brauny.«

»Dachte immer, ein Browny wäre ein Schokoladengebäck?«

»Ist es ja auch, das vor mir ist ein ›Brauny‹, wie die Farbe Braun mit einem Ypsilon am Ende.« André hielt Irina eine gedrungene schwarze Flasche entgegen, damit sie das Etikett lesen konnte.

»Und was soll das sein?«

»Es ist ein herrlicher Likörwein, der im Portweinverfahren hergestellt wurde. Das probieren mittlerweile schon einige junge experimentierfreudige Winzer in der Pfalz aus. Dieser ist vom Weingut Braun in Meckenheim, daher der Name.«

»Schön, dass du mich wieder einmal an deinem schier unerschöpflichen Weinwissen teilhaben lässt. Und clever, wie du versuchst, meine Frage zu umgehen.« Irina rollte mit den Augen.

»Na ja, du gibst ja eh keine Ruhe, bis du alles weißt. Ich habe vorhin etwas gehört, was mir auf den Magen geschlagen ist.«

»Aha, und der Brauny soll es hinunterspülen?«

»So ähnlich. Sagen wir mal so, er soll mir eine Entscheidungshilfe liefern.«

»Wow, überzeugendes Konzept, sich vor einer Entscheidung zu betrinken.«

»Ich betrinke mich nicht, es ist nur für den besseren Geschmack im Mund.«

»Erzähl mir lieber mal, warum du dieses Mundwasser brauchst. Die Entscheidung trifft dann besser *Irina the Brain* für dich.«

Zuerst etwas stockend, dann immer flüssiger berichtete er ihr von dem seltsamen Treffen mit Böhm im *Mediterraneo.*

»Ihr scheint Brüder im Geiste zu sein. Erstens könnte es eine von deinen Ideen sein, jemandem aufzulauern, um ihn anzuquatschen, und zweitens ist der mindestens genauso ein Grübler wie du.«

»Danke, aber dein Spott hilft mir jetzt auch nicht weiter.«

»Und wobei suchst du nun eigentlich Hilfe, das Ganze geht dich doch im Grunde genommen nichts an?«

»Nichts an? Immerhin hat er mich gebeten, die Polizei, also Frank Achill, für ihn anzusprechen.«

»*Anzusprechen* ist wohl eher etwas untertrieben. Er will, dass du ihn rumkriegst, um seiner fixen Idee nachzugehen. Merkst du nicht, dass er dich benutzt?«

»Was heißt benutzt, er ist eben höchst besorgt.«

Irina schüttelte den Kopf. »Du willst wohl wieder mal hinter allem irgendeine mysteriöse Straftat sehen. Und was soll Frank bitte schön tun? Die Leiche hat bereits in der Rechtsmedizin auf dem Tisch gelegen. Soll er denen sagen, dass sie Pfuscher sind? Nur wegen so einer fixen Idee. Und mal ganz ehrlich, was soll das denn gewesen sein? Wie oft soll der Typ getötet worden sein, erst die Maschine, die ihn fast zerfetzt hat, dann das Überfahren und schließlich das Ertrinken. Wie wichtig war er denn, dass man ihn gleich viermal töten sollte?«

»Na ja, wahrscheinlich hast du recht«, erwiderte er und rieb sich das Kinn.

Und seit ich im letzten Fall die Freundschaft zu Frank schon aufs Äußerste strapaziert habe, sollte ich wohl eher etwas zurückhaltender sein, setzte er im Geiste hinzu und fuhr dann laut fort: »Ich lasse es auf sich beruhen und lasse Frank raus aus der Sache.«

Sie schmunzelte lauernd und beobachtete amüsiert Andrés Sinneswandel. »Siehst du, alter Mann, künftig bei Problemen wie diesem immer erst *Irina the Brain* einschalten, bevor du zur Flasche greifst. Und nun gib endlich ein Gläschen davon ab. Schließlich hab ich die Entscheidung für dich getroffen.«

André eilte zur Vitrine, holte für sie ein Portweinglas und schenkte ein. »Zum Wohl.«

Irina roch am Inhalt und nippte vorsichtig, um sogleich einen größeren Schluck zu trinken. »Wow, nicht schlecht, was deine Pfälzer Winzerfreunde so alles hinkriegen. Dafür kannst du mich öfter um Rat fragen.«

»Aber eines noch, junge Dame«, begann André ernst und machte eine bedeutungsvolle Pause.

Irina schnaubte theatralisch. »Wenn ein Satz von dir so beginnt, als hätte ihn Tante Ludmilla ausgesprochen, graut's mir schon, bevor du ihn raushaust.«

André schmunzelte.

»Ja, was ist, was wollte mir die in dir reinkarnierte Ludmilla sagen?«

»Der gehört nicht in Cola!«

Irina regierte nur mit einem lang gezogenen »Orgh« und schüttelte entgeistert den Kopf.

*

André ließ die Sache dennoch keine Ruhe. Ein Satz von Irina hatte ihm Anlass zum Grübeln gegeben. »Wie wichtig war er denn, dass man ihn gleich viermal töten sollte?«, hatte sie gesagt und damit einen kleinen Widerhaken in sein Gehirn gebohrt. Ja, er würde den Fall vergessen, aber diese Frage wollte er sich selbst beantworten, um ruhig schlafen zu können. Wen hatte Böhm da auf dem Tisch gehabt? Wie war es zu diesem Unfall gekommen? Und gab es vielleicht ein starkes Motiv, das den Täter so handeln ließ, um ganz sicherzugehen, dass der Alte auch wirklich sterben würde?

MARINEBESUCH

Schwarzes Meer, nahe dem Bosporus, rund vier Monate vorher, Samstag, 4. Juni 2022, 12.10 Uhr, 10.10 Zulu.

»Sie kümmern sich ums Betanken und halten sich dann bereit für einen schnellen Start«, befahl Hansen ihrem Copiloten, als sie sich, nachdem der Rotor zum Stillstand gekommen war, abgurtete.

»Und behalten Sie mir dieses russische Patrouillenboot im Auge«, fügte sie mit ernster Miene hinzu, ehe sie durch die geöffnete Tür ausstieg.

Über einen Niedergang hatte sich ein ganz in Weiß gekleideter Offizier genähert und mit verschränkten Armen vor dem Helikopter aufgebaut.

Der stattliche gut aussehende Mann, unter dessen Schirmmütze grau meliertes Haar hervorlugte, kam einige Schritte auf sie zu und lächelte. Er ließ ihr Zeit, ihren Blick über das Deck schweifen zu lassen und sich an das leichte Rollen des Schiffs zu gewöhnen, ehe er sie ansprach. »Willkommen an Bord«, sagte er in perfektem Deutsch und zeigte dabei seine makellosen weißen Zähne. »Ich bin Yarbay – auf Deutsch heißt das wohl Fregattenkapitän – Cem Deveoglu. Ich bin der Kommandant dieses Schiffes.«

»Danke für die Erlaubnis, auf Ihrem Schiff landen zu dürfen. Ich bin Fregattenkapitän Femke Hansen von der deutschen Marine«, antwortete sie förmlich. Die Erleichterung über die geglückte Landung und die Tatsache, dass ihr Gastgeber perfekt Deutsch sprach, war ihr deutlich anzusehen.

»Darf ich Sie zu einem Tee einladen, damit wir kurz den weiteren Ablauf besprechen können. Gerne kann Sie Ihr Copilot begleiten und wir servieren Ihrer Besatzung gerne etwas im Helikopter.«

Wieder war sie erleichtert, dass er verstand, dass sie nicht einfach die Gefangenen ausladen und ihre Wachtruppe an Bord lassen konnte. »Danke für Ihre Gastfreundschaft, aber ich denke, es reicht, wenn ich und der Vertreter des Auswärtigen Amtes, Herr Schröder, Sie begleiten, mein Copilot wird die Wachmannschaft beaufsichtigen und …« Hansen stockte.

»… und das Betanken überwachen …«, ergänzte Deveoglu lächelnd. »Wozu Sie die türkische Marine natürlich einlädt.«

»Oh, danke, das ist sehr freundlich. Und wenn Sie vielleicht noch …«, wieder stockte sie. »Na ja, über einen warmen Tee würden sich meine Leute sicher freuen.«

Der Kommandant nickte und gab einem jungen Matrosen eine kurze Anweisung.

Hansen gab dem Copiloten einen Wink, und ein spindeldürrer etwa 60-jähriger Mann – der Vertreter des Auswärtigen Amtes – schälte sich umständlich, unterstützt vom Bordmechaniker, aus dem Helikopter.

»Bitte folgen Sie mir in meine Kammer. Der Vertreter unseres Außenministeriums erwartet Sie schon«, sagte Deveoglu und wies auf eine Tür, die ins Innere des Schiffs führte.

Nachdem sie den Weg durch den Rumpf der Fregatte beendet hatten, öffnete Deveoglu die Tür zu seiner sogenannten Kommandantenkammer, die alles andere als eine Kammer war. Es war ein großer heller Raum mit einem Fenster, das den Blick übers Meer freigab, und mit einer für ein Kriegsschiff fast luxuriös anmutenden Holzvertäfelung.

Deveoglu bemerkte wohl Hansens und Schröders Blicke, die durch den Raum mit dem eher schwülstigen Mobiliar schweiften. »Wir Orientalen mögen es etwas opulenter und nicht so reduziert wie die Deutschen.«

»Woher, also ich meine, wie kommt es, dass Sie so gut Deutsch sprechen?«

»Ich bin in Mannheim aufgewachsen, und als mich der Ruf zum türkischen Militär ereilte, waren meine Eltern finanziell nicht in der Lage, mich vom Wehrdienst freizukaufen, und ich wohl zu gradlinig, um mich irgendwie zu drücken. So kam ich zur Marine und bin hier seit 15 Jahren so etwas wie heimisch geworden.«

Die offene und freundliche Art des Kapitäns gefiel Hansen und machte das, was sie zu besprechen hatten, leichter.

»Sie gestatten, dass ich nach dem Vertreter des Außenministeriums schicke?«, fragte Deveoglu wohl eher rhetorisch und griff zum Bordtelefon. Nach wenigen Minuten trat ein Stuart mit einem Tablett mit Tee und einer Platte Baklava, einem typischen türkischen Blätterteiggebäck, ein.

»Nicht so gut wie in Istanbul, aber unser Koch gibt alles«, kommentierte Deveoglu und reichte ihnen die Platte.

Hansen war nicht unglücklich über diese fürstliche Bewirtung. Sie war nach dem langen Flug hungrig geworden. Schröder lehnte dankend ab.

Hansen hatte gerade in das süße, aber aromatische Gebäck gebissen, als sich die Tür zur Kammer öffnete und ein Mann Mitte 50 mit bürstenartigem grauem Schnurrbart und auffälliger Goldrandbrille eintrat. Sie schluckte und wischte sich mit dem Handrücken die Blätterteigkrümel von den Lippen.

»Herr Doktor Erbakan vom Außenministerium«, machte ihn Deveoglu bekannt.

Schröder schnellte diensteifrig hoch und stellte sich seinem türkischen Pendant vor.

Erbakan konnte wohl nicht Deutsch. Auch sein Englisch war wenig verhandlungssicher, sodass Deveoglu als Übersetzer fungierte.

»Ich hoffe, die beiden Gefangenen sind wohlauf und es wird keine Probleme bei der Übergabe geben?«, übersetzte Deveoglu.

»Ja, sie sind bereit. Ich soll Sie im Auftrag meiner Vorgesetzten noch einmal an die mit dem deutschen Außenministerium getroffene Vereinbarung erinnern«, antwortete Schröder mit eunuchenhaft kratziger Stimme.

Erbakan schüttelte abschätzig den Kopf und rümpfte die Nase. »Ich hoffe, dieser Hinweis soll kein Misstrauen gegenüber meinem Land und seinem Vermittlerstatus in dieser Angelegenheit ausdrücken?«

»Ganz und gar nicht«, widersprach Schröder eilig. »Ich wollte nur der Komplexität der Verhandlungen Rechnung tragen und Sie noch einmal für die besonderen Interessen der Bundesrepublik Deutschland in dieser Angelegenheit sensibilisieren.«

Deveoglu übersetzte.

Doktor Erbakan zog ein Papier aus der Aktentasche, wechselte die Brille und begann, ein vorgefertigtes Dokument zu verlesen.

»Im Zuge des Gefangenenaustausches zwischen der Russischen Föderation und der Bundesrepublik Deutschland, welcher unter Vermittlung der Republik Türkei erfolgt, wurde folgende Vereinbarung getroffen«, übersetzte Deveoglu den ersten von Erbakan verlesenen Absatz.

Erbakan, der ihm die Zeit zur Übersetzung gelassen hatte, fuhr mit amtlicher Stimme fort. Dabei merkte man ihm deutlich an, dass ihn der in seinen Augen bestimmt als kleinmütig vorkommende Deutsche verärgerte.

»Im Austausch gegen die ZDF-Journalistin Margarethe Bornemann-Konopka übergibt Deutschland …«, fuhr Deveoglu mit seiner Übersetzung fort, bis er von Schröder unterbrochen wurde.

»Schon gut, schon gut, wir können das abkürzen«, fuhr er mit einer wegwerfenden Handbewegung dazwischen. »Es bleibt nur festzuhalten, dass Ihr Land sich verpflichtet, den einen der beiden – den mit den Tränentattoos – so lange in türkischen Gewahrsam zu nehmen, bis die kriegerischen Auseinandersetzungen im aktuellen Konflikt zwischen Russland und der Ukraine ein Ende finden. Wie Sie wissen, wird ihm eine Zugehörigkeit zum GRU, dem russischen Militärgeheimdienst, zugeschrieben. Er war schon auf dem Boden der Bundesrepublik aktiv und wir wollen nicht, dass er in der aktuellen Lage gleich wieder in Deutschland eingesetzt wird.«

»Selbstverständlich. Der türkische Premierminister selbst hat zugesagt, dass diese Person so lange in Ankara unter spezieller Aufsicht der Regierung interniert wird, bis die feindseligen Handlungen zwischen Russland und der Ukraine beendet sind oder Deutschland seiner vorzeitigen Entlassung zustimmt«, übersetzte Deveoglu hektisch. Er hatte sichtlich Schwierigkeiten, dem schnellen Wortwechsel der beiden zu folgen.

»Der andere ist, wie aus Ihrem Innenministerium verlautete, ein kleiner Fisch, der nach Ankunft auf freien Fuß gesetzt werden kann – natürlich erst nachdem die türkischen Behörden überprüft haben, dass ihm keine Verbrechen in unserem Land vorgeworfen werden.«

»Genau, ganz recht«, antwortete Schröder, dem man die

Erleichterung ansah, durch die nochmalige Bestätigung dieser für das Außenministerium wichtigen Passagen seine Pflicht getan zu haben.

»Dann lassen Sie uns einen Tee trinken«, sagte Deveoglu, der sichtlich entspannter wirkte, da nun der lästige Teil ihres Treffens erledigt war.

Er hatte den Gästen Tee eingegossen, als ein Ordonanzoffizier die Tür öffnete, seinen Kopf hereinsteckte und seinem Vorgesetzten etwas auf Türkisch meldete.

»Das Beiboot der Russen legt gerade am Seitendeck an«, berichtete Deveoglu. »Wir sollten nach draußen gehen.«

Hansen spürte, wie das flaue Gefühl im Magen, das eben etwas nachgelassen hatte, wieder anschwoll. Hoffentlich geht alles gut, dachte sie. Sie hatte keine Lust, wegen eines gescheiterten Austauschs morgen die Titelseite der *Blitzzeitung* zu füllen.

Als sie das Deck betraten, fiel ihr die Masse an türkischen Seeleuten auf, die das Seitendeck und alle nur denkbaren Stationen bevölkerten. Offensichtlich hatte Deveoglu angeordnet, auch die Freiwache antreten zu lassen. Was hatte ihn so beunruhigt?

STANDORTBESTIMMUNG

Speyer, Dienstag, 27. September 2022, 9.20 Uhr

»Das, was Böhm gesagt hat, lässt mir keine Ruhe. Es ging mir die ganze Nacht durch den Kopf«, sagte André und schaute gedankenverloren auf die unberührte Cappuccinotasse vor sich auf dem Frühstückstisch.

Irina schüttelte den Kopf. »Du kannst es wohl mal wieder nicht lassen.«

»Wenn es schon die Polizei nicht tut, werde ich eben einen Abstecher nach Landau-Nußdorf unternehmen und den Sohn vom alten Knöringer befragen.«

»Knöringer? Woher weißt du seinen Namen? Hast du etwa …?«

»Ja, ich habe mit dem Bestatter telefoniert und ja, er hat mir die Kontaktdaten gegeben.«

»Und wie willst du das anstellen?«, fragte Irina, die wie immer in einem verwaschenen Schlafanzug vor ihm saß.

»Na ja, ich werde im Weingut einkaufen und Knöringer ausfragen.«

»Dein Ernst? Offen gestanden, ich finde die Idee dämlich.«

»Wow. *Charming Irina* zieht wieder mal alle Register der einfühlsam-konstruktiven Kritik.«

»Sei doch froh, dass ich dich davor bewahre, dich unendlich lächerlich zu machen. Du glaubst doch wohl nicht im Ernst, dass die dir einfach so aufmachen, dich hereinbitten und dann mit dir mal ganz ungezwungen über den Tod ihres Vaters oder Schwiegervaters plaudern?«

»Na ja, man müsste sich eben eine Geschichte einfallen lassen, die es glaubwürdiger macht.«

Irina schüttelte schweigend den Kopf.

Nach einer Weile nahm sie den Gesprächsfaden wieder auf.

»Schon mal was von Social Engineering gehört, alter Mann?«

»Soziales Ingenieurwesen?«, fragte André unsicher und war sich bewusst, dass er gerade im Begriff war, seinen Fuß tief in den Fettnapf vor sich zu drücken und eine von Irinas bösartigen Antworten zu provozieren.

Sie stöhnte. »Wenn du mich nicht hättest.«

»Kannst du mir nun endlich mal erklären, worum es geht?«, fragte er ärgerlich. Er mochte es nicht, wenn man ihn auf die Folter spannte.

»Social Engineering ist eine Methode, um durch Manipulation an Informationen zu gelangen. Gerade hatte ich an der Uni ein Seminar dazu.«

»Wusste nicht, dass Täuschen und Betrügen mittlerweile Bestandteil der Betriebswirtschaftslehre geworden ist.«

»Nein, wir sollen lernen, Betrug und Täuschung zu erkennen. Wer von uns war denn Risiko-Controller einer Bank?« Irina spielte damit auf Andrés frühere Tätigkeit bei einem Frankfurter Bankhaus an, aus der er ausgestiegen war, um, wie er immer sagte: Nur noch das zu tun, was ihm Spaß machte.

»Toll, und was machen wir nun mit deinen bahnbrechenden Erkenntnissen?«

»Wir werden gemeinsam einen Schlachtplan ausarbeiten.«

»*Gemeinsam?*«, wiederholte André gedehnt. »Ich will dich da nicht mit reinziehen.«

Irina lachte. »Was sagtest du bei deinem letzten Fall über

das Verhältnis deines Kripo-Freundes Frank Achill und seiner rechten Hand, Verena Bertling?«

André schwieg.

»Du sagtest, er hätte nicht erkannt, dass sie erwachsen geworden wäre.«

André schluckte. Er hatte sich tatsächlich, als es damals Spannungen zwischen Frank und seiner Mitarbeiterin gegeben hatte, unterstützend hinter sie gestellt und ihm genau dies entgegengehalten.

»Aber das ist doch etwas ganz anderes. Sie ist eine junge Frau, arbeitet bei der Polizei und baut sich dort ihre Karriere auf.«

»Und was ist bei mir anders? Ich bin auch eine junge Frau, die sich weiterentwickelt«, konterte sie trotzig.

»Ja, schon, das freut mich ja und ich bin auch ein wenig stolz auf dich.«

»Ein wenig?«, erwiderte sie und grinste spöttisch.

»Na ja, soweit es mir als Gastvater eben zusteht.«

»Und was ist dann der Grund, warum du mich gerade so in Watte packst?«

»Du bist Russin und bei dem, was da gerade politisch läuft, solltest du so wenig wie möglich auffallen. Nicht auszudenken, wenn man dich abschieben würde. In deiner Heimat brennen die Nachschubdepots und schlagen die Raketen ein. Deine Heimatstadt Kursk liegt am Rande dieses fürchterlichen Kriegsgebietes. Als deutschstämmige Russin würdest du unweigerlich zwischen die Fronten geraten.«

Irinas Züge verfinsterten sich. Sie schaute André mit einer seltsamen Miene an, in der gleichsam Traurigkeit und Angriffslust lagen.

»Auf der einen Seite hast du recht. Mich beschäftigt das sehr und ich könnte weinen, wenn ich an meine Familie denke. Wenn ich dort wäre, würde ich wahrscheinlich für den Frieden auf die Straße gehen und höchstwahrscheinlich kurz darauf in einem Straflager in Sibirien landen. Ich kann es kaum fassen, dass ich als junges Mädchen wie fast alle in der Klasse mal ein Fan von Putin gewesen bin. Was ist nur mit ihm geschehen? Viele von uns trugen T-Shirts mit seinem Gesicht drauf. Er war ein Hoffnungsträger für das moderne Russland. Und nun …« Irinas Augen füllten sich mit Tränen.

André legte sanft die Hand auf ihren Unterarm.

»Aber ich hab keine Lust, mich davon steuern zu lassen. Ich bin hier und bleibe hier. Meine Herkunft soll kein Hindernis mehr für mich sein.« Den letzten Satz hatte sie zornig hervorgestoßen.

André schaute sie verwirrt an.

»Ich hätte dir sagen sollen, dass ich letzte Woche die deutsche Staatsbürgerschaft beantragt habe. Ich geh nicht mehr zurück«, sagte sie mit einer Entschlossenheit, die er noch nie an dieser jungen, sonst so zerbrechlich wirkenden Frau wahrgenommen hatte.

»Und ja, ich darf nicht auffallen, die Einbürgerung nach acht Jahren Aufenthalt in Deutschland funktioniert nur bei ausreichenden Sprachkenntnissen und ohne Vorstrafen. Aber wie sagst du immer: ›No risk, no fun!‹«

André blieb stumm. Einerseits freute es ihn, dass sie hierbleiben wollte, andererseits fürchtete er, in ihrer aufgewühlten Gemütslage einen Fehler zu begehen. Er beschloss, sich die Antwort in Ruhe zu überlegen und für eine bessere Situation aufzusparen.

DMITRY ROGACHEV

Schwarzes Meer, nahe dem Bosporus, rund vier Monate vorher, Samstag, 4. Juni 2022, 12.35 Uhr, 10.35 Zulu.

Hansen ließ ihren Blick schweifen, exakt querab nahm sie in der Ferne die *Dmitry Rogachev* wahr. Bedrohlich mutete das für ein Patrouillenboot sehr stattliche Schiff mit der für Tarnkappenboote üblichen, kantigen und schmucklosen Form an.

Sie war noch so weit entfernt, dass sie nur mit Mühe die Schiffskennung »375« lesen konnte, die in mannshohen Lettern den Rumpf bugwärts zierte. Aber warum hatte sie aufgestoppt? Wieso bewegte sie sich nicht auf sie zu?

Deveoglu schien ihre Gedanken zu erraten. »Sie ist eines der modernsten Schiffe der russischen Marine und mit fast 100 Metern für ein Patrouillenboot etwas groß geraten.«

»Aber warum hat sie aufgestoppt? Wieso bewegt sie sich nicht auf uns zu?«

Deveoglu schmunzelte. »Weil ich es ihr verboten habe.«

»Haben Sie etwa die Befürchtung, sie würde …?«

»Nein, habe ich nicht. Aber ich habe keine Lust, aus Versehen eine ukrainische Seedrohne abzukriegen, die möglicherweise gerade zu ihr unterwegs ist und ihr Ziel verfehlt.«

»Aber wieso sollten die …?« Wieder stockte Hansen.

»Na ja, die NATO weiß von dieser Übergabe. Und wenn es die NATO weiß, weiß es die ukrainische Marine auch.«

Hansen schluckte. Wieder einmal wurde ihr schmerzlich bewusst, wie nahe sie diesem Krieg waren, obwohl sie hier mitten im Schwarzen Meer mehr als 150 Seemeilen von der Krim entfernt waren.

»Aber keine Sorge, Ihre Passagierin wird gleich an Bord sein, die *Dmitry Rogachev* ist ein modernes Schiff und trägt ein stattliches Schnellboot in ihrem Heck. Das haben sie zu uns rübergeschickt. Wenn Sie gestatten, ich muss nun die Übernahme überwachen.«

Deveoglu machte sich auf den Weg zum Fallreep. Hansen trottete ihm hinterher.

Neben der Fregatte, bisher von den Aufbauten verdeckt, lag ein Schnellboot von der Größe einer stattlichen Motorjacht. Man hatte es bereits mit zwei unterarmdicken Tauen festgemacht. Zwischen den beiden Rümpfen klemmten mehrere Gummifender, die die starken Wellen bei jedem Hub und jeder Senkung zwischen dem Stahl der Schiffe wie nasse Gummibälle laut quietschen ließen.

Gerade mühte man sich ab, mit dem Fallreep, einer am Rumpf der Fregatte fest installierten metallenen Laufplanke, die beiden schwankenden Seitendecks zu verbinden und den Spalt zwischen den Schiffen zu überbrücken.

Hansen nahm eine Frau unter den Matrosen und Seeoffizieren auf dem Deck des russischen Bootes wahr. Sie trug einen verwaschenen Jogginganzug, ihr Haar war wirr und ihr Teint kreidebleich. Hansen glaubte, Tränen auf dem angstverzerrten Gesicht wahrzunehmen. Man hatte ihr Fesseln angelegt. Einer ihrer Bewacher schob sie in Richtung des Fallreeps.

»Stop that!«, schrie Deveoglu harsch. »Use a bosun's chair – nehmt einen Seemannstuhl!« Dabei wies er mit der Hand auf einen kleinen Lastenkran.

»Sie wollten die Frau in diesem Zustand tatsächlich über das wacklige Fallreep laufen lassen«, sagte Deveoglu an Hansen gewandt und schüttelte den Kopf. Anschließend gab er seinen Leuten die Anweisung, den Kran klarzumachen und mit einem Seemannstuhl, einem hosenartigen Geschirr, in dem man eine Person sicher an Bord hieven konnte, auszustatten.

In der Zwischenzeit waren ein russischer Offizier und ein in Zivil gekleideter vierschrötiger Typ über das Fallreep an Bord der Fregatte gestolpert. Von zwei türkischen Matrosen wurden sie hoch zu ihnen aufs Seitendeck eskortiert.

»Ihr Einsatz!«, kommentierte Deveoglu an Schröder gewandt und wies auf das Ende des Fallreeps. »Ich kümmere mich derweil darum, dass Ihre Passagierin sicher an Deck kommt.«

Unterdessen hatte sich auch Erbakan, der Mann vom türkischen Außenministerium, aufs Seitendeck bequemt und wartete unweit des Fallreeps.

SOCIAL ENGINEERING

Speyer, Dienstag, 27. September 2022, 12.10 Uhr

»Ich weiß nicht recht. Und du glaubst, das klappt?«, fragte André skeptisch.

»Ja klar, es wird wie aus dem Lehrbuch ablaufen, du wirst sehen. Wir nutzen all das, was wir über den Fall wissen, so wird es diesem Knöringer ganz normal erscheinen. Und mit dem gefakten Anruf vorneweg legitimieren wir das Ganze. Das wird klappen. Nur du solltest da nicht hingehen.«

»Wieso, ich bin es doch, der die Informationen braucht.«

Irina lachte. »Wow, wie tiefsinnig. Schon mal was von Teamwork gehört?«

»Ja schon, aber du gehst mir da nicht hin.«

Irina lachte. »Echt jetzt? Müssen wir erst wieder diese Schwache-Frau-starker-Mann-Nummer durchziehen?«

»Nein, aber …« André fehlten die Argumente.

»Fakt ist: Du bist bekannt wie ein bunter Hund. Es ist nicht unwahrscheinlich, dass man dich dort kennt. Ich hingegen bewege mich in einem Umfeld, das keinerlei Kontakte an die Weinstraße hat.«

»Mmh«, brummte er unzufrieden.

»Im Übrigen wird es der Anruf sein, der mir den Ball auf den Elfmeterpunkt legt, und den machst du.«

André schluckte. Wo hatte sich das einst so scheue Mädchen nur hinentwickelt? Irinas Abgebrühtheit erschreckte ihn und machte ihn zugleich stolz. Sie war erwachsen geworden und hatte ihm das vorhin mehr als deutlich gesagt. Er musste sich eingestehen, dass sie recht hatte. Er wollte nicht denselben Fehler machen wie letztes Jahr sein Freund Achill. Er hatte damit die kollegiale und freundschaftliche Bindung zu Verena Bertling aufs Spiel gesetzt.

»Aber du musst das mit dieser komischen App machen. Mir ist das nicht geheuer. Und legal ist das sicher auch nicht.«

Irina lachte. »Legal ist an dieser Sache überhaupt nichts, aber sie ist totsicher, weil sie nicht nachvollziehbar ist. Meine alte russische Prepaid-SIM-Karte ist für so was Gold wert. Die konnte man damals wie hier anonym kaufen. Insofern wird sie niemand mit mir in Verbindung bringen können.«

»Also noch mal für Digitalisierungsbremsen wie mich, wie geht das mit diesem, wie heißt es doch gleich Call-ID-Spoofing?«

Irina lachte. »Wow, du entwickelst dich ja zum reinsten Chippie.«

»Chippie? Was ist das denn schon wieder?«

Irina stöhnte. »Ums so auszudrücken, dass auch du es verstehst: ein Computerfreak.«

»Also, es funktioniert genauso wie beim Enkeltrick«, fuhr sie fort. »Nur, dass wir nichts Böses wollen. Du rufst mit dem Handy an, in das wir meine russische SIM-Karte installiert haben, und durch die Call-ID-Spoofing-App verpassen wir dir eine gefakte Anrufertelefonnummer. In diesem Fall die Zentralnummer der Landwirtschaftlichen Unfallversicherung hier in Speyer. Und da alle Landwirte dort versichert sind, wird es für Knöringer völlig normal aussehen. So schnell werden die uns auch noch nicht zuvorgekommen sein. Und sollte er doch irgendwann unter deiner Nummer zurückrufen, landet er dort in der Zentrale, und die wissen eh von nichts. Wir geben dir einen Allerweltsnamen und alles verläuft im Unklaren. Fertig!«

Eine halbe Stunde später waren sie so weit. Es konnte losgehen.

»Guten Tag, Schmidt am Apparat, Landwirtschaftliche Unfallversicherung Speyer«, stellte sich André flüssig vor, als hätte er sich schon Tausende Male so gemeldet, und fuhr ohne Pause fort: »Spreche ich mit Herrn Thomas Knöringer?«

»Ja, am Abbarat«, erwiderte sein Gegenüber pfälzernd, ohne dass André daraus Überraschung oder Skepsis ableiten konnte.

»Zunächst mein Beileid zum Tod Ihres Vaters.« André verlieh seiner Stimme einen bedauernden Unterton und legte eine kurze Sprechpause ein.

»Ja, donke, 's war hart für uns«, sagte Knöringer bewegt in Pfälzer Hochdeutsch, einer seltsamen Mischung aus Hochdeutsch und Pfälzer Dialekt, die hier in der Region oft zu hören war, wenn urige Pfälzer versuchten, Hochdeutsch zu sprechen.

»Das verstehe ich, ich will Sie auch nicht lange stören. Sie haben das Bestattungsinstitut Böhm mit der Geltendmachung Ihrer Versicherungsansprüche uns gegenüber beauftragt.«

»Ja, klar, das hab isch«, gab Knöringer unbefangen zurück.

André musste schmunzeln. Es war genau, wie Irina gesagt hatte, bezog man sich auf etwas, was im Grunde genommen vertraulich war, aber auf der Hand lag, weil es der übliche Routineprozess war, hatte man sofort die nötige Glaubwürdigkeit. Die Tatsache, dass Knöringer dazu im Display seines Handys eine kurze Speyerer Behördennummer sah und dass sein Telefon möglicherweise sogar automatisch den Namen der Behörde einblendete, bewirkte den Rest.

»Sicherlich verstehen Sie, dass, bevor wir Zahlungen leisten können, wir Sie leider noch zu den Umständen des Todes Ihres Vaters einen etwas komplizierten Fragebogen ausfüllen lassen müssen. Falls Ihnen das zurzeit schwerfällt, können Sie mir das Ganze auch in unseren Geschäftsräumen in Speyer zu Protokoll geben.« André legte bewusst eine Pause ein, um das Gesagte bei Knöringer sacken zu lassen. Wie erwartet, nahm er ein Stöhnen auf der anderen Seite wahr.

»Ähm, muss das sein? Ausgerechnet jetzt? Isch bin mitten in der Lese, und mein Vaader fehlt uns. Vom Vollernter, der noch nicht freigegeben ist, gonz zu schweigen.«

André horchte kurz auf, was hatte das zu bedeuten, dass der Vollernter noch immer bei der Polizei stand?

»Ich weiß, das mag für Sie sehr bürokratisch klingen, aber wir kommen da nicht drum herum, aber vielleicht …« Er legte bewusst eine Pause ein.

»Vielleicht was …?«, hakte Knöringer nach.

»… kann ich Sie vielleicht in Anbetracht der Tragik dieses Falles etwas unterstützen.« Wieder folgte eine Pause.

»Und wie?«

»Na ja, das ist eigentlich nicht so vorgesehen, und wenn mein Vorgesetzter das erfahren würde …« Wieder pausierte er.

»Keine Sorge, ich bin keiner von dieser Sorte, die sich ständisch beschwert«, beschwichtigte Knöringer.

»Wir haben gerade eine Werkstudentin hier, die uns bei der Bearbeitung dieser Art von Anträgen unterstützt. Ihr würde etwas Versichertenkontakt gar nicht schaden. Sie könnte bei Ihnen heute Nachmittag oder morgen Vormittag kurz vorbeikommen und das Ganze rasch erledigen. Dann hätten wir auch gleich den Vorgang abgearbeitet und könnten Ihnen kurzfristig die Zahlung zukommen lassen.«

»Das wäre sehr entgeschenkommend. Ich kann zurzeit nämlich hier nischt weg. Die Lese muss abgeschlossen werden, und die Beisetzung meines Vaaders ist schon morgen. Es wäre subber, wenn wir das noch heude erledischen könnden.«

»Augenblick, ich muss kurz fragen, ob sie dazu bereit ist«, sagte André und schaltete das Handy für rund 20 Sekunden auf stumm. Er zwinkerte Irina, die alles mitgehört hatte, verschwörerisch zu.

Sie reckte den Daumen in die Luft.

»Unsere Frau Müller kann es so gegen 14 Uhr einrichten«, setzte er das unterbrochene Gespräch fort.

Er gab Knöringer noch die Gelegenheit, sich zu bedanken, und brach dann das Telefonat wegen eines angeblich hereinkommenden Anrufes ab. Er wollte nicht, dass es noch zu unangenehmen Rückfragen käme.

»Dann los, hier ist der ausgedruckte Fragebogen.« André schob Irina einen von ihm gestalteten Bogen mit dem einkopierten Logo der Versicherung zu, auf dem sie versucht hatten, all das einfließen zu lassen, was sie wissen wollten und was gerade noch unverdächtig erschien.

»Schick mir lieber die Datei«, erwiderte sie.

»Aber wieso? Passt er dir jetzt doch nicht?« Die Enttäuschung war ihm deutlich anzusehen.

Irina lachte. »Keine Sorge, ich werde ihn genauso benutzen. Nur mit einem Unterschied. Ich werde ihn auf mein Tablet übertragen und dort ausfüllen. So sieht er zwar dein schönes Logo nicht so gut, aber er kann nicht auf die Idee kommen, ihn zu kopieren.«

André nickte anerkennend. »Wow, das hätte von mir kommen können.«

VERHANDLUNGEN

Schwarzes Meer, nahe dem Bosporus, rund vier Monate vorher, Samstag, 4. Juni 2022, 12.50 Uhr, 10.50 Zulu

Es wurden noch einige umständliche Verhandlungen zwischen dem russischen Offizier und dem türkischen Beamten geführt, bis man sich endlich handelseinig war. Hansen konnte nur den Kopf darüber schütteln, wie der Russe in Kenntnis der ursprünglich getroffenen Vereinbarung versuchte, die beiden Gefangenen doch direkt mitzunehmen, und von der türkischen Ingewahrsamnahme zunächst angeblich nichts wissen wollte.

Doch endlich war man zum Ende gekommen. Alle gingen auf das Flugdeck, und Hansen ließ die beiden noch immer in Handschellen aus dem Hubschrauber klettern. Der russische Offizier folgte mürrisch dieser Vorführung. Auf Russisch fragte er die beiden, ob es ihnen gut gehe.

Sie antworteten mit einem zackigen »da«, was so viel wie »ja« bedeutete.

Der Russe blökte einen Befehl zum Seitendeck, und kurz darauf wurde die ZDF-Journalistin Margarethe Bornemann-Konopka im Seemannstuhl an Bord gehievt. Gestützt von der herbeigeeilten Marineärztin lief sie in Begleitung eines russischen Wächters, der sich in Anbetracht der Gebrechlichkeit seiner Gefangenen nutzlos vorkommen musste, auf sie zu.

Der russische Offizier wies den Wächter durch ein mürrisches Nicken an, sie an Schröder und Hansen zu übergeben und ihr die Handschellen abzunehmen. Nun wies auch Hansen nach einem zustimmenden Zunicken Schröders ihre Leute an, die beiden Russen zu der bereitstehenden türkischen Wachmannschaft zu führen. Auch ihnen wurden die Fesseln abgenommen. Der mit dem Tränentattoo grinste verschlagen, als er an Hansen vorbeihumpelte. Offensichtlich hatte er in Anbetracht seines Strafregisters nicht mehr damit gerechnet, je wieder die Luft der Freiheit zu schnuppern, auch wenn er zunächst eine vielleicht mehrjährige Internierung in der Türkei zu überstehen hatte.

»Seien Sie vorsichtig mit ihm. Ich kenne seine Akte. Es gibt wohl kaum eine Scheußlichkeit, die er nicht begangen hat. Selbst im Gefängnis war er eine Plage«, flüsterte Hansen Deveoglu zu.

Er grinste. »Lassen Sie erst mal die Russen von Bord gehen, dann hat er schneller wieder Handfesseln an, als er schauen kann.«

Hansen warf einen letzten Blick auf den mit den Tränentattoos. Sein Anblick zog sie magisch an. Er war wie eine hässliche schwärende Wunde, die man zwanghaft anstarrte, obwohl man genau wusste, dass es einem dabei den Magen umdrehte. Sie sah diesem Scheusal, das da davonhumpelte, nach, bis er mit seinem Kumpan im Schiffsbauch verschwunden war.

Sie hatte sich immer gefragt, ob man Mördern ihre Verderbtheit wohl ansehen konnte. Seit dieser Begegnung wusste sie, dass es so war.

BEFRAGUNG

Speyer / Landau-Nußdorf, Dienstag, 27. September 2022, 13.30 Uhr

Irina war die Zeit knapp geworden. Während ihr Tablet schnell mit dem Nötigen bestückt war, war es eher ihr Outfit, das sie aufhielt.

Wie sah denn so eine Angestellte der Landwirtschaftlichen Unfallversicherung aus? Zu viel Business-Outfit war bestimmt eher auffällig – so zu gehen, wie sie gewöhnlich zum Studium aufbrach, zu lässig.

Schließlich hatte sie sich für eine Stoffhose und eine Trachtenbluse, die noch von ihrer Zeit als Anwärterin zur Brezelkönigin herumlag, entschieden. Dazu hatte sie sich die Haare geflochten und zu einem Knoten hochgesteckt. Dann hatte sie sich noch eine Brille aus Fensterglas, die sie in Andrés Kostümfundus für Fasching gefunden hatte, aufgesetzt.

»Wie siehst du denn aus? Du wirkst wie eine Kreuzung aus deiner Tante Ludmilla und Inka Bause von *Bauer sucht Frau*«, sagte André grinsend, als er sie sah.

Irina lachte. »Das mit Ludmilla nehm ich dir krumm. Inka Bause passt schon eher, schließlich soll der Köder ja dem Fisch gefallen.«

André lachte. »Suchst du etwa einen Partner fürs Leben ausgerechnet in der Pfälzer Winzerschaft?«

»Nein, aber es könnte helfen, ihm zu gefallen.«

*

Fast pünktlich gegen 14.10 Uhr stand sie vor dem verschlossenen Hoftor des Weingutes und klingelte.

Ein Mittvierziger im blau-weiß gestreiften Winzerhemd und schwarzer Jeans öffnete ihr.

Sie stellte sich mit »Irina Müller von der Landwirtschaftlichen Unfallversicherung« vor.

Ein eher ungelenkes »Thomas Knöringer, ahngenähm« war seine Erwiderung.

Ohne ein weiteres Wort führte er sie in ein unaufgeräumtes mit Aktenbergen und allerlei Krimskrams vollgestopftes Büro in einem Anbau zur Kelterhalle. Es roch nach frisch angegorenem Traubensaft, ein untrügliches Zeichen, dass die Lese noch in vollem Gange war. Mit einem flüchtigen »Schuldischung« räumte er hektisch einen Aktenberg vom Besucherstuhl vor einem altmodischen Ikea-Schreibtisch. Von der Tischplatte war unter allerlei Papieren und Ordnern kaum etwas zu sehen.

Sie setzte sich und schob ihrerseits einige Papiere zur Seite, um eine Auflagefläche für ihr Tablet freizuräumen. Knöringer ließ es offensichtlich kalt, dass sich seine Besucherin selbst Platz schaffen musste. Er fläzte sich ihr gegenüber in einen zerknautschten Chefsessel aus abgewetztem braunem Kunstleder.

»Wie Sie wissen, geht es heute darum, gemeinsam den Antrag auf Leistung der Berufsunfallversicherung Ihres Vaters auszufüllen«, führte Irina förmlich ein.

Knöringer nickte. Offensichtlich kam es ihm zupass, dass sie ohne Umschweife die Moderation des Gesprächs übernahm. Ganz so hatte sie es heute Morgen noch mit André besprochen. »Bloß auf keinen Small Talk einlassen« war die von ihm ausgegebene Devise gewesen.

»Wie Sie wissen, ist Ihr Vater als Altenteiler – also Landwirtschaftsrentenempfänger – trotz seines offiziellen Ausscheidens aus dem Berufsleben weiterhin in der Landwirtschaftlichen Unfallversicherung versichert.«

Knöringer nickte erneut.

»Damit unsere Versicherung eine Zahlung leisten kann, ist zunächst das Vorliegen eines Unfalls zweifelsfrei festzustellen und der Unfallhergang zu dokumentieren.«

»Das hot doch die Bolizei schunn«, erwiderte Knöringer wieder in dem seltsamen Mix aus Pfälzisch und Hochdeutsch.

»Das ist uns bewusst, und in Zweifelsfällen stellen wir dort auch ein Auskunftsersuchen. Insofern sollten Sie gegenüber uns die gleiche Offenheit an den Tag legen wie bei der Polizei.«

Irina beobachtete, dass sich auf Knöringers Gesicht ein rosiger Schimmer legte. Offensichtlich wurde ihm gerade bewusst, dass das hier eine ernste Sache war, bei der es um viele Tausend Euro ging.

»Dann lassen Sie uns beginnen.« Irina öffnete den elektronischen Fragebogen auf ihrem Tablet und ließ ganz bewusst die erste Seite mit dem einkopierten Logo einige Sekunden stehen, sodass sie Knöringer gut erkennen konnte.

Er schluckte.

Sie begann zunächst mit den persönlichen Angaben, las Knöringer die schon vorbefüllte Adresse vor und ließ sie artig bestätigen. Er schien keinerlei Zweifel an ihrem Auftrag oder ihrer Person zu haben.

»Nun zum Unfallzeitpunkt«, kam sie schließlich auf das zu sprechen, worauf es ihr und André ankam.

»Also de Vadder is om norre zehne nochemol mim Vollernter nausg'fahre. Er hot g'sacht, er hett eh kä Ruh heit Nacht. Un dass wonn's uff die Trauwe reschend, uns die Botritis alles hie macht.«

»Wie bitte?«, fragte Irina, die ihm kaum folgen konnte.

»Dass halt alles fault, wenn's draufreschnet, hot er gemähnt«, versuchte es Knöringer nun mit etwas weniger Dialekteinschlag.

»Aha. Und warum fuhr *er* raus und nicht Sie?«

»Ah, isch war jo grad heimgekommen. Isch war ab sechs Uhr auf den Beinen und dodal groggy, also müde.«

Irina konnte sich über das merkwürdige Kauderwelsch nur mit Mühe ein Lächeln verkneifen.

»Und wann ist es dann passiert?«

»Wahrscheinlich wänisch späder, weil mehr wie eine Zeile hodd er nischt hingebracht«, antwortete Knöringer.

»Und wann haben Sie vom Unfall erfahren?«

»Erscht am nägschden Morgen, wie uns de Nochbar ogerufe hot.«

»Nochbar?«, wiederholte Irina fragend.

»Der Nachbar«, erwiderte Knöringer gekünstelt hochdeutsch.

»Und ist Ihnen nicht aufgefallen, dass Ihr Vater nicht von der Lese zurückgekommen ist?«

»Nein.« Knöringer lief puterrot an, seine Augen wurden feucht. »Ich, ich hab g'schlafen. Wie g'sacht, isch war den gonzen Tag auf den Beinen und hab tief g'schlafen.«, verteidigte er sich ungelenk. Wahrscheinlich war es ihm peinlich, den Unfalltod seines Vaters im wahrsten Sinne des Wortes verschlafen zu haben.

»Isch denk immer, hedd ich gleich nach ihm geguckt, könnt er vielleicht noch lewe.« Er schluchzte laut auf, und eine Träne kullerte über seine, mit roten Äderchen überzogene Wange.

Irina ließ dies unkommentiert im Raum stehen und fuhr diensteifrig fort. »Und wie ist nach Ihrer Sicht der Unfall abgelaufen?«

Knöringer zögerte, offensichtlich war er sich unsicher, was er preisgeben sollte.

»Wir werden dazu natürlich auch den Polizeibericht heranziehen«, verstärkte Irina den Druck.

»Na ja, soweit ich vumm Nochbar g'hört hab, war ähn Reweknorze im Sortierband vumm Vollernter hängegebliwwe und er wollt ihn raushole.«

»Reweknorze?«

»Ja, ein Holzknorze, also ein Schdück Rebenholz«, näherte sich Knöringer schrittweise dem Hochdeutschen an.

»Und weiter?«

»Do debei isser wohl in den Vollernter g'falle.« Knöringer stockte.

»Und wie kam's dazu, dass man ihn überfahren gefunden hat?«

»Sie missen sich des so vorschdelle: Die Sortierbänder sind seitlich. In der Midde is des Gerät offe. Man sieht, wie die Rebzeile drunter durchläuft, ein vibrierendes G'schdänge schlägt die Trauben ab. Und in diesen offenen Schacht isser neug'falle, also reingefallen. Zwische die Rebzeile un de rechte Seit vumm Vollernter. Wie die Bolizei saacht, hot er üwerall om Kärber Prellungen vunn dem G'stänge un de Räwetriewe, die er beim Sturz abgerisse hot. Dann ischer zwische die Rebzeil und dem Vollernter uff den Wingertsgrund g'falle un mim Kopp unners Hinnerad vumm demm Riesegerät kumme.«

Irina schüttelte verwirrt den Kopf. »Und wie kam es, dass das Gerät weitergefahren ist, während er am Sortierwerk herumhantierte?«

»Ah es hot halt so ähn Audopilot. Und iss erscht g'schtoppt, wie die Sensore gemerkt hänn, dass do ä Hinnernis in den Vibrationstangen is. Des war awwer ähn Tick zu longsam und zu spät fa de Vadder.«

Irina schluckte. »Und kann man da während der Fahrt so einfach aus der Fahrerkabine steigen?«

Knöringers Gesichtsfarbe bekam erneut einen roten Schimmer. Er stockte.

Irina wedelte kreisförmig mit der Hand, um ihn zum Sprechen zu ermutigen.

Er atmete hörbar aus. »Na ja, de Vadder hot die Kabinedier unn 's Dach vor ä paar Johr äfach abg'flext. Des war ihm im Wäsch.«

Jetzt war es Irina, die hörbar ausatmete.

»Isch wäß, so was heren ihr vunn de Versicherung nidd gern.«

Irina hatte keine Lust auf eine versicherungsrechtliche Diskussion. Mit großer Wahrscheinlichkeit hatte der alte Knöringer durch diese grobe Fahrlässigkeit seinen Versicherungsschutz verwirkt. Aber das war nun wirklich nicht ihr Problem.

»Nur noch eine Frage zum Unfallhergang. Können Sie ausschließen, dass eine dritte Person im Spiel war?«

»Hajo. Wer soll sich donn nachts um elfe im Wingert rumdreiwe, un wie soll der uff ähn fahrende Vollernter uffschbringe?«

»Hatte er denn Feinde? Gibt es Leute, die einen Grund hatten, ihm so etwas anzutun?«

»A woher donn.« Knöringer schüttelte eifrig den Kopf. »Ma kennt sich doch im Ort und de Vadder war ähn gonz Gemietliche. Kä so ähn Kriwwelbisser, wo mit jedem Krach ofongt.«

Irina nickte, gab sich aber noch nicht zufrieden. »Hat es in den letzten Wochen vielleicht mal einen zornigen Wortwechsel mit jemandem gegeben?«

»Nä!«, erwiderte Knöringer ärgerlich. »Des häßt, do so ähn junge vumm Ort, so ähn Griene hot sich uffgerescht, weil de Vadder mol widder Glyphosat zwische die Rebzeile g'spritzt hot. Er hot des halt nidd hawwe känne, wann do 's U'kraut ähn halwe Meder hochwachst.«

»Und wie heißt dieser junge Mann?«

Knöringer zögerte. »Muss isch des wirklich saache. Ma will jo nidd bees üwwer die Onnere vumm Ort redde.«

»Ich denke, in Anbetracht der Fahrlässigkeit Ihres Vaters wäre wohl eine sehr wohlwollende Mitarbeit von Ihnen für die Beurteilung, ob wir wirklich leisten werden, ganz hilfreich. Wenn Sie verstehen?«

Knöringer nickte wissend. »Ah 's war de Kronauer, Niklas. Die hänn do vorne ah ä Woigut. So ä Biowoigut un machen lauder so Ekoferz.« Dem Wort »Biowoigut« gab er dabei einen abfälligen Klang, so als handle es sich um etwas Anstößiges.

Irina notierte eifrig den Namen des jungen Biowinzers.

»Könnte es sein, dass er Ihrem Vater eins auswischen wollte?«

»Ah nä, woher donn, um Gotts wille. Des is ähn gonz brave Bu.«

»Und ging es Ihrem Vater an diesem Abend ansonsten gut?«

»Hajo. Wie isch vumm Wingert kumme bin, isch er im Wohnzimmer g'sesse und hot sein Schorle getrunke.«

Irina schluckte erneut, ließ es aber unkommentiert. »Nahm Ihr Vater irgendwelche Medikamente? Zum Beispiel Heparin oder Insulin? Musste er sich spritzen?«

»De Vadder is fit wie ähn Turnschuh, wie ma in de Palz saacht. Außer soim Schorle braucht der kä Medikamende.« Knöringer lachte über seinen Scherz.

Irina hakte noch einmal nach. »Können Sie ausschließen, dass er kurz vor seinem Ableben Medikamente oder eine Spritze erhalten hat? War er beispielsweise kurz vorher beim Arzt?«

»Ah woher donn, der war so gut wie nie beim Doktor.«

»Vielleicht eine Impfung?«, versuchte es Irina noch mal.

»Die hodder abgelähnt. Frischi Luft und zwä oder drei Schobbe Schorle om Dach longen, hot er immer g'saacht.«

Irina konnte sich ein Lächeln nicht verkneifen.

BEGEGNUNG

Ludwigshafen, Donnerstag, 27. September 2022, 14.00 Uhr

»Schnell, der Chef will dich sprechen!«, rief Jonas atemlos.

Bertling fuhr ärgerlich von der vollautomatischen Kaffeemaschine hoch.

»Was ist denn passiert? Wird das Präsidium gerade vom aufgebrachten Mob Ludwigshafens gestürmt?«

»Äh, nein, ich glaube nicht. Es ist eher …«, begann Jonas, brach dann aber ab, als ihm wohl bewusst wurde, dass ihn Bertling wieder einmal wegen seiner Hektik hochnahm. »Der neue Oberstaatsanwalt stellt sich gerade bei ihm vor, und der Chef wollte, dass du dabei bist«, fügte er nun etwas ruhiger hinzu.

»Okay, komme sofort«, antwortete Bertling und schaute dem Kaffee zu, der in zwei Rinnsalen langsam ihre Bürotasse füllte.

Wenig später trat sie, die Kaffeetasse in der Rechten, in das kleine Büro, das sie sich seit einem Jahr mit ihrem Chef, Kriminalhauptkommissar Frank Achill, teilte.

Ihr Platz am Schreibtisch Achill gegenüber war bereits durch einen massigen, grobschlächtigen Mann mit großem, fleischigem, nur spärlich behaartem Kopf belegt. Heftig gestikulierend war er ins Gespräch mit Achill vertieft.

Abwesend erhob er sich, als Bertling vor ihm stand, nahm ihr noch immer mit Achill diskutierend die Kaffeetasse aus der Hand und stellte sie vor sich hin.

Ehe Bertling, auf deren Gesicht sich Verblüffung breitmachte, noch etwas erwidern konnte, unterbrach ihn Achill. »Darf ich vorstellen, Frau Kriminaloberkommissarin Verena Bertling. Wir teilen uns dieses Büro.«

»Gerne«, erwiderte der Oberstaatsanwalt mit einer abfälligen Geste seiner Rechten, als gelte es, diese kleine Störung einfach beiseitezuwischen.

Bertling spürte, wie sich ein kalter Kloß aus Zorn auf ihren Magen legte. Sie hatte keine Lust, nun wie ein schüchternes Schulmädchen wortlos ihr eigenes Büro wieder zu verlassen. Diese Zeiten waren vorbei.

Mit den Worten »Kein Problem, Sie dürfen gerne sitzen bleiben« nahm sie stattdessen auf dem Stuhl am Besuchertisch, der seitlich an ihren beiden Schreibtischen angestellt war, Platz.

»Herr Doktor Mühlenkamp, der für uns zuständige neue Oberstaatsanwalt von Landau, macht gerade seinen

Antrittsbesuch«, versuchte Achill, sie ins Gespräch miteinzubeziehen.

»Doktor Sigmar Mühlenkamp«, brummte der Angesprochene und reichte Bertling gelangweilt die feuchtkalte Hand.

»Verena Bertling«, war ihre schnörkellose Antwort.

»Schön, ich bin gerade dabei, mit Herrn Achill die Spielregeln unserer Zusammenarbeit zu besprechen. Schadet nichts, wenn Sie das gleich mitkriegen.«

Bertling schluckte.

»Wie Sie wissen sollten, ist die Staatsanwaltschaft die Herrin des Ermittlungsverfahrens. Das heißt, ganz allein mir obliegt die Entscheidung, wann, gegen wen, in welcher Sache wir ermitteln und wie wir das tun.«

Jetzt schluckten beide.

»Der Gesetzgeber hat mich daher, ganz zu recht, mit weitreichenden Vollmachten ausgestattet. Ich werde je nach Indikation Ermittlungen jeder Art entweder selbst vornehmen oder Sie damit beauftragen. Dazu gehören selbstredend Ermittlungshandlungen vor Ort am Tatort und bei Verdächtigen oder Zeugen. Diese werde ich immer da, wo ich es für angezeigt halte, persönlich begleiten oder selbst vernehmen. Ausschließlich mir obliegt es, die Durchsuchungen von Räumlichkeiten, Beschlagnahme von Gegenständen, Überwachung der Telekommunikation, soweit erforderlich, beim zuständigen Ermittlungsrichter zu beantragen. Und damit ich es nicht vergesse, über den Einsatz von verdeckten Ermittlern entscheide ausnahmslos ich.« Mühlenkamp legte eine Pause ein und schaute beiden fest in die Augen. »Ich hoffe, diese Botschaft ist angekommen!«, fügte er streng hinzu. »Ich möchte unmissverständlich klarstellen, dass die speziell hier im Kommissariat K 11 unter meinem Vorgänger eingerissenen Verhaltensweisen nicht meine Zustimmung finden – wenn Sie wissen, was ich meine.«

Bertling beobachtete, dass sich Achills Wangen röteten, als hätte er gerade eine tüchtige Ohrfeige abbekommen.

»Wenn Sie so gut informiert sind, ist Ihnen sicherlich auch aufgefallen, dass unsere Aufklärungsquote von Tötungsdelikten die beste im Polizeipräsidium Rheinpfalz ist«, konterte Achill angriffslustig.

Mühlenkamp feixte. »Kunststück. Das ist ja wohl im Bereich der Tötungsdelikte immer so. Und bei den Kollateralschäden, zum Beispiel Verletzungen bei Festnahmen et cetera … sind Sie ja wohl auch führend. Es mag ja sein, dass diese Praxis hier im wilden Süden, wo man nach Belieben irgendwelche Hilfssheriffs rekrutiert, wie die Wilderer umherschießt und die Zusammenarbeit mit übergeordneten Polizeibehörden wie dem LKA oder BKA konterkariert, zum guten Ton gehört. Da, wo ich herkomme, erhält man wegen so etwas ein Disziplinarverfahren und wird aus dem Polizeidienst entfernt.«

Auch in Mühlenkamps Gesicht zeichnete sich nun eine gewisse Röte ab.

Achill vermied eine weitere Replik, und Bertling spürte, wie der Kloß in ihrem Magen mittlerweile auf Melonengröße herangewachsen war. Sie hatte kein gesteigertes Interesse, gleich am ersten Tag in Mühlenkamps gezücktes Messer zu laufen, und schwieg.

»Es gibt aber auch eine gute Nachricht«, begann Mühlenkamp nun in etwas versöhnlicherem Ton. »Ich bin kein nachtragender Mensch und bei guter Führung, also regelkonformem Wohlverhalten Ihrerseits, bin ich bereit zu vergessen, was sich da auf Ihrem Kerbholz angesammelt hat. Ich war bei meiner vorhergehenden Arbeitsstelle auch für die Ausbildung der Nachwuchskräfte zuständig. Dabei war ich dafür bekannt, allein durch das Vorleben und Erklären so manchen über die Hürde gehievt zu haben. Bitte verstehen Sie die Regeln unserer Zusammenarbeit auch vor diesem Hintergrund.«

Bertling und Achill nickten, unfähig, etwas zu entgegnen.

»Und das wird unser erster gemeinsamer Fall«, sagte Mühlenkamp und hob eine dünne Handakte, die bisher mit der Aufschrift nach unten auf Bertlings Schreibtisch geruht hatte, hoch. »Mein Sekretariat wird die erforderlichen Vor-Ort-Termine abstimmen und sie Ihnen mitteilen. Wäre doch gelacht, wenn alte Hasen wie Sie sich das am Ende des Tages nicht aneignen könnten.« Dabei nahm er seine Pranke und tätschelte Bertlings Schulter.

Sie spürte Übelkeit in sich aufsteigen.

»Die Unterlagen sind für Sie, Sie können sich ja mal einlesen, bis wir uns dort vor Ort treffen.« Mit diesen Worten trank er die Tasse vor sich mit einem Zug aus, erhob sich und verließ mit einem stummen Handschlag mit beiden den Raum.

Bertling und Achill sahen ihm sprachlos nach. Erst jetzt bemerkten sie, dass ihm hinten das Hemd aus der Hose gerutscht war.

KNAST

Ankara, rund vier Monate vorher, Freitag, 1. Juli 2022, 4.20 Uhr

Der Aufenthaltsort für die Internierung hatte sich als ausgedientes türkisches Gefängnis in Ankara erwiesen.

Der einzige Luxus bestand darin, dass man sie in einer Zelle einquartierte, die, wie die aufgestellten Pritschen verrieten, sich früher vier Insassen geteilt hatten.

Es roch modrig. Die Ecken des quadratischen Raumes zierten dunkle Schimmelschleier. Die Bettgestelle waren rostig, und aus dem Abtritt, einem schwarzen Loch im Boden, das mit mehrfach gebrochenen Fliesen umrandet war, stieg ein widerlich schwefliger Odem aus der Jahrzehnte nicht geleerten Sickergrube empor.

»Du musst jetzt ganz stark sein«, sagte der mit den Tränentattoos und grinste wölfisch. Aus dem Saum seiner groben Baumwolljacke, den er etwas aufgerissen hatte, zog er ein winziges in Stoff eingewickeltes Päckchen.

Sorgsam legte er es auf die mit Einritzungen und Macken übersäte, früher einmal weiß gewesene Tischplatte und packte es aus. Sein Inhalt bestand aus einer schwarzen Tintenpatrone und einer Nadel.

Nun verlangte er von seinem Gefährten, dass dieser sich ihm so gegenübersetzte, dass ihm das fahle Mondlicht aufs Gesicht schien.

»Was hast du vor?«, fragte der Kumpan, seine Augen flogen hektisch zwischen dem pockennarbigen Hünen mit dem

Tränentattoo und den soeben ausgepackten Utensilien auf dem Tisch hin und her.

»Ich werde nun deine hässliche Fratze verschönern. Und wenn du brav sitzen bleibst, wirst du vielleicht sogar dein Augenlicht behalten.«

Der Gefährte fuhr hoch. »Davon war nicht die Rede!«, protestierte er laut. »Es war nur die Rede davon, dass ich mit dir hier die Zeit bis zu deiner Freilassung absitzen und auf dich aufpassen soll.«

Der mit dem Tränentattoo lachte dröhnend. »Sehe ich so aus, als bräuchte ich ein Kindermädchen?« Ohne Vorwarnung trat er dem Mann, der noch immer vor ihm stand und ihn mit einer Mischung aus Empörung und Angst anblickte, mit einem kurzen, aber wohlgezielten Tritt seitlich ans Knie. Es knackte, das Bein knickte ein und er sank stöhnend auf seinen Stuhl zurück.

»So, die Hälfte deiner Verschönerung hast du schon hinter dir. Und ein bisschen Hinken lässt dich aussehen wie ein Kriegsheld. Die Weiber mögen das. Ich weiß, wovon ich rede.« Wieder lachte er dröhnend.

Der Mann keuchte und war zu sehr mit seiner Knieverletzung beschäftigt, um etwas zu erwidern.

Der mit dem Tränentattoo wandte sich ab, nahm die Nadel und drückte mit der stumpfen Seite das kleine Glaskügelchen, das die Tintenpatrone verschloss, nach innen.

Als er fertig war, erhob er sich, stellte sich neben den vor Schmerz keuchenden Mann, der mit beiden Händen sein Kniegelenk umklammerte. Wiederum unvermittelt mit einer ruckartigen Bewegung nahm er ihn kraftvoll mit seinem linken Arm in den Schwitzkasten und bog ihm den Kopf in den Nacken.

Der Gepeinigte stöhnte laut auf. Worauf der mit dem Tränentattoo den Druck verstärkte, sodass das Stöhnen in ein atemloses Glucksen überging.

Er steckte mit der freien Rechten die Tintenpatrone mit der Öffnung nach oben zwischen die groben Finger der Linken, in deren Armbeuge der Kopf seines Kumpans wie in einem Schraubstock fixiert war. Dann nahm er die Nadel und fuchtelte damit nur wenige Millimeter vor dessen rechtem Auge herum. »Wenn du nicht willst, dass gleich der Inhalt deines Augapfels hier auf den schmutzigen Fliesenboden tropft, dann halt still.«

Der Mann, aus dessen Gesicht alle Farbe gewichen war, blinzelte als Einverständnis und lockerte seine eben noch von Widerstand und Gegenwehr geprägte Haltung.

Als nach einer knappen Stunde der Inhalt der Tintenpatrone fast leer war, hatte er, der mittlerweile kraftlos im Schwitzkasten hing, das Gefühl, als klebten glühende Kohlen auf dem Jochbein unter seinem rechten Auge.

Sein Peiniger nahm einen Stofffetzen und wischte ihm über die Stelle, das Brennen schwoll zu einem wütenden Crescendo an.

»Du wirst dir die nächsten Stunden nicht ins Gesicht fassen. Verstanden!« Mit diesen Worten lockerte sich der Schwitzkasten und der Kopf fiel kraftlos vornüber. Er vermied jeglichen Kommentar. Er wollte nur schlafen und warten, bis die Schmerzen endlich nachließen.

Der mit dem Tränentattoo fasste ihm in die Haare und bugsierte das Gesicht des Geschundenen ins frühe Morgenlicht, das durch das kleine vergitterte Fensterloch eintrat, und begutachtete kritisch sein Werk. »Du wirst mir noch dankbar sein, dass ich dir deine Fresse so schön aufgewertet habe.« Wieder lachte er schmutzig.

Ohne weiteres Zögern tastete er nun wieder den Saum der groben Jacke ab. Und bewegte ungelenk mit seinen Pranken ein winziges Alu-Fläschchen, das an eine Parfümprobe erinnerte, bis zu dem Loch, aus dem er schon die Tintenpatrone herausgedrückt hatte.

Er schraubte den Deckel ab, und ein penetranter Geruch nach einem hochkonzentrierten Lösungsmittel, das entfernt nach einem Cocktail aus Nagellackentferner und Benzin roch, strömte heraus.

»Was soll das, was hast du damit vor?«, fragte der Geschundene in einer Mischung aus Kreischen und Wimmern.

»Nur etwas Kosmetik für mich. Oder hast du gedacht, ich wäre wirklich so dämlich, mir die hier dauerhaft ins Gesicht zu tätowieren?«

Dabei wies er auf die drei schwarzen Tränen, die sein eigenes rechtes Jochbein zierten.

WEITSICHT

Landau-Nußdorf, Dienstag, 27. September 2022, 14.20 Uhr

Irina hatte keine Lust, sich von André nachsagen zu lassen, sie hätte schlampig gearbeitet. Die Befragung Knöringers war zwar dank der Vorarbeit hervorragend gelaufen und insgeheim war sie stolz auf sich. Dennoch sollte das nicht darüber hinwegtäuschen, dass es keine besonderen Neuigkeiten gab, mit denen sie bei André hätte punkten können. Fakt war, dass die Geschichte zum Unfallhergang, die er ihr sehr glaubwürdig dargestellt hatte, zwar bizarr wirkte, aber keinerlei Rückschlüsse auf eine Fremdeinwirkung zuließ. Auch eine Erklärung für den von Böhm entdeckten Einstich in der Brust des Toten gab es nicht. Das Einzige, was ihr am ehesten noch erwähnenswert erschien, war die Sache mit diesem Niklas Kronauer, dem jungen Ökowinzer vom Ort. Wenn überhaupt, dann hatte jedenfalls zum jetzigen Zeitpunkt er als Einziger so etwas wie ein dünnes Motiv.

Sie googelte nach der Adresse des Bio-Weingutes, das nur rund 500 Meter entfernt am Ortsrand Nußdorfs lag, verstaute das Tablet im Wagen und machte sich auf, dem Jungwinzer einen Besuch abzustatten.

Das Hoftor war offen und sie marschierte hinein. Auf dem Hof und in der angrenzenden Kelterhalle herrschte Betriebsamkeit, überall standen Bütten, Zuber und Ernteanhänger herum. Jemand war dabei, mit einem Wasserschlauch eine Maschine zu reinigen, deren Funktion sich Irina nicht erschloss. Im Hintergrund presste eine pneumatische Kelter roten Saft aus den Trauben.

Unvermittelt trat von der Seite ein junger Mann mit blondem Haar auf sie zu. »Kann ich Ihnen helfen?«, fragte er freundlich.

»Ja, ich bin neu hier in der Gegend, und jemand hat mir von Ihrem Biowein vorgeschwärmt.«

Ein freudiges Lächeln huschte ihm übers Gesicht. »Freut mich, dass man unser Weingut weiterempfiehlt. Ich bin übrigens Niklas Kronauer«, sagte er und reichte ihr die Hand, an der noch zwei zerquetschte rote Traubenbeeren klebten. »Oh, Entschuldigung, ich hätte …«

Irina ließ sich davon nicht beirren und erwiderte den Gruß.

»Darf ich Ihnen mal was zeigen?«, fragte der junge Mann. Dabei schaute er sie mit seinen intensiv leuchtenden, fast schon fluoreszierenden, blauen Augen an.

»Äh zeigen?«, fragte sie verunsichert.

»Ich meinte, meine Weine, ob Sie etwas probieren wollen?«

»Oh, ja sehr gerne. Ich bin nur etwas unerfahren, Sie werden mich unterstützen müssen.«

Irina war nicht abgeneigt, dieser Anlass bot ihr die Gelegenheit, dem jungen Mann etwas auf den Zahn zu fühlen, und obendrein sah er auch noch gut aus.

Er wies auf eine mit quadratisch gewölbten Scheiben verglaste Sprossenfenstertür, über der ein Schild mit der Aufschrift »Verkauf« prangte.

Sie traten ein und er schlüpfte hinter die kleine Theke, auf der etliche Wein- und Sektflaschen sowie ein halbes Dutzend Stielgläser aufgebaut waren.

»Wofür interessieren Sie sich?«

Wieder war Irina irritiert. »Äh, ich weiß nicht?«, stammelte sie, um Zeit zu gewinnen.

»Weißwein, Rotwein, Rosé?«, sprang er ihr zur Seite.

»Secco«, rettete sich Irina und war froh, dass ihr überhaupt etwas eingefallen war.

»Gerne.« Kronauer holte eine frische Flasche aus dem Kühlschrank unter der Theke und schenkte ihnen großzügig, deutlich über dem für eine Probe üblichen Quantum, ein. »Zum Wohl!« Er erhob sein Glas und Irina tat es ihm gleich. Beide tranken einen Schluck des prickelnden Weißen.

Wortreich erklärte ihr Kronauer, dass der Grundwein zum Secco, den sie im Glas hatten, ein Verschnitt aus Gewürztraminer und Riesling war.

Irina vermochte nicht, ihm zu folgen, zu sehr arbeitete ihr Gehirn mit der Frage, wie sie das Gespräch aufziehen sollte, um in Richtung Kronauers Beziehung zu Knöringer zu kommen.

»Der ist lecker«, sagte sie anerkennend. »Können Sie mir mal erklären, was an Biowein anders ist als an normalem?«

Kronauer lachte. »Unsere Weine sind auch ganz normale Weine, vielleicht normaler als die konventionell erzeugten. Denn bei uns ist alles weitgehend naturbelassen, wir verzichten auf synthetisch hergestellte systemische Spritzmittel im Anbau und Reinzuchthefen sowie weitgehend auf den Schwefel im Keller. Auch sonst setzen wir keine chemischen Fremdstoffe zu.«

»Schön, ich setze mich auch, wo ich nur kann, für Nachhaltigkeit und ökologische Lebensmittel ein«, erwiderte Irina, um die Gesprächsbasis zu ebnen.

»Das ist gut.« Niklas lächelte. »Gerade auch pilzwiderstandsfähige Sorten interessieren mich.« Er schaute Irina lauernd an, offensichtlich um abzuchecken, ob sie sich wirklich für ökologischen Weinbau interessierte.

»Klar, die sind ja auch wichtig, wenn man die ökologischen Ziele der EU erreichen will«, erwiderte sie gönnerhaft. Dabei musste sie sich bemühen, ein Schmunzeln zu unterdrücken. Von diesen sogenannten pilzwiderstandsfähigen Reben oder PiWis, wie sie meistens abgekürzt wurden, hatte sie in Andrés letztem Fall einiges erfahren. Am Strahlen in Kronauers Augen erkannte sie, dass sie bei ihm damit ins Schwarze getroffen hatte.

»Wow, Sie scheinen sich ja hervorragend auszukennen«, begann er und ließ eine schier endlose euphorische Erläuterung zum Thema folgen.

»Wird eigentlich im Weinbau hier in Nußdorf immer noch dieses umstrittene Glyphosat verwendet?«, unterbrach sie ihn.

»Nein, das heißt im Großen und Ganzen nein.« Er senkte den Blick.

»Und was heißt das?«

»Na ja, wir haben, also hatten, bis vor Kurzem einen alten Winzer, der es nach wie vor verspritzte, als gäbe es kein Morgen.«

»Und haben Sie da nichts unternommen?«, erwiderte sie empört.

»Na ja, wir leben in einem kleinen Ort, da legt man sich nicht mit seinen Nachbarn an. Ich hab ihn immer wieder darauf angesprochen. Aber für ihn schien es das Normalste der Welt zu sein. Er vertrat unumstößlich die Auffassung, dass nur dort Wein gedeihen könnte, wo die Böden völlig unkrautfrei sind. Dabei säen wir im ökologischen Weinbau ganz bewusst eine Zwischenbepflanzung aus allerlei bodenverbessernden Kräutern und Pflanzen zwischen die Rebzeilen.« Wieder folgte eine ausufernde Erläuterung über die Nützlichkeit dieses Vorgehens.

Irina unterbrach ihn. »Ich hätte da nicht so friedlich bleiben können wie Sie. Dem hätte ich …«, hob sie in kämpferischem Ton an, ließ ihren Satz aber bewusst unvollendet.

Kronauer schmunzelte milde. »Na ja, ich denke, man muss diese neuen Konzepte vormachen, muss einladen und immer wieder erklären. Dann werden's auch die Alten oder spätestens ihre Kinder einsehen. Mit Druck erntet man eher Ablehnung.«

»Verstehe«, sagte Irina, die die Überzeugung und vor allem aber der vernünftige Umgang damit beeindruckte. »Sind alle hier so langmütig oder gibt es auch Bio-Hardliner?«

»Ja, die gibt es schon. Aber derzeit haben wir ein ganz anderes Problem, an dem wir uns aufreiben.«

»Und welches?«

»Ach, das würde zu weit gehen. Es ist auch noch nichts spruchreif, und ich will da nichts in die Welt setzen, was sich nachher als unhaltbar erweist.«

»Können Sie mir vielleicht auf die Sprünge helfen?«, versuchte sie es noch einmal.

»Lassen Sie uns lieber noch den Rosé-Secco probieren. Wie hat Ihnen übrigens der Weiße geschmeckt?«, lenkte Kronauer ab.

FREIHEIT

Ankara, rund vier Monate vorher, Montag, 4. Juli 2022, 9.10 Uhr

Orhan, der Wächter, den ihnen der Chef dieser Einrichtung feixend als einen der Stewards vorgestellt hatte, kam ausnahmsweise mit seiner kompletten Uniform – sonst trug er weder Mütze noch Jacke – in ihre Zelle. Seine Züge wirkten angespannt.

Er musterte die beiden und wirkte einen Augenblick verwirrt, zerrte einen Zettel – anscheinend ein Fax – aus der Innentasche der Uniformjacke und starrte darauf. Anschließend fixierte er den ohne Tränentattoo und dann wieder das unscharfe Schwarz-Weiß-Foto auf dem Telefax.

Er rief schließlich seinen Chef herbei und die Prozedur wiederholte sich. Der Vorgesetzte zuckte mit den Schultern und rang sich, indem er von einem auf den anderen Fuß trat, zu einer Entscheidung durch.

»Du kannst gehen«, sagte er zu dem, der mittlerweile ohne Tränentattoo war, »und du bleibst hier, bis die Scheiße in der Ukraine vorbei ist« zu dem anderen. In seiner rauen befehlsgewohnten Stimme lag Ablehnung gegenüber den beiden und allem, was mit dieser seltsamen Mission zusammenhing. Offensichtlich missfiel ihm seine Rolle, hier den Lakaien für die Deutschen zu spielen, wegen deren Sonderwünschen das Ganze hier notwendig war.

Der ohne Tränentattoo erhob sich, ohne zu zögern, packte sein kleines Bündel und quetschte sich grußlos an den beiden Wächtern vorbei aus der Zelle in den Gefängnisflur. Im Augenwinkel nahm er wahr, wie sein Kumpan mit verbissenem Gesicht die Fäuste ballte und stimmlos die Lippen bewegte.

Er grinste verschlagen, er war frei, und draußen würde man schon mit dem Flugticket, frischen Kleiden und all dem Equipment warten, das er brauchte, um neu zu starten.

RESÜMEE

Speyer, Dienstag, 27. September 2022, 19.50 Uhr

»Außer ein wenig Klarheit und einer Kiste Mädchen-Secco hat uns also diese Aktion nichts gebracht«, resümierte André.

»Hör auf, über meinen Secco zu lästern, sonst nehm ich dir dein Glas ab, du Banause. Er hat ein feines Erdbeeraroma und das ohne die Verwendung von Reinzuchthefen.«

André lachte. »Der scheint nicht nur Bio-Winzer, sondern auch Entwicklungshelfer zu sein. So wie der dich förmlich erleuchtet hat, du Weinbrausetrinkerin, die nur trinkt, was irgendwie blubbert und runtergeht wie Limo.«

»Hör auf. Man nennt das, was ich tue, Easy Drinking, so macht es eben unsere Generation Z. Wir sind relaxed und wollen eben chillig, ohne diese unnötigen Weinbaudetails, genießen. Schließlich willst du auch nicht wissen, wie man die Baumwolle für dieses altmodische Hemd angepflanzt hat.« Sie zupfte ihn am Ärmel des in die Jahre gekommenen Baumwollhemdes.

»Fakt ist, wir wissen einigermaßen zuverlässig, wie der Unfall abgelaufen ist. Ich denke nicht, dass die Polizei einen anderen Stand hat, sonst hätte sie die Leiche nicht freigegeben und Böhms Erkenntnisse nicht einfach so abgebügelt. Wir haben kein glaubwürdiges Motiv gefunden, wenn wir den Worten deines so sanftmütigen Jungwinzers Glauben schenken. Nach wie vor unbefriedigend bleibt der Umstand, dass wir nicht wissen, wie der alte Knöringer zu dem Einstich kam. Vielleicht war es wirklich nur ein Insektenstich oder eine Verletzung durch irgendeinen dünnen verdorrten Rebzweig oder ein abstehendes Ende der Spanndrähte.«

Irina nickte. Obwohl sie gerne größere Erfolge oder wenigstens eine Spur, die man weiterverfolgen könnte, vorgewiesen hätte, musste sie André wohl oder übel beipflichten. »Legen wir also den Fall zu Akten, wie es bei der Polizei immer so schön heißt.«

»So ist es«, stimmte André zu und nahm gedankenverloren einen weiteren Schluck von Irinas mitgebrachter Erdbeerbrause, wie er den Secco spöttisch nannte.

SCHOCKSTARRE

Ludwigshafen, Freitag, 30. September 2022, 8.20 Uhr

»Hab mir heute Nacht überlegt, direkt einen Versetzungsantrag zu stellen«, empörte sich Bertling.

Achill grinste. »Ich auch, aber die Aussicht, ihm damit möglicherweise sogar einen Gefallen zu tun, hat mich abgehalten.«

»Auch ein Standpunkt. Aber willst du dir das möglicherweise über viele Jahre hinweg antun?«

»Nein, ich denke aber, der wird das gar nicht bewältigen können. Schließlich hat er auch Arbeit und wenn er dann noch unsere übernimmt, wird er irgendwann an den Rand seiner Möglichkeiten gelangen. Erst mal abwarten und ihn selbst in die ersten Fettnäpfchen tappen lassen.«

Bertling lachte. »Na ja, so wie der drauf ist, sieht das sehr nach Pleiten, Pech und Pannen aus. Das mit meiner Kaffeetasse war auch filmreif.«

»Und dein Gesicht war offen gestanden unübertrefflich.«

»Na ja, sein Frauenbild scheint ja auch daraus zu bestehen, dass die Damenwelt ausschließlich für niedrige Tätigkeiten wie Kaffeekochen zu gebrauchen ist.«

Achill schüttelte den Kopf. »Man meint wirklich, er sei völlig aus der Zeit gefallen. Aber beruhige dich, ich bin schon lange dabei und habe schon viele leuchtende Sterne verglühen sehen.«

»Hab zwar bei ihm nichts leuchten sehen, aber dein Wort in Gottes Ohr«, antwortete Bertling und zog die Akte, die ihnen der Oberstaatsanwalt gegeben hatte, aus dem Aktenkörbchen vor sich.

»Hast du sie gelesen?«, fragte Achill und nickte zur Akte.

»Klar. Natürlich mache ich alles brav, was dieser Doktor Mü anordnet.«

»Und?«

»Na ja, schon seltsam, dass ein junger Kollege nachts auf der Landstraße in ein Auto läuft.«

»Stimmt«, bestätigte Achill. »Aber die Fahrerin des Pkws scheint mir unverdächtig – eine 60-jährige Lateinlehrerin.«

»Das sehe ich auch so. Aber es stellt sich doch die Frage, was ein Polizist im Dunkeln, um 21 Uhr, nach Dienstschluss auch noch in Uniform auf dieser L 512 zwischen Landau und Nußdorf treibt?«, sagte Bertling mit gerunzelter Stirn.

»Na ja, einerlei. Unser neuer Mentor wird es uns sicherlich bald erklären. Das ist der Vorteil dieser Sache, wir brauchen uns künftig nicht mehr selbst den Kopf zu zerbrechen. Seine Sekretärin hat übrigens schon angerufen und uns heute um 10 Uhr zur Besichtigung des Unfallortes und anschließendem Gespräch mit der Witwe des Polizisten eingeladen«, erwiderte Achill.

Bertling schüttelte stumm den Kopf.

ORTSTERMIN

Landau-Nußdorf, Freitag, 30. September 2022, 9.50 Uhr

»Wir sollten die Schuhe wechseln, bevor wir da rausgehen«, merkte Bertling an und schaute zum Himmel, von dem beständig Regen fiel.

Die Erde war aufgeweicht. Selbst die Grasnarbe neben der Straße war ein einziges Schlammfeld. Offensichtlich hatten erst die Rettungskräfte, Schaulustige und schließlich die Kollegen der Kriminaltechnik den dünnen Grasbewuchs förmlich untergepflügt. Der fette Nußdorfer Lehmboden, der für den kräftigen Wuchs der Reben hier sorgte, machte regelmäßig das Befahren und Begehen der Weinberge nach ein paar Regentagen nahezu unmöglich.

»Du hast recht, aber ich bin mir nicht sicher, ob der bei diesem Wetter hier wirklich erscheinen wird. Vielleicht delegiert er die schmutzigen Aufgaben ja früher an die Trottel von der Polizei, als wir denken.«

»Trotzdem, wenn der kommt, will ich nicht in Strümpfen vor ihm stehen«, sagte Bertling, stieg aus, ging zum Kofferraum und zog ihre und Achills Gummistiefel heraus.

Sie hatten sie gerade angezogen und waren, jeder in eine blaue Polizeiregenjacke gehüllt, ausgestiegen, als sich aus Richtung Landau ein schweres quietschrotes SUV mit Landauer Kennzeichen näherte.

»Der lässt es sich nicht nehmen, uns die Welt zu erklären«, äffte Bertling und rollte mit den Augen.

»Na dann bin ich mal gespannt«, brummte Achill.

Obwohl beide Mühlenkamp hinter dem Steuer mit dem Handy am Ohr erkannten, verlangsamte er die Geschwindigkeit zunächst nicht, raste auf sie zu und zirkelte in letzter Sekunde den schweren Wagen in den Wingertsweg. Lehmbatzen spritzten auf, bis das Auto nur knapp hinter Achills Zivilfahrzeug zum Stehen kam. Bertling wischte sich mit angeekeltem Gesicht einen Schlammklumpen von ihrer Jeans und schüttelte empört den Kopf.

Obwohl das Motorengeräusch gleich nach der fulminanten Ankunft erstorben war, blieb Mühlenkamp sitzen und telefonierte seelenruhig weiter. Bertling und Achill blickten sich betreten an und warteten im Regen neben ihrem Auto.

Irgendwann schälte sich der kräftige Mühlenkamp dann doch umständlich aus dem hohen Gefährt.

»Wow, das nenn ich Color Blocking«, flüsterte Bertling, als sie die leuchtend orangefarbene Funktionsjacke, die so gar nicht mit dem Rot des Wagens harmonieren wollte, sah. Mühlenkamp kam diensteifrig auf sie zugestapft. Seine schwarzen Lederschuhe gruben sich unter seinem Gewicht tief in den Wingertslehm.

»Die kann er wegwerfen«, zischte Bertling.

»Guten Morgen, Herr Achill und Frau Brätling!«, verkündete er dröhnend und gab beiden die Hand.

»Bertling«, korrigierte sie, was er allerdings geflissentlich überging.

»Na, haben Sie schon Ihre Rückschlüsse zum Hergang des Unfalls gezogen?«, fragte er geschäftig.

»Na ja, der Hergang ist ja bereits in den Unterlagen von den Kollegen der Kriminaltechnik und anhand der Aussage der Unfallgegnerin niedergelegt. Er kam von dieser Seite hier, wohl für die Fahrerin uneinsehbar, die Böschung hinunter und betrat unachtsam die Fahrbahn.«

»Aha, und damit geben Sie sich zufrieden?«, fragte er angriffslustig an Achill gerichtet. »Und Sie, Frau Brettling, haben Sie andere Erkenntnisse?«

»Bertling! Nein, ich folge der Schilderung meines Kollegen. Die Verletzungen und die Schäden am Kraftfahrzeug stützen diese These.«

Mühlenkamp schüttelte abschätzig den Kopf. »Ohne zu reflektieren mit dem Erstbesten zufriedengeben. Typisch Polizei.«

»Und welche These vertreten Sie?«, fragte nun Achill. Man sah ihm an, dass er nur mit Mühe seinen Ärger unterdrückte.

»Nun, ich will dem nicht widersprechen, aber der springende Punkt und letztlich der Grund für den Unfall liegen doch augenscheinlich dort.« Er wies auf die gegenüberliegende Straßenseite. »Während sich Ihre Kollegen wohl damit begnügt haben, diese Straßenseite förmlich umzupflügen, hat sich niemand mit der anderen Seite befasst. Mitkommen!«

Mit platzgreifenden Schritten marschierte er ihnen voraus auf die andere Straßenseite. Bei jedem Tritt hinterließen seine Lederschuhe Lehmbatzen auf dem sauberen Asphalt der Landstraße. Wie er angekündigt hatte, war dort die Grasnarbe weitgehend intakt und wahrscheinlich keiner tiefergehenden Betrachtung unterzogen worden.

»Schauen Sie sich hier mal genauer um«, wies er sie an.

Achill und Bertling schritten zuerst die Endpfosten der Rebzeilen des dortigen Wingerts ab. Als sie nichts Außergewöhnliches vorfanden, gingen sie jeweils nebeneinander mit gesenkten Köpfen die ersten etwa 20 Meter jeder der Rebzeilen ab. Sie starrten dabei angestrengt auf den Boden und bogen hie und da mit ihren Stiefelspitzen allzu üppige wuchernde Teile der Zwischenbegrünung aus Luzerne, Rettich und Pharcelia zur Seite.

Als sie ihre Untersuchung beendet hatten, kehrten sie zu Mühlenkamp, der schon wieder das Handy am Ohr hatte, zurück. »Die Kriminaltechnik soll den gegenüberliegenden Weinberg gründlich absuchen. Ich erwarte, dass Sie dieses Mal Ihre Arbeit richtig machen«, hörten sie ihn in das kleine Mobiltelefon, das zwischen den Pranken fast völlig verschwunden war, poltern, bevor er das Telefonat grußlos beendete.

»Und?« Er schaute sie erwartungsvoll an.

»Nichts Besonderes, aufgrund der Zwischenbegrünung und der Flechtenbildung auf den Rebstämmen schließe ich auf Bioanbau.« Diese Replik hatte sich Achill nicht verkneifen können, obwohl ihm bewusst war, dass er Mühlenkamp damit provozierte.

»Na ja, hatte nichts anderes von Ihnen erwartet. Hab schon mal vorsorglich die KT angefordert. Die sollen sich das noch mal anschauen.«

Glücklicherweise hatte sich damit Mühlenkamps Interesse am Unfallort erledigt. Er verkündete, dass man nun der Witwe des Polizisten auf den Zahn fühlen würde, und zwängte sich in sein SUV.

Bertling und Achill entledigten sich noch schnell der schlammigen Gummistiefel und zogen ihre Straßenschuhe an. Dann folgten sie ihm zur Eigentumswohnung des Unfallopfers. Sie lag nur wenige 100 Meter entfernt in einem Mehrfamilienhaus am Ortsanfang von Nußdorf.

Als sie ankamen, stand er bereits vor der Haustür und klingelte.

»Ja, Bachert«, meldete sich eine dünne Frauenstimme über die Sprechanlage.

»Mühlenkamp, Oberstaatsanwalt – Doktor Mühlenkamp mit zwei Kollegen von der Polizei.«

»Zweiter Stock«, war die zaghafte Antwort, es surrte und er drückte die Tür auf.

Bertling hatte ein flaues Gefühl im Magen, die Vorstellung, wie sich Mühlenkamp bei dieser Witwe aufführen würde, löste Übelkeit bei ihr aus.

Er stapfte vor ihnen die Treppe hoch, wobei bei jedem Schritt seine Schuhsohlen Lehmabdrücke auf den hellen Marmorstufen hinterließen.

Bertling schüttelte nur den Kopf.

Oben angekommen, stand eine blasse, zierliche, blonde junge Frau mit einem Säugling auf dem Arm vor ihnen.

Mühlenkamp reichte ihr seine massige Hand. »Mühlenkamp, Doktor Mühlenkamp. Wie Ihnen meine Sekretärin sicherlich erläutert hat, sind wir hier, damit Sie uns nochmals die Umstände vom Abend des 20. Septembers schildern«, fiel er mit der Tür ins Haus.

Bertling schämte sich. Achills Gesichtsausdruck verriet ihr, dass es ihm wohl nicht anders ging.

Offensichtlich von Mühlenkamps forschem Auftreten paralysiert, stand die Witwe nach wie vor stumm in der Tür.

»Können wir reinkommen?«, sagte Mühlenkamp, bewegte sich einen Schritt auf die Frau zu und nahm in Kauf, dass seine Jacke bereits den Säugling berührte.

Erschreckt wich Sandra Bachert zurück und machte ihm Platz.

»Meinen Sie nicht, Sie sollten Ihre Schuhe …«, fuhr Bertling dazwischen und wies auf seine Füße. Sie konnte nicht mit ansehen, wie er auch noch den hellen Teppichboden dieser schicksalsgeplagten Familie ruinierte.

Umständlich schlüpfte Mühlenkamp aus den Schuhen,

wobei er das ohne Zuhilfenahme der Hände bewerkstelligte, indem er dafür die Fersenkappen mit jeweils dem anderen Fuß heruntertrat. Leuchtend orange-grün karierte Socken kamen zum Vorschein.

Als auch diese Klippe umschifft war und sie kurz darauf am Esstisch der jungen Familie saßen, übernahm wieder Mühlenkamp die Initiative. Ohne ein Wort des Bedauerns oder sich nach dem Befinden der Frau zu erkundigen, begann er mit der Befragung. »Warum ist Ihr Mann an diesem Abend nochmals rausgegangen?«

»Das hab ich doch alles schon erzählt«, erwiderte sie matt.

»Mag sein, aber noch nicht mir. Und ich bin schließlich der Leiter der Ermittlungen.«

Die Witwe schien zu schwach für weiteren Widerspruch und begann mit der Schilderung. »Na ja, er kam so etwa gegen 19.30 Uhr vom Dienst. Er arbeitet bei der Polizeiinspektion in Landau. Wenige Minuten, nachdem er hier angekommen war, gab es einen Telefonanruf von Ernst Eberhardter, einem älteren Winzer von hier. Er hat seinen Hof nicht weit von der Unfallstelle außerhalb des Ortes. Er war ziemlich aufgeregt und bat meinen Mann, mal nach dem Rechten zu sehen. Er meinte, ein Erdbeben gespürt zu haben.«

»Und Sie haben das hier auch gespürt?«, hakte Mühlenkamp nach.

»Nein, natürlich nicht.«

»Und warum ist dann Ihr Mann dieser seltsamen Sache nachgegangen?«

»So war er halt. Er wollte es jedem recht machen und jedem helfen. Er war eben ein Polizist aus Berufung.«

»Polizist aus Berufung«, wiederholte Mühlenkamp feixend. »Und da gehört es natürlich auch dazu, dass man nach Dienstende noch in Uniform herumläuft?«

»Na ja, es ging ja alles Schlag auf Schlag, Florian hatte ja gar nicht die Zeit, sich umzuziehen«, rechtfertigte sich Sandra Bachert.

»Und dann?«

»Na ja, weit ist er ja mit seinen Ermittlungen nicht gekommen. Er lief wohl erst zum Hof von Eberhardter und dann durch dessen Weinberge zur Landstraße, die in die Landauer Innenstadt führt. Und da … na ja, den Rest kennen Sie ja.«

»Der Hof von Eberhardter ist, wenn man in Richtung Landau blickt, rechts von der L 512?«, fragte Achill nach.

»Ja, stimmt. Direkt hinter dem Wingert an der Straße etwa 200 Meter die Rebzeile hoch.«

»Mmh, und hat man von anderer Seite, also ich meine von einem Nachbarn et cetera noch etwas zu diesem merkwürdigen Erdbeben gehört?«, schaltete sich wieder Mühlenkamp ein.

»Nein, ich habe dazu nichts mehr gehört. Nur Eberhardter, der hat es mir bei seinem Kondolenzbesuch noch mal erzählt. Ihm tut die Sache natürlich schrecklich leid.«

»Gibt es irgendwelche Konflikte, in die Ihr Mann verstrickt war? Oder hat er sich zum Beispiel im Beruf Feinde gemacht?«, bohrte Mühlenkamp.

»Nein!«, wehrte die Witwe entschieden ab. »Florian war sehr beliebt. Aber wieso fragen Sie so was? Es war doch ein Unfall, oder …?«

»Es war nur eine Routinefrage, wie immer ermitteln wir in alle Richtungen.«

»Aber die Polizei hat nicht solche Fragen gestellt.«

»Da sehen Sie, wie gut es ist, wenn solche Ermittlungen von kompetenter Seite durch die Staatsanwaltschaft flankiert werden.«

Bertling nahm wahr, wie bei Achill der rechte Mundwinkel zuckte und sich die Wangen röteten, seine Kiefer mahlten. Offensichtlich musste er mit aller Kraft eine Erwiderung unterdrücken.

WEINGUTSGEPFLOGENHEITEN

Landau-Nußdorf, Freitag, 30. September 2022, 11.25 Uhr

Achill fühlte sich wie gerädert. Die wie Dauerregen auf ihn einprasselnden Provokationen Mühlenkamps belasteten ihn. Dazu kam das Gefühl, von ihm gezielt in alle nur denkbaren Fettnäpfchen geführt zu werden. Bertling erging es ähnlich. Als sie endlich wieder unter sich im Auto gesessen hatten, war eine wilde, zügellose Schimpftirade förmlich aus ihr herausgebrochen.

»Nun auch noch einen Besuch bei diesem Winzer«, klagte Achill.

Bertling grinste schief. »Sonst halten sich deine Widerstände gegen einen Winzerbesuch in Grenzen.«

»Klar, aber nicht der Winzerbesuch, sondern die Gesellschaft ist das Problem. Mit dir oder André wäre das ein Vergnügen, aber so …«

*

Wenig später saßen sie in der altmodischen Wohnküche des Weingutes Eberhardter. Sie war großzügig geschnitten und wohl auch auf die Verköstigung von Angestellten und Saisonarbeitern ausgerichtet. Vor ihnen hockte der 78-jährige Seniorchef des Betriebes, Ernst Eberhardter.

Er war das Muster eines typischen Pfälzer Altwinzers: rote Backen, eine mit dünnen purpurnen Äderchen durchzogene Nase, Bartstoppeln und Falten, die tief in sein wettergegerbtes Gesicht schnitten. Er trug eine abgewetzte blaue Arbeitshose und ein typisches feingestreiftes weiß-blaues Winzerhemd. Als er ihnen die Hand gab, spürte man, dass mit diesen rauen schwieligen Händen schon sehr viel und grob gearbeitet worden war.

Vor dem Mann, der auf einer altmodischen Eckbank am großen Küchentisch saß, stand ein halb volles, sogenanntes Pfälzer Dubbeglas mit seinen charakteristischen tupfenförmigen Vertiefungen, das einen halben Liter fasste. Daneben ein fast geleertes Frühstücksbrettchen mit Resten von Blut- und Leberwurst.

Mühlenkamp hatte sie schon am Eingang einer etwa 50-jährigen Frau in Kittelschürze, der Tochter des Seniorchefs, vorgestellt und den Grund ihres Besuches angegeben.

Sie hatte sie hereingeführt, Platz angeboten und ihren Vater kurz unterrichtet.

Achill war gespannt, wie sich Mühlenkamp mit diesem alten Recken schlagen würde. Er kannte diesen Typus Seniorchef und wusste, dass es nur zwei Möglichkeiten gab. Entweder man fand den richtigen Ton, um akzeptiert zu werden, oder man prallte hart an der rauen Schale dieser Menschen ab.

»Schorle für Sie?«, war die erste Lautäußerung des Alten.

Achill wusste, dass es ein fester Bestandteil in der DNA der Pfälzer war, Gäste gut und ausgiebig zu bewirten. Und gerade bei einem Winzer gehörte es dazu, den Wein zu probieren. Es war ein Stück Wertschätzung und öffnete alle Türen. Insofern schaute er erwartungsvoll auf Mühlenkamp, der etwas überfahren wirkte.

»Danke, nein, wir sind im Dienst und um diese Zeit …«, erwiderte er schließlich entgeistert.

Achill setzte an zu widersprechen; Mühlenkamp gab ihm durch eine entschiedene Geste zu verstehen, dass das auch für ihn und Bertling galt.

Das Gesicht des Winzers verfinsterte sich. »Wasser?«, fragte er nun eine Spur rauer.

Als niemand widersprach, besorgte die Tochter drei Dubbegläser mit Mineralwasser und stellte sie vor ihnen ab.

»Können Sie uns bitte noch mal die Vorgänge vom 20. September, als Sie Florian Bachert angerufen haben, schildern?«, kam Mühlenkamp sofort auf den Punkt.

»Hajo«, brummte Eberhardter und nahm einen Schluck aus dem am Rand mit fettigen Lippenspuren übersäten Dubbeglas vor sich.

»Also die Kinner waren fort, in Neistadt im Kino. Ich war allä dehäm un hab Fernseh geguckt.«

»Äh wie meinten Sie, ich verstehe gerade … ähm«, stammelte Mühlenkamp, wohl vom breiten Südpfälzer Dialekt völlig überfordert.

»Herr Eberhardter sagte, dass seine Tochter und ihr Mann zur fraglichen Zeit in Neustadt im Kino waren. Er war allein zu Hause und schaute fern«, übersetzte Bertling.

»Hajo, genauso war's«, bestätigte Eberhardter.

»Und dann? Was hat zum Anruf bei Bachert geführt?«

»Ah pletzlich hott's vunn unneruff gekrawelt.«

Achill konnte ein Schmunzeln nicht unterdrücken und war gespannt, wie dies seine Kollegin übersetzen würde.

Mühlenkamp riss nur fragend die Augen auf.

»Herr Eberhardter meinte, dass er vom Boden ausgehend Vibrationen wahrnahm«, übersetzte Bertling nicht ohne Stolz auf ihre geschickte Wortwahl.

Der Alte nickte zustimmend.

»Vibrationen? Wie meinen Sie das?«

»Ah 's war wie bei dem Erdbewe im Auguscht 2009.«

»Einmal oder ging das länger?«, fragte Mühlenkamp.

»Ah des isch beschdimmt ä halwi Schtund gonge. Immer widder, donn widder nix und donn widder.«

»Aha«, erwiderte Mühlenkamp und schaute hilfesuchend auf Bertling.

»Er meinte, die Vibrationen erstreckten sich über eine halbe Stunde, setzten immer wieder aus und begannen von Neuem.«

»Und was hätte ihr Nachbar dagegen ausrichten sollen?«, fragte Mühlenkamp.

»Ah nix. Awwer mir iss halt so in den Maache g'fahre und die Gläser im Büffee hänn geklimbert. 's iss ähm gonz onnerscht worre – wann isch Ihne saach.«

Bertling grinste über die anstehende sprachliche Herausforderung. »Herr Eberhardter meint, dass es ihm in den Magen gefahren sei und die Gläser in der Vitrine des Wohnzimmerschranks geklirrt haben. Es sei ihm ganz blümerant geworden.«

»Mmmh«, brummte Mühlenkamp. »Haben Sie an jenem Abend Alkohol getrunken?«, fragte er nach kurzem Zögern.

»A woher! Isch trink nur Schorle.«

Bertling schmunzelte. Ihr war klar, dass bei alten Pfälzer Winzern Weinschorle so etwas wie ein Grundnahrungsmittel war und nicht unter die Kategorie der alkoholischen Getränke fiel.

»Aber Sie meinen doch Weinschorle, oder?«, hakte Mühlenkamp verwirrt nach.

»Hajo, Rieslingschorle.«

»Aber in Ihrem Riesling ist doch auch Alkohol, oder nicht?«, fragte Mühlenkamp befremdet.

Eberhardter schüttelte entgeistert den Kopf. Wahrscheinlich konnte er nicht fassen, dass es Menschen gab, denen man Rieslingschorle erklären musste.

Er orderte schließlich bei seiner Tochter ein leeres Dubbeglas sowie Mineralwasser und Wein, das sie sogleich vor ihm abstellte.

»Bass ä Mol uff Bu! Du sollscht jo nidd dumm schderwe«, sagte er nachsichtig lächelnd an Mühlenkamp gewandt.

Achill und Bertling beobachteten belustigt, wie der Oberstaatsanwalt wohl aus einer Mischung aus Scham und Verärgerung rot anlief.

»Also in ähn Pälzer Schorle kummt ä Hand brät Woi …«, er stellte die grobe große Linke neben dem Dubbeglas aufrecht, sodass sie mehr als drei Viertel der Glashöhe erreichte, und goss bis an die Oberkante der Hand Wein ins Glas. »Und donn noch ä Hand brät Wasser.« Dieses Mal hielt er die Linke waagrecht oberhalb der Weinfüllung und schenkte zwei oder drei Zentimeter Mineralwasser ins Glas, das nun voll war. Er grinste schelmisch. »So geht bei uns ähn Schorle. Verschdonne?«

»Äh, ja«, antwortete Mühlenkamp desorientiert. Als er sich etwas gefangen hatte, setzte er nach: »Und Sie hatten an jenem Abend schon so eine Schorle getrunken?«

»Bei uns häßt des *der* un nidd *die* Schorle – kabiert?«

Mühlenkamp nickte hilflos.

»Hajo, om Owend ähner. Unn iwwer Dach zwä – änner zum zwädde Friehschdick und änner zum Middachesse.«

Bertling übersetzte vorsichtshalber. »Herr Eberhardter gibt an, dass er am Vormittag, so wie heute auch, zu seinem zweiten Frühstück einen Schoppen Weinschorle, dann einen zum Mittagessen und einen am Abend getrunken habe.«

Lauernd warteten sie Mühlenkamps Reaktion ab.

Der schluckte, mahlte mit den Kiefern und schien zu überlegen. »Also dann können wir davon ausgehen, dass Sie an jenem Tag, als Sie Florian Bachert anriefen, sturzbetrunken waren.«

Eberhardter fuhr empört hoch. »*Betrungken*«, äffte er Mühlenkamp gedehnt nach. »Vielleicht isch ma wo du herkummscht nooch drei Schorle *betrungken,* hier in den Palz isch des gonz normal und niemond isch *betrungken.*«

Mühlenkamp fuhr hoch, wie von einer Sprungfeder getrieben. »Ich glaube, das, was wir gehört haben, reicht! Ich hoffe, Sie sind sich bewusst, dass wir den Tod von Herrn Bachert wahrscheinlich Ihrer Trunksucht zu verdanken haben. Dass nach drei dieser Weinhumpen sich die Erde unter Ihren Füßen bewegt hat, wundert mich jedenfalls nicht!«, schrie nun Mühlenkamp, der zunehmend die Beherrschung verlor.

»Wir gehen«, setzte er ärgerlich an Bertling und Achill gewandt, die wie gelähmt auf ihren Stühlen saßen, hinzu.

»Des wärd aach Zeit«, spie Eberhardter geradezu aus. Seine Wangen waren nun knallrot gefärbt. An seine Schwiegertochter gerichtet, setzte er »Die Herrschaffde wänn gehe« hinzu.

VERBINDUNGEN

Ankara, rund vier Monate vorher, Montag, 4. Juli 2022, 10.00 Uhr

»Priviet, Major!«, bellte der Russe, der mittlerweile kein Tränentattoo mehr trug, dem Mann, der nur wenige Meter vor dem Tor des alten Gefängniskomplexes, aus dem er gerade entlassen worden war, wartete, entgegen.

Der Gegrüßte legte nur stumm den Zeigefinger über seine Lippen.

Als sie Seite an Seite einige 100 Meter gegangen waren, bellte der vorhin als Major Angesprochene nur ein nüchternes »Leytenant Polkovnik«, was so viel wie Oberstleutnant hieß.

»Proshu Prosheniya – Entschuldigung – Leytenant Polkovnik«, erwiderte der Entlassene unterwürfig, um den Fauxpas auszugleichen. Dabei wussten beide, dass er es gar nicht hatte wissen können, dass sein alter und neuer Verbindungsoffizier befördert worden war.

Auch wenn der kurze Dialog in aller Härte ohne jedwede Emotion geführt worden war, täuschte dies darüber hinweg, dass sich der Entlassene eisern bemühen musste, damit ihm kein kindlich zufriedenes Lächeln über die Wangen huschte.

Er war frei! Und trotz der Erfahrung, dass sein Vorgesetzter alles andere als ein Menschenfreund war, erweckte das Wiedersehen jene Art von nostalgischen Gefühlen, die alles verklärten und ihn in diesem Augenblick zu einer Lichtfigur werden ließen.

Sie gingen wiederum einige 100 Meter stumm nebeneinanderher. Die Gegend war geprägt durch armselige Häuser, leer stehende Werkstätten und halb eingestürzte Hallen. Dann hielt der Oberstleutnant vor einem in die Jahre gekommenen Transporter an. Er bedeutete seinem Begleiter, hinten durch die Flügeltür in den Laderaum einzusteigen. Er selbst nahm auf dem Fahrersitz Platz.

NACHLESE

Landau-Nußdorf, Freitag, 30. September 2022, 12.15 Uhr

»Wow, das ging aber grandios ins Auge«, platzte es aus Bertling heraus, als sie wieder mit Achill im Wagen saß.

»Irgendwie mache ich mir Vorwürfe. Wir hätten ihn vorbereiten müssen«, erwiderte Achill grüblerisch.

»Vorbereiten? Wie willst du jemanden vorbereiten, der eh schon alles weiß? Wolltest du ihm etwa einen Kurs in Umgangsformen geben? Der führt sich auf wie ein Kolonialherr.«

Achill lachte. »Auch wieder richtig. Der hält uns und alle

um sich herum eh für Trottel. Im Fall weitergekommen sind wir jedenfalls nicht.«

Bertling horchte auf. »Du redest von Fall. Meinst du, da steckt mehr dahinter als ein Verkehrsunfall?«

»Das weiß ich noch nicht. Aber erstens halte ich es für erstaunlich, dass ein Polizist unachtsam auf eine Landstraße läuft und sich einfach überfahren lässt, und zweitens finde ich das mit dem Erdbeben irgendwie seltsam.«

»Hmm«, brummte Bertling. »Du glaubst dem alten Eberhardter also?«

»Ja, warum nicht. Irgendwas war da. Und dass er betrunken war, glaube ich nicht. Ich kenne diese alten Pfälzer nur zu gut. Drei Schoppen Schorle über den Tag verteilt schlucken die locker weg, ohne dass sie was spüren oder man ihnen was anmerkt. Die sind das von klein auf gewohnt.«

Bertling lachte. »Das solltest du nicht die Kollegen von der Suchtprävention wissen lassen.«

»Ist hier eben so. Für diese Familien ist Wein ein Grundnahrungsmittel, das einfach dazugehört. Ich wette, dass Eberhardter nach drei Schoppen noch so klar ist, als hätte er nichts getrunken. Ob das nun gesellschaftlich anerkannt ist oder nicht.«

»Und was willst du jetzt tun?«

»Das ist das Problem. Mühlenkamp hat uns ja an die kurze Leine gelegt. Wenn ich ihm gegenüber meine Meinung kundtun würde, würde er mich nur für noch dämlicher halten, als er es schon tut. Und selbst, wenn er es irgendwie mittragen würde, glaube ich nicht, dass eine Befragung mit ihm in diesem Ort noch jemals Sinn machen würde. Spätestens heute Abend wird sein Auftritt bei Eberhardter Ortsgespräch sein. Keiner wird ihn mehr mit offenen Armen empfangen oder ihm ernsthaft irgendwelche Auskünfte geben. Gerade in

Nußdorf, wo damals der Bauernkrieg begonnen hat, hat man eine natürliche Abneigung gegen die Obrigkeit. Insbesondere, wenn die sich so in Szene setzt wie Mühlenkamp.«

»Und nun?«

Achill lachte. »Und nun werde ich mir ernsthaft über alternative Ermittlungsmethoden Gedanken machen. Kannst du mal eruieren, ob wir, ohne Mühlenkamp einzubeziehen, an das Gutachten der Rechtsmedizin kommen? Ich würde zu gerne wissen, ob bei Bachert wirklich alles so normal war, wie es vorhin hieß. Auch die Frage, wie er von dem Pkw erfasst wurde, interessiert mich. Und by the way, kannst du mal nachforschen, ob es am 20. September zur fraglichen Zeit vielleicht wirklich ein Erdbeben gab.«

HILFSTRUPPEN

Speyer, Samstag, 1. Oktober 2022, 20.15 Uhr

»Seit wann bist du es, der die angesagten Lokalitäten Speyers kennt«, sagte André lächelnd, als sie in der Vinothek Berzelhof Platz nahmen.

Achill grinste. »Nenn's einfach gute Ermittlungsarbeit.«

»Und die Tatsache, dass du wieder einmal den abgelegensten Tisch einer Lokalität reserviert hast, zeigt, dass du etwas mit mir besprechen willst, das niemand mitkriegen soll.«

Achill lachte. »Und diese Erkenntnis soll ich wohl deinem Ermittlerinstinkt zuschreiben.«

»Nur zu, tu dir keinen Zwang an.«

»Ich will auch gar nicht erst versuchen, es abzustreiten. Ja, du könntest etwas für mich abchecken. Mir, also uns, sind zurzeit die Hände gebunden. Oder, ums genauer zu sagen, wir liegen an der Kette unseres neuen Oberstaatsanwaltes. Scheint so, als hätte er mir den Kampf angesagt.«

»... und das bedeutet?«

»Das bedeutet, dass Bertling und ich nur noch auf seinen Auftrag hin Ermittlungsschritte tätigen dürfen. Meistens besteht er darauf, dabei zu sein, und hinterlässt dabei nur noch verbrannte Erde. So auch in diesem Fall in Nußdorf bei Landau.«

André horchte beim Wort »Nußdorf« auf.

»Du weißt wieder einmal schon Bescheid, wie ich deiner Reaktion entnehme?«, kommentierte Achill Andrés Reaktion.

»Ich denke schon.«

»Mmh. Bedenklich, dass du immer schon weißt, was wir wissen, aber sei's drum.«

»Und wofür brauchst du mich?«

»Ich bitte dich, dass du dich mal in Nußdorf umhörst. Ich möchte wissen, was die Leute dazu sagen und vor allem, ob noch jemand etwas von diesem Erdbeben gespürt hat.«

»Erdbeben?«, wiederholte André überrascht.

»Na ja, das war ja schließlich der Grund, warum sich unser Kollege nachts auf der Landstraße rumgetrieben hat.«

»Kollege? Landstraße? Sorry, aber ich weiß nicht, wovon du gerade redest.«

Achill lachte. »Du sagtest doch, du wüsstest davon?«

»Von Erdbeben und Polizisten auf der Landstraße weiß ich offen gestanden nichts. Sorry.«

Achill schüttelte verwundert den Kopf, erzählte ihm aber schließlich das, was sie über den Unfall des Polizisten auf der L 512 wussten.

»Mmh, verstehe«, kommentierte André. »Hat man die Leiche obduziert?«

»Ja, warum?«

»Gab es, also ich meine, hat man eine Einstichstelle gefunden?«

»Jetzt bin ich gerade verwirrt. Einstichstelle? Das war ein Unfall mit einem Pkw. Da hat man Knochenbrüche, Prellungen und wie der Kollege einen Genickbruch, auch mal eine Perforation oder einen Schnitt, wenn Glassplitter von den Seitenscheiben fliegen, aber keinen Einstich.«

»Hat er nun einen oder hat er keinen«, beharrte André.

»Keine Ahnung. Muss ich nachlesen. Davon war bisher keine Rede«, wehrte Achill ab, der ihm nicht eingestehen wollte, dass ihm Mühlenkamp das Gutachten der Rechtsmedizin vorenthalten hatte.

André rieb sich übers Kinn. »Wann war denn dieser Unfall genau?«

»Am Dienstag, den 20.09.«

»Genau eine Woche danach im gleichen Ort. Seltsam«, sinnierte André halblaut vor sich hin.

»Danach? Nach was?« Achill war die Verärgerung darüber, dass André mal wieder mehr zu wissen schien als die Polizei, sichtlich anzumerken.

»Nach diesem eigenartigen Unfall mit dem Vollernter.«

»Welchem Unfall mit dem Vollernter? Jetzt hör endlich auf mit der Geheimniskrämerei.«

André erzählte ausführlich, was sie aus Irinas Befragung von Thomas Knöringer, dem Sohn des Toten, wussten, nur die Geschichte mit dem Einstich, die er vom Leichenbestatter erfahren hatte, ließ er weg.

Achill hörte aufmerksam zu und fragte hin und wieder nach.

André wunderte sich, dass sein Freund bisher nichts von dem Fall gehört hatte. »Und du hast wirklich noch nichts von der Sache mitbekommen?«

»Nein, wahrscheinlich hat das die Landauer Polizei bearbeitet. Normale Unfallakten landen ohnehin nicht auf meinem Tisch.«

»Es war wohl dein Kollege und Freund Bernd Scherer, der vor Ort war«, korrigierte André und beobachtete, wie Achills Gesichtsfarbe ins Rötliche changierte. Etwas arbeitete in ihm und er ärgerte sich, dass man ihn nicht informiert hatte.

»Bist du jetzt sauer auf Scherer?«

»Nein, nicht auf ihn. Es ist nicht seine Aufgabe, mich über seine Tagesarbeit zu informieren. Die Entscheidung, ob man bei einem Unfall prüft, ob ein Tötungsdelikt dahinterstehen könnte, trifft ein anderer.«

Achill rieb sich nachdenklich durchs Gesicht.

André ließ ihm etwas Zeit, den Ärger mit einem Schluck Wein hinunterzuspülen. »Wenn ich eure Abläufe richtig verstanden habe, dann ist das dein neuer Oberstaatsanwalt.«

»Genau. Über seinen Tisch laufen alle Fälle. Er entscheidet, ob die Akte geschlossen wird oder Ermittlungen aufgenommen werden.«

»Und du meinst, er wurde nicht stutzig, wenn in einem

kleinen Ort mit nur einer Woche Abstand zwei Menschen durch seltsame Unfälle ihr Leben verlieren?«

»Das kann ich mir nicht vorstellen. Der Typ mag wohl ungeschickt sein, aber dumm ist der nicht.«

»Und warum hat er dann keine Ermittlungen eingeleitet?«

»Vielleicht hat er ja und nur uns nicht damit beauftragt? Wer weiß, welches Kommissariat in diesem Fall nun rumermittelt. Oder vielleicht tut er es auch allein.«

»Ich dachte, dein Kommissariat 11 ist für alle Tötungsdelikte zuständig?«

André beobachtete, wie sich am Hals seines Freundes rote Flecken abzeichneten. Seit sie sich kannten, war ihm an ihm noch nie so eine Reaktion aufgefallen. Die Sache schien viel stärker in ihm zu arbeiten, als er zugeben wollte.

»Und du und Irina seid der Sache nachgegangen? Irgendeinen Ansatzpunkt musstet ihr ja gehabt haben, denn warum hast du mich nach dem Vorhandensein eines Einstiches bei Bacher gefragt?«

Nun erzählte André Achill doch die Sache mit dem Leichenbestatter, der ihn um Mithilfe gebeten hatte.

»Und warum in Gottes Namen bist du nicht auf die Idee gekommen, mich anzusprechen? Es kann doch wohl nicht sein, dass mich hier jeder wie einen Aussätzigen behandelt. Verdammt noch mal.«

Die Gäste an den Nachbartischen horchten interessiert auf und schauten herüber.

»Ich will ganz ehrlich sein, aber bitte beruhige dich.« André runzelte die Stirn und ließ demonstrativ seinen Blick über die umliegenden Tische schweifen.

»Ja, erzähl schon«, knurrte Achill nun deutlich leiser.

»Erstens habe ich die Sache nicht recht ernst genommen, und wir wollten uns erst selbst einen Eindruck verschaffen, bevor wir dich damit belasten. Und zweitens hatte mir Böhm, der Eigentümer des Bestattungsunternehmens, erzählt, dass er bei einem Ludwigshafener Hauptkommissar mit der Sache abgeblitzt wäre. Und ich fürchtete, das wärst du gewesen und du würdest ärgerlich werden, wenn ich das wieder aufwärme.«

»Du tust ja so, als wäre ich ein wüster Choleriker, der immer gleich ausrastet.«

André grinste. »Nicht immer, aber …«

Nach einem Augenblick des Zögerns lächelte nun auch Achill und gab André einen Klaps auf die Schulter. »Blödmann! Ich war das jedenfalls nicht, den dieser Herr Böhm angerufen hat. Ich kann mir vorstellen, dass Scherer die Akte an den Oberstaatsanwalt weitergegeben hat und dass sie dort noch liegt. Da man im Polizeipräsidium keinen echten Ermittler in der Sache hatte, hat man diesen Bestatter wohl dann mit dem KDD und damit Scherer oder einer Kollegin oder Kollegen von ihm verbunden. Und der hatte, bei dem aus seiner Sicht geschlossenen Fall, keine Lust, sich gleich beim neuen Oberstaatsanwalt unbeliebt zu machen. So ticken nun mal Behörden.«

Beide schwiegen und nippten versonnen an ihren Weingläsern.

»Und was willst du jetzt unternehmen?«, nahm André den Gesprächsfaden wieder auf.

»Ich werde mich zunächst unauffällig verhalten und am Fall mit dem Polizisten in dem uns zugestandenen engen Rahmen weiterermitteln. Dazu gehört, dass ich mir mal einen direkten Überblick über den Unfallhergang verschaffe und das mit der Einstichstelle prüfe.« Dann grinste er kurz. »Und für den Vollernterfall, von dem ich ja nichts wissen darf, habe ich ja euch.«

André war überrascht, wie schnell sein Freund trotz der Missbilligung durch den Oberstaatsanwalt wieder zur Tagesordnung überging.

»Und eines verspreche ich dir. Sollte wirklich mehr hinter diesen beiden Unfällen stecken, werden wir es rauskriegen und diesen aufgeblasenen Wicht bloßstellen, selbst wenn es mir noch mehr Ärger einbringt.«

MANÖVERKRITIK

Ludwigshafen, Dienstag, 4. Oktober 2022, 9.15 Uhr

Es war im wahrsten Sinne des Wortes ein Déjà-vu. Als Bertling das Büro betrat, hatte sich Mühlenkamp wieder gegenüber von Achill an ihrem Schreibtisch breitgemacht.

Er war im Begriff, die riesige Pranke in das hohe Bonbonglas, in dem sie ihre Gummibärchen aufbewahrte, hineinzupressen.

Dieses Mal verzichtete er ganz darauf, ihre Begrüßung zu erwidern. Offensichtlich beschäftigte ihn die Suche nach seiner süßen Beute zu sehr.

Achill, dem dies wohl auffiel, schüttelte nur stumm den Kopf.

»Greifen Sie nur zu«, kommentierte Bertling Mühlenkamps Tiefenbohrung in ihrem Süßigkeitenglas.

Selbst diese Spitze prallte völlig an ihm ab. Sie hatte wie schon letztes Mal auf dem Besucherstuhl Platz genommen und beobachtete amüsiert, wie er sich voll auf die Nahrungssuche konzentrierte und weiter stumm mit dem Gummibärchen-Bohrvorhaben abmühte. Es gelang ihm zwar, die Hand durch die enge Öffnung hineinzuschieben, aber unmöglich, mit Beute gefüllt, wieder herausziehen.

Mit Sorge nahm sie wahr, dass ihr Chef weit weniger entspannt war und wohl kurz davorstand, Mühlenkamp anzufahren. Mit einem mahnenden Blick und einer wegwerfenden Geste forderte sie ihn auf stillzuhalten.

Im ersten Moment, als Mühlenkamp die Hand nun leer herauszog, schien es so, als gäbe er seine Bemühungen auf.

Dann stülpte er das Glas herum und kippte den kompletten Inhalt auf Bertlings Schreibunterlage.

Ihr verschlug es die Sprache.

Danach pickte er, einer hungrigen Henne gleich, mit den Fingerkuppen gezielt alle gelben Gummibärchen aus dem Haufen und schob sie gierig, als gelte es, einen Münzautomaten eilig zu befüllen, in sich hinein. Dabei schien es ihm gleich zu sein, dass er nach kurzer Zeit so um die 20 der süßen Gummibären im Mund hatte. Mit ausladenden Kaubewegungen kämpfte er gegen die klebrige Masse an. Als das Vorkommen der gelben Bärchen im Haufen vor ihm erschöpft war, fegte er mit seinen tellergroßen Handflächen den Rest zusammen und ließ ihn wieder ins Glas rieseln. »Ich mag nur die Gelben«, war sein knapper Kommentar.

»Verstehe«, erwiderte Bertling, die diese Aktion sichtlich aus der Fassung gebracht hatte.

Achills Gesicht hatte zwischenzeitlich eine merkliche Rotfärbung angenommen. Offensichtlich verzehrte die von Bertling auferlegte Selbstbeherrschung all seine Energie.

Für Mühlenkamp hingegen schien das normal zu sein. Ohne Pause setzte er das mit Achill vorher begonnene Gespräch fort.

»Wir können also festhalten, dass uns am Ende des Tages die Befragung von diesem Alkoholiker, Eberhardter, nichts gebracht hat. Dass bei dem nach drei dieser Trinkerschorlen die Erde geschwankt hat, wundert mich nicht. Ich werde prüfen lassen, ob wir ihn wegen Missbrauchs von Notrufen gemäß Paragraf 145 Strafgesetzbuch rankriegen. Dann zahlt er, bis er schwarz wird«, stieß Mühlenkamp, der sich sichtlich in Rage geredet hatte, hervor.

Weder Bertling noch Achill kommentierten das. Offensichtlich waren beide der Auffassung, dass es sinnvoller war, das einfach verrauchen zu lassen, als bei Mühlenkamp auch noch Trotzgefühle auszulösen.

»Aber erstaunlich ist doch, dass sich Bachert, nachdem er kurz auf Eberhardters Hof war, für die Richtung zur Landstraße, die 200 Meter darunter verläuft, entschieden hat«, merkte Achill an.

»Vielleicht hat er vom Hof aus irgendwas gesehen oder gehört, was ihn antrieb, zur Straße zu laufen«, ergänzte Bertling.

»Ich fühle mich geehrt, Frau Bentling, dass Sie nun endlich meiner Theorie, dass auf der gegenüberliegenden Straßenseite Bacherts Ziel lag, folgen. Genau da, wo ich heute die Kriminaltechnik hinschicken werde.«

»Heute? Ich dachte, Sie hatten schon am Freitag die KT beauftragt?«, fragte Achill.

»Na ja, hab sie nach dieser Trinkerpanne abbestellt. Aber denke, könnte doch interessant sein«, nuschelte er eine Spur zu schnell.

»Haben Sie etwas dagegen, wenn wir der Autofahrerin noch mal auf den Zahn fühlen?«, fragte Achill.

»Tun Sie, was Sie nicht lassen können. Wir haben ja schon ihre Aussage protokolliert, und die Aufprallspuren bei Bachert sind laut Rechtsmedizin am rechten Bein und der rechten Seite des Beckens, was dafür spricht, dass er im Begriff war, die Straße zu überqueren, als er vom Auto erfasst wurde.«

Achill rieb sich nachdenklich das Kinn. »Komisch, normal drehen sich Unfallopfer, wenn sie durch ein sich annäherndes Fahrzeug überrascht werden, zu der Gefahr, also dem Wagen hin. Das heißt, er müsste eigentlich frontal kollidiert sein und an beiden Beinen ähnliche Verletzungen aufweisen.«

»Er hatte es halt eilig«, erwiderte Mühlenkamp unwirsch.

»Könnten Sie uns den Bericht der Rechtsmedizin zukommen lassen? Man sagte uns dort, dass man den Bericht auf Ihren besonderen Wunsch hin direkt an Sie geschickt hätte«, sagte Achill und gab sich erst gar nicht die Mühe, seine Missbilligung zu unterdrücken.

»Kunststück«, brummelte Mühlenkamp beleidigt. »Wer glaubt, dass die sogenannten Ermittler für die Ermittlungen zuständig sind, glaubt auch, dass Zitronenfalter Zitronen falten. Aber ich will ja nicht so sein, wenn ich damit fertig bin, lasse ich Ihnen eine Kopie anfertigen.«

DURCHSTARTEN

Luftraum über der Türkei, rund vier Monate vorher, Montag, 4. Juli 2022, 14.10 Uhr

Er konnte sein Glück noch nicht fassen. Endlich allein. Nun konnte er seinen Gefühlen freien Lauf lassen.

Ein Ausdruck kindlicher Freunde legte sich auf seine Züge. Die großen groben Hände fuhren über den sauberen Stoff der neuen Designer-Jeans. Was hätte er jetzt für einen Spiegel gegeben, der ihm attestierte, dass er vom wertlosen Gefangenen wieder zum Menschen geworden war.

»Krymskoye – Krimsekt!«, bellte er der Stewardess entgegen, die sich hier im A 320 der kasachischen Fluggesellschaft Air Astane um die Fluggäste der Businessclass kümmerte.

Eilig machte sich die diensteifrige Dame daran, ihm seinen Wunsch zu erfüllen – ganz wie er es schätzte –, und reichte ihm den Sekt. Die Welt war endlich wieder in Ordnung. Das Briefing im Transporter war kurz, aber präzise gewesen. Mit Papieren und Geld hatte man ihn verschwenderisch ausgestattet, und sein neues Aktionsgebiet war ihm bestens vertraut. Was wollte man mehr?

ZEUGENLATEIN

Landau in der Pfalz, Dienstag, 4. Oktober 2022, 9.15 Uhr

»Cornix cornici numquam oculos effodit«, sagte die etwa 60-Jährige und schaute lauernd auf Bertling.

Typisch Lehrerin, dachte Bertling und parierte: »Eine Krähe hackt der anderen kein Auge aus!« Wie gut, dass sie sich damals am Gymnasium für Latein als dritte Fremdsprache entschieden hatte. »Und worauf beziehen Sie das?«

Cornelia Huber, jene Dame, in deren Wagen ihr Landauer Polizeikollege gelaufen war, wirkte ertappt. Über ihre Wangen huschte ein rosiger Schein. Wahrscheinlich bereute sie ihre unbedachte Äußerung jetzt schon. »Na ja, ich denke …«

»Was denken Sie?«

»Ich denke, die kleine Abweichung im Protokoll, das mir mein Rechtsanwalt aus der Polizeiakte gezeigt hat, ist kein Zufall.«

»Welche Abweichung?«

»Ihr Kollege, ich meine, Herr Bachert, lief nicht eilig über die Straße und wurde von meinem Fahrzeug erfasst.«

»Sondern?«

»Na ja, er torkelte auf die Fahrbahn.«

»Wie?«, insistierte Bertling verwirrt. »Was heißt, er torkelte?«

»Er torkelte, wie es Betrunkene tun. Er wankte und fiel förmlich in mein Auto. Als hätte er mich gar nicht wahrgenommen.«

Das erklärt, dass nur auf seiner rechten Körperseite Bein und Hüfte getroffen wurden, dachte Bertling, verkniff sich aber, es auszusprechen.

»Und warum, meinen Sie, hat man das im Protokoll weggelassen?«

»Na das liegt doch auf der Hand. Wie würde es sich in der Zeitung lesen, wenn von einem betrunkenen Polizisten die Rede gewesen wäre. Von euren berufsständischen Versicherungen mal ganz abgesehen.«

Bertling schluckte. Sollten die Kollegen im Interesse des Toten und seiner Familie tatsächlich alle Augen zugedrückt haben? Für einen Augenblick wusste sie nicht, wie sie die Anschuldigung der selbstbewussten Dame parieren sollte.

»Man hat mir auf Nachfrage gesagt, das sei besser so. Ein Mann, der eilig und achtlos die Fahrbahn überquert, würde mich von jedem Vorwurf der Fahrlässigkeit entlasten, und für die Witwe und das Kind des Kollegen sei es auch besser.«

Bertling schluckte erneut. Ihre Frage, ob man ein Auge zugedrückt hatte, war mit einem Mal beantwortet.

»Und warum haben Sie sich entschieden, dennoch auf den Tatsachen zu bestehen, wenn doch damit möglicherweise ein höheres Risiko für Sie einhergeht?«, kam ihr Achill, der die ganze Zeit dem Gespräch schweigend gefolgt war, zu Hilfe.

»Weil ich so erzogen wurde. Mein Vater war protestantischer Pfarrer.«

»Dann werden wir das genau so zu Protokoll nehmen?«, fragte er und schaute sie dabei eindringlich an.

»Ja, ich bitte darum.«

»Gut, dann würde ich Sie ersuchen, kurz auf dem Flur zu warten. Ich werde es gleich niederschreiben, und dann gehen wir es noch mal gemeinsam durch, damit wir dieses Mal volle Übereinstimmung haben.«

DURCHATMEN

Speyer, rund vier Monate vorher, Dienstag, 5. Juli 2022, 8.20 Uhr

Er hätte nie geglaubt, dass er einmal so etwas wie nostalgische Gefühle an sich entdecken würde. Vor ein paar Jahren hätte er noch darüber gelacht und sie als Alt-Weiber-Geschwätz abgetan. Vielleicht war es ja ein Vorbote des Alters, das ihn weich und nachsichtig werden ließ.

Gestern Abend war er in Speyer, seinem neuen und alten Einsatzgebiet angekommen. Er hatte sich einen Bart wachsen lassen, trug eine tief ins Gesicht gezogene Mütze und Sonnenbrille. Er hatte sich im IBIS-Hotel nahe dem Dom einquartiert. Es war ein großes Haus, in das sich vorwiegend Touristen oder Geschäftsreisende für wenige Tage einmieteten. Wer sollte ihn hier schon erkennen.

Vorher hatte er sich mit einer Flasche Wodka ausgestattet. Er genoss es, nach jahrelanger Haft, in der man nur hin und wieder und dann zu horrenden Bedingungen an etwas Alkoholisches kam, genüsslich in großen Schlucken die Wodkaflasche zu leeren.

Danach war er mit Sonnenbrille und tief ins Gesicht gezogener Mütze die kurze Distanz zum Saunaklub gegangen und hatte sich gleich von mehreren Mädchen verwöhnen lassen. Wie vermutet hatte sich, seit er vor fünf Jahren zum letzten Mal hier gewesen war, viel verändert: neue Mädchen, neue Türsteher, neues Thekenpersonal und ein neuer Geschäftsführer. Beste Voraussetzungen, um unbeschwert und ausgiebig seinen Bedürfnissen nachzugehen. Selbst die Tatsache, dass ihn die zwei bulligen Türsteher nach zwei Stunden hinausgeworfen hatten, weil er es zu hart getrieben hatte, konnte seine Hochstimmung nicht dämpfen – ganz im Gegenteil, er war wieder der Alte.

Und dieses Gefühl wollte auch heute Morgen nicht verblassen. Er fühlte sich stark. Vielleicht stärker denn je. Stark genug, um zum Ort seiner Niederlage zu gehen, dorthin, wo ihn der Abwärtsstrudel, in dem er die letzten Jahre förmlich versunken war, ergriffen hatte. Nur mit seinen Niederlagen vor Augen konnte man lernen, es besser zu machen. Und genau das würde er.

Noch stand er vorm imposanten Hauptportal des Domes und musste sich eingestehen, dass es ihn berührte. Er ging darauf zu und bog kurz davor ab, durchwanderte den Domgarten und nahm Kurs aufs Rheinufer – den Ort seiner Niederlage. Hier war er vor fünf Jahren beim Attentat auf die Kohl-Beerdigung gescheitert.

Seitdem waren üble Zeiten voller Entbehrungen und Niederlagen für ihn angebrochen. Doch endlich standen durch die Spezialoperation in der Ukraine die Sterne wieder besser für ihn. Man brauchte ihn. Wusste plötzlich wieder seine Fähigkeiten zu schätzen. Er war wieder jemand und würde es allen zeigen.

Tief sog er die frische Morgenluft ein und blähte den massigen Brustkorb.

ZWITSCHERN

Speyer, Dienstag, 4. Oktober 2022, 8.20 Uhr

»Und wir sollen offiziell für ihn schnüffeln? Wow, dass ich das noch erleben darf«, ereiferte sich Irina am Frühstückstisch in Andrés Haus.

»Ja, so ist es. Ich glaube, er würde alles tun, um diesem neuen Schnösel von Staatsanwalt den Fall vor der Nase einfach zu lösen.«

Irina schüttelte den Kopf. »Typisch für euch Alphamännchen. Aber mir soll's recht sein. Hab eh grad Zeit und bin für alles dankbar, was mich von dem, was zu Hause läuft, ablenkt.«

André beobachtete, wie sich ihre Züge bei den letzten Worten ins Sorgenvolle verkehrten, so als hätte der Wind eine große schwarze Regenwolke vor die Sonne getrieben.

»Gibt's Neuigkeiten?«, fragte er vorsichtig.

»Du weißt doch – diese Mobilmachung in Russland?«

»Ja, klar. Aber dein Vater wird doch wohl nicht mehr eingezogen werden.«

»Nein, auf keinen Fall. Er ist über 50, aber sie haben Alexander und Boris, meine beiden Cousins angeschrieben. Die sind erst 19 und 20 Jahre alt. Und viel zu jung und unerfahren. Alexander studiert Kunst und Boris Geschichte. Das sind ganz brave Jungs. Die werden da draußen an der Front einfach abgeknallt.« Nun brach sie in Tränen aus, und André konnte gut nachvollziehen, was in ihr vorging. Die Vorstellung, wie brave Jungs schlecht ausstaffiert in einem winterlichen Schützengraben unter Beschuss überleben sollten, wollte er sich gar nicht erst ausmalen.

»Haben deine Leute ihnen wenigstens mit der Ausrüstung geholfen?«

»Natürlich, wo denkst du hin, alle haben ihre Beziehungen spielen lassen, um wenigstens etwas warme Unterwäsche, Handschuhe, Schlafsäcke und Ähnliches zusammenzukaufen. Onkel Kazimir, der alte Haudegen, hat sogar noch ein Sturmgewehr und zwei Schutzwesten für sie organisiert.«

»Sei froh, dass wenigstens du hier in Sicherheit bist«, versuchte er sie zu trösten.

»Das sagen meine Eltern auch. Gerade letztens sind Raketen unweit von Kursk eingeschlagen. Wir sind viel zu nah an dieser Grenze. Aber irgendwie komme ich mir vor wie eine Deserteurin, die hier im Warmen sitzt, während meine Cousins wohl bald im Dreck liegen.« Wieder schwoll ihr Schluchzen an.

André rückte mit dem Stuhl neben sie und legte den Arm um ihre Schultern, die heute noch schlanker und knochiger wirkten als sonst. Er spürte, wie im Takt weniger Sekunden ihr Brustkorb immer wieder von Weinkrämpfen durchzuckt wurde.

Als sie sich etwas beruhigt hatte, nahm er den Gesprächsfaden von vorhin wieder auf. Obwohl es ihm in Anbetracht ihrer Sorgen unpassend schien, war er sich sicher, dass es besser war, sie abzulenken, als sie mit ihren düsteren Gedanken allein zu lassen.

»Ich möchte mich heute mal in Nußdorf umhören, kommst du mit?«

Irina wischte sich die restlichen Tränen aus den Augen. Es war, als müsste sie erst aus ihrem Kummer erwachen.

»Umhören, wie soll das gehen? Glaubst du, die stehen auf der Straße und du kannst dich einfach dazustellen?«

»Na ja, ich weiß auch nicht recht. Vielleicht gibt es so etwas wie eine Dorfkneipe?«

»Wow, klingt mal wieder nach einem gut durchdachten Plan. Hast du mal auf die Uhr geschaut? Glaubst du, dass dort die Leute nichts Besseres zu tun haben, als sich Dienstagsmorgens um 9 Uhr in eine Kneipe zu setzen, die mit Sicherheit auch noch geschlossen hat? Boah ey. Voll cringe, alter Mann.«

»Cringe? Was heißt das schon wieder?«

»So was wie fremdschämen.«

»Danke«, erwiderte André etwas überfordert. Seine Aufmunterungsinitiative war schon im Startvorgang kläglich abgeschmiert.

Wortlos griff Irina nach dem Smartphone. Sie tippte und strich mit der für sie typischen atemberaubenden Geschwindigkeit übers Display.

In André stieg Enttäuschung auf. Dass sie nun noch nicht einmal mit ihm redete und wieder stundenlang Russland-News googeln würde, ließ ihn matt auf dem Stuhl zusammensinken.

»Da ist das, was du suchst«, erwiderte sie nach ein paar Minuten. *»Habt ihr das Erdbeben vorhin auch gespürt?«*

»Wie? Was? Welches Erdbeben? Wer sagt das?«, zuckte André hoch.

»Einalem Rellüm«, brabbelte sie vor sich hin, während sie weiterscrollte.

»Ein Türke?«, fragte er hilflos.

»Nein, Melanie Müller. Hier in Twitter haben viele einen Nickname, der aus dem rückwärts geschriebenen Klarnamen besteht.«

»Und wie hast du das gefunden?«

Irina lachte. »So wie es jedes pubertierende Kind finden würde: Einfach #Landauland eingeben, und Twitter sagt dir alles, was dort gerade abgeht.«

André verkniff sich eine Antwort. Er wusste, dass er mit jeder weiteren Nachfrage nur verlieren konnte.

»Hier noch mal: ›*Hat ganz schön vibriert vorhin. Dachte schon, Schwesterchen hat ihren batteriebetriebenen Freund im Einsatz.*‹«

»Und wer schreibt das? Wir müssen ihn befragen.«

Irina lachte. »Wow, da will es einer ganz genau wissen, aber die Antwort wird dich nicht weiterbringen. Er nennt sich ›Dubbejoe‹. Wie mir scheint eine Hommage an das den Pfälzern so wichtige Dubbeglas«, dozierte sie. »Kannst ihn ja mal im Telefonbuch suchen und anrufen oder vielleicht kann dir das Einwohnermeldeamt helfen?«

»Und hier kommt es schon wieder, aber mit einem Unterschied. Diese Nachricht ist genau eine Woche jünger. Während die ersten beiden am 13.9. gepostet wurden, wurde die letzte am 20.9. eingestellt. Sie ist übrigens von ›Winelover2001‹, falls du ihn gleich anrufen willst.«

»Das sind exakt die zwei Tage, an denen sich die tödlichen Unfälle ereignet haben«, triumphierte André.

»Mmh, schon irgendwie spooky.«

»Meinst du, man kann über den Provider die Namen und Adressen von denen rauskriegen, die das geschrieben haben. Man müsste sie fragen …« André stockte, als er sah, wie Irina die Augen verdrehte.

Anstatt ihm zu antworten, sah er, wie sie mit dem Daumen einige Worte eintippte.

»Was machst du?«, erkundigte er sich entgeistert.

»Na sie fragen, was sonst?«

»Und jetzt?«, setzte er hinzu, als sie wortlos ins Display starrte.

»Na auf die Antwort warten. Die drei sind hier ziemlich aktiv. Ich denke, die werden sich bald rühren.«

Nach einer Stunde hatten sich zwei der drei zurückgemeldet. Während Dubbejoe, der das Beben am 13.9. gespürt hatte, am nördlichen Ortsrand von Nußdorf, Richtung Walsheim, wohnte, hatte es Winelover2001 am 20.9. im Haus seiner Eltern am südlichen Ortsrand Richtung Landau gespürt.

André hatte bereits die Navigations-App geöffnet und wischte nun auch hektisch hin und her. »Das ist jeweils nicht weit von den Unfallorten. Es gibt einen Zusammenhang. Frag, ob sie mittlerweile einen Grund für das Beben kennen.«

»Ob das gut geht?«, brummte Irina, während sie erneut mit dem Daumen etwas eintippte.

Wieder warteten sie. Dieses Mal war das Echo vielfältiger.

»Hilfe, die Außerirdischen kommen!«, schrieb Evelyn2006.

»Sandwürmer«, kam von KevinGroovy.

»Das waren mal wieder unsere Speyerer Freunde«, tippte Nikita.

»Das Letzte. Frag nach, was er meint.« André war nun in seinem Element – und Hals über Kopf in den Ermittlermodus geraten.

Wieder tippte Irina etwas ein.

Dieses Mal mussten sie nur wenige Sekunden warten.

»Das sag ich dir nur, wenn du vor mir stehst«, war die Antwort von Nikita.

Wieder tippte Irina hastig.

»Was schreibst du?«

»Na ja, ich date mit ihm.«

»Wie, du willst dich mit ihm treffen?«

Irina lachte. »Ich dachte, das ist genau das, was du willst.«

»Ja schon, aber ich sollte gehen. Das kann gefährlich sein. Mit einem fremden Typen über das Netz.«

Irina lachte erneut laut auf. »Mann, bist du retro, was meinst du, wie man heute Freunde findet. Vielleicht beim Fußballspielen auf der Straße?«

André schwieg.

»Da siehst du, das könnte dein Enkel sein. Scheint einer von deiner Sorte zu sein. Echter Ehrenmann, lädt mich für morgen ins Café ein.«

»Enkel?!« André schüttelte empört den Kopf.

KRÄHEN

Ludwigshafen, Dienstag, 4. Oktober 2022, 11.15 Uhr

»Ist das schon wieder ein Fall von ›Cornix cornici numquam oculos effodit‹ oder sieht das nur so aus?«, schnaubte Bertling, während sie noch die Kopie des rechtsmedizinischen Gutachtens überflog.

»Wieso? Was wird vertuscht?«

»Na ja, vertuscht ist da nicht das richtige Wort. Die haben tatsächlich in der Beschreibung des Leichnams einen Einstich erwähnt, aber nicht weiter aufgegriffen.«

»Aha. Und wo war der? In der Armbeuge oder am Bauch?«

»Nö, vorne an der rechten Schulter.«

»Na ja, nicht gerade die Stelle, wo man sich die Drogenspritze setzt«, sagte Achill und rieb sich über die Augen.

»Das dachten die wohl auch. Außer dem üblichen Standarddrogentest haben die nicht weiter nach Drogen gesucht.«

»Und gab es einen Alkoholtest? Das würde das Torkeln erklären, von dem diese Lateinlehrerin sprach.«

»Ja, aber der Kollege war stocknüchtern.«

»Denkst du, die haben nicht nach den richtigen Drogen gesucht, weil sie auch keine finden wollten?«

»Na ja, ich hätte wegen dieses Einstichs tiefer gegraben.«

»War der Kollege Rechts- oder Linkshänder?«, forschte Achill weiter.

»Woher soll ich das wissen?«

»Na er war doch in voller Uniform. An welcher Seite hing sein Holster für die Dienstwaffe?«

Bertling blätterte zuerst im rechtsmedizinischen Gutachten und dann in Fragmenten der kopierten Ermittlungsakte. »Nichts.«

Achill tippte am PC und wurde bei einigen Fotos im Intranet, die Bachert bei einer Auszeichnung zeigten, fündig. »Er trägt sie rechts. Also ist er Rechtshänder. Dann würde er sich nichts in die rechte Schulter spritzen. Mal davon abgesehen, dass das ein völlig unüblicher Ort wäre, um sich was zu injizieren. An der Stelle funktioniert intravenös nicht, und für eine intramuskuläre Injektion würde man auch einen anderen Platz wählen, zum Beispiel den Oberarm oder den

Oberschenkel. Ich hab schon einige Junkies gesehen, aber an der Schulter hat sich noch keiner einen Schuss gesetzt.«

»Mmh«, seufzte Bertling resigniert.

»Wenn sich die Kollegen das gedacht haben, ist es kein Wunder, dass sie da nicht weitergebohrt haben. Und im Übrigen wäre es auch die Aufgabe des Ermittlers, weitere Nachforschungen anzuordnen, und nicht die der Rechtsmediziner«, fasste Achill zusammen.

»Wenn wir nur die Akte und das rechtsmedizinische Gutachten vom alten Knöringer hätten. Das, was André da von diesem Leichenbestatter erzählt hat, klingt hochinteressant. Aber Mühlenkamp darauf ansprechen? Das wirst du nicht wollen, oder?«

»Nein, das will ich nicht. Ich will ihm diesen Triumph und die Gelegenheit, mal wieder dumme Sprüche abzusetzen, nicht gönnen«, gestand Achill. »Aber ich weiß, wie wir an das Gutachten der Rechtsmedizin kommen.«

»Und wie?«

»Na ganz einfach, wir fahren nach Mainz und holen es uns direkt bei Schmo-Ba.«

»Du meinst Frau Professor Doktor Schmollinger-Backhaus, die Leiterin der Rechtsmedizin?«

»Genau die.«

»Aber ein naives Engelchen, das dir jeden Wunsch von den Lippen abliest, ist sie nicht gerade. Bin gespannt, wie du sie rumkriegen willst.«

»Lass das meine Sorge sein. Wir fahren gleich am Nachmittag. Stell dich schon mal auf ein gutes Stück Torte ein. Heut geht's wie immer, wenn wir in der Rechtsmedizin fertig sind, ins Café *Dicke Lilli, gutes Kind*. Schließlich muss man neben der Arbeit auch an sich denken.«

»Du bist schon wie André, der alte Genießer. Aber bevor du in deinen gastronomischen Schwelgereien versinkst – ich bin übrigens bei der Erdbebensache weitergekommen«, wechselte Bertling das Thema. »Endlich haben die vom Landesamt für Geologie und Bergbau in Mainz meine Mail beantwortet.«

»Aha, und?«

»Nichts.«

»War ja zu vermuten«, brummte Achill unzufrieden.

»Aber irgendwie glaub ich dem alten Eberhardter. Der war nicht so besoffen, wie's Mühlenkamp darstellt. Irgendwas hat er gespürt, aber was?«

EINDRÜCKE

Speyer / Landau-Nußdorf, Dienstag, 4. Oktober 2022, 11.20 Uhr

André hätten keine zehn Pferde zu Hause gehalten. Einen Zustand, den Irina gerne als »handlungsschwanger« bezeichnete.

Hals über Kopf hatte er sich Wanderstiefel eingepackt und sich in sein Wanderdress mit kariertem Hemd und Funktionshose geworfen.

Mit einem hektischen »Alles Tarnung« ließ er Irinas Frotzeleien, in denen Vokabeln wie »Augenpest« und »Flachland-Alpinist« vorkamen, einfach an sich abprallen.

Er wollte sich die beiden Unfallorte intensiv anschauen. Gab es etwa Gemeinsamkeiten? Hatte es zum Beispiel Baggerarbeiten gegeben, die die Erderschütterungen erklärten?

Eine halbe Stunde später stieg er am nördlich gelegenen Wingert, auf dem der alte Knöringer den Tod gefunden hatte, aus seinem Pkw.

Das Wetter war perfekt. Seit gestern hatte der Regen aufgehört.

Die milde Herbstsonne, die jetzt um die Mittagszeit die Temperaturen bis an die 20-Grad-Marke emportrieb, sorgte dafür, dass die Böden wenigstens oberflächlich abtrockneten. Mit festem Schuhwerk konnte man sie wieder vorsichtig betreten.

André hatte entschieden, zunächst einen kleinen Weinbergsspaziergang auf den befestigten Wegen rund um Knöringers Wingert zu unternehmen. Manchmal sah man aus der Ferne mehr, als wenn man zu nah am Geschehen agierte. Die betonierten Weinbergswege hatte man notdürftig vom Wingertslehm, den die überschüssigen Wassermassen angeschwemmt hatten, befreit. Die Schleifspuren der Radladerschaufeln und die Erdhügel, die man hie und da auf Freiflächen am Wegesrand aufgetürmt hatte, zeugten noch davon. Bei seinem Rundgang fand er beim Vorbeigehen in keinem der Wingerte so etwas wie frische Reifenspuren. Gut so, dachte er. Das nasse Wetter hatte die Winzer davon abgehalten, ihre Weinbergsflächen in irgendeiner Form zu bearbeiten oder zu befahren. All dies wäre nur zu einer unnötigen Schlammschlacht geworden. Auch ansonsten fand er nichts.

Er ging zur eigentlichen Unfallstelle. Noch immer flatterten die Reste des blau-weißen Absperrbandes der Polizei nutzlos im Wind.

Hier herrschte, was die Spurenlage anging, blankes Chaos. Die Reifenspuren des Vollernters waren, da man das schwere Gefährt erst nach dem einsetzenden Regen herausgezogen hatte, zu lang gezogenen Wasserrinnen geworden. Drum herum eine Vielzahl von Fußabdrücken, die den Wingertsboden überzogen, als wäre ein Schwarm Riesenameisen hier umeinander gekrabbelt.

André mied das Schlammchaos. Hier, wo die Kriminaltechniker alles abgesucht hatten, würde er ohnehin nichts finden. Und wenn, musste die Ursache für das Erdbeben woanders liegen. Er beschloss, die benachbarten Rebzeilen zu begehen und dann die Suche in immer größeren konzentrischen Kreisen um die Unfallstelle zu erweitern.

Er fand alles so vor, wie es den Umständen nach zu erwarten war. In den Nachbarrebzeilen gab es vereinzelte Fußabdrücke, wahrscheinlich von Schaulustigen, die aber mit jeder Zeile deutlich weniger wurden.

Auch seine weitere Umfelduntersuchung, für die er sich gut eine Stunde Zeit nahm, ergab keine Erkenntnisse.

Er beschloss, seine Suche am südlichen Ortsausgang um die L 512 fortzusetzen, wo der junge Polizist den Tod gefunden hatte.

Er parkte unweit des Ortsschilds und schlenderte am Straßenrand der L 512 entlang in Richtung Landau. Die ihm entgegenkommenden Fahrzeuge bretterten hier nicht selten mit 70 oder 80 Stundenkilometern in die lang gezogene Kurve, dem Dorfrand entgegen. Selbst am Tag befiel ihn ein mulmiges Gefühl. Ein unbedachter Schritt in Richtung Straßenmitte und es war fast schon zwingend, von einem der Fahrzeuge erfasst zu werden. War es doch nur ein Unfall gewesen?

Mit jedem Auto, das ihn mit knappem Abstand passierte, beschleunigte er seine Schritte. Da die Straße hier nach und nach zum Hohlweg geworden war und rechts und links von steilen Böschungen gesäumt wurde, war es kaum möglich, den Abstand zur Fahrbahn zu vergrößern. André zog es weg von hier auf einen sicheren Landwirtschaftsweg.

Nach 400 Metern kurz vor einer Einmündung rechts erreichte er endlich die Unfallstelle.

Zahllose Fußabdrücke, wieder Reste eines vom Wind zerrissenen Flatterbandes und Spuren von Streumittel auf der Straßendecke zeugten davon, dass hier vor wenigen Tagen das Blut des Polizisten versickert war. In Andrés Bauch stieg Übelkeit hoch. Er hatte das Gefühl, als hätte ihm jemand in die Magengrube geschlagen.

Gerade als er diesen finsteren Gedanken nachhing, fuhr ihm ein quietschroter SUV, gefolgt von einem grauen Transporter von Landau kommend entgegen. Beide Fahrzeuge verlangsamten die Geschwindigkeit und bogen etwa 100 Meter vor ihm links in einen Weinbergsweg ab.

Er hatte diese Fahrzeuge schon häufiger gesehen und wusste, dass die Kriminaltechniker vom Polizeipräsidium Rheinpfalz in Ludwigshafen solche Wagen benutzten.

»Mist«, fluchte er vor sich hin. War das die kriminaltechnische Untersuchung der gegenüberliegenden Weinberge, die von diesem unsympathischen Oberstaatsanwalt so nachdrücklich gefordert wurde und von der ihm Frank Achill erzählt hatte?

André hatte keine Lust auf einen Zusammenstoß mit diesem Typen und das ausgerechnet an der Unfallstelle. Schnell wäre er unangenehmen Fragen ausgesetzt und käme gar selbst ins Visier dieser Leute. Er setzte rasch den Weg auf der Landstraße fort und bog dann gleich rechts in die Einmündung.

Ein nur wenige Meter langer Weg führte dort zu einem eingezäunten, asphaltierten Platz, auf dem zwei alte Pferdekopfpumpen standen. Mit zeitlupenartigem Auf und Ab saugten sie die letzten Tropfen Öl aus dem fast erschöpften Ölfeld nördlich von Landau. Grüne, wie Dinosaurierskelette anmutende Relikte aus der Mitte des vergangenen Jahrhunderts, als man hier in der Region in nennenswertem Umfang Erdöl gefördert hatte.

Von dem kurzen Stichweg bog rechts ein Landwirtschaftsweg ab, der am Rand der Weinberge parallel zur Landstraße oberhalb der Böschung ins Dorf zurückführte. Er entschied sich für einen weiteren Weg, der hinauf in die Weinberge führte.

Diesen ging er eilig empor und fand bald Deckung hinter einem Gebüsch. Etwa 200 Meter vor sich machte er ein Winzeranwesen aus. Offensichtlich der Hof des alten Eberhardter, der dieses mysteriöse Erdbeben bemerkt haben wollte.

Im Geiste versuchte er, den Ablauf an jenem Abend zu rekonstruieren. Bachert hatte zunächst Eberhardter auf dessen Hof besucht und war dann wahrscheinlich auf diesem Weg Richtung L 512 gegangen.

Er hatte dort aber nicht den Weg an der Ölpumpe vorbei, auf dem André gekommen war, genutzt, sondern hatte etwas oberhalb über die Böschung die Straße betreten. Aber warum war er die etwa drei Meter hohe, steile Böschung hinuntergekraxelt, wo es doch nur wenige Meter entfernt einen Weg gab, um die Straße zu erreichen? Bei Dunkelheit und nassem Gras war der steile Hang alles andere als komfortabel und könnte erklären, warum die Autofahrerin behauptete, er wäre torkelnd vor ihr auf der Straße aufgetaucht.

Aber warum überhaupt wollte er zur Straße? Um nach Nußdorf zurückzulaufen, wäre es für ihn als Ortskundigen weitaus klüger gewesen, den oberhalb parallel verlaufenden Landwirtschaftsweg zu nutzen.

André entschied sich, das Areal oberhalb der Böschung zu untersuchen. Hier war die Rasenfläche niedergetrampelt. Möglicherweise hatten von hier die Kriminaltechniker die Unfallstelle fotografiert. Bei genauem Hinschauen meinte André auch eine Spur, die direkt die Böschung hinunterführte, zu erkennen. Niedergetretenes Gras, das sich schon fast wieder aufgerichtet hatte, aber auch einen oder zwei markante Fußabdrücke, die durchaus von jemandem stammen konnten, der hier mehr stolpernd als gehend Halt gesucht hatte.

André fotografierte alles mit seinem Smartphone aus verschiedenen Perspektiven und nahm sich vor, Achill zu fragen, ob davon etwas im Bericht der Kriminaltechnik stand.

Jedenfalls wäre das eine logische Erklärung. Der Polizist war hier die Böschung hinuntergestolpert, hatte sich zwar gefangen, war aber torkelnd und etwas desorientiert auf der Straße gelandet, wo ihn das Auto erfasst hatte.

Blieb natürlich die Frage, warum Bachert auf oder über die Straße wollte. Wollte er nur zurück zum Ort oder gab es tatsächlich etwas auf der anderen Straßenseite, das seine Aufmerksamkeit auf sich gezogen hatte?

André richtete sich auf und spähte auf die gegenüberliegende Seite, auf der ebenfalls eine begrünte Fahrfläche vor den Wingerten erkennbar war.

Gerade wollte er sich abwenden, als ein stattlicher Mann, den er auf 40 Jahre schätzte, wild gestikulierend aus einer der Rebzeilen stapfte.

»Was heißt hier, Sie finden nichts? Wer sucht, der findet auch«, schrie er einer unsichtbaren Person zu, die wahrscheinlich noch durch den Wingert ging.

André suchte Deckung hinter einem Baum und spähte weiter auf das Treiben auf der anderen Straßenseite. Wenig später machte er auch den Angesprochenen aus, der im weißen Overall tief gebeugt durch die Rebzeile schlich und den Boden absuchte.

»Glauben Sie mir doch, da ist nichts. Auch die Kollegen sagen alle das Gleiche. Keine Radspuren, keine Fußabdrücke, keine niedergewalzte Zwischenbegrünung. Hier war nach der Lese beziehungsweise bis zum Einsetzen dieser Regenperiode niemand mehr.«

André sah, wie dieser Oberstaatsanwalt verärgert abwinkte. »Ihr würdet hier, selbst wenn ein Spot darauf gerichtet wäre, nichts erkennen. Hab selten mit so einer müden Truppe zusammengearbeitet. Hätte ich nicht diese Spuren an der Böschung da drüben gefunden, ihr wärt da selbst nie draufgekommen.«

Das war also der Grund für das Interesse des Oberstaatsanwaltes an der gegenüberliegenden Straßenseite. Er ging wie André davon aus, dass Bachert die Böschung genommen hatte, um möglichst schnell die andere Seite zu erreichen.

»Wäre hier etwas gewesen, von dem dieses ›Erdbeben‹ ausgegangen war, hätten wir auch Spuren gefunden. Eine große Baumaschine oder Ramme wäre ja wohl nicht angeflogen gekommen«, rief der Kriminaltechniker Mühlenkamp zornig zu.

André beschloss, so schnell wie möglich aus dem Blickfeld des Oberstaatsanwaltes zu verschwinden. Er hatte keine Lust, als Blitzableiter für ihn zu fungieren.

Als die beiden sich für einen Moment abwandten, zog er sich ungesehen Richtung Weinberge zurück.

Er beschloss, auf dem Weg zum Eberhardter-Hof ein Stück zu gehen. Er war nichts anderes als eine Rasenfläche. Aber hier gab es ausgeprägte Reifenspuren. Er bückte sich, um sich die Spuren genauer anzuschauen. Sie waren tief, stellenweise mit Regenwasser gefüllt. An einer etwas trockeneren Stelle konnte er noch gut das Profil des dazugehörigen Reifens erkennen.

Eins stand außer Zweifel, es war kein Schleppereifen mit den charakteristischen V-förmig ineinanderlaufenden dicken Gummistollen gewesen. Das hier waren eineindeutig Spuren eines Lkw oder Unimog. Aufgrund der Breite und der Tiefe, in der sich die Reifen in die regennasse schlammige Erde gedrückt hatten, stammten sie von einem eher großen, schweren Gefährt. Auf keinen Fall von einem der hier weit verbreiteten Transporter, mit denen die Winzer ihre Arbeiter in die Weinberge fuhren. Aber noch etwas erkannte er. Die Spuren überlagerten sich doppelt oder gar dreifach. Das hieß, es mussten gleich zwei oder mehr baugleiche Lkw gewesen sein.

André zückte erneut sein Smartphone und fotografierte die Reifenabdrücke.

Er folgte den Spuren. Nach rund 50 Metern waren die Fahrzeuge rechts rangefahren. Hier hatte wohl ein Winzer großzügig mit Herbiziden gearbeitet. Anstatt der Grasnarbe war der Boden unbewachsen. Die Reifenspuren endeten hier. André stockte der Atem. Hier gab es mit jeweils etwa 20 Metern Abstand drei völlig übereinstimmende rechteckige Flächen, in denen sich der blaue Himmel spiegelte. So als lägen hier drei große Wandspiegel auf dem Boden.

André trat näher heran. Die Wasserpfützen waren jeweils so groß wie eine Zimmertür und völlig exakt rechteckig.

VOLKSTRIBUN

Landau-Nußdorf, Dienstag, 4. Oktober 2022, 20.20 Uhr

Vor dem Feuerwehrhaus in Nußdorf standen noch einige Feuerwehrleute beieinander, um mit einigen Schoppen Rieslingschorle die heutige Feuerwehrübung zu begießen.

»Wollt ihr euch das gefallen lassen? Die verkaufen uns für dumm«, ereiferte sich Waldemar Peters.

Einige der Anwesenden wandten sich ab und widmeten sich noch irgendwelchen Aufräumarbeiten. Sie kannten Peters nur zu gut und wussten, dass nun die Zeit gekommen war, wo er sich wieder in irgendeine Sache verbiss und spätestens nach dem nächsten Schoppen so in Rage geredet hatte, dass eh niemand mehr zu Wort kam.

Früher war es der 1. FC Kaiserslautern gewesen, dem sein ganzes Interesse gegolten hatte. Das hatte noch viele der Anwesenden wenigstens am Rande interessiert, denn man musste Peters zubilligen, dass er sich im regionalen Fußball gut auskannte.

Man durfte nur nicht für eine andere Mannschaft jubeln. Dafür hatte Peters kein Verständnis und wurde schnell ausfällig. Einige behaupteten gar, er wäre da und dort auch schon mal handgreiflich geworden, wenn jemand allzu unnachgiebig seine Sicht der Dinge vertrat und einen Elfmeter, der zugunsten des 1. FC Kaiserslautern gepfiffen worden war, für unangebracht hielt.

Deshalb war hier niemand so scharf auf Diskussionen mit Peters. Und seit er sich – obwohl der 1. FCK gerade wieder in die Zweite Bundesliga aufgestiegen war – scheinbar nur noch für das Thema Umweltschutz interessierte, war die Zahl derer, die seinen Worten lauschten, drastisch zurückgegangen.

Wer wollte sich schon nach einer anstrengenden Übung mit derart schwerer Kost herumschlagen. Und im Übrigen nahmen ihm die meisten sein plötzliches Interesse daran ohnehin nicht ab.

»Ich hab Bio studiert, ich weiß, wovon ich rede.« Die, die ihn näher kannten, stöhnten entnervt. Sie wussten, dass er das Studium erfolglos nach drei Semestern abgebrochen und eine Winzerlehre begonnen hatte. Seitdem arbeitete er bei der Winzergenossenschaft Landau Land eG. Aufgrund seiner aufbrausenden Art war er dort nicht besonders weit gekommen.

»Wenn wir nix unternehmen, wird niemand mehr den Wein von hier kaufen. Die machen alles kaputt. Die Landschaft wird verschandelt. Die komischen grünen Pumpen sind schon genug.«

»Die werden doch eh nach und nach abgebaut«, stellte einer seiner Feuerwehrkumpane genervt klar.

»Ich sag euch, das, was danach kommt, wird schlimmer. Schlimmer geht immer!«

Ein paar schüttelten ungläubig den Kopf.

»Aber …«, setzte der Sohn eines erfolgreichen örtlichen Winzers an, wurde aber jäh von ihm unterbrochen.

»Wir müssen was tun. Ihnen zeigen, dass es so nicht geht.«

Wieder schüttelten einige den Kopf. Der Winzersohn nahm noch einen kräftigen Zug aus dem Dubbeglas, in dem der Schorle unter den durstigen Feuerwehrkollegen herumgereicht wurde, und räumte das Feld. »Dann mach doch was, du Angeber«, sagte er schon im Gehen, ohne sich umzudrehen.

KAFFEEZEIT

Landau / Mainz, Dienstag, 4. Oktober 2022, 13.55 Uhr

Irina hatte sich mit Nikita – jenem rätselhaften Typen, den sie auf Twitter gefunden hatte – für heute um 14 Uhr verabredet.

»Wow, der hält wenigstens schon mal Niveau nicht für eine Hautcreme«, flüsterte sie vor sich hin, als sie um

13.55 Uhr vorm *Café Theodor* in Landau gegenüber der Stiftskirche stand.

Das *Theodor* war alles andere als ein heruntergekommenes Studentencafé, wie sie es erwartet hatte. Es war vielmehr eine stilvoll gestaltete, lichtdurchflutete Pâtisserie.

»Kleiner Hase?«, hörte sie eine fragende Stimme in ihrem Rücken, als sie gerade den Gastraum betreten hatte.

Erschreckt drehte sie sich um. Sie traute ihren Augen nicht.

*

Professor Doktor Astrid Schmollinger-Backhaus oder Schmo-Ba, wie sie Bertling nannte, wirkte ungehalten. »Scheint mir, als wäre in Ludwigshafen so was wie ein Ermittlungswettstreit ausgebrochen …«, begann sie feixend, als Achill und Bertling vor ihrem Schreibtisch Platz genommen hatten.

Die matronenhafte Mittfünfzigerin thronte vor ihnen auf einem etwas zu hoch eingestellten Schreibtischstuhl, während sie in den durchgesessenen Freischwingern davor versanken.

»… oder wie soll ich das sonst interpretieren, dass sich mir dieses Mal der leitende Oberstaatsanwalt als – wie er ausdrücklich betonte – alleiniger Ansprechpartner vorgestellt hat?«

»Na ja, er will uns eben entlasten«, versuchte Achill zu beschwichtigen.

Schmollinger-Backhaus rollte ungläubig die Augen. »Na ja, sei's drum, die Ergebnisse der Obduktion von Herrn Florian Bachert sind nicht sonderlich aufregend.«

»Ich denke, wir können das abkürzen …«, ergriff Achill

wieder das Wort. »Uns interessiert nur der Einstich an Bacherts rechter Schulter.«

»Was ist damit?« Schmollinger-Backhaus kniff die Lippen zusammen.

»Na ja, das ist doch nicht normal bei einem Autounfall. Könnte dort was injiziert worden sein? Zum Beispiel Drogen?«

»Ich würde das ausschließen.«

»Eine klassische Einstichstelle, um sich etwas zu injizieren, ist das nicht gerade. Wir fanden an Bacherts Körper keine typischen Fixernarben in den Armbeugen, den Handrücken, auch keine verdeckten zwischen den Zehen und so weiter. Seine inneren Organe zeigten nicht die bei Drogensüchtigen üblichen Degenerationen. Auch im Blut wurden keine Standarddrogen festgestellt.«

»Und das hat Sie so einfach zufriedengestellt?«, mischte sich Bertling ein.

Schmollinger-Backhaus' Gesichtsausdruck verfinsterte sich. »Erlauben Sie mal. Unsere Aufgabe besteht darin, Verletzungen zu lokalisieren und zu beschreiben und nicht, diese zu erklären. Das ist Aufgabe des beauftragenden Ermittlers – in diesem Falle des Herrn Oberstaatsanwalts Doktor Mühlenkamp. Um die Einstichstelle gab es ein kreisförmiges Hämatom mit etwa einem Zentimeter Durchmesser. Das heißt, es kam zu einer Verletzung eines Blutgefäßes und einem Bluteintritt ins Gewebe. Ähnlich wie bei einem Schlag oder Aufprall. Wir sehen solche Verletzungen bei Unfällen häufig. Es könnte ein Glassplitter oder ein winziges spitzes Teil des Kühlergrills oder so etwas in der Art gewesen sein.«

»Ist das an der Schulter nicht unwahrscheinlich, wenn der Aufschlag durch das Auto an Oberschenkel und Hüfte erfolgt ist?«

»Schon, aber auch nicht völlig ausgeschlossen.«

»Und wenn es eine Fremdeinwirkung kurz vor dem Unfall war?«, fragte Bertling weiter.

»Das einzuschätzen ist Ihre Aufgabe, nicht meine.«

»Und hat man den Mann auf Gift oder sonstige Substanzen untersucht, also ich meine, besondere Medikamente oder Spezialdrogen?«

»Nein, das hat man Herrn Doktor Mühlenkamp angeboten, aber er hat das nicht aufgegriffen.«

»Cornix cornici numquam oculos effodit«, brabbelte Bertling leise vor sich hin.

Schmollinger Backhaus feixte. »Passender wäre eher: ›Carum est quod rarum est – teuer ist, was selten ist‹. Und Ihr Oberstaatsanwalt wollte wohl die Kosten einer solchen großen Untersuchung, bei der man meist vergeblich nach Hunderten von seltenen Spezialdrogen und Giften sucht, nicht auf seiner Kostenstelle lasten haben.«

»Verstehe.« Achill rieb sich nachdenklich das Kinn.

»Und gab es bei Karl Knöringer auch eine Einstichstelle?«, fragte Bertling.

Schmollinger-Backhaus schüttelte mit einem Gesichtsausdruck, der Entgeisterung und Ärger in sich vereinte, den Kopf. »Erstens mache ich nicht jede Obduktion selbst, zweitens habe ich nicht alle Obduktionsprotokolle im Kopf und drittens finde ich das reichlich unangemessen. Es kann doch nicht angehen, dass ich Ihnen jedes unserer Protokolle persönlich vorlese und interpretiere, nur weil bei den Ermittlungsbehörden gerade der Haussegen schief hängt.«

»Bitte«, sagte Bertling mit treuem Hundeblick.

Schmollinger-Backhaus schüttelte erneut den Kopf. »Sie kommen mir vor wie meine Nichte, wenn sie mal wieder ein Eis will. Sie müssen das mit Ihrem Oberstaatsanwalt in die Reihe kriegen, es kann nicht sein, dass ich das kompensiere.«

»Ja, Sie haben ja recht«, gab Bertling zu.

Schmollinger-Backhaus rollte die Augen und gab etwas in den PC ein.

»Ah, der Vollernterfall«, brummelte sie. »Den hatte ich wirklich selbst auf dem Tisch.«

»Und?«

»Nichts und. Der Körper des Mannes war völlig übersät mit großen und kleinen Verletzungen. Das ist fast so, wie wenn Sie mich das bei einem Hacksteak fragen würden. Sorry für den unangemessenen Vergleich. Aber eine Einstichstelle ist mir nicht aufgefallen. Todesursache war jedenfalls ein nasses Ertrinken, also ein Tod durch Aspiration, also dem Einatmen von Wasser. Dazu gesellte sich ein offener Schädelbruch, der zweifellos wenig später auch zum Tode geführt hätte. Aber ein Einstich ist mir nicht aufgefallen. Wobei man nie ausschließen kann, dass man bei einem solch multiplen Verletzungsszenario Kleinstverletzungen übersieht.«

»Und gab es Rückstände von Giften oder Drogen im Blut?«

»Klar. Ich dachte, das wissen Sie?«

Bertling horchte auf.

»Der Mann hatte 1,0 Promille Alkohol im Blut.«

»Und sonst noch was?«, bohrte Achill weiter.

»Nein, aber das hat nichts zu sagen. Bei einem Fall wie diesem, wo es weder Anhaltspunkte für Fremdverschulden noch für Drogenkonsum gibt, machen wir nur die Standardtests. Und die waren unauffällig. Ich kann nur wiederholen, was ich zum ersten Fall sagte. Würde man nach allen irgendwie nachweisbaren Giften und Designerdrogen suchen, würde sich die Auswertung über Wochen hinziehen und ein Vermögen kosten. Wir sind bei allem kriminalistischen Interesse auch angehalten, kostenbewusst zu arbeiten.«

DEMASKIERUNG

Landau, Dienstag, 4. Oktober 2022, 14.00 Uhr

Vor ihr in der Tür des Cafés stand der Biowinzer Niklas Kronauer, den sie bereits in seinem Weingut besucht hatte.

Auch der junge Mann war erstaunt, als er sie wiedererkannte.

»Sie?«, war das Einzige, was er hervorbrachte.

»Du, also Sie sind Nikita?«, fragte Irina ebenfalls aus der Fassung.

»Schlimm?« Niklas lächelte sie gewinnend an.

»Nein, aber …«, stammelte Irina. Ihr Gehirn ratterte. Wie konnte sie das erklären? War es ein Problem, dass er sie bereits kannte? Was sollte sie sagen?

»Sorry, wollte dich nicht erschrecken. Ich bin Nikita oder Niklas, ganz wie du willst.« Er streckte ihr die Hand entgegen.

»Hi.« Sie erwiderte zögerlich den Handschlag.

»Und wie darf ich Sie oder dich ansprechen, dein Nick ›KleinerHase‹ ist etwas … na ja.«

»Wie wär's mit meinem Vornamen? Ich heiße Irina.« Sie hatte beschlossen, es mit der Tarnung nicht zu übertreiben, auf die Schnelle würde ihr eh nichts Vernünftiges einfallen.

»Wenn's dir recht ist, können wir uns hier ans Fenster in den kleinen Erker setzen. Hab den Tisch für uns reserviert. Etwas abseits, damit wir … Also du weißt schon«, stammelte er.

»Alte Schule.«

»Wie?«

»Na ja. So würde mein Mitbewohner sagen, wenn er jetzt hier wäre. So wie du redest und die Location hier.«

»Schlimm. Ich weiß, ich werde dafür öfter belächelt. Aber ich wurde so erzogen. Und ich komme gerne hierher. Ich mag das Ambiente. Ist cool hier. Und die Schokolade und die Törtchen …«

Irina grinste über seine Schwärmereien. »Nein, ganz im Gegenteil. Ist groovy hier. Und du bist wohl ein echter Ehrenmann und Feinschmecker.«

Er lächelte stolz und wies sie mit einer einladenden Geste an den Tisch.

»Wieso ist dein Nick eigentlich ›KleinerHase‹? Dachte, ein kleines Mädchen steht dahinter«, sagte er, als sie saßen.

»Und, enttäuscht?« Sie lachte. »Unterschätzt zu werden hat was. Kleiner Hase haben sie mich früher zu Hause in der Familie genannt.« Ein dunkler Schatten legte sich kurz über ihre Züge. Jede Erinnerung an ihre Heimat in Russland schmerzte derzeit.

»Hab ich was falsch gemacht?«

»Nein, passt schon. Lass uns was bestellen.« Sie winkte die Bedienung herbei.

Sie orderten je einen Cappuccino und ein hausgemachtes Maronentörtchen.

»Als du bei mir auf dem Weingut warst ... Also, ich frage mich, warst du dort wegen meines Weins oder nur, weil du etwas herauskriegen wolltest?«, fragte er, als die Bedienung weg war.

»Natürlich wegen deines Weins. Ich sagte doch schon, dass ich auf Bio-Wein stehe.«

Niklas nickte. Er schien ihr zu glauben.

»Na ja, das mit dem Bio-Wein ist so was wie ... Na ja, so was wie ein Lebenstraum von mir.« Eine leichte Röte huschte über sein Gesicht. »Ich hoffe, du hältst mich nicht ...«

Irina grinste. »Wofür? Für so einen Ökospinner oder Träumer?«

»Ja genau.«

»Ganz und gar nicht. Erstens ist es zeitgemäß und zweitens hab ich dir ja schon gesagt, dass wir diesbezüglich ähnlich denken. Und gerade im letzten Jahr hab ich gelernt, wie spannend der Winzerberuf sein kann.« Irina dachte dabei an den letzten Fall, der sie und André tief ins Winzermilieu hineingezogen hatte.

Niklas wirkte sichtlich erleichtert. »Wo hast du das gelernt?«

»Mein Mitbewohner hat eine Ausbildung zum Kultur- und Weinbotschafter am Weincampus in Neustadt absolviert, und da hab ich einiges mitgekriegt«, antwortete sie wahrheitsgemäß.

Er lächelte breit, als würde man ihm gerade ein Geschenk über den Tisch schieben. »Ich hab dort Önologie, also Weinbau, studiert.«

Die Kellnerin unterbrach sie und stellte je eine Cappuccinotasse und ein filigran verziertes Törtchen vor ihnen ab.

Irina dachte, dass es an der Zeit wäre, zum eigentlichen Grund ihres Treffens zu kommen. »Wie hast du das in Twitter gemeint, als ich nach dem Erdbeben gefragt hab, hast du so etwas gesagt wie ›unsere Freunde aus Speyer‹ oder so ähnlich?«

Er zögerte. »Was interessiert dich daran? Arbeitest du bei der Presse?«

Irina gestand, dass sie in Mannheim Betriebswirtschaft studierte und in Speyer wohnte.

»Und wo kommst du ursprünglich her? Ich meine … wegen deines leichten Akzents.«

Sie fühlte sich ertappt. Es war ihr unangenehm, dass man ihr noch immer etwas anhörte, dass ihre Wiege nicht in Deutschland gestanden hatte. Und das, obwohl man in ihrem Elternhaus in Russland neben Russisch auch Deutsch gesprochen hatte. »Ist das wichtig?« Irina hatte keine Lust auf eine ausufernde Diskussion über Russland und den aktuellen Konflikt.

»Nein, ist es nicht, sorry.« Niklas' Züge wurden eine Spur ernster. Offensichtlich enttäuschte ihn Irinas Mauern bezüglich ihrer Herkunft. »Und warum willst du das wissen?«, bohrte er nach.

»Na ja, hab auf Twitter einiges dazu gelesen. Fand es spooky, vor allem auch, weil es jeweils einen tödlichen Unfall in Nußdorf an diesen Tagen gab.«

Niklas schaute sie entgeistert an. »Unfall, wieso? …«

Irina lachte. »Muss ja nichts bedeuten, aber so ein kleiner Ort und dann ausgerechnet an diesen Tagen zwei tödliche Unfälle. Ist das für dich nicht auffällig?«

»Nein, das heißt, diesen Zusammenhang hatte ich bisher nicht gesehen. Sind doch völlig unterschiedliche Dinge. Ein Vollernterunfall und ein Polizist, der in ein Auto läuft, haben doch nichts damit zu tun.«

»Womit?«

»Na ja, mit dem, was du Erdbeben nennst.«

»Da ich den Grund für dieses Beben nicht kenne, kann ich einen Zusammenhang auch nicht ausschließen.«

»Zusammenhang«, wiederholte er. Offensichtlich kämpfte er mit sich, ob er offen zu ihr sein sollte. »Es ist nur so was wie ein Gerücht. Deshalb tue ich mich schwer. Ich beschuldige niemanden gerne, wenn ich es nicht beweisen kann.«

»In Twitter warst du nicht so zurückhaltend.«

»Ja, schon, dort ist man ja aber anonym und hier sitzen wir uns gegenüber.«

Irina lachte. »Du hast darauf bestanden, mir gegenüberzusitzen.«

»Ja, schon, aber ich hab mir's einfacher vorgestellt. Irgendwie weiß ich zu wenig über dich …«

Irina reichte es allmählich. Erst bestellte er sie hierher, weil es ihm online zu unsicher war. Nun war sie hier und er wollte schon wieder kneifen. Sie griff in ihre Jacke, fischte nach ihrem Portemonnaie und zog sowohl ihren Studentenausweis als auch ihren russischen Reisepass heraus und klatschte beides vor Niklas auf den Tisch. »Ist das jetzt offen genug?«

»Du bist Russin?«, platzte es aus ihm heraus.

»Russlanddeutsche«, korrigierte sie ihn. »Und ich hasse diesen unnötigen Krieg.«

Er hob entschuldigend die Hände. »Sorry, musst dich nicht gleich aufregen.«

»Ich entscheide selbst, wann ich mich aufrege und wann nicht. Find's eben auch 'ne Spur unehrlich, mich hierher zu bestellen und dann diese Geheimniskrämerei. Bist wohl auch so einer, der sich im Netz wichtigmacht und dann später nichts mehr davon wissen will. Und für Russenbashing hab ich kein Verständnis. Ich bin hier und will hier auch bleiben. Mit diesem Krieg bin ich so wenig einverstanden wie du.«

»Sorry, nein. Du hast ja recht. Und ich hab keine Vorurteile gegen hier lebende Russen, sorry, wenn das so rüberkam. Es ist nur so, dass die Stimmung bei uns im Ort gerade etwas explosiv ist. Ich will das nicht noch befeuern.«

»Welche Stimmung, weswegen?«

»Na ja, man hat den Verdacht, die *Pfalz Oil*, die das Ölfeld in Speyer ausbeutet, könnte dahinterstecken und die Erdölförderung bei uns im großen Stil wieder aufleben lassen.«

»Erdölförderung?«, wiederholte sie verwirrt.

»Na ja, du hast doch sicherlich mal die alten grünen Pferdekopfpumpen vor allem nördlich von Landau gesehen. Die Quellen sind fast alle erschöpft. Man erzählt sich, dass man wohl in tieferen Schichten im großen Stil … Manche reden gar von Fracking …«

»Fracking ist doch in Deutschland verboten? Das ist doch Unsinn.«

»Man redet sich ein, würde erst mal eine große Lagerstätte gefunden, wäre gerade aktuell, wo jeder Tropfen Öl gebraucht wird, die Politik schnell bereit, das zu ändern. Und dann würde man Chemikalien unter unsere Weinberge pumpen …« Niklas' Gesicht verfinsterte sich, als würde er über ein schwer krankes Familienmitglied sprechen.

»Und woher weißt du das alles?«

»Na ja, es gibt so einen im Ort, der angeblich konkrete Informationen dazu hat. Ist ein ziemlich radikaler Typ. Er heißt Waldemar Peters. Ist so ein Fußballrowdy. Seit Kurzem hat er den Umweltschutz für sich entdeckt. Komische

Entwicklung für einen Typen wie ihn. Hängt meist abends im Feuerwehrhaus rum. Macht so einen auf Materialwart.«

»Du meinst, er weiß wirklich was?«

»Möglich, aber wahrscheinlich ist das nicht. Ist ein eher schlichter Typ. Wüsste nicht, woher er was wissen sollte. Ich denke, der will sich nur wichtigmachen. Seit er so Zeug redet, hört ihm wenigstens jemand zu. Der fühlt sich wohl in der Rolle des Verschwörungstheoretikers.«

»Und was konkret hat das alles mit dem Erdbeben, das Eberhardter gespürt hat, zu tun?«

»Keine Ahnung. Das musst du Peters fragen.«

»Hmm. Und du meinst, ich soll mich mal mit ihm unterhalten?«

»Um Gottes willen, so hab ich das nicht gemeint. Lass das lieber sein. Das ist ein ganz unangenehmer, unberechenbarer Typ.« Niklas pausierte kurz und schien zu überlegen. »Und warum interessierst du dich so dafür? Da steckt doch mehr dahinter, als einfach nur mal eben einer Twittersache auf den Grund zu gehen?«

Irina schluckte. Sie ärgerte sich, dass sie eine Spur zu neugierig gewirkt hatte. »Und wenn ich auch so eine Umweltschützerin wie du bin?« Sie ließ ihre Stimme dabei bewusst etwas zickig klingen.

Er zog die Augenbrauen hoch. »Und warum sagst du das erst jetzt?«

»Hab ich bei dir auf dem Weingut nicht schon erzählt, dass mir der Bio-Gedanke wichtig ist?«

»Ja, schon, aber für viele ist Bio einfach nur so eine Lifestyle-Sache.«

»Ja, verstehe. Für mich eben nicht, aber erstens trage ich meine politische Einstellung nicht wie eine Fahne vor mir her. Und zweitens wollte ich erst mal die Lage hier in Nußdorf sondieren. Hab keine Lust drauf, mich mit irgendwelchen Spinnern zusammenzutun – wie diesem Waldemar Peters.«

»Hmm, verstehe«, brummelte Niklas, aber sein fragender Gesichtsausdruck vermittelte eher das Gegenteil. »Und warum hast du dann so großes Interesse an ihm?«

»Ihn abzuchecken, was er weiß oder nicht weiß, wär doch auch für euch spannend, und mich kennt er nicht. Und seinem Namen nach ist er auch Russlanddeutscher.«

»Na ja, klingt nicht dumm, aber …«, erwiderte Niklas nachdenklich.

»Aber …?«

»Na ja, er ist nicht ungefährlich. Man erzählt sich im Ort, dass er in den Hochzeiten seiner Hooligan-Karriere mehr als einem die Nase gebrochen haben soll. Und vorbestraft wäre er auch.«

Irina nickte, ließ sich aber von Niklas' Bedenken nicht beeindrucken. »Und wie komm ich an ihn ran?«

Niklas rollte mit den Augen. »Du kommst mir vor wie eine storygeile Journalistin, so wichtig, wie du das nimmst.«

»Ich bin immer so, wenn ich mich für was interessiere. Sorry, aber halbe Sachen sind nicht meins.«

»Na ja, wenn du dir unbedingt eine Abreibung holen willst. Ich würde einfach bei ihm auf der Arbeit bei der Winzergenossenschaft Landau-Land anrufen und mich mit ihm verbinden lassen. In dieser Jahreszeit ist er nicht im Außenbetrieb, sondern hilft im Keller. Aber pass auf. Ich trau diesem Typen überhaupt nicht.«

Sie wechselte das Thema. »Und zu welcher Umweltschutzgruppe gehörst du?«

Niklas lächelte nachsichtig. »Aber nein, ich produziere zwar meinen Wein nach den strengen Kriterien von Öko-

Land und lasse mich von denen auch zertifizieren. Aber ich bin nicht in so einer Aktivistengruppe, wenn du das meinst.«

»Sondern?«

»Na ja, ein paar junge Winzerinnen und Winzer, die ähnlich denken wie ich … wir treffen uns ab und zu. Eigentlich haben wir uns früher nur über Bioweinbau ausgetauscht … aber seit dieses Gerücht im Umlauf ist …«

ERKLÄRUNG

Speyer, Dienstag, 4. Oktober 2022, 16.00 Uhr

Als Irina nach Hause kam, empfing André sie schon an der Tür.

»Und wie war's?«, fragte er, noch ehe sie das Haus betreten hatte.

Irina lachte nachsichtig. »Wow, da ist aber jemand neugierig wie ein Schwamm. Sagen wir mal so, der Typ ist ganz nett gewesen. Könnte ein Enkel von dir sein.«

»Enkel?«, wiederholte er grimmig. »Wieso? Trug er etwa Windeln?«

Irina grinste. »War nur Spaß, alter Mann. Er ist wohl genauso ein Alte-Schule-Typ wie du.«

»Und woran machst du das fest?«, fragte er lauernd.

»Na ja, so höflich und Gentleman-like.«

André ging wortlos in die Küche und kam mit einem abgehängten Wandkalender und einem Kugelschreiber zurück.

»Moment, muss es nur eintragen, dass du gerade was Positives über mich rausgehauen hast. Ist so selten, dass man das unbedingt festhalten muss.«

»Ha ha.« Irina schüttelte den Kopf. »Und weitergekommen bin ich auch.«

»Und in welche Richtung?«

»Na ja, dieser Nikita ist kein anderer als dieser Biowinzer Niklas Kronauer, den ich schon abgecheckt hab. Er nimmt es wohl mit dem Umweltschutz sehr ernst. Ich halte ihn aber für harmlos und denke nicht, dass er einer Fliege was zuleide tun könnte. Er hat mir erzählt, dass in Nußdorf gerade ziemlich schlechte Stimmung unter den Winzern herrscht. Angeblich läuft da was in Bezug auf Ölförderung.«

»Dazu hat man aber noch nichts in der Presse gelesen. Aber was hat das mit dem Erdbeben zu tun? Ist das so was wie bei Grubenabsenkungen?«

»Weiß ich nicht. Niklas, konnte da auch nichts Konkretes dazu sagen. Nur, dass das gerade über die Gerüchteküche umgeht, im Zentrum steht ein Waldemar Peters. Er hat angeblich Informationen darüber und hetzt die Leute auf. Ist wohl ein seltsamer Kauz.«

»Hmm, dann sollte ich mal mit ihm reden.«

»Nicht nötig, während du noch durch die Weinberge gestreift bist, hab ich schon mit ihm gedatet.«

André verzog missbilligend das Gesicht.

»Keine Sorge, alter Mann. Ich hab die Nonnen überlebt, also werd ich auch diesen Umweltschützer überleben«, witzelte sie und nahm dabei Bezug auf ihren vorletzten Fall, bei dem sie unter den Schwestern eines Klosters ermittelt hatte.

»Aber nur knapp«, schränkte er ein und schüttelte mürrisch den Kopf.

»Und wo trefft ihr euch?«

»Heute, bei ihm in der Wohnung.«

»Auch das noch. Ist dir kein Treffpunkt unter Menschen eingefallen?«

»Nein, er hat gesagt, dass das, was er mir zeigen und sagen will, keine Zeugen duldet.«

»Lass es lieber sein. Das ist zu gefährlich und wird uns eh bei den Todesfällen nicht weiterbringen. Ich denke, das ist eine Sackgasse. Ich habe nämlich unweit der Unfallstelle des Polizisten auch etwas gefunden.«

»Aha und was?«

»Drei exakt rechteckige, etwa türgroße mit Wasser gefüllte Eindrücke im weichen Wingertsboden. Jeweils 20 Meter voneinander entfernt.« André konnte den Stolz über seine Entdeckung nicht unterdrücken.

»Wow, der alte Mann und die Pfützen. Klingt aufregend.«

»Ist es auch, denn ich glaube zu wissen, von was die stammen.«

»Aha, und von was?«, fragte sie und legte die Stirn in Falten.

»Als ich vorhin an der Baustelle in der Oberen Langgasse vorbeigefahren bin, hab ich es gesehen.«

»Jetzt mach's nicht so spannend, hau deine Erkenntnisse endlich raus.«

»Dort stand ein Autokran.« André pausierte und schaute sie erwartungsvoll an.

»Entschuldige, dass ich gerade deinen, wie immer unglaublich komplexen Gedankengängen nicht folgen kann. Aber seit wann hinterlassen Autoreifen türgroße rechteckige Abdrücke.«

»Du weißt doch, dass diese Wagen an den Ecken solche Stabilisatoren ausfahren, wenn sie schwere Lasten heben.«

»Ja schon, aber die haben deutlich kleinere und meist runde Standfüße.«

»Stimmt, und weil die so klein sind und sich in die weiche Erde drücken würden, legt man meist irgendwelche Holzbohlen oder Bretter drunter.«

»Verstehe, aber müsste es dann nicht vier solcher Abdrücke geben?«

»Ja im Prinzip schon, aber vielleicht hat man eine Last gehoben, die nur eine Ecke des Wagens belastete und daher nur einen Standfuß ausgefahren.«

»Du hast aber von drei, etwas voneinander entfernten Abdrücken gesprochen.«

»Ja schon, aber vielleicht waren sie dreimal hintereinander in Aktion.«

Irina verzog ungläubig das Gesicht. »Steile These. Und was soll das mit dem Unfall zu tun haben?«

»Ich denke, unser Polizist, dieser Bachert, ist auf was gestoßen, das mit dem Beben zusammenhing und was von diesem Kran ausging. Vielleicht hat ja diese Ölfirma den Kranwagen geschickt. Er wollte, warum auch immer, schnell weg, lief zur Straße, stolperte die Böschung zur Fahrbahn herunter, kam etwas desorientiert unten an und wurde von diesem Pkw erfasst.«

Irina lachte. »Gab's da auch was zum Trinken? So was kann man sich nüchtern bestimmt nicht ausdenken. Irgendwie voll cringe oder um es für dich verständlich zu machen: zum Fremdschämen, deine seltsamen Fantasien.«

»Na ja, ich hab mir überlegt, dass man die umliegenden Verkehrskameras für den fraglichen Zeitraum durchschauen könnte. Vielleicht findet man so einen Wagen darauf und könnte den Besitzer befragen«, fuhr er unbeirrt fort.

Irina lachte erneut laut auf. »Wenn du im Ermittlermodus bist, lässt du dich von niemandem eines Besseren belehren und suchst geradezu die Blamage. Und dann sagst du, meine Ermittlungen seien eine Sackgasse.« Sie schüttelte empört den Kopf. »Wenn die eine Sackgasse sind, ist das, was du dir da zusammenreimst, eine Betonmauer. Wenn du damit bei Achill aufschlägst, wird er dich nur auslachen. Sag ihm bitte, dass ich dich davon abhalten wollte.«

LÖWENHÖHLE

Landau-Nußdorf, Dienstag, 4. Oktober 2022, 19.00 Uhr

Waldemar Peters wohnte in einem schmalen halb verfallenen Bauernhaus im alten Ortskern von Nußdorf. Sieht ganz und gar nach Verlierertyp aus, dachte Irina und klopfte an das schief in den Angeln hängende Holztor, das förmlich nach Farbe lechzte.

»Komme!«, rief eine kernige Männerstimme.

Der Mann, der ihr kurz darauf öffnete und sich als Waldemar vorstellte, war von massiger Statur. Er trug ein schwarzes ausgebleichtes T-Shirt und eine ebenso verwaschene Jeans, die schräg unter seinem etwas überhängenden Bauch hing. Seinen großen Kopf mit ausgeprägtem Doppelkinn krönte ein Bürstenschnitt, durch dessen lichte Stoppeln ein missglücktes Kopftattoo schimmerte.

»Komm rein«, nuschelte er undeutlich und wies Irina linkisch den Weg in den holprig gepflasterten Hof. Dabei fiel ihr auf, dass er den direkten Augenkontakt zu ihr mied. Offensichtlich war er nicht besonders gewandt im Umgang mit jungen Frauen.

Im Hausflur schlug Irina ein penetranter Geruch nach gekochten Kartoffeln entgegen. Weiter drinnen, in der Wohnküche, mischten sich die intensiven Ausdünstungen der Blut- und Leberwurstreste, die den Esstisch zierten, darunter.

»Sorry, war gerade erst mit Abendessen fertig. Ein Schorle?«, fragte Peters und wies auf eine offene ungekühlte Riesling-Literflasche auf dem Tisch, neben der ein mit fettigen Fingerabdrücken verziertes Dubbeglas stand. »Ich hol dir auch ein frisches Glas«, kommentierte er Irinas skeptischen Blick.

Sie nickte, zu einem klaren »Ja« fehlte ihr der Appetit. Der Brodem dieses vor ihr auf dem Tisch dahinwelkenden Mahls hatte ihn ihr vergehen lassen.

»Was arbeitest du bei der Winzergenossenschaft?«, versuchte Irina das Eis zwischen ihnen zu brechen, während Waldemar ein weiteres Dubbeglas aus dem altmodischen Küchenschrank holte.

»Arbeite hauptsächlich im Außenbetrieb. Ist schön in der Natur. Wenn draußen nix zu tun ist, helfe ich im Keller. Tanks reinigen, umpumpen und so.«

»Kommst du auch aus Russland?«, setzte sie ihre vertrauensbildenden Maßnahmen fort.

»Ja, Belgorod an der Grenze zur Ukraine. Ist grad übel dort, meine Eltern sind noch da. Haben Angst vor den Ukrainern. Alles Faschisten.«

Irina schluckte. Auch das noch. Ein Russe, der die Propaganda des Regimes voll verinnerlicht hatte.

»Und du?«, traute sich nun Waldemar, endlich eine Frage an sie zu richten.

»Kursk.«

»Und?«, fragte er nun, offensichtlich, um ihre Einstellung abzuchecken.

»Auch übel«, antwortete sie knapp.

Stumm nahm er das Dubbeglas und stieß es an ihres. »Auf die Heimat«, sagte er für seine Verhältnisse feierlich.

Sie wiederholte die Prozedur und trank einen kleinen Schluck Schorle.

Ihr reichte es nun mit dem Geplauder. Sie wollte so schnell wie möglich zur Sache kommen und dann raus hier. Sie hatte keine Lust, bei diesem seltsamen Kauz noch länger zu bleiben. »Du hast am Telefon gesagt, dass du Unterlagen hättest, die beweisen, dass es hier Öl gibt.«

»Für was brauchst du die?«, fragte er harsch. »Bist du von der Presse oder von den Bullen?«

Irina horchte auf. »Wieso Bullen, wie kommst du darauf?«

»Nur so.«

»Nein, ich engagiere mich nur für unsere Umwelt. War am globalen Klimastreik am 23.9. von Fridays for Future dabei«, log sie und versuchte, sich möglichst engagiert zu geben.

»Aha«, antwortete er. Anscheinend konnte er mit dieser Information wenig anfangen.

»Bin mit meiner Gruppe überwiegend in Mannheim, wo ich studiere, aktiv. Aber wenn's hier bei dir was gibt, wo man sich engagieren muss, bin ich natürlich dabei.«

Offensichtlich waren ihm Irinas engagierte Worte fürs Erste glaubwürdig genug. Vielleicht war es auch nur die Aussicht, künftig Seite an Seite mit einer attraktiven jungen Frau zu agieren, die ihn zugänglicher machte. Wortlos stand er auf, ging zum Küchenschrank und kniete sich davor. Seine Hose entblößte eine Stelle, die Irina lieber nicht gesehen hätte und eher unvorteilhaft wirkte. Er zog eine Kiste unter dem Schrank hervor, kramte darin, hob einen Stapel Papiere heraus, entnahm das oberste Blatt und kam mit ihm zurück an den Tisch.

Er legte es vor Irina und stellte sich hinter sie.

Ihr war seine Nähe unangenehm, zudem rochen seine Kleider, die er wahrscheinlich schon bei der Arbeit getragen hatte, nach Keller und frisch vergorenem Most.

Irina nahm die ausgedruckte Karte, um sie besser lesen zu können. Sie wirkte auf sie eher kryptisch. Farbig schraffierte Flächen zogen sich in leicht zackigen Wellen horizontal übers Blatt. Immer da, wo eine Verwerfung war, waren schwarze, eher vertikal verlaufende Linien eingedruckt. Oben über den gestrichelten Flächen hatte jemand mit Kugelschreiber »Nußdorf« geschrieben. Knapp über dem unteren Rand war an einer besonders starken Verwerfung mit dem gleichen Stift ein Oval eingezeichnet. Darauf deutete ein Pfeil, der mit »Ölvorkommen« beschriftet war.

»Da.« Waldemar unterstrich mit seinem Zeigefinger das Wort Ölvorkommen. Es schien ihn dabei nicht zu stören, dass er mit dem nackten Arm, der aus den kurzen Ärmeln des T-Shirts ragte, Irinas Kopf berührte.

Nun nahm sie zusätzlich einen penetranten Schweißgeruch wahr. Der Drang zu gehen potenzierte sich, aber sie musste noch etwas durchhalten. »Was ist das?«

»Eine geologische Bodenkarte des Untergrundes von Nußdorf. Man vermutet hier in etwa 2.500 Metern Tiefe gewaltige Ölvorkommen. So viel, dass es hier wohl Dutzende groß angelegte Bohrstellen geben wird. Man wird eine Pipeline bauen, Tankzüge und Tanklaster werden von hier das Öl verteilen. Es wird eine reine Industriefläche um Nußdorf geben. Alles werden sie kaputtmachen.« Es war geradezu aus ihm herausgebrochen. Es wirkte auf sie, als hätte er eine Broschüre oder vorgefertigte Botschaft verlesen.

»Woher hast du das alles? Ich habe dazu noch nichts in der Presse gelesen. Ich dachte immer, dass die Ölquellen hier am Versiegen sind.«

»Sind sie auch, aber die alten Vorkommen liegen auch bei Weitem nicht so tief.«

»Und woher weißt du das?«

»Ich hab meine Quellen, die ich nicht preisgeben darf.« Seine Stimme verriet Stolz darüber, Geheimnisträger zu sein.

»Aber warum weißt das ausgerechnet du?«

»Ich habe eben Kontakte.« Er reckte den Kopf.

»Ja, aber wohin hast du Kontakte?«, startete sie einen weiteren Anlauf.

»Zu den richtigen Leuten.« Diese Antwort war zögerlicher gekommen. Irgendetwas spukte ihm durchs Gehirn.

Er legte die Pranke auf ihre Schulter. Sie meinte gar, ein Streicheln zu spüren. »Wenn wir gut zusammenarbeiten, wirst du es erfahren.«

So war das also. Er wollte sie gefügig machen, eine enge Mitstreiterin oder auch mehr gewinnen. Irina schauderte.

»Schon heute Nacht kannst du zeigen, wie ernst es dir ist.«

SOLIDARITÄT

Landau-Nußdorf, Mittwoch, 5. Oktober 2022, 6.20 Uhr

»Ganz schön kalt«, sagte Irina und schüttelte sich. Laut ihrem Smartphone waren es gerade mal neun Grad.

»Denk dran, ist für eine gute Sache. Und wir Russen sind ganz anderes gewohnt«, erwiderte Waldemar.

Schon jetzt bereute sie es, mitgekommen zu sein. Solidarität zeigen, Aufnahmeritual, Vertrauen aufbauen – all das war ihr durch den Kopf geschwirrt, als sie sich gestern von ihm hatte breitschlagen lassen mitzukommen. Anfänglich dachte sie, es sei eine groß angelegte, wohlorganisierte Protestaktion, die von einer Masse engagierter Aktivisten begleitet wurde.

Heute kurz vor Sonnenaufgang sah die Sache ganz anders aus. Das, was Waldemar ihr als völlig neue Art des Protestes vorgeschwärmt hatte, schien sich nun zur größten Dummheit ihres Lebens zu entwickeln.

Das erste Manko war, dass die Aktivistenschar nur aus drei Personen bestand. Ihr selbst, Waldemar und Marek.

Marek, der seinem Akzent nach aus Polen stammte, war in Wirklichkeit kein überzeugter Aktivist, sondern ein Hooligan im Umfeld des 1. FC Kaiserslautern, wie sein T-Shirt verriet, und war wohl der Rest aus Waldemars FCK-Hooligan-Clique. Aktuell war er eher so etwas wie der einzige Fan Waldemars. Er war zutiefst einfältig und fand alles, was Waldemar anordnete, »voll gudd«.

Voll gudd fand er auch, dass Irina mit von der Partie war.

Er hielt sie für Waldemars Freundin, was Waldemar nicht aufklärte, sondern wahrscheinlich sogar genoss.

Hier standen sie nun am Zaun der Pferdckopfpumpe inmitten des Ortskerns von Nußdorf und warteten, bis es hell wurde und endlich einige Passanten ihren mutigen Protest bemerken und bewundern würden oder sich ihnen sogar anschlossen – wie Waldemar mutmaßte.

Er und Marek hatten eigens für diesen Anlass einige Schilder gemalt, die sie neben sich an dem etwa zwei Meter hohen Stahlmattenzaun befestigt hatten.

Die Aufschriften sollten die Bürger aufrütteln und zur Solidarisierung mit ihnen bewegen – so jedenfalls Waldemars Intention. Darauf zu lesen war: »Keine neue Ölförderung!«, »Rettet die Natur!«, »Keine Macht den Ölmultis!« und »Kein Frecking!«. Wobei wahrscheinlich nur Irina aufgefallen war, dass man Fracking besser mit einem »a« in der Mitte geschrieben hätte. Marek hatte ihre Anmerkung mit einem »Ach was, das is gudd!« übergangen. Im Gegenzug hatte er Irina schon dreimal erklärt, dass sein Vorname »Marek« wohl so etwas wie »Sohn des Kriegsgottes Mars« bedeutete. Irina fragte sich zwar, wie dieser einfältige Kerl zu dieser Erkenntnis gelangt war – ihre Hochachtung dafür hielt sich aber in Grenzen.

Ebenso wenig imponierte ihr, dass Marek großspurig behauptete, er sei Raubtierpfleger im Landauer Zoo.

Selbst Waldemar hatte dazu nur den Kopf geschüttelt. »Du hast dort mal ein paar Wochen gejobbt und Scheiße geschippt, mehr nicht.«

Die Gewissheit, dass diese verzweifelte Aktion sich zur größten Blamage ihres Lebens entwickeln würde, war von Minute zu Minute gewachsen. Als Waldemar ihr dann den großen Batzen Zweikomponentenkleber auf die Handfläche geklatscht hatte, sie wohl einige Minuten zu lange zögerte und nun aus eigener Kraft unlösbar mit diesem Zaun verbunden war, war es besiegelt. Sie war naiv gewesen, wollte André zeigen, wie man »undercover« ermittelt, und war nun eher so etwas wie »oncover«, denn gerade war der erste Jugendliche erschienen, der wohl zu seinem Lehrherrn ins Weingut marschierte, hatte herzlich gelacht, amüsiert abgewunken und den Kopf geschüttelt. Natürlich hatte er es nicht versäumt, bevor er sich trollte, einige Handyfotos von ihnen zu schießen. Bestimmt würden sie schon in wenigen Augenblicken als die Ölkleber oder besser als die Deppentruppe von Nußdorf viral gehen.

KATERFRÜHSTÜCK

Speyer, Mittwoch, 5. Oktober 2022, 9.55 Uhr

Nachdem Irina extrem frühzeitig aus dem Haus gegangen war – sie hatte vorgegeben, eine Spezialveranstaltung an der Uni zu besuchen –, hatte André beschlossen, sein Frühstück mal wieder im *Mediterraneo* einzunehmen.

Der Cappuccino dampfte verführerisch vor ihm, das Cornetto war noch warm. So konnte man den Tag beginnen.

In diesem Augenblick machte sein Smartphone durch dumpfes Brummen auf dem Bistrotisch auf sich aufmerksam. André entschied, nicht dranzugehen, änderte aber seine Meinung, als er Achills Nummer im Display erkannte.

Wie immer, wenn Achill in Hektik war, verzichtete er auf eine Begrüßung und kam direkt zur Sache.

»Ich schick dir gleich noch per App eine Adresse in der Ortsmitte von Nußdorf. Scherer vom KDD hat mitgekriegt, dass Irina etwas Aufmunterung dringend gebrauchen könnte. Schnapp dir ein paar Wolldecken und komm sofort. Ich kann ihr leider nicht helfen, habe gerade selbst einen Einsatz in Frankenthal.«

»Wie? Was ist mit ihr? Ist sie verletzt?«

»Nein, körperlich ist sie gesund, vielleicht etwas durchgefroren, aber emotional wird sie wohl daran noch etwas zu knabbern haben. Vor allem, wenn die Fotos überall im Netz unterwegs sind.«

André schluckte und war kaum in der Lage zu reagieren. »Was ist passiert?«

»Sie hat sich an einen Zaun geklebt. Die Landauer Kollegen sind gerade unterwegs, um Lösungsmittel und Speiseöl zu kaufen. Könnte funktionieren, meinte einer unserer Techniker. Wenn nicht, muss man sie mit einem Stück vom Zaun an der Hand rausflexen. Wird noch dauern und sie wird, bis sie freikommt, einiges an Spott zu ertragen haben. Ist wohl eher gerade wie am Dorfpranger.«

»Wie, an den Zaun geklebt?«, fragte André, der Achill kaum folgen konnte.

»Na ja, war wohl so was wie eine Protestaktion. Wusste gar nicht, dass sie bei so was mitmacht.«

WUNDEN

Speyer, Mittwoch, 5. Oktober 2022, 14.20 Uhr

»Na dann wird's bei dir mit Nachwuchs wohl auch nichts werden«, sagte André bestimmt.

»Was wird das jetzt? Wie kommst du da drauf?«, zischte Irina genervt.

»Na ja, als letzte Generation schließt sich das ja aus.«

»Ha, ha, ha. Das ist nicht witzig. Wie oft soll ich dir noch klarmachen, dass das ein Undercover-Einsatz war, um das Vertrauen dieses Waldemar Peters zu erringen.«

André lachte. »Hättest du ihn nicht vor allen Zuschauern als ›Blödmann‹ bezeichnet, hätte das gelingen können. Aber dir hätte doch von Anfang an klar sein müssen, dass eine dämliche Idee, die man dilettantisch umsetzt, dadurch nicht besser wird.«

Irina schwieg betroffen.

»Und ganz ehrlich, glaubst du im Entferntesten daran, dass dieser Spinner etwas mit den Todesfällen zu tun haben könnte? Der kann vielleicht jemandem eine reinhauen, aber mehr geht da nicht.«

»Bist du jetzt fertig mit deiner Standpauke? Ich komm mir vor wie bei meinem Vater zu Hause, als ich zwölf war und mich zum ersten Mal betrunken hab.«

»Sorry, aber ich sorge mich halt um dich.«

»Schon verstanden. Und ich geb ja zu, dass es nicht besonders klug war.«

»Hier«, sagte André versöhnlich und legte eine Tube

Handcreme vor ihr auf den Küchentisch. »Deine Hand sieht nach diesem groß angelegten Lösungsmitteltest der Polizei aus wie eine plattgefahrene Tomate.«

*

Auch Waldemar Peters hatte Blessuren davongetragen. Doch mehr noch als die gereizte Haut an den Händen schmerzten die seelischen Wunden.

Da war diese Irina, die ihn als »Blödmann« bezeichnet hatte. Dabei hatte er große Hoffnungen mit ihr verbunden. Eine kluge junge Frau, die sogar studierte, hätte ihm an seiner Seite gutgetan. Hübsch war sie überdies – und sogar auch noch Russin.

Dann war da noch der Rest vom Ort – die Kollegen von der Freiwilligen Feuerwehr, die die Polizei bei der Räumung unterstützt hatten. Seine Freunde und Weggefährten, wie er bis jetzt annahm. Sie alle hatten ihn ausgelacht.

Er hatte all die Ausdrücke, die sie sich untereinander kopfschüttelnd und lachend zugeflüstert hatten, verstanden. Von all den Abfälligkeiten über ihn war »Blödmann« noch das Angenehmste gewesen. Er war zum Gespött von ganz Nußdorf geworden. Er, der es als Russlanddeutscher eh schwer gehabt hatte, sich wenigstens halbwegs zu integrieren, war für alle Zeit zum Dorftrottel verkommen.

Nur Marek stand noch loyal hinter ihm. Aber er musste sich eingestehen, dass er auch nicht gerade das war, was man klug nannte.

Aber er würde es ihnen allen zeigen. Er würde ihnen beweisen, dass er mehr konnte. Mehr als das heute Morgen und weit mehr, als sie ihm zutrauten.

WILDWEST

Landau-Nußdorf, Freitag, 7. Oktober 2022, 2.20 Uhr

Der Ort war ähnlich, aber das Equipment weitaus gröber als letztes Mal.

Er hatte Stunden damit verbracht, das Lager der Winzergenossenschaft zu durchstöbern, und dann hatte er sie gefunden: eine Eisenkette, deren Glieder handflächengroß und an den Stößen fest verschweißt waren. Man hatte sie früher genutzt, um mit Radladern Schlepper und Lastwagen aus Schlammlöchern oder Straßengräben zu ziehen.

Sie war so schwer, dass er und Marek sie nur mittels einer Gabelstaplervorrichtung am Traktor aus dem Lager bugsieren konnten. Aber für ihre Zwecke war sie geradezu perfekt.

Auf den hochgefahrenen Staplergabeln schleppten sie sie mit dem Schlepper der Winzergenossenschaft zu ihrem Bestimmungsort.

Er hatte von vornherein auf jedwede Genehmigung zum Ausleihen des Treckers und des sonstigen Equipments verzichtet. Im war klar, dass er nach dieser Aktion wahrscheinlich den Job bei der Genossenschaft an den Nagel hängen musste. Aber sei's drum, er würde ohnehin hier bald die Zelte abbrechen müssen. Entweder die Mission gelang und er musste sich zurückziehen. Oder er tat nichts und würde dadurch sein Ansehen nicht wiederherstellen können, dann wäre er sowieso gezwungen wegzuziehen. Eines stand für ihn fest, er wollte nicht lebenslang als Versager und Blödmann dastehen.

Alles war bisher perfekt gelaufen. Niemand hatte Notiz von ihnen genommen, das Wetter war gut und die Straßen und Wege menschenleer.

Mit dem mächtigen Bolzenschneider – ebenfalls aus den Beständen der Winzergenossenschaft – hatten sie brachial den Stabgitterzaun auf einer Länge von gut fünf Metern durchtrennt. Das war breit genug, um den Schlepper mit der über der Gabel hängenden Kette in Position zu bringen.

Er war gestern schon hier gewesen. Dabei hatte er sich alles genau angeschaut, abgemessen und sich entsprechend vorbereitet.

Bevor sie loslegten, standen sie wie gebannt vor dem grünen Ungetüm am Rande der L 512 zwischen Nußdorf und dem eigentlichen Stadtgebiet der Kreisstadt Landau. Sie folgten für eine Weile andächtig den gleichmäßigen langsamen Auf- und Ab-Bewegungen des grünen Pferdekopfes. Sie wirkten fast, als verneigte sich der Koloss vor ihnen. Es nutzte ihm nichts. Sie würden ihm heute das Genick brechen.

Trotzdem hatte er größten Respekt vor der Aufgabe. Es würde anspruchsvoll werden und Marek und ihn an die Grenzen ihrer körperlichen Kräfte führen.

Sie zogen sich grobe Arbeitshandschuhe über, die sie ebenfalls bei der Genossenschaft hatten mitgehen lassen. Im ersten Schritt zerrten sie die Kette von den Staplergabeln und legten sie ordentlich neben den nickenden Pferdekopf. Waldemar schwitzte, das, was jetzt folgte, war gefährlich. Mit einem mächtigen Karabinerhaken befestigte er das eine Ende der Kette an der Staplergabel.

Marek stellte sich auf die andere Gabelseite und hielt sich am Gestänge fest.

Waldemar setzte sich ins Führerhaus und bewegte langsam die Gabel nach oben. Als er auf Höhe des Pferdekopfes war, fuhr er einige Schritte vor, bis die Zinken der Gabel das grüne Gestänge fast berührten. Marek bekreuzigte sich und stammelte Unverständliches vor sich hin. Offensichtlich hatte er Angst, die Gabel könnte in den Hubweg des Pferdekopfes gelangen.

Nun wurde es ernst. Waldemar stieg aus dem Führerhaus und kletterte zu Marek auf die Gabel.

»Meinst du, gett gudd?«, fragte Marek kleinlaut.

»Alles gut«, beruhigte ihn Waldemar.

Sie setzten sich rittlings rechts und links auf die beiden Gabelzinken, umfassten die Kette und hoben sie an.

»Dann los«, gab Waldemar das Kommando. Sie rissen mit aller Kraft das Ende der Kette hoch. Stemmten es wie zwei Gewichtheber mit gestreckten Armen über ihre Köpfe. Nun hieß es, abwarten und das schwere Gewicht so lange in Position zu halten, bis der Pferdekopf den Tiefpunkt im regelmäßigen Auf-und-Ab erreichte.

»Jetzt!«, schrie Waldemar gepresst. »Schnell.« Sie drückten die Kette mit aller Kraft schräg nach vorne und ließen sie auf den Nacken des Pferdekopfes sacken.

Stahl auf Stahl, ein Geräusch wie das Schlagen einer gerissenen Kirchenglocke.

»Hoffentlich rutscht sie nicht!«, flüsterte Waldemar und schnaubte schwer vor Anstrengung.

Nun folgten bange Sekunden. Sie starrten auf die Kette, die über dem Nacken des Pferdekopfes hing. Rutschte sie ab? Der Kopf erreichte den höchsten Punkt des Hubweges – sie hielt. Ruhte sicher auf dem Balancier, jenem Eisenträger, der den Kopf mit der Pleuelstange am Antriebsmotor verband.

»Das gudd!«, brummte Marek und schaut stolz zu Waldemar – seinem Idol – auf.

»Das sähr gudd!«, imitierte Waldemar und schlug ihm kameradschaftlich auf die Schulter.

»Jetzt leg sie fest, wie wir es besprochen haben«, wies er Marek an.

»Das gefährlisch«, murrte dieser und rutschte so weit wie möglich auf die Spitze des Gabelzinkens. Er griff nach dem Karabiner, den sie bereits in das letzte Glied der Kette gelegt hatten, das nun etwa einen halben Meter vom Nacken der Pumpe baumelte. Er folgte ein paar Zentimeter dem Hub des Kopfes, wartete, griff nach vorne und verfehlte das Kettenglied.

»Scheißendreck«, fluchte er.

»Noch mal«, trieb ihn Waldemar an.

Erneut die gleiche Prozedur: Sicherung öffnen, dem Hub folgen, warten, dieses Mal rutschte ihm der Karabiner aus den klammen Händen. Das Kettenende hing wieder lose am Pferdekopf.

»Mach jetzt, das ist doch nicht so schwer!«, giftete Waldemar.

»Mach du«, murrte Marek niedergeschlagen.

»Weg da!«

Umständlich tauschten sie die Plätze auf den Zinken.

Nun war Waldemar an der Reihe. Er durfte nicht scheitern – nicht jetzt. Noch eine Niederlage, noch eine Blamage und er war geliefert.

Beherzt griff er nach dem Karabiner, als das Kettenende an ihnen vorbeiglitt.

Er atmete ein, drückte die Sicherung nach innen. Beugte sich vor. Noch weiter. Er verlor das Gleichgewicht, strauchelte. Marek fasste ihm von hinten in den Gürtel. Stabilisierte ihn. Ein metallisches Klingen, gefolgt von einem »Klick«. Die Sicherung des Karabiners schloss sich. Der

Karabinerhaken lag fest im langen Strang der Kette, der bis zum Boden reichte.

Nun hörten sie das Klingen der einzelnen Glieder, die bisher auf dem Betonboden geruht hatten. Sie legten sich geräuschvoll nach und nach auf den Boden ab. Nur um sich beim kommenden Hub wieder ebenso klingend zu erheben.

»Verdammt laut«, fluchte Waldemar. »Hoffentlich hört das keiner.«

»Schnell runter, Beeilung«, stammelte Marek und machte sich daran, am Gestänge der Hebevorrichtung nach unten zu klettern. Waldemar folgte.

Auf dem Boden angekommen, nahm Waldemar einen weiteren schweren Karabiner aus dem Führerhaus und trabte zu Marek. Der stand seitlich der sich hebenden und wieder senkenden Kette und starrte sie an.

Sie knieten sich neben den Berg der Kettenglieder, die sich am Fuße des Pferdekopfs im Licht der trüben Traktorenscheinwerfer zu einem rostbraunen Haufen vereinigt hatten. Zogen sie etwas auseinander und versuchten, schweißtriefend Ordnung in dem Wirrwarr zu schaffen. Dann gebot Waldemar Marek mit einer Geste stillzuhalten.

Wieder folgte er gebannt der Kette. Dreimal ließ er sie auf und nieder wandern und zählte die Kettenglieder, um die sie sich vom Boden erhob. An passender Stelle hakte er den Karabiner zunächst lose in das betreffende Glied ein.

»Bring den Traktor in Sicherheit, wende ihn draußen zum Abhauen«, wies er Marek an.

Marek packte alles zusammen und warf es ins Führerhaus. Nur eine Akkuleuchte ließ er neben Waldemar stehen.

Als der Traktor außerhalb der Umzäunung gewendet und mit laufendem Motor stand, stapfte Marek wieder herbei. Er blieb ein paar Schritte hinter seinem Kumpan stehen.

Waldemar warf ihm einen bangen Blick zu und konzentrierte sich wieder auf die Kette.

Er atmete tief ein. Als sich der Kopf senkte, griff er beherzt nach dem Karabinerhaken, folgte ihm nach unten. Dann ging alles sehr schnell. Am unteren Wendepunkt hörte man ein helles Klicken. Der Karabiner war in einer massiven Öse im Betonboden eingehakt.

Waldemar sprang auf. Stolperte nach hinten. Konnte sich mit Mareks Hilfe wieder fangen. Schon spannte sich die Kette. Stahl ächzte, schrie quietschend auf wie ein Tier im Todeskampf. Waldemar sah, wie sich der massive Balancier, der Pferdekopf und Antriebspleuel verband, bog und wand, dann ein Knall. Die Gelenke der Pleuelstangen brachen. Die massigen Stahlstangen schlugen singend auf dem Boden auf. Noch immer vom Motor getrieben, hieben die Reste des Pleuels wie Schmiedehämmer klirrend in den Beton.

Zeitgleich raste der Pferdekopf vom Gewicht der Kette gezogen zu Boden. Die Erde bebte, als er wie ein mächtiger Vorschlaghammer in den Betonboden einschlug.

Nur wenige Schritte entfernt starrte Marek auf das monströse Schauspiel. Dann ein Schlag, sein Kopf wurde nach hinten gerissen. Er wankte, drohte zu fallen. Ein Stück herausgebrochener Beton hatte ihn am Jochbein erwischt – sein Auge nur knapp verfehlt.

Waldemar zerrte ihn weg. Etwas abseits wischte er ihm das Blut vom Gesicht.

Bevor sie gingen, verstreute Waldemar noch einen Stapel Fotokopien von der Grafik, die er vor ein paar Tagen Irina gezeigt hatte, auf den Trümmern des grünen Monstrums, das wie ein getötetes Tier vor ihnen lag.

Es war vollbracht.

FIRSTMOVER

Ludwigshafen, Freitag, 7. Oktober 2022, 8.20 Uhr

»Da braut sich was zusammen. Wenn wir nicht klar Kante zeigen, wird das noch mehr eskalieren. Wenn die nicht besoffen sind, randalieren sie.« Mühlenkamp hatte sich in Rage geredet. Die Farbveränderung seines Gesichts und der bis in die Schädelmitte reichenden Geheimratsecken glich dem Reifeprozess einer Erdbeere – von weiß in ein sattes Rot. Nur, dass sich diese Reife quasi im Zeitraffer, in Sekunden vollzogen hatte.

Achill und Bertling schwiegen, was seine Wallung noch mehr anzufachen schien.

»Ihnen ist es wohl egal, wenn in unserem Zuständigkeitsbereich die öffentliche Ordnung gefährdet ist«, blaffte er sie an.

»In Ihrem«, korrigierte Achill und nahm in Kauf, dass er völlig die Fassung verlor. »Wir sind nur für Tötungsdelikte zuständig. Und eine verbogene Pferdekopfpumpe und ein paar angeklebte Demonstranten fallen da nicht darunter.«

»Nun machen Sie mal einen Punkt!«, platzte es aus Mühlenkamp heraus. »Haben Sie die beiden Unfalltoten vergessen? Wo bleiben da Ihre Ermittlungserfolge?«

»Die Ermittlungsarbeit findet – Ihrem ausdrücklichen Wunsch entsprechend – nur auf Ihre konkrete Anweisung statt. Und das bei jedem Ermittlungsschritt. Und seit Ihrer Inaugenscheinnahme mit der Kriminaltechnik am Dienstag gab es weder eine Information über die Erkenntnisse der KT noch eine weitere Anweisung.« Achill wusste, dass das der Zusammenarbeit nicht gerade förderlich war, aber es hatte sich bei ihm zu viel Frust angestaut, um ihn länger unausgesprochen zu lassen.

Mühlenkamp winkte missgelaunt ab. »Es gibt keine Erkenntnisse der Kriminaltechnik«, räumte er kleinlaut ein.

Natürlich war das Achill bereits bekannt. Schließlich funktionierten die informellen Nachrichtenkanäle hervorragend. Und er wusste, dass sich der Leiter der KT beim Polizeipräsidenten, mit dem er regelmäßig kegelte, über Mühlenkamp beschwert hatte. Auch über andere Ebenen liefen erste Beschwerden ein.

Unnötige Untersuchungen, übermäßige Ressourcenbelastung, kleinteilige Einmischung in die operative Polizeiarbeit, Lähmung der Behörde bis hin zu teilweisem Stillstand der Ermittlungsarbeit lagen in der einen Waagschale gegen Mühlenkamp, während die andere mit den Erfolgen bisher leer geblieben war.

Mühlenkamp stand mächtig unter Druck. Doch Achill war sich nach dessen aktuellem Gemütszustand sicher, dass dieser Druck sich eher in einer Überreaktion als in der Einsicht, die Zusammenarbeit wieder in normale Bahnen zu lenken, entladen würde.

»Und deshalb müssen wir jetzt konsequent handeln. Dieses Phlegma muss ein Ende haben«, verkündete der Oberstaatsanwalt kämpferisch.

Achill musste alle Selbstbeherrschung aufbieten, um nicht zu schmunzeln. Ein Blick zu Bertling verriet ihm, dass es ihr ähnlich ging. Er fragte sich, wo die Einsicht blieb, dass das zweifellos vorhandene Phlegma von Mühlenkamp selbst ausging.

»Wissen Sie, wie das die Amerikaner nennen?«, fragte er, nur um die Antwort selbst zu geben. »First-Mover-Advantage!«

Achill räusperte sich.

»Der, der den ersten entschiedenen Schritt tut, ist im Vorteil. Wir werden handeln. Wir werden diese Saboteure dort aufgreifen, wo sie sich zusammenrotten.«

Er entrollte triumphierend einen Ortsplan von Nußdorf. Er pinnte ihn, ungeachtet der Tatsache, dass sie voll war, auf die Pinnwand hinter Bertling. Zum Anstecken nutzte er die vorhandenen Stecknadeln, an denen der Urlaubsplaner des Teams sowie ihre gesammelten Postkarten und Fotos hingen. Er schien überhaupt nicht zu bemerken, dass dies alles auf den Boden glitt und teilweise unter die Schränke segelte.

»Wir werden an diesen Stellen zuschlagen!« Mit einem dicken Filzschreiber, den er aus der Sakkotasche fischte, malte er drei Kreise auf die Karte. »Das ist das Haus dieses Waldemar Peters, dem Drahtzieher des Klebeanschlags, das die Freiwillige Feuerwehr, wo er seine Gefolgsleute rekrutiert, und das ist das Weingut Kronauer. Der Eigentümer schart nach meinen Informationen eine Gruppe junger Winzer um sich, denen man nachsagt, ebenfalls Umweltaktivisten zu sein. Ich bin mir sicher, irgendwo werden wir fündig werden und Beweismaterial für die Sabotage dieser Ölpumpe finden. Im Zweifel kochen wir die einfach weich.«

»Meinen Sie nicht, dass das etwas unverhältnismäßig ist?«, wandte Achill erschreckt ein. »Der Flurschaden …«

Mühlenkamp ließ ihn nicht zu Wort kommen. »Flurschaden, Flurschaden. Ich wünschte, Sie würden mal einen solchen anrichten und in den Ermittlungen endlich weiterkommen«, fuhr er Achill an. »… und wo gehobelt wird, fallen nun mal auch Späne.«

»Und was sagt der Richter dazu? Haben Sie die nötigen Durchsuchungsbeschlüsse?«

»Lassen Sie das mal meine Sorge sein. Der Ermittlungsrichter und ich haben bestes juristisches Einvernehmen. Schließlich spielen wir zusammen Golf.«

»Aha«, erwiderte Achill. »Aber wir sind uns doch einig, dass das keine Maßnahme unseres K 11 wird, es geht hier nicht um ein Tötungsdelikt. Das ist doch eher was für die Kollegen von K 12, die beschäftigen sich mit Extremismus«, versuchte er sich aus der Sache rauszuwinden.

»Ich bin mir sicher, wenn wir da richtig aufmischen, werden auch Sie einige Körner finden, um mit den Todesfällen weiterzukommen. Basta!«

»Aber …«, begann nun auch Bertling.

Mühlenkamp schnitt ihr das Wort ab. »Heute Abend um 20 Uhr schlagen wir zu. Ich habe eine Staffel von der Bereitschaftspolizei angefordert, die Sie unterstützen wird.«

*

Fast zeitgleich saß der Russe, dessen Wange einstmals drei Tränen hatte, im eleganten Frühstücksraum eines Landauer Hotels.

Er war hierher umgezogen, seit ihn sein Verbindungsoffizier angewiesen hatte, Speyer den Rücken zu kehren. Er hätte dort einige Zeit gelebt und wäre viel zu bekannt.

Es passte ihm nicht. Dennoch musste er seinem Vorgesetzten insgeheim recht geben. Er konnte sich solche Gefühlsduseleien nicht leisten. Schließlich war er im Einsatz oder besser einer Sonderoperation. Einer Operation weit hinter den feindlichen Linien, bei der jeder Schritt tödlich sein konnte. Sie waren nichts anderes als Partisanen, und er musste auf der Hut sein, wollte er nicht wieder scheitern.

Obwohl das Hotel mit den modernen Zimmern, dem Komfort und dem reichlichen Frühstück in Ordnung war, gefiel es ihm hier nicht.

Das Hotel, nein, die ganze Stadt war ihm zu beschaulich. Keine anständigen Bars, Klubs oder Puffs. Hier war alles brav und bieder, kein Ort, um es gut aushalten zu können.

Im Frühstücksraum das tägliche Einerlei an Geschäftsreisenden und Touristen. Keine jungen Dinger, denen man auf pralle Ärsche starren und sie später aufs Zimmer abschleppen konnte.

Gelangweilt zog er sich die *Rheinpost* heran, die sein Vorgänger auf dem Tisch hatte liegen lassen. Nicht etwa, dass er deutsche Zeitungen bewusst las, aber immer noch besser, als ständig diese Rentnerehepaare zu beobachten, die zu ungeschickt waren, sich unfallfrei einen Kaffee aus dem Automaten zu zapfen oder die Plastikmilchschälchen zu öffnen. Er hatte dies alles satt.

Schnell überblätterte er den Politik- und Wirtschaftsteil. Ihm war nicht nach durchschaubarer Westpropaganda zur Spezialoperation. Wenn, dann informierte er sich aus erster Hand, direkt und unverfälscht beim GRU, dem russischen Militärgeheimdienst, oder bei seinem Kontaktoffizier.

Er blätterte schnell weiter. Vielleicht boten ja hinten bei den Kleinanzeigen ein paar billige Hobbynutten ihre Dienste an.

Er war gerade im Begriff, die letzte Seite des Regionalteils umzuschlagen, als ihn ein bekanntes Gesicht anstarrte.

Unter der Überschrift »Klimakleber kleben sich am Zaun einer Ölförderanlage in Nußdorf fest« starrte sie ihn an. Die kleine Bullenschlampe, der er all die verlorenen Jahre zu verdanken hatte. Am liebsten hätte er auf ihr Foto gespuckt. Eine Russin, die den deutschen Bullen in den Arsch kroch. »Ehrlose Schlampe!«, spie er aus.

Das Rentnerehepaar am Nachbartisch schaute indigniert auf.

Die Bedienung huschte herbei. »Bitte halten Sie sich zurück!«, sprach sie ihn leise an.

»Verschwinde, Schlampe!« So weit war es noch nicht gekommen, dass er sich von so einer alten Jungfer zurechtweisen lassen musste.

Sie verließ mit zusammengekniffenen Lippen eilig den Tisch, eilte hinter die Kulissen – wahrscheinlich, um sich beim Chef zu beschweren.

Er las weiter. Ja, das war sie, »russische Austauschstudentin aus Speyer« nannten sie dieses widerwärtige Luder. Er ballte unter dem Tisch die Fäuste. Am liebsten wäre er direkt zu ihr gefahren und hätte ihr – mit aller Verachtung, die in ihm gefangen war – jedes Leben aus dem Leib geprügelt.

Aber genau das hatte man ihm verboten. Hunderte Male hatte er es seinem Kontaktoffizier vorsagen müssen: »Die Mission hat äußerste Priorität – keine Kollateralschäden.«

Nun aber war sie quasi wie eine kostenlose Zugabe zum Bestandteil seines Auftrages geworden. Für ihn war sie damit mit einem Mal erreichbar, und ihr Schicksal lag wie ein wehrloses Baby in seiner großen Hand. Und für ihn stand fest: Er würde diese Hand zudrücken und sie zerquetschen.

Er riss das Foto aus der Zeitung und steckte es sich in die Tasche.

WINZERTREFF

Landau-Nußdorf, Dienstag, 7. Oktober 2022, 19.40 Uhr

»Wir nennen uns doch nicht aus Spaß ›Next Generation‹. Klar, es bezieht sich eigentlich darauf, dass wir uns vorstellen, zukunftsfähige Weine zu machen. Aber das, was hier passiert, kann uns doch nicht egal sein. Wollen wir nicht auch eine sichere Zukunft für unseren Wein, unsere Betriebe und unsere Kinder?«, ereiferte sich Niklas Kronauer im Kreise seiner Mitstreiter.

Sie waren vier Jungwinzerinnen und sechs Jungwinzer aus Nußdorf und den umliegenden Gemeinden entlang der gesamten Weinstraße. Eine Gruppe, die sich seit der gemeinsamen Studienzeit im Weincampus in Neustadt kannte. Sie hatten sich damals geschworen, alles anders zu machen als ihre Väter. Unter ihnen waren neben Newcomern auch die Sprösslinge einiger renommierter Güter der Pfälzer Weinwelt.

Trotz der vielseitigen Interessen und Schwerpunkte war ihnen eines gemeinsam. Sie hatten sich alle dem Bio-Weinbau verschrieben. Sie experimentierten mit neuen pilzresistenten Weinsorten, setzten auf Spontangärung, sparten mit Schwefel – kurz, sie taten alles, was modernen Weinbau ausmachte.

Widerstände waren sie gewohnt. Aus der eigenen Familie, wo sie anfangs häufig von ihren Vätern belächelt worden waren, und von der Politik, die Weingesetze erließ, die aus ihrer Sicht der guten Sache nicht immer förderlich waren.

Die zu regulierte und unrealistische Rahmenbedingungen schuf.

»Hier auf diesem Zettel steht doch alles, was uns blüht. Wollen wir einfach so tun, als wüssten wir von nichts?« Kronauer wedelte mit einem der kopierten Zettel, wie sie zu Hunderten um die zerstörte Pferdekopfpumpe herumgelegen hatten.

»Aber weiß man, ob das stimmt?«, gab Simone, eine Jungwinzerin aus Bad Dürkheim, zu bedenken.

»Das sieht man doch, dass das echt sein muss. Wie kommt man sonst an so eine Geologensoftware? Und ich hab es mir genau angeschaut, zusammenkopiert ist das nicht. Ich gebe Niklas recht, wenn wir jetzt nichts tun, sitzen wir in zehn Jahren auf öl- und chemieverseuchten Böden. Und keine Socke will mehr unseren Wein«, widersprach ihr Fabian. »Wir müssen für unsere Sache kämpfen, von den Behörden können wir nichts erwarten. Die nehmen so was nicht ernst. Momentan haben die andere Prioritäten. Da legt irgendjemand in Berlin fest, dass wir uns von russischem Öl unabhängig machen müssen, und schon wird gebohrt, koste es, was es wolle.«

»Da steckt doch bestimmt wieder Waldemar Peters, dieser Spinner, dahinter. Wollt ihr euch ausgerechnet von *dem* aufstacheln lassen?«, gab Carolin zu bedenken.

Fabian ließ sich nicht unterkriegen und hielt dagegen. »Er mag ein Spinner sein. Und ich kann ihn auch nicht leiden. Aber wo er recht hat, hat er recht. Er und seine Leute tun wenigstens was, auch wenn sie sich dabei dämlich anstellen.«

Niklas räusperte sich und warf ihm einen mahnenden Blick zu.

»Sorry, Irina, ich wollte dich nicht angreifen«, nahm sich Fabian zurück. »Tut mir leid.«

Irinas Unwohlsein darüber, dass sie mit Niklas heute zum Treffen mitgekommen war, verstärkte sich. Anfänglich hatte es für sie so geklungen, als würde er sie zu einem lockeren Winzerstammtisch mitnehmen – anonym und unauffällig, als irgendeine Bekannte. Doch als sie von einem der Jungwinzer als – wie er es nannte – »Zaunkleberin« erkannt worden war, fühlte sie sich wie am Pranger. Obwohl Niklas sie in Schutz nahm und den anderen den Anschein gab, sie sei seine Freundin, entging ihr nicht, dass einige der hier Anwesenden sie als naive Aktivistin ansahen und nicht recht für voll nahmen.

»Wir müssen jedenfalls was tun, sonst werden uns unsere Kinder irgendwann vorwerfen, dass wir zu träge waren und nur zugeschaut haben, wie die unsere Umwelt zerstören. Das mit der Pferdekopfpumpe war nur der Anfang, wir sollten weitermachen«, ereiferte sich nun wieder Niklas, als wolle er damit Irinas Handeln rechtfertigen.

»So, Sie wollen also weitermachen!«, durchschnitt eine laute Stimme das Durcheinander. »Mein Name ist Mühlenkamp, Oberstaatsanwalt Doktor Mühlenkamp vom Landgericht Landau. Ich leite diese Ermittlungen.«

Hinter Mühlenkamp drängte eine Gruppe der Bereitschaftspolizei in Kronauers Weinprobierraum. Am Ende folgte Bertling.

Mit einem Mal war es still im Raum.

»Sie sind alle wegen des Verdachtes auf Zerstörung von Bauwerken und Verfassungsfeindliche Sabotage gemäß der Paragrafen 305 und 88 des Strafgesetzbuches vorläufig festgenommen. Frau Kriminaloberkommissarin Bertling, belehren Sie bitte die Herrschaften und tun Sie, was getan werden muss.« Er ließ Bertling vortreten. Die acht Mitglieder der Bereitschaftspolizei hatten sich mit gezückter Waffe an den Ecken des Raumes verteilt und sicherten die Ausgänge.

Bertling nahm die erforderliche Belehrung vor, ließ sich von allen Anwesenden die Ausweise zeigen und sammelte sie zur Aufnahme der Personalien ein.

Als Irina an die Reihe kam, hatte sich Bertlings Bestürzung, sie hier zu finden, bereits gelegt. Sie gab sich Mühe, sich nicht anmerken zu lassen, dass sie sich kannten. Irina tat es ihr gleich. Beiden war wohl klar, dass es das Beste war, unter Mühlenkamps Radar zu bleiben.

»Und die da nehmen Sie sich besonders vor!«, grölte er, als er sah, dass Bertling Irinas Personalien aufnahm. »Die kennen wir doch von dieser Klimaklebersache am Zaun«, feixte er. »Gestern noch ›Last Generation‹ und heute schon ›Next Generation‹. Kompliment, Sie entwickeln sich weiter, Frau …« Er angelte sich Irinas Pass und las laut den Namen vor: »Frau Irina Worobjowa – eine Russin also«, fügte er mit einem Blick auf die Vorderseite des Reisepasses, auf dem der russische Doppeladler prangte, hinzu.

»Haben Sie hier überhaupt einen festen Wohnsitz?«

»Ja, in Speyer«, erwiderte Irina trotzig.

»Aha, Speyer, bei der *Pfalz Oil.* Was für ein Zufall.«

Bertling seufzte innerlich. Ausgerechnet Irina war nun auch noch Mühlenkamps Hauptverdächtige.

Allmählich hatten die Festgenommenen den ersten Schreck verdaut und machten ihrem Ärger Luft.

»Das können Sie doch nicht ernsthaft machen«, beschwerte sich Niklas.

»Mein Vater ist mit dem Landrat eng befreundet, der wird Ihnen die Hölle heiß machen«, drohte eine der Winzerinnen.

»Wenn Sie sich konstruktiv verhalten, sind Sie bald wieder auf freiem Fuß, wenn nicht …« Mühlenkamp ließ den Satz offen.

»Das gilt auch für die hier.« Bertling hielt ein paar Handschellen hoch. »Wenn Sie sich ruhig verhalten, werden wir darauf verzichten.«

Die Anwesenden murrten, folgten ihr aber gleich darauf im Gänsemarsch Richtung Tür.

»Die sind einfach reingekommen«, verteidigte sich Niklas' Großvater, als ihn die Kolonne mit gesenkten Köpfen und zornigen Gesichtern am Hoftor passierte.

*

Zeitgleich stürmte Achill mit weiteren fünf Mann der Bereitschaftspolizei in den über der Feuerwache gelegenen Saal.

Wie Mühlenkamp behauptet hatte, saßen dort die Leute der Freiwilligen Feuerwehr mit eine paar Schoppen Schorle vor sich zusammen. Auch wenn er diesen Einsatz zutiefst missbilligte, musste er Mühlenkamp eines lassen. Er hatte tatsächlich vorher gründlich recherchiert.

Er ging auf den Tisch zu und bekam gerade noch mit, wie Waldemar Peters einen Zettel darunter verschwinden ließ.

»Bitte geben Sie ihn mir. Er ist ein Beweismittel.« Er hatte richtig vermutet, es war eines der schon an der sabotierten Bohrstelle ausgelegten geologischen Diagramme.

Er verkündete weisungsgemäß, dass alle Anwesenden unter dem dringenden Verdacht stünden, gemeinschaftlich einen Anschlag auf eine Ölfördereinrichtung vollzogen zu haben und zur Feststellung der Personalien und weiteren Befragungen mit ins Präsidium nach Ludwigshafen verbracht würden.

Ein stämmiger rotbäckiger Feuerwehrmann nahm sein Dubbeglas und stieß es verärgert mit dem Boden auf die Resopaltischplatte. So, dass der Inhalt überschwappte. Er richtete sich auf. Den grobschlächtigen Bewegungen war anzumerken, dass er reichlich getrunken hatte. »Ähn Scheiß hämmer. Was soll der Mist? Macht eich fort, schunscht gibt's Ärscher!«

Einige stimmten laut zu. »Genau, Schorsch, die sollen abhaue!«

Die Beamten der Bereitschaftspolizei, die auf Anweisung Achills zurückhaltend im Hintergrund gewartet hatten, traten ein paar Schritte vor und nahmen um den Tisch herum Aufstellung.

Achill blieb gelassen. Er verstand den Ärger der Leute über Mühlenkamps übertriebenen Einsatz durchaus.

»Machen Sie's nicht schlimmer, wie's ist. Ein paar Stunden und Sie sind wieder zu Hause.« Beschwichtigend hob er die Hände. Er war sich bewusst, dass es nicht so sein würde, wie er es in Aussicht gestellt hatte. Mühlenkamp wollte sie weichkochen und dazu gehörte, sie mindestens die Nacht über im Präsidium festzuhalten.

»Wenn die einmal eine Nacht Arrestzellenluft geschnuppert haben, sind die zahm wie Lämmer«, hatte er behauptet.

Achill war skeptisch. Trotzdem entging ihm nicht, dass sich ausgerechnet Waldemar Peters, sah man von der Sache mit der Fotokopie ab, auffällig ruhig verhielt. Offensichtlich wollte er nicht in Verdacht geraten, der Rädelsführer dieser Aktionen zu sein.

Der dritte Teil der Polizeiaktion bestand darin, zeitgleich in Waldemar Peters' Haus aufzuschlagen. Nachdem man Peters schon hier erwischt hatte, hatte diese Maßnahme etwas an Interesse verloren. Man hatte Jonas, Achills jüngstem Teammitglied, diese Aufgabe aufgetragen, und Achill war heilfroh, dass es Jonas nun nicht mit Waldemar Peters zu tun bekam. Dennoch war auch Jonas' Aktion nicht ganz ergebnislos. Immerhin ging ihm Marek, Peters' Helfer und treuester Anhänger, dabei ins Netz.

KERKERHAFT

Ludwigshafen, Samstag, 8. Oktober 2022, 1.20 Uhr

Irina glaubte, sich mitten in einem schlechten Traum zu befinden.

Die Fahrt nach Ludwigshafen im Polizeibus, die Aufnahme der Personalien und dann das Entkleiden. Nur die Unterwäsche ließ man ihnen. »Verhinderung von Selbstgefährdung«, lautete die Begründung der aufsichtsführenden Polizistin.

Zu Beginn hatten sie der Protest und das Gezeter der anderen Frauen in der völlig überbelegten Zelle von ihrer eigenen Lage abgelenkt. Nun, da die meisten schliefen oder, bis über den Kopf in ihre Decken gehüllt, ihren Gedanken nachhingen, war es still geworden. Irina verfiel in schwermütige Grübeleien.

Sie hatte noch keinen deutschen Pass, hatte die Entscheidung dazu immer wieder hinausgezögert, hatte sie doch ursprünglich nach dem Studium zu ihrer Familie nach Russland zurückkehren wollen.

Aber nun war die Lage völlig verändert. Viele Optionen waren ihr quasi aus der Hand genommen. Auf keinen Fall wollte sie jetzt nach Russland zurück. Was würde mit ihrem Antrag auf die deutsche Staatsbürgerschaft geschehen? Mit dem, was man ihr zur Last legte, waren bestimmt die Chancen darauf im freien Fall. Nicht genug, dass man ihr als Russin zunehmend feindselige Blicke zuwarf – mit etwas Pech drohte ihr sogar die Zwangsabschiebung. Das hatte jedenfalls dieser unsympathische Oberstaatsanwalt gesagt.

Sie spürte die Körper der anderen hier eingepferchten Frauen rechts und links an ihrer Seite, dennoch fühlte sie sich unendlich einsam.

Wenn doch wenigstens André hier wäre. Er wusste immer, was gut und richtig war, und hatte stets eine Lösung parat. In Momenten wie diesem wurde ihr bewusst, wie wichtig er ihr geworden war – ihr deutscher Leihvater.

*

Achill war todmüde. Trotzdem fuhr er nach dem Einsatz auf direktem Wege zu André. Er musste ihn einfangen. Würde er von Irinas Schicksal erfahren, würde er im Polizeipräsidium Amok laufen – und das war das Schlechteste, was passieren konnte.

Sie waren gezwungen, gegenüber Mühlenkamp so lange wie möglich ihre freundschaftliche Beziehung zu Irina zu verbergen. Nur so konnten sie sie aus dessen Gesichtskreis bringen und sie aus der Schusslinie ziehen.

Sie hatte für ihn die Augen aufgehalten und war dadurch in die Sache hineingerutscht. Er fühlte sich schuldig und war vorbehaltlos offen zu André.

»Bertling hat vorgeschlagen, dass wir uns vor Irina stellen und die Verantwortung, sie als verdeckte Ermittlerin angeworben zu haben, auf uns nehmen. Ich habe sie davon abgehalten. Es würde nicht funktionieren, nichts ist dokumentiert. Weder von Mühlenkamp oder einer anderen Stelle genehmigt. Ein weiteres Problem ist, dass sie sich von den zwei Todesfällen immer mehr entfernt hat und nun in diese Umweltschutzgeschichte reingerutscht ist, die mit den beiden Unfällen höchstwahrscheinlich nicht das Geringste zu tun hat.«

»Du hast recht. Wo sind wir nur falsch abgebogen?«, resümierte André matt.

Sie saßen in der Küche und nippten hin und wieder lustlos an ihren Rotweingläsern.

»Ich weiß es nicht«, antwortete Achill abgeschlagen. Der Einsatz hatte ihn sehr belastet, war er doch gegen seine Überzeugung dazu gezwungen worden. Und jetzt das mit Irina. Ihm war bewusst, dass das übel für sie ausgehen konnte. Dass Bertling ihr Möglichstes tat, um sie aus dem Gesichtsfeld von Mühlenkamp zu halten, war richtig, aber vergebens. Er hatte sie mehrfach als eine der Rädelsführerin und engste Komplizin von Waldemar Peters bezeichnet. Wenn er ehrlich zu sich war, stand sie schon im Lichtkreis eines hellen Spots mitten auf Mühlenkamps Showbühne, auf der er sich zu profilieren suchte.

Aber all dies wollte und konnte er in dieser Nacht gegenüber André nicht aussprechen.

MORGENGRAUEN

Ludwigshafen, Samstag, 8. Oktober 2022, 7.20 Uhr

Die Prozedur des Aufwachens in der engen Zelle war wie das Erwachen aus einem Albtraum. Ein dicker fetter Kloß lag ihr im Magen. War das, was ihr in der Nacht durchs Hirn gespukt war, ein Traum oder die Realität? Leider fehlte aber die sonst allmählich heranwachsende Gewissheit, dass man nur geträumt hatte. Die Zelle, in die man sie gepfercht hatte, war eigentlich nur für eine Person gedacht. Sie lagen kreuz und quer auf der matratzenlosen, harten Holzpritsche und auf dem mit grauen industriell anmutenden Steingutfliesen ausgelegten Fußboden, auf den man einige alte Isomatten gelegt hatte. In der Ecke gab es für alle einen Abtritt. Ein Loch mit zwei Trittstellen für die Füße. Das Gefühl der Beengung, der fehlenden Intimsphäre hatte ihr heute Nacht fast den Atem abgeschnürt. Mehr als einmal war Panik in ihr hochgekrochen. Sie hatte sich wie eine Schlinge um ihren Hals gelegt und wie ein Knebel in ihren Mund. Schreien hatte sie wollen, hatte es aber nicht übers Herz gebracht, all die elenden Mitgefangenen zu wecken.

All das war kein Traum, sondern die brutale Realität, in der sie erwachte. Im fahlen Licht, das durch das vergitterte Kellerfenster fiel, wirkte alles noch wesentlich grausamer.

Es stank nach dem verdreckten Abtritt, auf dem sich heute Nacht ohne Licht fünf Frauen nicht immer sehr treffsicher erleichtert hatten, nach ungewaschenen Körpern und alten Wolldecken, in die sich schon weiß Gott wer eingewickelt hatte. Die grobe Wolle kratzte auf dem halb nackten Körper.

Was hätte sie für eine Dusche gegeben, für frische wohlriechende Kleider und einen mit einem feinziselierten Blatt auf dem Milchschaum von André so liebevoll zubereiteten Cappuccino.

Irina tropfte eine Träne auf das Dekolleté. Nur eine Nacht vom ihm getrennt, überfiel sie Heimweh. Heimweh nach dem gemeinsam genutzten kleinen Haus in Speyer, obwohl ihre Heimat mit Eltern und Verwandten im russischen Kursk lag.

Heimweh? Wo war sie eigentlich daheim? Sie fühlte sich mit einem Mal entwurzelt, vaterlandslos von den Wirren der Welt umhergestoßen.

Ein Schlüssel wurde geräuschvoll in der zerkratzten Metalltür gedreht. Eine uniformierte Polizistin streckte den Kopf herein.

»Irina Worobjowa?«

Sie reckte den Kopf und brachte nur ein krächzendes »Ja« hervor.

»Sie sind die Erste. Anziehen und hoch zur Kripo. Wenn's geht, etwas zackig. Die Frau Oberkommissarin wartet nicht gerne.«

Irina folgte schweigend. Vielleicht war das ja der Beginn ihres neuen Alltags, hier oder gar in Russland im Gefängnis.

Draußen reichte ihr die Beamtin einen dünnen Plastikbeutel, einen, in dem man zu Hause den Müll entsorgte. Darin waren ihre Habseligkeiten: die Kleidung, das Portemonnaie, der Autoschlüssel. Ihr Smartphone fehlte. Ein schlechtes Zeichen.

Man schickte sie in einen Nebenraum, in dem sie sich unter Aufsicht der Polizistin anzog. Dann führte man sie hoch, über den Hof des Präsidiums, in dem einige Einsatzwagen parkten, danach wieder Treppen nach oben, in das Stockwerk, in dem das Kommissariat 11 untergebracht war. Vor einer Tür, neben der auf einem Schild »KHK Achill« und »KOK Bertling« zu lesen war, blieb die Polizistin stehen.

Auch das noch. Hoffentlich war Verena allein. Sie war jetzt nicht in der Stimmung für eine Standpauke von Achill.

Die Polizistin klopfte, öffnete, ohne eine Antwort abzuwarten, die Tür, steckte den Kopf hinein. »Hallo, Verena, ich hab dir diese Russin gebracht.«

Da war sie wieder, diese Feindseligkeit gegen alles Russische.

»Danke, lass sie rein«, entgegnete Bertling, ohne von den Akten, die vor ihr lagen, aufzublicken.

Die Polizistin schob sie mit der Hand auf dem Rücken wie ein Paket durch die Tür und ging grußlos. So als wäre sie froh, ihre eklige Fracht los zu sein.

Bertling erhob sich und schloss die Türen rechts und links, die zu den in einer Reihe liegenden Zimmern der Kollegen des Kommissariats führten.

Dann ging sie auf sie zu und umarmte sie. Irina schluchzte laut auf. Wie gut es tat, eine vertraute Seele zu treffen.

»Wir müssen uns beeilen, ich weiß nicht, wie lange wir allein sind«, flüsterte Bertling. »Du gibst auf keinen Fall zu erkennen, dass du Frank und mich kennst – verstanden? Das würde alles noch schwerer machen, wir wären befangen und müssten dich an jemand anderen abgeben.«

Irina nickte müde.

»Eins vorweg. Und bitte sei ehrlich. Hast du was mit dieser Sache an der Ölpumpe zu tun?«

»Nein! Wie kommst du darauf?«, zischte Irina.

»Sorry. Ich muss nur sichergehen.«

»Kannst du mich nicht einfach laufenlassen, du weißt doch, dass ich mit alldem nichts zu tun habe. Schließlich mach ich das für euch.« Irinas Stimme klang weinerlich. Sie musste alle Selbstbeherrschung aufbieten, um nicht loszuheulen.

»Ja, ich weiß. Aber wie soll ich das begründen? Es ging bei der Sache am Zaun und der mit der Ölpumpe nicht um die beiden Unfälle, in denen wir ermitteln. Wir haben weder gegen irgendwelche militanten Umweltaktivisten noch gegen diesen Peters ermittelt. Das läge eigentlich auch gar nicht in Franks und meinem Zuständigkeitsbereich.«

Obwohl sich das Irina schon vorher selbst vor Augen geführt hatte, war es ein weiterer Schock, es von Verena so klar ausgesprochen zu hören. Sie konnte das heute Morgen einfach nicht mehr verdauen. Sie brach, ehe Bertling noch etwas Beschwichtigendes sagen konnte, in Tränen aus und schluchzte bitterlich.

In diesem Augenblick wurde die Tür aufgerissen. Mühlenkamp füllte mit seiner stattlichen Figur fast den kompletten Türrahmen aus.

»Sie haben schon angefangen? Hatte doch gesagt, dass ich mir die beiden Rädelsführer, diesen Peters und diese Worobjowa, selbst vornehme.«

Das Wort »vornehme« bohrte sich wie ein Dolch in Irinas wunde Seele.

»Ja, ich dachte … Ich habe noch nicht wirklich angefangen … Ich habe nur die Personalien aufgenommen und die Aufklärung durchgeführt. Frau Worobjowa verzichtet übrigens zum jetzigen Zeitpunkt auf einen Rechtsbeistand.« Bertling warf Irina einen Blick zu, der ihr verdeutlichen sollte, dass sie das mit dem Rechtsbeistand am besten so akzeptierte.

Mühlenkamp nickte besänftigt. Offensichtlich hatte er ohnehin keine Lust auf diese Formalien.

»Sie sind also Russin?«, fragte er so, als erkundigte er sich über eine ansteckende Krankheit.

Irina schluchzte laut auf. Sie war also nun nicht mehr Irina Worobjowa, sondern nur noch eine widerliche, niederträchtige Russin, die man am liebsten loswerden oder irgendwo wegsperren würde.

Sie nickte.

»Und was treiben Sie hier in Deutschland?«

»Ich, ich studiere.«

»Und Sie schämen sich nicht, als Russin hier auf Kosten des deutschen Steuerzahlers, der gerade wegen Ihres Krieges allerhand Nachteile erdulden muss, zu studieren? Oder sind Sie so eine, bei der man das Spezialoperation nennen muss?« Mühlenkamp wartete erst gar nicht auf eine Antwort und fuhr fort. »Und nein, Sie haben darüber hinaus nichts Besseres zu tun, als sich an einem Zaun festzukleben und stundenlang Polizeikräfte zu binden, die wahrlich Sinnvolleres zu tun hätten, als Klebstoff zu lösen.« Er hatte sich in Rage geredet, Speicheltröpfchen prasselten auf Irinas Hände, die sie auf der Tischplatte vor sich abgelegt hatte, nieder.

»Und nun, als wäre das nicht genug, machen Sie mit Ihrem Freund, Herrn Peters, eine kleine nächtliche Spritztour und zerstören eine teure Ölfördereinrichtung. Sie riskieren dabei mal eben eine Leckage, die die Böden hätte verseuchen können.« Mühlenkamp legte eine kleine Kunstpause ein – nach seinem Gusto sollte Irina wohl ihre ganze Niederträchtigkeit erkennen. »Finden Sie nicht, dass Sie mit der Gastfreundschaft unseres Staates etwas undankbar umgehen?«

Irina hatte die ganze Zeit geschwiegen. Das Weinen hatte ihr einen Kloß in den Hals gezwängt, der sie daran hinderte zu sprechen.

Mühlenkamp bohrte ihr seinen Blick stumm und erwartungsvoll tief in die Augen.

Irina nickte, nur um diesen stechenden Blick, der sie förmlich erdolchte, loszuwerden.

»Danke!«, sagte er triumphierend und blickte auf Bertling, als wolle er sich ein Lob abholen.

»Nur, dass die Kollegin alles später zutreffend protokollieren kann. Sie gestehen also, bei der Sabotage der Ölpumpe mitgewirkt zu haben?«

»Nein, da hab ich nichts damit zu tun.«

»Und warum lag dann einer dieser Zettel, die wir auch an der Ölpumpe gefunden haben, vor Ihnen auf dem Tisch?«

»Der war … Irgendjemand hat ihn mitgebracht …«

»So so. Und das sollen wir Ihnen abkaufen? Wenn Sie mich fragen, war es eher so, dass Sie beide das gemeinsam waren mit dieser Ölpumpe und dass Sie am gestrigen Abend die anderen aufstacheln wollten, mit Ihnen noch weiteren Terror zu verbreiten. Ihr Genosse Peters bei der Feuerwehr und Sie bei den Jungwinzern. Und ich bin mir sicher, dass Peters das genauso bestätigen wird.«

Irina schwieg grimmig.

»Wo waren Sie denn in der Nacht vom 7.10.?«

Irina schwieg weiter.

Bertling rückte unruhig auf ihrem Stuhl hin und her und versuchte, sie mit Blicken zu ermuntern, ihm ein Alibi zu präsentieren.

»Aha, also wie vermutet haben Sie kein Alibi. Von wem auch? Der, der Sie bei Ihrem nächtlichen Terroranschlag begleitet hat, kann Ihnen ja schwerlich eines geben.« Mühlenkamp lachte über seine Pointe.

Irina schlug ermattet die Augen nieder. Tränen rannen.

»Wir werden Sie nun wegen Zerstörung von Bauwerken, verfassungsfeindlicher Sabotage, Bildung einer terroristischen Vereinigung in Haft nehmen. Und ich rate Ihnen eines: Je schneller Sie gestehen und verurteilt sind, desto schneller sind Sie ausgewiesen und zurück bei Ihren russischen Freunden. Oder soll ich besser Auftraggebern sagen? Dafür werde ich persönlich sorgen.«

Irina schluchzte völlig fassungslos los. Eine Nacht ohne Schlaf. Dann diese Tretmühle aus Verletzung, Erniedrigung und Drohungen war einfach zu viel für sie.

STANDPUNKT

Ludwigshafen, Samstag, 8. Oktober 2022, 7.45 Uhr

Irina – oder besser das Häufchen Elend, dem sie im Moment glich – war gerade wieder von der Polizistin von vorhin abgeholt worden, da erhob sich Bertling vom Stuhl.

Die eher zierliche Frau reckte sich kerzengerade. Ihr Gesicht hatte eine ungewohnt rötliche Färbung angenommen.

Mühlenkamp streckte gerade wieder einmal die Hand nach ihrem Gummibärchenglas aus.

Bertling kam ihm zuvor und schüttete den Inhalt vor ihm auf die Tischplatte.

Der Oberstaatsanwalt schaute entgeistert auf.

Bertling holte tief Luft. »Ich erwarte, dass Sie Frau Worobjowa, genau wie auch die anderen Festgehaltenen, bis spätestens …« Bertling sah auf die Armbanduhr. »… 9.00 Uhr auf freien Fuß setzen.«

»Sie erwarten?«, erwiderte Mühlenkamp in einer Mischung aus Erstaunen und Ärger.

Obwohl Bertling, seit Mühlenkamp Irina – die in den letzten Jahren zu einer engen Freundin geworden war – dermaßen unfair zugesetzt hatte, in einer Stimmung war, um es mit bloßen Händen mit einer Kompanie Söldner aufzunehmen, blieb sie ruhig. Ihre Gemütslage schlug mit einem Mal von heißblütigem Aufbrausen in eiskalte Berechnung um.

In diesem Moment betrat Achill das gemeinsame Büro.

Er sah die junge Frau bedrohlich vor Mühlenkamp stehen. Ihr Gesicht hatte sich zu einer ernsten und eiskalten Fratze verzogen, die sich auch nach seinem Erscheinen nicht auflöste.

Das, was sie zu sagen hatte, musste raus, egal, wer störte, wie eine Kugel, die den Lauf einer Waffe verlassen hatte und unhaltbar dem Ziel entgegenraste.

Sie holte erneut tief Luft. Mühlenkamp war so überrascht, dass er erstaunt schwieg.

»Herr Oberstaatsanwalt, ich weise Sie im Beisein meines Kollegen ausdrücklich darauf hin, dass die von Ihnen angeordnete freiheitsentziehende Maßnahme gegenüber den unten in den Arrestzellen festgesetzten Frauen und Männern weder mit Paragraf 17 Polizeigesetz noch mit Paragraf 127 Strafprozessordnung in Einklang steht. Es liegt weder die Gefahr der Fortsetzung der Straftat noch Wiederholungs-, Flucht- und Verdunklungsgefahr vor. Auch ist keine Gefahr in Verzug. Das, was Sie hier anordnen, ist eine illegale Freiheitsberaubung!« Bertlings Stimme war immer lauter geworden.

Achill schluckte. War aber offensichtlich viel zu überrascht, um einzugreifen.

Auch Mühlenkamp brauchte einige Sekunden, um den heftigen Vorwurf zu verdauen.

Dann richtete er sich auf und überragte die zierliche junge Polizistin um fast einen Kopf.

»Offensichtlich fehlt Ihnen die berufliche Reife«, begann er feixend.

»Und Ihnen eine richterliche Anordnung des Haftrichters«, unterbrach sie ihn schroff.

»Die werde ich Ihnen in Bälde präsentieren. Spätestens, wenn dieser Peters gestanden hat, stellt sich die Lage in ganz anderem Licht dar.«

»Er hat ein Alibi für die Sache mit der Ölpumpe, drei Freunde von ihm bestätigen, dass sie sich zur Tatzeit in Kaiserslautern mit ihm getroffen haben«, mischte sich nun Achill ein.

»Pah! Alibi von irgendwelchen Trinkkumpanen, was ist das schon wert?«

»Es bleibt Ihnen eine Stunde, die richterliche Anordnung zu beschaffen, dann lassen wir die Leute gehen. Wir sind hier nämlich nicht in Russland, Herr Oberstaatsanwalt«, ergriff nun wieder Bertling das Wort.

Mühlenkamp, dessen Gesichtsfarbe nun in ein tiefes Rotviolett umgeschlagen war, wandte sich zur Tür, drehte sich aber noch einmal um. »Sie werden von mir hören!«, schrie er mit eisiger Stimme und rauschte durch die Tür, die danach krachend ins Schloss fiel.

NAGELPROBE

Ludwigshafen, Samstag, 8. Oktober 2022, 9.00 Uhr

»Ich muss schon sagen, die Eiseskälte in deinem Gesichtsausdruck hat wahrscheinlich gereicht, im Alleingang die Erderwärmung zu stoppen. Ich hab dich noch nie so gesehen. Hoffentlich war das nicht das Ende deiner Polizeikarriere«, sagte Achill in einer Mischung aus Anerkennung und Besorgnis.

»Wenn schon. Mit diesen Methoden und vor allem diesem Menschen möchte ich eh nicht weiterarbeiten. Und wenn er diese illegalen Praktiken nicht sein lässt, werde ich ihn mit ins Elend reißen.«

»Wir«, verbesserte Achill und schaute auf die Uhr.

»9.00 Uhr. Dein Ultimatum ist abgelaufen. Ein richterlicher Beschluss liegt uns nicht vor. Lassen wir sie gehen.« Er erhob sich und zog sein Sakko an.

Bertling tat es ihm gleich. Beide gingen mit entschlossenen Schritten in den Keller des Nachbargebäudes, in dem die Arrestzellen untergebracht waren.

Vor dem Zellentrakt stoppten sie beim Wachmann. »Alle drin?«, fragte Achill.

»Ja, keiner abgehauen«, witzelte der Wachhabende.

»Okay, lassen wir sie gehen«, sagte Achill, als wäre es eine reine Routinesache.

»Moment. Habt ihr das mit diesem neuen Staatsanwalt auch abgestimmt, der wirkte vorhin nicht so, als wollte er, dass wir sie laufen lassen.«

»Liegt Ihnen etwa eine Anordnung des Haftrichters vor?«

»Nein … nicht, dass ich wüsste … aber …«

»Sehen Sie. Und das Gesetz ist eindeutig. Es gibt nun mal den auch für Scharfmacher und Despoten gültigen Richtervorbehalt in Deutschland.«

»Okay, aber Sie unterschreiben.« Der Beamte reichte ihm eine Namensliste, und Achill unterschrieb in der Entlassungsspalte hinter jedem Namen.

Er schloss zuerst die Zelle der inhaftierten Frauen auf. Bertling schlug ein übler Odem nach Urin, ungewaschenen Körpern und zu lange getragener Kleidung entgegen.

»Sie können gehen. Entschuldigen Sie die Umstände. Man wird Ihnen gleich Ihre Sachen geben. Gerne können Sie noch in unserem Foyer warten, bis Sie abgeholt werden. Wir werden Ihnen auch selbstverständlich ein Taxi oder einen Familienangehörigen anrufen, der Sie abholt.«

Bertling schlug ein empörtes Gezeter entgegen. Offensichtlich war die Wut über die dünn begründete Festsetzung und die äußerst unkomfortable Übernachtung größer als die Freude über die Freilassung.

Bei den beiden Zellen der Männer wiederholte sich das Spektakel, nur, dass hier der Widerspruch, den sich dieses Mal Achill anhören musste, härter ausfiel.

»Dafür kriegen wir euch dran!«, drohte einer der Jungwinzer und schwenkte die Faust.

»Wenn mir einer von euch bei Nacht begegnet, ist er dran!«, ein anderer.

»Sollte dein Haus mal brennen, kuck ich zu und grinse«, brüllte einer der Feuerwehrleute, dessen Kopf vor Verärgerung die Farbe eines Feuermelders angenommen hatte.

»Vorm Gebäude wartet André auf dich«, flüsterte Bertling Irina beim Vorbeigehen zu.

Sie führte alle ins Foyer und bat die Dame am Empfang, sich um die reibungslose Rückführung der Personen an ihren Wohnort zu kümmern. Mit einer Geste wies sie Irina zur Tür. Sie musste aufpassen, dass man ihr in diesem Fall nicht noch Befangenheit nachweisen würde.

Irina ging nach draußen und steuerte auf André zu, der wenige Meter vor der Tür auf sie wartete.

»Stopp!«, hörte Bertling in ihrem Rücken, als sie gerade wieder hoch in ihr Büro gehen wollte. Es war Bernd Scherer vom Kriminaldauerdienst. »Wo ist diese Irina Worobjowa? Hatte gerade einen Anruf von Mühlenkamp. Er hat mir einen Haftbefehl für Frau Worobjowa geschickt.«

»Was? Und für die anderen?«, fragte Bertling verwirrt.

»Keinen.«

»Und wieso?«

Statt zu antworten, überreichte ihr Scherer das Papier.

»Ist sie schon raus?«, ließ er nicht locker.

»Ja«, antwortete Bertling missmutig.

Scherer öffnete die Tür und sprang nach draußen. Irina hing gerade schluchzend in Andrés Armen, als er sie erwischte.

»Hiergeblieben. Sie dürfen nicht gehen. Ich muss Sie leider wieder festnehmen.«

Irina drehte sich völlig paralysiert um – unfähig, etwas zu sagen, zu schreien oder fortzulaufen.

»Tut mir leid«, sagte Scherer an André gewandt, legte den Arm um Irinas Rücken und führte die völlig aufgelöste junge Frau zurück ins Gebäude.

»Das ist doch die …«, setzte er an, als er Bertling sah. Die legte den Finger auf die Lippen und gebot ihm zu schweigen.

Sie überflog derweil mit in Falten gelegter Stirn den Haftbefehl, den er ihr überlassen hatte: »Bildung einer terroristischen Vereinigung, schwere Sachbeschädigung und Identitätstäuschung.«

Während sie Ersteres nach Mühlenkamps Drohungen von vorhin nicht überraschte, war ihr die Sache mit dem Identitätstäuschung neu.

»Sie hat sich als Mitarbeiterin der Landwirtschaftlichen Unfallversicherung ausgegeben. Der Anzeigende ist ein gewisser Thomas Knöringer aus Nußdorf«, flüsterte ihr Scherer ins Ohr.

SCHERBEN

Ludwigshafen, Samstag, 8. Oktober 2022, 10.10 Uhr

»Kennst du das Gefühl, einfach alles zurückspulen zu wollen, um es noch einmal – und dann besser – zu machen?«, fragte Bertling tief in Gedanken versunken.

Achill sah von der Akte, die er studierte, auf. »Klar kenne ich das. Zurzeit scheint das bei mir ein Dauerzustand zu sein. Er überkommt mich meistens nachts, wenn ich den Tag Revue passieren lasse und spüre, dass etwas hätte besser laufen können.«

»Ich hab alles verpatzt. Erst ist Irina durch mich in den Fokus von Mühlenkamp geraten, und dann hab ich ihn auch noch wie einen Kampfhund gegen uns scharfgemacht.«

Achill lachte. »Kampfhund – mutige Wortwahl für einen Oberstaatsanwalt. Aber es war richtig, was du getan hast. Ich bewundere und beneide dich sogar ein bisschen darum. Du hast das getan, was ich hätte längst tun sollen. Er hat es übertrieben und wir sind Gefahr gelaufen, uns alle vor diesen braven Menschen aus Nußdorf in Verruf zu bringen.«

»Mit ›Gefahr gelaufen‹ verharmlost du aber gewaltig. Er hat es längst geschafft, uns zu diskreditieren. Hast du nicht die Stimmung bemerkt, als wir die Leute freigelassen haben? Die hätten uns am liebsten eine geklatscht. Scharfmacher wie Mühlenkamp sind es, die uns den Hass solcher Leute einbringen und die Verantwortung dafür tragen, dass die Jungs von der Bereitschaftspolizei das bei der nächsten Demo mit ihrem Blut bezahlen müssen.«

»Ja, wir haben das zu lange laufen lassen. Ohne dich wäre es noch länger gegangen. Und die Nummer mit den Gummibärchen wird wohl noch Jahrzehnte als Anekdote für unsere Weihnachtsfeiern herhalten müssen.«

Bertling lachte gequält. »Ich bin mir dabei vorgekommen wie eine Mutter, die ihrem Kind Benehmen beibringt.«

Achill grinste. »Na ja, war wohl eher ein Riesenbaby.«

Beide schwiegen einen Augenblick, bis Bertling wieder den Gesprächsfaden aufnahm. »Was wird mit Irina passieren?«

»Man hat sie, gleich nachdem sie Bernd Scherer vorhin so jäh abgestoppt hat, in die JVA Zweibrücken überstellt. Dort sitzt sie erst mal in Untersuchungshaft.«

»Wie er das wohl eingefädelt hat?«

»Na ja, sagen wir mal so. Er hatte Glück, dass für ihn genau im richtigen Moment die Anzeige von diesem Knöringer von der Polizeiinspektion in Landau reinkam. Im Übrigen verstehe ich nicht, warum Irina beim Thema Alibi geschwiegen hat. Bestimmt hätte doch André bestätigen können, dass sie zu Hause bei ihm übernachtet hat.« Achill schüttelte entgeistert den Kopf. »Hättest du sie nicht ermuntern können, die Sache klarzustellen?«

»Das hab ich ja versucht, aber irgendwie schien da was zu sein, was sie daran hinderte …« Bertling schwieg und rief sich die Situation in Erinnerung. »Entweder war sie zu aufgewühlt oder …«

»Du meinst, sie war gar nicht zu Hause?«

»Kann schon sein. Trotzdem, wir müssen das unbedingt mit André klären. Wenn sie bei ihm war, kann er sie entlasten.«

Achill nickte. »Ich kümmere mich darum.« Er rieb sich mit beiden Handflächen übers Gesicht. »Und das mit diesem

Knöringer hab ich ihr wohl eingebrockt. Thomas Knöringer ist der Sohn von dem alten Winzer, der sich mit seinem Vollernter selbst überfahren hat. Und ich Trottel hab André gebeten, ihm auf den Zahn zu fühlen. Ich könnte mich dafür ohrfeigen. Ich hätte wissen müssen, dass die beiden das sehr ernst nehmen und sich mächtig ins Zeug legen werden.«

»Ja klar, aber ist Identitätsbetrug genug für eine Festnahme?«

Achill grinste freudlos. »Das allein nicht, aber Mitgliedschaft oder gar Bildung einer terroristischen Vereinigung bringt schon ein bis zehn Jahre Haft. In Verbindung mit Nötigung beim Ankleben, Zerstörung von Bauwerken, verfassungsfeindlicher Sabotage und wer weiß, was ihm noch einfällt, wenn er sich so richtig ins Zeug legt. Da kommt schon einiges zusammen. Und gegenüber Russen dürfte zurzeit die Nachsicht nicht gerade ausgeprägt sein.«

»Hmm«, brummte Bertling. »Wenn er damit durchkommt, wird sie nie an die deutsche Staatsbürgerschaft kommen und im schlimmsten Fall nach Russland abgeschoben.«

»Das fürchte ich leider auch. Es sei denn, wir präsentieren ihm den Schuldigen für die Sache mit der Ölpumpe.«

»Aha. Und wie willst du das so auf die Schnelle anstellen? Wer war es denn deiner Meinung nach?«, fragte Bertling.

»Das weiß ich noch nicht, aber dieser Peters ist nicht gerade das, was man ein Unschuldslamm nennt.«

»Wieso, was hat er angestellt?«

»Acht Verurteilungen wegen leichter und zwei wegen schwerer Körperverletzung. Dann hätten wir noch Landfriedensbruch und zweimal Sachbeschädigung. Das hat ihm zwei Jahre auf Bewährung eingebracht. Und da er die Bewährungsauflagen nicht erfüllt hat, hat er sogar sechs Monate eingesessen.«

»Wow. Das nenne ich eine beeindruckende Karriere. Wie hat er das angestellt?«

»Ganz einfach, er war bei einer der übelsten Hooligan-Gruppen vom 1. FCK und hatte eine besondere Vorliebe für Waldhof-Fans.«

»Hmm. Komisch und so einer besinnt sich dann irgendwann und wird Klimaaktivist?«, fragte Bertling mit gerunzelter Stirn.

Achill lachte freudlos. »Wieso? Ist doch egal, warum man jemanden verprügelt. Und als Umweltaktivist ist man in manchen Kreisen sogar noch gesellschaftlich akzeptiert.«

Bertling verzog zweifelnd das Gesicht. »Ja schon, aber am Zaun ankleben, passt eigentlich nicht zu einem Schlägertypen. Das macht ihn doch hilflos und ist nichts für Aggros wie ihn. Die Sache mit der Ölpumpe passt da schon eher, aber für einen, der bisher nur Mitglied einer Prügeltruppe war, ist das eine Nummer zu groß.«

»Offiziell hat er ja sowieso ein Alibi. Aber je mehr ich das hinterfrage, desto ...«

»Wieso?«

»Na ja, es sind drei Typen, die ihm das Alibi geben. Ich habe mal vorerst die Kollegen aus Kaiserslautern hingeschickt, um ihnen auf den Zahn zu fühlen. Die Aussagen der drei stimmen exakt überein. Er wedelte mit den Ausdrucken der Protokolle. Zu exakt, wenn du verstehst, was ich meine.«

»Du denkst, die haben das einstudiert?«

»Ja, sieht ganz danach aus. Und glaubwürdig sind die für mich auch nicht. Der eine heißt Marek und ist wohl der Busenfreund von Waldemar Peters. Er ist ebenfalls wegen der üblichen Hooligan-Delikte vorbestraft. Die beiden anderen ebenso. Typen, die für einen Kumpanen, der sie auf ein paar Bier einlädt, alles aussagen.«

»Du glaubst, er könnte es also doch gewesen sein?«

»Ja, das Alibi taugt jedenfalls nicht viel.«

Beide schwiegen.

Dann hob Achill eine Mappe in die Höhe. »Vorhin kam der KT-Bericht zur Tatortuntersuchung rein. Das war wohl überwiegend Fehlanzeige. Wie zu erwarten, gab's kaum Fingerabdrücke. Lediglich eine gewaltige Kette und diese komischen Kopien von der geologischen Studie haben sie zurückgelassen«, las er im Überfliegen. »Auf der Kette gibt's zwar zahlreiche Fingerbadruckfragmente. Die Kollegen meinen aber, das seien Abdrücke, die vor Urzeiten darauf gekommen sind.«

»Also müsste man sich auf die Herkunft der Kette konzentrieren«, sinnierte Bertling vor sich hin.

»Ja, das wird aber nicht einfach. Die ist uralt. Also bei Fachhändlern nachzufragen, dürfte nichts bringen. Und bis es einer Baufirma oder einem ähnlichen Betrieb auffällt, dass die alte Kette nicht mehr im Magazin liegt, kann es ewig dauern.«

»Wir sollten die *Rheinpost* bitten, ein Foto davon zu veröffentlichen. Manchmal hilft das ja«, schlug Bertling vor.

»Ja, hab ich mir auch schon überlegt. Das wird aber ein hartes Brot, zig Bürgerhinweise dazu abzuarbeiten.«

»Was ist bei uns schon kein hartes Brot, und wenn es vielleicht hilft, Irina rauszuhauen, dann ist es jede Stunde Arbeit wert.«

»Dann steht da noch was zu den Kopien«, fuhr Achill fort. »Die Kopien wurden mit Handschuhen gefertigt und verteilt. Nur auf einer ...« Er stockte und rieb sich mit den Händen übers Gesicht, »... auf einer befinden sind die Fingerabdrücke von Peters und die von Irina, die man ihnen erkennungsdienstlich, als sie hier waren, abgenommen hat.«

»Scheiße, wieso das denn?« Bertling war die Verzweiflung ins Gesicht geschrieben.

»Das muss nichts heißen, vielleicht ist es Zufall«, versuchte er, sie zu beschwichtigen, obwohl es ihn sehr beunruhigte.

»Zufall hin oder her, für Mühlenkamp ist das wieder ein gefundenes Fressen. Merkst du nicht, wie sich der Strick um ihren Hals immer enger zieht.«

WINZEREHRENWORT

Landau-Nußdorf, Samstag, 8. Oktober 2022, 11.45 Uhr

»Dann war das also gar keine Betrüscherin.«

»Ja, so ist es, Herr Knöringer. In Wirklichkeit wollten wir die Todesursache Ihres Vaters absichern. Es gibt da nämlich Hinweise, denen die Polizei unseres Erachtens nicht nachgeht.«

»Da hätten se mich aber auch direkt ansprechen können.

Des isch ja auch in meinem Inderesse«, brummelte Knöringer noch etwas unzufrieden. »Awwer lassen se mol hören, was fer Hinweise Sie hänn.«

Nun schilderte André Knöringer die Geschichte mit der merkwürdigen Einstichstelle in der Brust seines Vaters.

Knöringer hörte aufmerksam zu. »Ob das ähner vunn denne Tybbe war, wu do in dere Nacht durch die Wingert marschiert sinn?«

André horchte auf. »Wie? Wo sind Leute durch die Weinberge marschiert?«

»Na ja, ich hab's ach erschd speeter erfahre. Awwer ä paar vumm Ort hänn beowacht, wie so ä paar Tybbe nachts die Rebzeile entlang marschiert sind. Gebickt hänn se sich beim Laafe, so als dendense Pilze suche.«

»Und wann war das genau?«

»Na so u'gfeehr um die Zeit, wu des mim Babbe bassiert isch.«

André schluckte. »Hat jemand die Leute gekannt?«

»Nä, nidd direkt. Ähner hot gsaad, des wär'n Fußballer gewässt.«

»Fußballer?«

»Ja, die hedden jedenfalls so FCK-Tee-Sherts o'ghadd.«

»Können Sie mir die Namen von den Leuten nennen, die Ihnen das erzählt haben? Ich kümmere mich dann drum.«

»Ha jo, warum nidd. Awwer lossense die Bulle raus. Des, was die denne Jungwinzer ogedue hänn, war ä Sauerei. Die Buwe vunn de Feierwehr sind ach stinkesauer und wollen des nidd uff sich beruhe losse. Do braut sich was zomme.«

»Ja, das war überzogen«, gab André ihm recht.

»Un dass ich die Ozeig zurückzieh, is nadierlich Ehresach. Schließlich hot se's jo gut gemähnt mit dere Befrochung.«

»So ist es. Würden Sie das bitte schnell erledigen. Die Arme hat man ins Gefängnis nach Zweibrücken verlegt.«

»Ha jo, awwer erscht dringe mer noch ä Gläsel Speetburgunder druff.« Bevor sich André zur Wehr setzen konnte, war sein Weinglas ein zweites Mal befüllt.

»Nochher fahr ich sofort noch Londach und klär des mit dere Ozeich bei de Bolizei. Winzerehrewort!« Knöringer setzte eine ernste Miene auf und reichte ihm zur Besiegelung ihrer Vereinbarung die Hand.

HASS

Landau-Nußdorf, Montag, 10. Oktober 2022, 20.35 Uhr

Waren es zuletzt nur ein paar Mann des Feuerwehrtrupps, die ihm zugehört hatten, waren heute neben der kompletten Freiwilligen Feuerwehr Nußdorfs, die bis auf den letzten Mann angetreten war, auch die Jungwinzervereinigung »Next-Generation« hier. Dazu hatten sich etwa 20 weitere Bürgerinnen und Bürger sowie ein paar Auswärtige von den Nachbarorten gesellt. Auffällig war, dass sogar einige Honoratioren des Ortes anwesend waren.

»Wir können uns das nicht gefallen lassen. Die Polizei verstößt gegen geltende Gesetze. Man kann uns nicht wie Vieh in Gruppen bis zu zehn Leuten in Einzelzellen pferchen. Und das ohne jeglichen Haftbefehl oder sonstige richterliche Anordnung. Die Polizei ist auf der Seite der Ölmultis und gegen uns Bürger und Winzer«, führte Peters mit durchdringender Stimme aus. Dass ihn beim Text seiner kleinen Ansprache jemand geholfen haben musste, fiel aufgrund des allgemeinen Ärgers und der aufgeheizten Stimmung im Raum nicht weiter auf.

»Ich möchte nun das Wort an Herrn Rechtsanwalt Kowacek übergeben, der euch alles aus juristischer Sicht erläutern wird.«

Ein etwa 50-jähriger Mann in einem billig wirkenden, verknitterten grauen Kunstfaseranzug betrat nun die kleine Bühne des Saals über dem Spritzenhaus.

Er räusperte sich. »Meine Damen und Herren.« Er räusperte sich erneut. »Herr Peters hat mich eigens für diesen Fall hinzugezogen, um ihm und Ihnen die Rechtslage zu erläutern.« Er machte eine kleine Pause und wartete, bis sich die Unruhe gelegt hatte. »In Deutschland gibt es nur zwei Gründe, die freiheitsentziehende Maßnahmen rechtfertigen. Erstens ist das die Gefahrenabwehr – das liegt vor, wenn es beispielsweise gilt, die Verursacher einer gewaltsamen Demonstration von Übergriffen auf andere Personen oder Sachen abzuhalten.«

Peters unterbrach ihn. »Wir saßen genau hier oben zusammen und tranken nach der Übung ein paar Schoppen Schorle, als sie uns verhaftet haben. Ich frage euch: Ist da etwa eine Gefahrenabwehr nötig?«

Es entstand Unruhe im Saal. Zwischenrufe brandeten über

die Köpfe der Anwesenden: »So'n Quatsch, die spinnen … Polizeiwillkür … So geht's nidd! … Ein Fall für Amnesty-International …«

Peters gab dem Anwalt gönnerhaft einen Wink fortzufahren.

»Der zweite Grund, der so eine Festnahme rechtfertigen könnte, ist die Ahndung einer Straftat …«

Wieder unterbrach ihn Peters. »Habt ihr vielleicht eine Straftat begangen?«

Wieder gab es zahlreiche Zwischenrufe. »Ah so weit kummt's noch, dass ma uns was ohänge will!«, pfälzerte einer der Winzer.

»Mi hänn uns nix vorzuschmeiße!«, ein anderer.

Wieder gab Peters dem Rechtsanwalt ein Zeichen. »Ganz recht. So geht es nicht. In Deutschland unterliegen all diese Maßnahmen dem sogenannten Richtervorbehalt. Das heißt, es ist vorher oder wenigstens unverzüglich nach der Festnahme eine richterliche Entscheidung über die Zulässigkeit und Fortdauer der freiheitsentziehenden Maßnahme herbeizuführen.«

»Illegal … die machen mit uns, was se wollen … behandeln uns wie Verbrecher …«

Peters schlug mit einem Kugelschreiber gegen sein leeres Dubbeglas. »Ich will euch bei dieser Gelegenheit daran erinnern, dass Irina Worobjowa noch immer in Haft sitzt. Man behauptet, sie hätte die Ölpumpe beschädigt. Mal ehrlich, wer glaubt das hier?«

Wieder erntete er empörte Reaktionen: »So ein Quatsch, diese schmächtige Frau … Warum sollte die das tun? … Unsinn …«

»Zum Glück haben wir unseren Rechtsanwalt hier, der sich auch für sie einsetzen wird.«

»Gut so, geben Sie denen anständig Zunder. So weit kommt's noch …«

»Das läuft hier ab wie in den USA, wo die Reichen und Mächtigen die braven Bürger unterdrücken. Heut scheren Sie sich nicht um richterliche Anordnungen und morgen gibt's hier Fracking, ohne Erlaubnis. Wir müssen uns jetzt wehren. Sonst kippen die uns morgen Chemikalien in die Wingerte. Wir sind im Recht. Rechtsanwalt Kowacek kann das bestätigen.«

»Genau! Ich habe bereits Beschwerde eingereicht …«

Wieder fuhr ihm Peters dazwischen. »Zunächst müssen wir die arme unschuldige Frau Worobjowa freikriegen!«, schrie er mit kämpferischer Stimme und hob die Faust. Hier war er sich seiner Sache sicher. Kowacek hatte ihn informiert, dass die Haftentlassung – ohne sein Zutun – für morgen bereits beschlossene Sache war.

»Erzählt jedem davon, was diese Verbrecher hier vorhaben. Damit uns möglichst viele unterstützen. Wir müssen stark sein, nur so können wir Schlimmeres verhindern. So kann man mit uns nicht umspringen!« Wieder erhob er kämpferisch die Hand und einige der Anwesenden machten es ihm nach.

Der Samen ist gelegt, dachte Peters und grinste zufrieden.

VOLLZUG

Zweibrücken, Dienstag, 11. Oktober 2022, 10.35 Uhr

Es war ein wechselhafter Tag. Sonne, Wolken und kurze Regenschauer gaben sich in loser Folge ein Stelldichein. Gerade hatte ein solcher aufgehört. Dampfend trocknete das nasse Betonpflaster, während die Sonne wieder ihre ersten Strahlen durch die Wolkendecke schickte.

André wartete schon über eine halbe Stunde vor dem rotbraunen Ziegelgebäude mit dem etwas schmutzigen weißen Stahltor und der unscheinbaren Tür daneben. Neben der sich wiederum ein Fenster mit Panzerglasscheibe und einer Durchreiche darunter befand. Sie erinnerte ihn an einen jener antiquarischen Bankschalter aus den Achtzigern.

Er war zu ungeduldig, um in dem frontal davorstehenden sechseckigen Wartehäuschen, das auch an jeder Bushaltestelle hätte stehen können, Platz zu nehmen. Also patrouillierte er unruhig vor dem Gebäude auf und ab.

Vor einer Viertelstunde war er wohl dem Justizvollzugsbeamten, der hinter der Panzerglasscheibe seinen Dienst tat, suspekt geworden. »Was tun Sie hier?«, hatte er ihn unvermittelt gefragt.

»Warten«, war Andrés lakonische Antwort. Er war nicht in der Laune für ein Gespräch.

»Und wann ist der Termin? Ich meine, wann hat man Ihnen gesagt …?«

»11 Uhr.«

»Dann waren Sie aber eine Stunde zu früh«, erwiderte der Beamte missgelaunt.

»Ja und? Ich mag es, pünktlich zu sein.«

»Dann hören Sie endlich damit auf, direkt vor mir auf und ab zu laufen. Sie machen einen ganz verrückt! Stellen Sie sich einfach darein.« Der Beamte wies auf das Wartehäuschen.

André gehorchte widerwillig.

Gewissensbisse quälten ihn. Er war der Drahtzieher gewesen, der das Irina eingebrockt hatte. Er war sicher zu Hause gesessen, während sie an vorderster Front gekämpft hatte. Er, nicht sie sollte hier einsitzen. Es fühlte sich an, als läge in seinem Magen ein riesiger, kalter Pflasterstein. Dass es letztlich diesem Niklas zu verdanken gewesen war, dass Irina nun rauskam, machte es für ihn nicht einfacher.

André hatte die Arme mit den Ellbogen auf die Knie gestützt und verbarg sein Gesicht tief vornübergebeugt zwischen den Händen. Er schämte sich. Plötzlich gegen 11.35 Uhr hörte er die Tür beim Sichtfenster schlagen. Er richtete sich auf.

Vor ihm ging Irina wackelig auf ihn zu. Ihr Gesicht war blass wie Quark. Ihre Augen saßen rotgerändert in tiefen dunklen Ringen. In der Hand trug sie eine kleine Papiertüte mit ihren Habseligkeiten.

André zuckte hoch. Mit zittrigen Beinen ging er auf sie zu und breitete die Arme aus, unsicher, ob sie die Umarmung annehmen würde.

FREIHEIT

Zweibrücken, Dienstag, 11. Oktober 2022, 11.35 Uhr

Irina hatte sich noch nie so gefreut, André zu sehen. Sein schwermütiges Gesicht rührte sie an. Mit ausgebreiteten Armen kam er auf sie zu. Sie beschleunigte die Schritte, fast wäre sie gestolpert. Sie hob die Arme. Spürte seine Wärme, roch den vertrauten Duft nach seinem Rasierwasser. Spürte, wie er sie heftig an sich drückte. Ihr blasses Gesicht ruhte auf seiner Brust. Tränen strömten. Sie war viel zu schwach, um sich zu freuen. Drei durchwachte Nächte und drei Tage, in denen sie jede feste Nahrung verweigert hatte, lagen hinter ihr.

»Lass uns schnell von hier verschwinden«, war das Erste und Einzige, was sie über die bläulich-blassen Lippen brachte.

*

Der Russe, der bis vor Kurzem die Tränentattoos getragen hatte, saß nicht weit von den beiden entfernt in seinem Wagen. Er hatte sich so hinter den dunkel getönten Scheiben platziert, dass man ihn nicht sehen konnte.

Ein Grinsen breitete sich langsam wie auslaufende Farbe über sein Gesicht aus. Die Belustigung über das, was er da sah, musste sich erst gegen die schmerzlichen Gefühle der Erinnerung an seine eigene Haft ihren Raum erkämpfen.

Was für eine elendige Bullenschlampe. Wie sie Deutschland verweichlicht hatte. Kein Wunder, dass kein Russe diese deutschen Kastraten mehr ernst nahm. Es war ihr recht geschehen, das hier erleben zu müssen. Eine gute Einstimmung darauf, was noch kommen würde, wenn sein offizieller Job erledigt war und er sich ganz um sie kümmern konnte. Es war zu einem großen Teil ihr zu verdanken, dass er statt drei Tagen drei Jahre im Knast hatte zubringen müssen.

WIEDERSEHENSFREUDE

Landau-Nußdorf, Dienstag, 11. Oktober 2022, 18.35 Uhr

Nachdem sie ausgiebig gegessen, geduscht und dann noch zwei Stunden geschlafen hatte, hatte es sich Irina, trotz Andrés Widerstand, nicht nehmen lassen, zu Niklas nach Nußdorf zu fahren.

»Aber du wirst doch nicht bei ihm übernachten!«, hatte André ihr nachgerufen. Ob aus väterlicher Eifersucht oder echter Sorge, wusste er selbst nicht.

Als sie ankam, grinste Niklas. Sie lief auf ihn zu. Er breitete die Arme aus und umarmte sie. Sie erwiderte seine Umarmung, und als er ihr einen Kuss auf jede Wange gedrückt hatte, küsste sie ihn keck auf den Mund.

»War das ein Versehen?«, fragte er heiter.

»Nein, Vorsatz.« Sie küsste ihn erneut, dieses Mal inniger. Er legte ihr sanft die Hand in den Nacken und küsste sie lang und leidenschaftlich.

»Wow«, meinte sie und schnappte nach Luft.

»Entschuldige, mir war danach, ich hoffe …«

Irina lachte über seine kleine Verlegenheit. »Keine Sorge, mir war auch danach. Und küssen scheinst du zu können.«

»Hab 'ne Überraschung für dich«, sagte er und führte sie ins Haus.

Es roch intensiv nach Frischgekochtem, und Irina spürte schon wieder ein Hungergefühl. »Ich hoffe, die Überraschung besteht aus dem, was ich hier rieche.«

Niklas lachte. »Und ob. Es gibt Pasta mit Kastanien-Sahne-Soße alla Nonna und dazu korrespondierend einen wunderschönen Grauburgunder, der herrlich mit dem erdigen Aroma der Kastanien harmoniert. Normalerweise hätte ich dich schick ausgeführt. Aber ich dachte …«, blubberte es hektisch aus ihm heraus.

»Du dachtest, du lässt dich besser nicht mit mir Knacki sehen«, beendete sie grinsend seinen Satz.

»Das finde ich gar nicht zum Lachen. Ich hatte Angst um dich. Ich hab die letzten Nächte kaum ein Auge zubekommen. Hab mir immer wieder vorgestellt, ich hätte in dieser grausig überfüllten Zelle noch tagelang aushalten müssen.«

»Na ja, hatte 'ne Einzelzelle. War aber trotzdem eklig. Vor allem das Essen. Hab alles liegen lassen. Dass ich raus bin, hab ich wohl dir zu verdanken. Ich hab bewusst nicht ausgesagt, dass ich bei dir übernachtet habe. Ich wollte dich da nicht mit reinziehen. Dachte, es würde sich anders klären.

Wenn du dich bei der Polizei nicht gemeldet hättest, säße ich noch immer in der JVA.«

»Das war doch klar. Du hast nun ein wasserdichtes Alibi.«

»Ja, danke und alle denken jetzt, wir hätten was miteinander. Nur weil ich nach deiner Weinprobe nicht mehr fahren konnte und im Gästezimmer übernachtet habe.«

»Wäre das so schlimm?«, fragte Niklas enttäuscht.

»Mmh, schon«, erwiderte sie und spitzte spöttisch die Lippen.

»Echt jetzt?«

»Na ja, könnte sein, dass dich mein deutscher Leihvater deswegen aus Eifersucht umbringt.«

»Wie Leihvater … Eifersucht … versteh grad gar nichts.«

»Keine Sorge, war nur Spaß.« Irina drehte sich zu ihm um, küsste ihn und wuschelte ihm durch sein volles blondes Haar.

Als sie ausgiebig gegessen hatten und er ihr die letzte Neige des Grauburgunders einschenkte, wurde seine Miene ernst.

»Hier ist ganz schön was los. Die Stimmung kocht. Man wird die Sache nicht auf sich beruhen lassen. Ein Teil der über Nacht Festgehaltenen wird klagen, der andere Teil …«

»Warum stockst du, was wird der andere Teil tun?«

»Na ja, die sind ganz schön aggro drauf. Würde mich nicht wundern, wenn im Polizeipräsidium oder sonstwo ein paar Steine durch die Fenster fliegen. Soviel ich weiß, planen sie einen Treckerkorso. Hab nur noch keine Ahnung, wann und wohin es gehen soll.«

»Was? … Echt jetzt?«

»Ja, die Nußdorfer sind stolz und können mit Ungerechtigkeiten und Obrigkeiten, die es übertreiben, nicht gut umgehen. Es ist kein Zufall, dass der Bauernkrieg 1525 ausgerechnet hier losging.«

Irina lachte. »Bloß nicht mit überflüssigem Geschichtswissen ungefragt prahlen. Kommst mir vor wie mein deutscher Leihvater.«

Niklas schüttelte den Kopf. »Was ist denn das, ein deutscher Leihvater?«

»Irgendwann, wenn du reif dafür bist, werd ich es dir erzählen.« Sie grinste spitzbübisch.

TOXISCH

Landau, Mittwoch, 11. Oktober 2022, 20.45 Uhr

Der Russe, der einst drei Tränen unter dem Auge getragen hatte, nahm eines jener toxischen Prepaidhandys aus dem Versteck. Man hatte ihn bewusst mit diesen einfachen, aber äußerst wirksamen Wunderwaffen ausgestattet, um die deutschen und amerikanischen Geheimdienste zu irritieren. Heute würde er eines davon nicht ganz uneigennützig einsetzen.

Auf diesen Geräten war nur eine gewöhnliche Textnachrichten-App installiert. Sie lautete auf eine fiktive Identität, die ein Mitarbeiter des GRU, des russischen Militärgeheimdienstes, in mühsamer Kleinarbeit hochgezüchtet hatte, bis sie toxisch geworden war. Dazu hatte er unzählige Textnachrichten an weitere fiktive Postfächer geschickt. Ganz zurückhaltend hatte man diese Nachrichten mit Signalwörtern ausgestattet. Von denen man wusste, dass auf sie die automatischen Nachrichten-Scanner und der Bundestrojaner ansprachen. Das hatte wiederum dazu geführt, dass die Nachrichtendienste jene Anschlüsse in der Folge systematisch abhörten.

Das bedeutete, man hatte mit ihnen gefälschte Identitäten geschaffen, bei denen die westlichen Dienste davon ausgingen, dass dahinter russische Agenten steckten. Man hatte also eine glaubwürdige Basis aufgebaut, mit der man Textnachrichten an unbeteiligte Personen senden konnte, die danach automatisch unter den Verdacht gerieten, Mitglieder russischer Agentennetzwerke zu sein.

Kannte man dann noch die üblichen Chiffren oder Tarnausdrücke, mit denen bestimmte Details verschleiert wurden, konnte man harmlos klingende Inhalte verschicken, die bei NSA, BND und Co. die Alarmglocken läuten ließen.

An Irinas Mobilfunknummer zu kommen, hatte keinerlei Hindernis dargestellt. Schließlich hatte diese dumme Gans sie in ihrem Instagram-Account für alle gut lesbar hinterlegt. Wie einfältig sie doch war. Der Russe schüttelte ungläubig den Kopf.

Die Nachricht, die er ihr unter dem Absender Olga übermittelte, klang harmlos und würde von Irina mit Sicherheit als Irrläufer ignoriert werden. Für die Geheimdienste aber wirkte sie wie reines Nitroglyzerin.

»Spielsachen mitbringen. Große Party. Ruf die anderen an.« Es folgten zwei Handynummern, deren Endziffern die

GPS-Koordinaten eines leer stehenden Lagers unmittelbar am Mainzer Domplatz darstellten.

Danach folgte eine weitere Nachricht folgenden Inhalts: »Und überweise deinen Unkostenbeitrag auf IBAN15 1020 2200 0000 1430 00.«

Dahinter verbarg sich von vorne gelesen ein Datum, nämlich der 15.10.2022 und am Ende die Uhrzeit 14.30 Uhr und 00 Sekunden.

Nach einer halben Stunde Arbeit würde man diese Nachricht als Aufforderung entschlüsseln, am 15.10.2022, um 14.30 Uhr eine große Menge Sprengstoff zu jener Adresse am Mainzer Domplatz zu bringen.

Er grinste wölfisch. Wie einfach doch vieles war, wenn man nur die Spielregeln in diesem Geschäft kannte.

STATUSBESTIMMUNG

Speyer, Mittwoch, 12. Oktober 2022, 9.35 Uhr

Sie hatten sich zum Frühstück im *Mediterraneo* verabredet. Zunächst hatte sich Achill gesträubt. Er wollte nicht, dass es irgendwelche weiteren Aktivitäten von André und Irina gab. Er fürchtete, dass das alles für sie beide noch böse enden würde.

André hatte nicht lockergelassen und ihn darauf hingewiesen, dass es ihm doch nur um einen »Abschlussbericht« ginge. Den Ausschlag gab allerdings die Andeutung, dass Irina sich Sorgen machte und sie doch wissen wollte, wie er ihre rechtliche Situation einschätzte und ob sie mit einer Abschiebung rechnen müsste. Schließlich ließ sich Achill erweichen und willigte ein, mit Bertling nach Speyer zu kommen.

»Also, um nicht drum herum zu reden. Knöringer hat die Anzeige zurückgezogen, von der Seite hast du nichts mehr zu befürchten. Mit deinem Alibi für die Nacht, in der die Ölpumpe zerstört wurde – wenn es denn zutrifft –, bist du aus dieser Sache auch raus. Bleibt nur noch diese Klebesache. Es kann sein, dass man dich finanziell belangt – vielleicht kostet dich das einige 100 Euro. Möglicherweise macht man auch eine Nötigung daraus. Aber bisher waren die Gerichte in der Region da noch recht gnädig, vor allem bei Ersttätern. Im günstigsten Fall, wenn du Reue zeigst – kommst du straffrei davon. Das alles reicht nicht für eine Ausweisung, zumal Abschiebungen nach Russland zurzeit eh sehr umstritten sind. Ich hoffe, das beruhigt dich. Und du solltest dir vor Augen halten, dass dieser Stand sich deutlich verschlechtern würde, wenn du weitere Dummheiten machst und den Anschein erweckst, dass du etwa die Drahtzieherin hinter diesen Aktionen bist. Kurz, du solltest dich von Nußdorf und den Leuten dort fernhalten, vor allem von Peters und deinem neuen Lover – diesem Winzer, der dir das Alibi gegeben hat.«

Irina schluckte. Achills provokante Formulierungen verrieten ihr, dass er nicht so recht an das Alibi glaubte und er es tief in seinem Innersten missbilligte. Nach all dem, was mit ihr geschehen war, hatte sie keine Lust, sich nun auch noch von ihm eine Standpauke halten zu lassen.

»Übrigens danke, dass du nach meinem Befinden fragst. Mir geht es wieder gut. Es hat mir nichts ausgemacht, illegal festgehalten zu werden mit Haftbedingungen, wie man sie höchstens aus Schurkenstaaten kennt. Schade, dass ich schon so schnell nach Zweibrücken verlegt wurde. Mich hätte noch interessiert, ob ihr eher mit Elektroschocks oder mit Waterboarding foltert. Jetzt hältst du mir eine Moralpredigt – und wo warst du, als man mich mit den anderen in diese winzige Zelle gepfercht hat? Oder hast du es gar so angeordnet? Eine Entschuldigung vorneweg und so etwas wie eine Erklärung hätte ich von dir erwartet und keine zynische Moralpredigt.« Irina war immer lauter geworden, die anderen Gäste schauten zu ihnen herüber. Selbst die Kellner berieten schon, ob sie nicht eingreifen sollten.

André legte die Hand auf Irinas Unterarm, um sie zur Mäßigung anzuhalten. Die schüttelte sie einfach ab und fuhr fort. »Ich möchte hier nur noch eines klarstellen …« Ihr Gesicht nahm eine rötliche Färbung an. »Ich habe das für euch getan. Ich bin weder eine Klimaaktivistin, noch zerstöre ich Ölpumpen. Und ja, der Winzer ist mein Freund.«

André schaute erstaunt auf. »Du sagtest doch, du hättest nur wegen des Alkohols dort übernachtet.«

»Könnt ihr alle mal wieder runterkommen«, mischte sich nun Bertling ein. »Ich gebe Irina recht. Und ich schäme mich dafür. Tut mir echt leid.« Sie erhob sich, stellte sich demonstrativ hinter ihre Freundin und legte die Hände auf ihre Schultern.

Achill war bei Irinas Vortrag jede Farbe aus dem Gesicht gewichen. Er hatte ihr wie versteinert zugehört. »Verena hat recht, ich hätte nicht so schnell zur Tagesordnung übergehen sollen. Ich bin manchmal zu technokratisch. Sorry, entschuldige. Verena hat sich allein gegen den Oberstaatsanwalt gestellt und ihm abgetrotzt, euch freizulassen. Es war ihr Verdienst, und sie wird das möglicherweise noch büßen müssen. Entschuldige auch du, Verena. Ich gebe zu, ich bin nach all den Bullenjahren etwas zu unsensibel geworden.«

Irina schluckte. Wahrscheinlich war es nicht fair gewesen, den beiden mangelnde Unterstützung vorzuwerfen.

Nun schwiegen alle. Offensichtlich wusste niemand, wie man aus dieser emotionalen Sackgasse herauskommen sollte.

André griff als Erster den Gesprächsfaden wieder auf. »Ich denke, jeder von uns hat versucht, das Beste zu tun. Wir sind bei dieser Sache viel zu oft falsch abgebogen. Irina und ich haben uns zu sehr um diese Umweltschützer gekümmert und dabei den Blick auf die beiden Todesfälle verloren, und ihr habt diesen Mühlenkamp tüchtig unterschätzt.«

Alle nickten, obwohl das, was ihnen André gerade präsentierte, sicherlich jedem wehtat.

»Und liebe Irina, ich denke nicht, dass dein Jungwinzer die Ausgeburt des Bösen ist. Triff dich ruhig mit ihm, wenn du ihn magst. Entschuldige meine blöde Bemerkung von vorhin. Ich glaube, dieser Peters ist das Problem, und ich gehe nicht davon aus, dass du ihn wiedersehen willst.«

Irina lachte. »Da liegst du richtig. Das ist ein Vollspacken. Und das mit dem Ankleben war echt doof. Aber Niklas hat mit alldem nichts zu tun. Er ist nicht radikal und eher ein Idealist. Er ist an der Umweltszene nicht besonders interessiert. Er hat nur seinen Biowein im Kopf.«

»… und wohl neuerdings auch dich«, ergänzte André und grinste spöttisch.

Bertling, die sich wieder gesetzt hatte, warf Irina einen Blick zu, der wohl so etwas wie »Lass dich nicht wieder provozieren« ausdrücken sollte. »Mich würde jetzt euer Abschlussbericht interessieren«, hakte sie nach.

André räusperte sich. »Beginnen wir mit dem alten Knöringer und dem Vollernterunfall. Fakt ist, dass er nicht ganz nüchtern war, als es passierte. Das hat jedenfalls sein Sohn bestätigt. Allerdings gab es in dieser Nacht seltsame Umtriebe um die Unfallstelle. Knöringer hat von einigen aus dem Ort erfahren, dass wohl mehrere Personen in FCK-Klamotten durch die Weinberge streiften und sich ständig bückten, als würden sie Pilze suchen. So war jedenfalls seine Wortwahl.«

Achill rieb sich das Kinn. »Und was soll das miteinander zu tun haben? Vielleicht haben die Trauben gestoppelt. So nannte man das jedenfalls früher, wenn man auf abgeernteten Feldern oder Weinbergen die Reste eingesammelt hat.«

»Mitten in der Nacht … mehrere Personen … Ist das nicht ein bisschen viel Aufwand für ein paar Trauben, die vom Vollernter nicht erwischt wurden?«, gab André zu bedenken.

»Was, wenn es zwischen ihnen und dem alten Knöringer zum Konflikt kam?«, warf Bertling ein.

Achill schüttelte den Kopf. »Ginge es um ein blaues Auge, wäre ich ja geneigt, das zu glauben.«

»Sorry, du hast ja recht«, wiegelte André ab. »Aber das mit den FCK-Klamotten klingt nach Peters und seinen Freunden.«

»Könnte passen«, bestätigte Achill.

»In Bezug auf den anderen Unfall hab ich leider auch nur seltsame Erkenntnisse zu berichten. Hier habe ich unweit der Unfallstelle auf einem unbefestigten Wingertsweg drei etwa türgroße völlig gleichmäßig geformte Eindrücke im weichen Lehmboden gefunden. Es hat sich Wasser darin gesammelt und sie in Pfützen verwandelt.« André hielt ihnen das Smartphone mit den Fotos hin, die er vor Ort geschossen hatte.

»Hmm«, brummte Achill ratlos.

»Was den Tathergang angeht, hab ich eine andere Auffassung als deine Kollegen. Meines Erachtens lief er nicht die Straße entlang und wollte sie auch nicht bewusst überqueren. Er ist aus meiner Sicht, warum auch immer, eher unkontrolliert die Böschung runtergetorkelt und dabei vor das Auto gestolpert.«

Achill rieb sich das Kinn. »Du meinst, jemand hat ihn gestoßen?«

»Na ja, so weit würde ich nicht gehen. Kann aber sein. Vielleicht ist er auch vor etwas davongelaufen.«

»Aber warum? Er war Polizist und bewaffnet. So jemand nimmt nicht einfach Reißaus. Das alles ergibt keinen Sinn«, merkte Bertling an. »Mir ist auch nicht klar, warum du die Abzweigung zu den Umweltschützern genommen hast, Irina. Die werden wohl kaum etwas gegen ihre eigenen Leute, einen alten Winzer und einen Polizisten vom Ort, unternehmen. Bitte sei nicht böse, aber das wirkt für mich wie eine Sackgasse.«

»Nein, ist es nicht. Niklas hat mir gesagt, dass man an beiden Tagen – also jeweils immer, wenn einer der Unfälle passierte, Erdbeben gespürt hat und das wohl auf Aktivitäten der *Pfalz Oil* in Speyer zurückführt.«

»Hmm, hat nicht Mühlenkamp bei deiner Festnahme auch die Beziehung zur *Pfalz Oil* in Speyer hergestellt?«, fragte Bertling nach.

»Ja, ich kann mich auch daran erinnern. Die Frauen, die mit mir in der Zelle eingesperrt waren, haben darüber gesprochen. Sie haben darin so was wie eine Bestätigung dessen, was sie schon immer glaubten, gesehen.«

Achill schüttelte verärgert den Kopf. »Mich regt das völlig auf, dass Mühlenkamp mehr weiß als wir und hier sein eigenes Spielchen spielt, ohne uns einzubeziehen.«

»Fakt ist, wir müssen uns Klarheit darüber verschaffen, was wer wo in Nußdorf in diesen Nächten gespürt oder beobachtet hat und warum man das mit *Pfalz Oil* in Verbindung bringt«, erwiderte Bertling entschlossen.

»Gute Idee, aber wie wollt ihr das anstellen? Wenn Frank oder du oder irgendwelche Polizeikollegen von euch dort aufkreuzen und Fragen stellen, müsst ihr aufpassen, nicht gesteinigt zu werden. Ihr habt mit eurer Massenfestnahme Nußdorf zur No-go-Area für die Polizei gemacht.«

Achill schnaubte ungehalten. »Fang nicht wieder davon an. Ja, ich habe es verstanden und du hast recht.«

Irina grinste. »Die Einzige, die sich in diesem verminten Terrain noch bewegen kann, ohne Verdacht zu erregen, bin ich.«

»Kommt gar nicht infrage«, platzte es aus Achill heraus. »Ich will nicht wieder nächtelang vom schlechten Gewissen geplagt werden.«

»Hast du eine bessere Idee?«

»Ja, hab ich …«, mischte sich Bertling ein. »Wir gehen zusammen in die Höhle des Löwen.«

»Und wie willst du meine Aufpasserin spielen, ohne erkannt zu werden? Hast du schon vergessen, dass du dabei warst, als du genau die Leute festgenommen hast, die du jetzt ausfragen willst?«

»Na ja, zugegeben, äh …«

»Na dann geh ich doch allein.« Irina schüttelte den Kopf.

André hatte die ganze Zeit schweigend zugehört. »Ich

frage mich, ob wir euch nicht schon wieder in unsere falsche Abzweigung treiben. Irgendwie habe ich das Gefühl, dass wir uns von den ersten Hypothesen zu diesen Fällen immer mehr entfernen. Ausgangspunkt waren seltsame Einstichstellen im Körper des Winzers und des Polizisten. Für die geben diese ganzen Überlegungen keinerlei Erklärung. Ich weiß nicht, ob wir nicht einen Zusammenhang herstellen, den es nicht gibt. Haben wir es etwa mit zwei getrennten Fällen zu tun? Seid ihr in Bezug auf die Einstichstellen weitergekommen?«

Bertling schaute Achill mit rollenden Augen an.

»Ja, das heißt nein. Wir hatten zwar Kontakt zur Rechtsmedizin, aber dabei kam nichts raus. Man räumt zwar ein, dass man bei unserem Polizeikollegen so einen Einstich gefunden hat, aber …« Achill brach schnaubend ab.

»Was aber?«, bohrte André weiter.

»Ich vermute, Mühlenkamp hat denen einen Maulkorb angelegt. Angeblich aus Kostengründen hat man es nicht so genau genommen.«

»Und was ist mit dem Einstich beim alten Knöringer, den der Leichenbestatter gefunden hat?«

»Den hat die Rechtsmedizin nicht festgestellt«, antwortete Achill. »Ist wohl unter all den vielen Blessuren nicht aufgefallen.«

»Ja und? Dann könnte man einfach im Nachhinein noch mal danach schauen.«

»Das hab ich Mühlenkamp auch vorgeschlagen, aber er hat einfach aufgelegt.«

»Na toll, was seid ihr für eine Chaosbehörde? An der einen Stelle können wir nicht ermitteln, weil ihr quasi alles vermint habt, und an den anderen Stellen können wir nicht graben, weil es euer Staatsanwalt verhindert. Ihr könnt euch ja melden, wenn ihr euch ausnahmsweise mal wieder um die Aufklärung von Verbrechen kümmern wollt«, giftete Irina. »Und in der Zwischenzeit könnt ihr ja schon mal in Deckung gehen. Wie ich die Nußdorfer kennengelernt habe, ist für die die Sache noch lange nicht gegessen. Würde mich nicht wundern, wenn die in ihre Trecker steigen und einen Protestkorso zu eurem Präsidium starten. Mal von Dienstaufsichtsbeschwerden ganz abgesehen.«

»Ich versteh deinen Frust«, versuchte Bertling zu vermitteln. »Aber wir sind leider auch so was wie weisungsgebunden.«

»Und wenn er euch anweist, von der Rheinbrücke zu springen, macht ihr das natürlich auch, wie ich euch kenne. Wollt ihr erst aufwachen, wenn es zu spät ist?«

ZUGRIFF

Speyer, Mittwoch, 12. Oktober 2022, 16.45 Uhr

André war geradezu geschockt. Als er die Haustür öffnete, standen eine Polizistin und zwei männliche Polizeibeamte vor der Tür.

»Guten Tag, Herr Sartorius«, begrüßte ihn der Sprecher der Gruppe. André kannte ihn und seine weibliche Kollegin bereits von anderen Fällen. Sie waren bei der Speyerer Polizeiinspektion beschäftigt.

»Was kann ich für Sie tun?«

»Na ja, es …« Der Ältere der Beamten trat von einem Fuß auf den anderen, richtete sich dann auf und setzte von Neuem an. »Ist Frau Irina Worobjowa zu Hause?«

»Ja, was wollen Sie von ihr?«

»Das müsste ich ihr selbst sagen. Bitte rufen Sie sie.«

André tat mit einem mulmigen Gefühl im Bauch, was man ihm geheißen hatte.

Während sie warteten, setzte der Beamte erneut mit etwas brüchiger Stimme an. »Frau Worobjowa bewohnt mit Ihnen das ganze Haus oder nur …«

»Sie bewohnt ein Zimmer mit einem kleinen Bad.«

Kurz darauf erschien Irina in der Tür.

Ohne Gruß leierte der Beamte die übliche Belehrung herunter. »Ich verhafte Sie wegen Mitgliedschaft in einer terroristischen Vereinigung in Tateinheit mit schwerer Sachbeschädigung sowie des Identitätsbetruges in Tateinheit mit Nötigung. Sie können gerne noch hier oder in der JVA einen Rechtsbeistand hinzuziehen.« Er räusperte sich und schaute zu Boden.

Irina war wie vom Blitz getroffen, unfähig, etwas zu erwidern.

»Aber das hat sich doch alles geklärt. Frau Worobjowa wurde gerade heute aus der JVA entlassen.«

»Das ist uns durchaus bekannt. Aber die Sachlage hat sich geändert.« Wieder schaute der Mann zu Boden, während sich André sammelte.

»Aber das, was Sie Frau Worobjowa vorwerfen, war doch längst widerlegt.«

»Bitte glauben Sie mir, das ist mir alles bewusst. Ich habe eine direkte Anordnung von Oberstaatsanwalt Mühlenkamp mit einem vom Richter unterschriebenen Haftbefehl.« Er hielt André einige Formulare hin.

»Verstehe«, hauchte André kraftlos.

»Wir müssten leider auch noch hereinkommen und die Räumlichkeiten von Frau Worobjowa durchsuchen. Auch dazu haben wir eine richterliche Anordnung.« Der Beamte stockte und stieg wieder von einem Bein auf das andere. »Tut mir leid. Ich weiß, dass Sie und Frau Worobjowa die Polizei schon mehrfach unterstützt haben.«

»Weiß Herr Achill von dieser Festnahme?«

»Ich fürchte nicht. Wie gesagt, die Unterlagen kamen direkt vom Oberstaatsanwalt und nicht vom Präsidium in Ludwigshafen.«

HERZSTICH

Speyer, Mittwoch, 12. Oktober 2022, 17.15 Uhr

Die halbe Stunde, in der die beiden Polizisten Irinas Habseligkeiten durchsuchten und in der Irina in Handschellen mit der Polizistin auf der Rückbank im Auto gewartet hatte, war wohl die schwerste in seinem Leben gewesen. Es schien, als wäre alles, was ihn ansonsten ausmachte, wie eine unnütze Schale von ihm gefallen.

Wo einst Überlegtheit, Ruhe und Souveränität seinen Charakter geprägt hatten, war jetzt nur noch unüberlegte von Emotionen getriebene Rastlosigkeit übrig geblieben. Wie ein Jojo sprang er hoch in Irinas Zimmer, um die zwei Beamten zu beaufsichtigen, wobei sein Spielraum einzugreifen ohnehin bei null lag. Nur um Minuten später wieder auf den Platz vors Haus zu treten und nach Irina im Polizeiwagen zu sehen. Dabei wusste er nicht einmal, ob sie ihn überhaupt wahrnahm. Sie saß bewegungslos da, den Kopf auf den Sitz vor ihr gebeugt.

Es war eine Erlösung, als die beiden Beamten mit einem Karton mit Irinas Smartphone, einigen Papieren und dem Laptop unterm Arm das Haus verließen.

»Könnten Sie das quittieren?«, fragten sie ihn. »Sie ist dazu bestimmt gerade nicht in der Lage.« Dabei wies der Sprecher mit der Hand auf Irina, die wirkte, als sei sie in eine Schockstarre gefallen. Sie machte es wie die Maus, die ihre Katze in ihrer Kindheit gestellt hatte, die sich auf den Rücken geworfen und sich totgestellt hatte. Irina hatte ihm die Geschichte schon mehrmals erzählt. Die Maus war damit durchgekommen. Totstellen, um davonzukommen. Ob ihr das hier helfen würde?

Als sie weggefahren waren, sank er kraftlos auf einen Stuhl am Küchentisch. Er war fassungslos vor Wut, Enttäuschung und Selbstkritik. Er war schuld, er hätte sie nicht allein gehen lassen sollen, er hatte es vermasselt, er hätte Knöringer nicht beeinflussen sollen. Er hatte alles nur schlimmer gemacht.

*

Eine halbe Stunde später hatte er sich aufgerafft, Achill anzurufen. Er wusste, dass er hätte warten sollen, aber seine Nerven erlaubten dies nicht mehr.

»Wie konntest du das zulassen?«, schrie er, ohne sich zu melden, ins Telefon. »Warum habt ihr nichts dagegen unternommen?«

Er hörte, wie Achill am anderen Ende schwer atmete. »Ich habe es erst vor fünf Minuten erfahren«, war die matte Antwort.

»Und was hast du unternommen?«

»Ich … ich … verdammt, was soll ich denn unternehmen?«

»Ihr habt sie verheizt, ihr habt sie vorgeschickt, weil ihr euch wegen dieses kranken Staatsanwaltes nicht getraut habt. Ihr seid schuld!«

Achill schwieg.

Nach einer kurzen Weile quälender Stille antwortete er. »Es hilft nichts, wir müssen den Fall aufklären und ihre Unschuld beweisen. Staatsanwalt hin oder her, koste es, was es wolle, ohne Rücksicht auf irgendwas.«

STAATSGEWALT

Rund acht Stunden vorher, Landau-Nußdorf, Mittwoch, 12. Oktober 2022, 9.15 Uhr

»Derf isch Ihne ähn Schorle ohbiete?«, fragte Knöringer und war schon dabei, sich selbst ein Dubbeglas zu füllen.

»Nein, natürlich nicht«, brummte Mühlenkamp missmutig.

»Awwer ä bissl Hausmacher Worscht und Brot geht doch ah im Dienscht?«

»Wenn's denn sein muss.«

Knöringer schien völlig den Unwillen seines Gastes zu überhören, schnitt dicke Stücke Leber- und Griebenwurst ab, legte sie mit einen Klecks Senf und zwei Scheiben dunklem Roggenbrot auf einen frischen Teller und stellte ihn vor Mühlenkamp hin. Daneben platzierte er eine Flasche Mineralwasser und ein leeres Dubbeglas. Man merkte ihm sichtlich an, wie es ihn wurmte, dass sein Gast den Rieslingschorle verschmähte.

»Derf ich froche, was der Grund für diesen hohen Besuch ist?«

»Wie ich hörte, hat Sie diese Frau Worobjowa am 27.9. besucht und zu den Begleitumständen des Todes Ihres Vaters befragt?«

»Also, ähm … Ha jo, mir hänn driwwer geredet«, erwiderte Knöringer völlig verunsichert, was er diesem Herrn Staatsanwalt sagen durfte und was nicht, in einer wilden Mischung aus Dialekt und dem, was er für Hochdeutsch hielt.

»Darf ich das als Zustimmung werten?«

»Ah jo, ’s war schunn so.«

»Gut. Wie hat sie sich Ihnen denn vorgestellt?«

»Ha mit ihrm Namen.«

»Aha.« Mühlenkamp sah ihn durchdringend an. »Also Irina Worobjowa?«

Knöringer nickte unsicher.

»Wissen Sie, Herr Knöringer, in der anstehenden Gerichtsverhandlung zu diesem Thema werde ich Sie das auch fragen müssen. Dann aber unter Eid. Stellen Sie sich mal vor, wenn Frau Worobjowa dazu etwas anderes sagt? Wissen Sie, was in Paragraf 154 Strafgesetzbuch steht?«

Knöringer schüttelte den Kopf.

»Da steht: ›Wer vor Gericht falsch schwört, wird mit einer Freiheitsstrafe nicht unter einem Jahr bestraft.‹ Es wäre doch sicherlich schwer für Ihren Betrieb zu überleben, wenn die Hauptarbeitskraft fehlt. Gerade jetzt, wo auch Ihr Vater nicht mehr helfen kann.«

Mühlenkamp ließ das Gesagte wirken, schmierte sich in aller Ruhe etwas Leberwurst auf eine der Brotscheiben und biss herzhaft hinein.

Knöringer nickte zögerlich.

»Ich sehe, wir verstehen uns. Wie hat sich denn nun Frau Worobjowa vorgestellt?«, nuschelte Mühlenkamp mit vollem Mund.

»Irina Müller«, quetschte Knöringer förmlich aus sich heraus.

»Und von wo kam sie noch mal?«

»Von der Landwirtschaftlichen Unfallversicherung«, ergänzte der Winzer mit leiser Stimme. Als würde dadurch das Eingeständnis weniger schwer wiegen.

»Fein, das klappt doch. Das heißt, sie befragte Sie über das ganze Gespräch hinweg mit der falschen Identität?«

Knöringer schluckte. »Ja.«

»Und wann haben Sie festgestellt, dass sie nicht die ist, für die sie sich ausgegeben hat?«

»Na ja, ich bin da dazugekommen, als sie sich an diesen Zaun festgeklebt hat. Wie sie der Bolizischt nach dem Namen gefragt hat, hat sie sich als Irina Worobjowa vorgestellt und ihm den Pass gegeben.«

»Und dann haben Sie als braver Bürger sofort Anzeige erstattet?«

Knöringer nickte wieder.

»Und warum haben Sie die Anzeige widerrufen?«

»Do war so ähn Herr do, der hot ma gsad, 's wär mir doch kein Schaden entstanden unn des arme Mädel müsst vielleicht zurück noch Russland. Und donn hab ich aus reiner Großzüschischkeit … ma iss jo nidd so und die junge Leit … ma war jo aach mol jung … Also isch hab's donn widerrufe.«

Mühlenkamp biss erneut ein großes Stück seiner Brotscheibe ab. »Schmeckt gut«, murmelte er undeutlich.

»Un do debei will ich aach bleiwe«, schob Knöringer, der dazu all seinen Mut zusammengenommen hatte, nach.

»Und wer war denn bei Ihnen, um Sie zu überreden?«

»So ähn Monn ä bissel älder wie isch. Isch hab denn noch nie vorher g'sähne.«

»Na ja sei's drum«, murmelte Mühlenkamp. »Wissen Sie, Herr Knöringer, wie immer im Leben gibt es jetzt zwei Möglichkeiten. Im rechtsmedizinischen Gutachten zu Ihrem Vater wird ein Alkoholgehalt von 1,0 Promille angegeben. Das heißt, der Unfall ist unter Alkoholeinfluss passiert.«

Mühlenkamp legte eine Pause ein. Er schenkte sich in aller Ruhe das Dubbeglas mit Mineralwasser voll und trank es mit ein paar großen gierigen Zügen fast aus.

»… wenn ich das der Unfallversicherung weitergebe, wird es nichts mit der Auszahlung der Versicherungssumme. Auch die Kosten für die Bergung des Vollernters werden voll auf Sie durchschlagen.« Wieder pausierte er und schaute durchdringend in Knöringers angstvolles Gesicht.

»… wenn wir uns aber einigen könnten, dass Sie bei der Anzeige bleiben – und damit bei der Wahrheit, dann könnte ich mir vorstellen, dass wir beide darauf anstoßen und uns einig sind, dass man in der Pfalz nach einer Schorle noch lange nicht betrunken ist. Ich würde das mit dem Alkoholgehalt dann da lassen, wo es hingehört, nämlich in der Akte der Rechtsmedizin.«

Knöringer nickte. Ohne ein weiteres Wort zu sagen, schenkte er Mühlenkamp eine Schorle ein und erhob das Glas. Mühlenkamp stieß mit ihm an. »Prost, auf die Wahrheit, ich merke, wir verstehen uns.«

Knöringer trank gierig das Glas aus. Offensichtlich brauchte er das, um sein schlechtes Gewissen zu beruhigen.

»Ich werde Ihnen gleich einen Beamten von der Inspektion in Landau herschicken, dann können Sie bei ihm die Anzeige wiederaufleben lassen.«

Dann leerte auch er sein Dubbeglas und schlang den Rest des Brotes hinterher. »Ich denke, daran könnte ich mich gewöhnen«, brummte er selbstzufrieden.

*

Nur eine halbe Stunde später sprach Mühlenkamp im Büro der Winzergenossenschaft Landau Land vor.

»Ich möchte Ihren Mitarbeiter, Herrn Waldemar Peters, sprechen«, verlangte er in einem Tonfall, der keinen Widerspruch zuließ.

Der Angestellte nahm das Telefon ab, fragte nach Peters und legte dann auf.

»Geht nicht, der ist gerade beim Überschwallen.«

»Wie bitte, bei was?«

»Na ja, bei der Remontage. Wenn Ihnen das mehr sagt.«

In Mühlenkamps Gesicht zog allmählich eine Rotfärbung auf. Er schnaubte. »Ist mir egal, was er schwallt oder montiert, er soll sofort kommen.«

»Er montiert nichts. Er lässt aus einem Schlauch frisch vergorenen Jungwein über den oben auf dem Tank schwimmenden Tresterkuchen laufen, um Tannine, Farbstoffe und Aromen herauszulösen. Das geht nach einer Standardprozedur und muss eine festgelegte Zeit dauern. Er wird noch rund 20 Minuten dafür brauchen.«

»Hören Sie, ich bin kein Hobbyweintrinker, sondern Oberstaatsanwalt Doktor Sigmar Mühlenkamp vom Landgericht Landau und *meine* Standardprozedur ist, dass die Leute gefälligst Zeit haben, wenn ich sie sprechen will.«

»Äh, natürlich, Moment bitte.«

»Wenn's denn sein muss.« Mühlenkamp stöhnte genervt.

Der Mitarbeiter verzog sich eilig und kam etwa fünf Minuten später mit Peters zurück.

Peters war bleich wie ein Laken, auf seinem Hals zeichneten sich rote Flecken ab.

Mühlenkamp nahm das mit Genugtuung zur Kenntnis. Weitere Überzeugungsarbeit war hier nicht erforderlich, um das Gespräch zu führen. »Gibt es hier einen Raum, in dem wir uns ungestört unterhalten können?«

»Sie können gerne mein Büro nehmen.« Der Mitarbeiter wies mit der Hand zu einer Tür in seinem Rücken.

Nachdem sie eingetreten waren, nahm Mühlenkamp hinter dem Schreibtisch Platz. Peters musste sich mit dem deutlich niedrigeren Besucherstuhl zufriedengeben.

»Ich möchte mit Ihnen über Frau Irina Worobjowa sprechen«, begann Mühlenkamp und ließ seine Worte ein paar Sekunden wirken.

»Gerne«, antwortete Peters, in dessen Gesicht wieder etwas Farbe zurückkehrte. Offensichtlich beruhigte es ihn, dass nicht er, sondern Irina im Fokus stand.

»Wenn ich das richtig einschätze, dann hat Sie Frau Worobjowa zu dieser Klebeaktion und zur Zerstörung der Ölpumpe, sagen wir mal, ermutigt.«

»Nein. Ich, ich hab nichts mit der Pumpe zu tun.«

»Sondern?«

»Ich war das nicht. Ich war da nicht dabei. Ich hab ein Alibi.«

»Aha. Aber Frau Worobjowa hat Ihnen gegenüber einen solchen Plan erwähnt und wollte Sie dafür gewinnen. Deshalb gab es auf einem der Flugblätter, die wir an der Ölpumpe gefunden haben, auch Fingerabdrücke von Ihnen beiden.«

»Äh, nein, also äh …«

»Wissen Sie, Herr Peters, es geht mir immer darum, eine gewisse Verfahrensökonomie zu betreiben, das heißt bei meinen Ermittlungen schnell auf den Punkt zu kommen und Steuergelder für unnötige Verfahrensschritte zu sparen. Was in Ihrem Fall bedeutet: Wir können Sie beide, also Frau Worobjowa und Sie selbst, als Beschuldigte vorladen und befragen. Natürlich haben Sie für die Tatnacht ein Alibi, das ist mir durchaus bekannt. Aber aus Erfahrung weiß ich, dass viele Zeugen, wenn sie erst mal im Gerichtssaal sitzen, man sie unter Eid stellt et cetera, et cetera, der Mut verlässt und sie sich schließlich an nichts mehr erinnern können. Aufgrund Ihrer vielen Vorstrafen wird das Ganze eine gewisse Eigendynamik entwickeln und die Kollegen der Polizei werden Sie besonders im Fokus haben. Und dann noch diese Sache mit den Fingerabdrücken.« Mühlenkamp wiegte den Kopf.

Peters nickte. Seine Blässe und die Stressflecken am Hals waren zurückgekehrt.

»Gehen wir aber ökonomisch vor und richten das Verfahren gleich von vornherein auf Frau Worobjowa aus, wird man sich gar nicht erst lange mit Ihrem Alibi beschäftigen. Es wird jedem klar sein, dass sie Ihnen nur das Flugblatt gezeigt hat, um Sie zur Mitwirkung anzustacheln, und dadurch die Abdrücke darauf kamen. Sie wird ganz im Fokus der Befragungen stehen. Verstehen Sie das?«

»Ja, klar, natürlich.«

»Schön. Also ich frage noch mal: War es Frau Worobjowa, die die Idee zu der Klebeaktion hatte und Sie mitgeschleppt hat? Mal ehrlich, so was passt doch gar nicht zu Ihnen. Sie sind doch aus anderem Holz, als sich an einen Zaun festzukleben.«

»Ja … ja, so war's.«

»Dachte ich mir's. Und war es im Vorfeld des Ölanschlages wieder so? Hat sich Frau Worobjowa mit dem Anschlag auf die Ölpumpe befasst und Sie aufgefordert, sie zu unterstützen? Ihnen dabei das Flugblatt gezeigt und dadurch sind Ihre Fingerabdrücke draufgekommen?«

Peters zögerte, schaute auf den Fußboden und schwieg.

»Es ehrt Sie, dass Sie Frau Worobjowa nicht belasten wollen, aber würde sie dasselbe für Sie tun? Wenn ich das aus dem Protokoll der Polizei richtig in Erinnerung habe, bezeichnete sie Sie nach der Klebeaktion als ›Blödmann‹, was nach einer gemeinsamen Aktion auch nicht gerade das ist, was man ›kameradschaftlich‹ nennt.«

»Na ja. Sie wollte mich in die Ölpumpensache schon mit reinziehen, hab natürlich abgelehnt. Das ist nicht meines. Mit so was wollte ich nichts zu tun haben.«

Mühlenkamp nickte mit einem wohlwollenden Gesichtsausdruck. »Na, geht doch. Wissen Sie zufällig, wer mit Frau Worobjowa den Anschlag auf die Ölpumpe verübt hat?«

»Nein, ich war ja an diesem Abend gar nicht in Nußdorf. Ich weiß nichts darüber, wollte sie ja noch davon abbringen, dachte, sie hört auf mich«, antwortete Peters zunehmend dynamischer.

»Gut, das kriegen wir schon raus, ob sie allein war oder einen Helfer hatte.«

Peters nickte.

»So, nun, wo wir uns so gut verstehen, müssen wir nur darauf achten, dass uns da nichts mehr verrutscht. Wichtig ist, dass wir das, was wir eben besprochen haben, auch verschriftlichen, also protokollieren. Ich werde jetzt bei der Polizeiinspektion Landau jemanden anfordern, der das geschwind erledigt.«

Peters legte die Stirn kraus und setzte an, etwas zu erwidern.

»Wir müssen auf jeden Fall verhindern, dass das an Ihnen hängen bleibt. Bei Ihren Vorstrafen kämen für Bildung oder Rädelsführerschaft in einer terroristischen Vereinigung in unserem Falle in Verbindung mit Paragraf 305 StGB schon mindestens fünf Jahre zusammen. Aber das können wir ja jetzt sicher abwenden.«

Peters nickte.

»Ich sehe, wir verstehen uns.« Damit griff Mühlenkamp zum Handy und forderte einen Beamten aus Landau an.

VOGELSTIMMEN

Landau-Nußdorf, Mittwoch, 12. Oktober 2022, 16.05 Uhr

»Hören Sie! Ich hab keine Lust auf Ausreden. Wenn Sie es einen Funken ernst nehmen und Ihnen etwas an Irina liegt, dann reden Sie!«, herrschte André Niklas Kronauer an.

»Aber ich kenn Sie nicht, ich weiß nicht, ob das, was Sie da behaupten, stimmt.«

»Dann werden Sie wohl – wie Irina es auch getan hat – mal was riskieren müssen. Letztlich haben wir es Ihrer Hinhaltetaktik zu verdanken, dass wir nicht weiter sind.«

Niklas nickte. »Ja, vielleicht haben Sie ja recht.«

»Also dann. Was hat wer im Ort in diesen beiden Nächten gehört oder gesehen? In euerm Twitterchat, oder wie das heißt, schrieb ein Dubbejoe und ein Winelover2001 von Vibrationen. Ich muss die beiden sprechen. Ich muss wissen, was sie genau gehört und gesehen haben.«

»Wow, Sie wissen ja genau Bescheid«, erwiderte Niklas.

»Kunststück. Wir ermitteln ja auch gemeinsam in dieser Sache. Aber los jetzt, ich will nicht noch mehr Zeit verlieren. Stellen Sie für mich einen Kontakt zu den beiden her.«

»Aber das können Sie doch via Twitter selbst tun.«

André ballte die Hände zu Fäusten, er schnaubte. »Sie scheinen mich wohl nicht verstehen zu wollen. Bringen Sie mich zu den beiden. Schluss jetzt mit den Ausreden!«

»Aber ich kann doch nicht deren Anonymität …«

»Doch, Sie können.« André funkelte ihn gefährlich an und packte ihn am Kragen.

»Okay, okay. Ich hoffe, sie sind zu Hause.«

»Los jetzt!«, drängte André, schon auf dem Weg zur Tür.

Es war nur ein kurzer Fußmarsch, und sie standen am Nordende von Nußdorf vor einem heruntergekommenen Haus aus den Sechzigern, dessen angegraute Fassade fast schon hörbar nach ein paar Eimern Farbe schrie. André versuchte, sich zu orientieren, und schaute über die Weinberge nördlich von Nußdorf, die hier in einer Bebauungslücke gut zu sehen waren. »War das nicht gleich hier unten, wo der alte Knöringer mit seinem Vollernter arbeitete?«

»Genau.« Niklas wies mit dem Finger auf die entsprechende Stelle. »Gerade mal 200 Meter von hier.«

»Und da wohnt dieser Dubbejoe, der wohl auch die Vibrationen spürte?« Dabei schaute André auf das völlig heruntergekommene Anwesen, in dessen Hof sich allerhand rostiges Gerümpel türmte. Alles wirkte schmuddelig und vernachlässigt.

»Ja, mit seiner Schwester Tine«, ergänzte Niklas. »Aber ich denke, das wird … Na ja, ist halt ein anderer Typ als Sie.«

André antwortete nicht und klingelte mit einem über die Kuppe des Zeigefingers gespannten Taschentuch.

Die Tür öffnete sich und eine etwa 30-Jährige mit verfilzten Rastalocken stand vor ihnen.

»Hi Nikita. Was geht?«, fragte sie und musterte André.

»Mein Twitter-Nickname«, flüsterte Niklas André zu.

»Und mein Name ist Sartorius, André Sartorius.«

»Aha. Und wer ist der Alman?«, setzte sie an Niklas gewandt hinzu.

»Ist der … na ja … der Adoptivvater einer Freundin von mir, die sie gerade eingebuchtet haben.«

»Ne Freundin von dir eingebuchtet? Wow, wusste, du entwickelst dich noch. Kommt rein.«

Im Innern des Hauses setzte sich das Chaos an Schmuddeligkeit und Unordnung fort. Alte Möbel aus den 60ern und 70ern, die mit allerlei Papieren, Zeitschriften, Krimskrams, ungespülten Tassen und Gläsern überladen waren. Dazu gesellte sich ein übler Geruch nach verdorbenem Essen und kaltem Rauch.

Tine bot ihnen Platz am Esstisch, auf dem sich allerhand schmutziges Geschirr mit Essensresten türmte, die die Quelle des üblen Geruchs war.

André schluckte angewidert und starrte auf die dicke Schmeißfliege, die die eingetrockneten Reste auf einem der Teller inspizierte.

»Ist dein Bruder da?«, fragte Niklas.

»Chillt oben im Bett.«

»Kannst du ihn für uns runterholen? Ist echt wichtig.«

»Wenn's sein muss. Der kotzt, wenn ich ihn jetzt störe.«

»Trotzdem, bitte Tine«, sagte Niklas und schaute sie flehend an.

»Okay, auf deine Verantwortung.« Sie schlurfte schnaubend Richtung Treppe.

André rümpfte die Nase. Niklas grinste. »War letzten Monat in der *Schöner Wohnen.*« Er zwinkerte André zu.

Nach ein paar Minuten schlich Dubbejoe alias Jochen Schmitt die Treppe herunter. Er trug eines der an der Weinstraße fast schon zum Straßenbild gehörenden T-Shirts mit Dubbeglasaufdruck.

»Hi«, brummte er gähnend.

»Hallo, Sie sind Dubbejoe?«, fragte André ganz im Ermittlermodus.

»Sieht man doch. Und du?«

»André Sartorius, der Adoptivvater von Niklas' Freundin.« André hielt es für am einfachsten, Niklas' Vereinfachung von vorhin zu übernehmen.

»Wow Alder, der alte Klemmie hat endlich 'ne Braut«, feixte Dubbejoe. »Dachte, dein Leben gehört ganz dem Bio-Wein?«, setzte er etwas theatralisch nach. »Doch wohl nicht die Alte, die sich an den Zaun geklebt hat und die sie jetzt eingebuchtet haben?« Er schüttelte den Kopf und lachte.

»Sorry, mir ist nicht zum Lachen zumute. Woher kennst du diesen Zusammenhang?«

Dubbejoe lachte. »Alder, glaubst du etwa, der Twitter-Community ist entgangen, dass die Zaun-Erna mit dir rumhängt?«

»Irina«, korrigierte Niklas feindselig.

»Egal, dann eben Zaun-Irina. Und was willst du damit ausgerechnet bei uns?«

»Es gibt einen Post von dir, in dem du schreibst, dass du ein Erdbeben oder so was am 13.9. am nördlichen Ortsrand von Nußdorf Richtung Walsheim gespürt hättest.«

»Aha. Und wer will das wissen?«, fragte nun Tina bissig.

»Irina wollte das wissen.«

»Aha, und weil sie deswegen Ärger hat, sollen wir auch Stress mit den Bullen kriegen?«

»Nein, keineswegs. Wir sind keine Bullen, wir wollen nur verstehen, was hier vorgeht.«

»Vorgeht«, wiederholte Dubbejoe verächtlich. »In dieser Nacht ging hier einiges vor.« Er stoppte ab, als ihn seine Schwester strafend ansah.

»Bitte Jochen. Wir kennen uns schon seit der Schule. Ich halte dich da auch raus … versprochen«, sagte Niklas eindringlich.

Dubbejoe blies hörbar Luft durch die Zähne. »In dieser Nacht war hier unterhalb in den Wingerten zwischen uns und Walsheim allerhand los. Erst trieb sich eine ganze Horde Kerle dort rum, die durch die Rebzeilen marschierten und irgendwas aufsammelten, dann haben wir Lärm wie von Lastwagen gehört, die wohl dort auf dem Wingertsweg rumtuckerten.« Er wies mit dem Finger auf eine Stelle etwa 100 Meter unterhalb in den Weinbergen. »Dann dieses Beben oder besser Vibrieren. Und dann diese komische Sache mit dem alten Knöringer, die mit Blaulicht und dem Trara den ganzen frühen Morgen durch gedauert hat.«

André schluckte. »Wissen Sie, wer die Leute im Wingert waren?«

Dubbejoe blies wieder Luft durch die Zähne. »Nee. Glauben Sie etwa, die wären zu erkennen gewesen. War dunkel, und die Entfernung. Man hat nur immer die Köpfe hin und wieder zwischen den Reben gesehen. Zwei Mal, als sie jeweils einen Wingert durch hatten, rief einer so was wie ›hier lang!‹ oder so. Erst dadurch sind die mir aufgefallen. Die sind nicht ziellos rumgeirrt, das waren keine Besoffenen.«

»Und die Laster? Konnten Sie was erkennen?«

»Nee, nachdem ich schon wegen der Typen nicht recht schlafen konnte, ist mir das Motorengeräusch aufgefallen. Hab mich gefragt, wer es so nötig hat, nach Mitternacht noch mit dem Vollernter oder Trecker zu fahren. Hab dann aus dem Fenster gekuckt.«

»Und?«, fragte André.

»Was ich schon gesagt hab. Mehrere Laster auf dem Weg hintereinander.«

»Vollernter oder Trecker oder sonstige landwirtschaftliche Nutzfahrzeuge?«

»Alder, manno, biste taub, oder was? Laster, es waren Laster! Hell lackiert. Mehr weiß ich nicht.«

»Und wann war was?«, mischte sich nun Niklas ein. Offensichtlich befürchtete er, dass André wegen seiner Fragerei in Ungnade fallen und das Gespräch damit rasch zu Ende sein könnte.

»Na ja, die komischen Typen so zwischen 22 und 23 Uhr, die Laster wie gesagt so um 1 Uhr. Und der Hype um den alten Knöringer ging ja so gegen 6 Uhr am Morgen los.«

»Sie sprachen vorhin davon, dass Sie manchmal die Vollernter hören. Haben Sie in dieser Nacht einen gehört?«

Dubbejoe schnaubte und wand sich etwas. Er strich sich mit der Hand durch das unordentliche vom Mittagsschlaf verwühlte Haar. »Kann sein, ich meine, als ich die Typen gehört habe, hab ich auch ein paar Wingert entfernt einen Vollernter gehört und die beiden Scheinwerfer gesehen.«

»Kann es sein, dass das Knöringers Vollernter war?«

»Mann Alder, was du alles wissen willst. Bin ich Jesus? Weiß nicht recht, war aber schon in der Nähe von der Stelle, wo später die Blaulichter waren.«

*

Das Gespräch mit Dubbejoe hatte keinerlei Hinweise mehr ergeben.

Also waren sie ein paar Häuser weiter zu Melanie Müller, die in Twitter unter dem Nickname »Einalem Rellüm« geschrieben hatte, weitergezogen.

Niklas war erst vor Kurzem auf ihrem 18. Geburtstag eingeladen gewesen. Sie empfing sie freundlich in ihrem kleinen Souterrain-Appartment im eleganten Einfamilienhaus ihrer Eltern.

Da sie Niklas gut kannte und sie klar erkennbar Sympathien für ihn hegte, zeigte sie sich, ohne dass sie weit ausholen und bitten mussten, sehr gesprächig.

»Also es war ganz arg, ich bin aufgewacht, da hat alles vibriert. Hab gesehen, wie das Wasser im Trinkglas auf meinem Nachttisch Wellen geschlagen hat. Hab mich total erschreckt, so schlimm war es«, schilderte sie so theatralisch, als sei sie Zeugin einer gewaltigen Naturkatastrophe gewesen.

»Nein, sehen konnt ich nix. Leb hier wie ein Maulwurf«, dabei zeigte sie auf die Fenster, die nur jeweils den Blick auf eine steile Böschung freigaben und unterhalb des äußeren Bodenniveaus lagen.

*

Ihr letzter Kandidat war Winelover2001. Auch ihn kannte Niklas recht gut, da seine Eltern ebenso einen Weinbaubetrieb besaßen.

Wieder schilderte Niklas, dass seine Freundin Ärger mit der Polizei hätte, und stellte das in den Zusammenhang mit ihren Recherchen zum möglichen Erdbeben.

»Kein Problem, frag nur, wenn ich dir helfen kann, tue ich das gerne«, antwortete Dirk, dessen Geburtsjahr, wie sein Nickname schließen ließ, 2001 war.

»Klar hab ich das gespürt, es hat alles vibriert. Es gab ein paar solcher Beben jeweils mit ein paar Minuten Abstand. Erst wurden sie stärker und dann wieder schwächer.«

»Und das war in der Nacht, als dieser Polizist überfahren wurde?«, fragte Niklas nach.

»Ja, ganz bestimmt, vielleicht eine halbe Stunde, bevor der Rummel auf der Straße wegen des Unfalls losging.«

»Und warum hast du dich nicht bei der Polizei gemeldet?«

Dirk lachte. »Erstens, weil ich da keinen Zusammenhang sehe, es war ja schließlich deutlich vor dem Unfall, und zweitens hab ich gehört, wie unverschämt dieser Staatsanwalt mit dem alten Eberhardter umgegangen ist. Hatte keine Lust, mir auch nachsagen zu lassen, ich wäre besoffen gewesen. So ein Arsch.«

André konnte sich ein Grinsen nicht verkneifen. »Hast du gesehen, von was die Vibrationen ausgingen. Vielleicht von Lastwagen?«

»Nee, hab hier vom Haus keinen guten Blick dahin. Stehen Bäume davor.« Er wies auf das Fenster, das wirklich kaum einen Blick nach Süden erlaubte.

»Keine hellen Lastwagen?«, setzte Niklas nach.

Dirk legte die Stirn in Falten, so als grüble er über was. »Hab so was am Abend etwas früher, als ich von Landau heimfuhr, auf der L 512 gesehen. Musste hinter so einem Konvoi aus drei komischen weißen Lastwagen herzuckeln. Hab aber keine Ahnung mehr, was das war.«

»Hmm«, brummte André und rieb sich das Kinn. »Wieso komisch? Was war an den Lastwagen komisch?«

»Na es waren keine normalen Sattelzüge oder Kipper, sie sahen aus wie spezielle Baufahrzeuge. Hab so was noch nie gesehen.«

*

Als sie fertig waren und an Andrés Wagen standen, schaute er Niklas eindringlich an. »So, jetzt sag mir, was hier läuft. Ich spüre, dass du mit was hinterm Berg hältst. Tu's für Irina, ich hab Angst um sie. Wenn das schiefgeht, besteht die Gefahr, dass man sie nach Russland abschiebt.«

Niklas schluckte hart. »Ich mag sie, ich mag sie wirklich.«

»Ja, dann rede mit mir. André packte ihn an den Oberarmen. Bei eurem Cafè-Date sagtest du, dass du den Verdacht hättest, die *Pfalz Oil*, die das Ölfeld in Speyer ausbeutet, könnte dahinterstecken und die Erdölförderung bei euch im großen Stil wieder aufleben lassen.«

»Ja schon. Es wird hier ständig so was rumerzählt. Ich fürchte, das ganze Gerede geht von Waldemar Peters aus. Er ist wie besessen davon.«

»Glaubst du es?«

»Keine Ahnung. Da kursiert diese Grafik, auf der es um eine Bodenuntersuchung geht.« Er fischte ein verknittertes Papier aus der Innentasche der Steppjacke und reichte es André.

André begutachtete es sorgfältig. »Und wie kommst du darauf, dass es von hier ist?«

»Na ja, steht doch drauf und das mit dem Ölvorkommen auch.«

»Ja, aber nachträglich handschriftlich eingefügt. Das könnte jeder auf eine x-beliebige geologische Auswertung kritzeln.«

»Ja, genau, deshalb will ich mich ja dieser Gerüchteküche nicht anschließen. Ist mir zu unseriös.«

»Und bei eurem Austausch auf Twitter? Warum hast du es dort angesprochen?«

»Sorry ja, ist mir so rausgerutscht. War doof.«

André schnaubte genervt. »Sei's drum. Ich muss jetzt weg, ich hab nachher noch einen Termin.«

Er wollte allein sein und sich die Sache in Ruhe durch den Kopf gehen lassen. Er hatte nicht das Gefühl, von Niklas noch mehr erfahren zu können.

Als er sich abwendete, hielt ihn Niklas an der Schulter fest.

»Was ist?«, fragte André genervt.

»Ich meine es ernst mit Irina. Und die anderen von unserer Winzergemeinschaft, die sie kennengelernt haben, auch.«

André blies hörbar Luft durch die Zähne. »Ja und?«

»Wir wollen für sie protestieren. Auch Peters hat so was in die Richtung angedeutet. Man muss der Polizei zeigen, dass es so nicht geht. Das mit Irina, aber auch unsere Festnahme, das Auftreten von diesem Oberstaatsanwalt, der alle hier im Ort für Trinker hält. Die Stimmung ist sehr aufgeladen. Man will die Presse dabeihaben und es ins Fernsehen bringen. Sie sollten das wissen.«

»Macht euch da nicht zu viel Hoffnung«, brummte André und stieg ohne weiteren Kommentar in den Wagen.

ROUTINE

Pullach, Mittwoch, 12. Oktober 2022, 17.00 Uhr

Kati – ausführlich Doktor Katja Sperrlinger-Grüsow – brannten die Augen. Als Analystin des Bundesnachrichtendienstes bestand ihre Aufgabe in der Sichtung und Auswertung von textbasierten elektronischen Kommunikationsdaten. Alles, was in den automatischen Screenings suspekter Anschlüsse auffiel, landete auf ihrem Desktop. Sie war Ingenieurin im Bereich Informationstechnik und in dem, was sie tat, durchaus erfahren. Einerseits gab es ihr immer einen Schub, wenn sie dachte, etwas Verwertbares gefunden zu haben, andererseits war ihr Feierabend dadurch in weite Ferne gerückt.

Ihrer Chefin Cornelia Krawuttke, eine rappeldürre Endfünfzigerin, deren einzige Nahrung aus Zigaretten bestand, schien das nicht zu stören. Man munkelte, dass sie sowieso kein Privatleben hatte. Gestützt wurde diese These dadurch, dass man sie schon um 6 Uhr morgens hier vorfand und abends, wenn die Nachzügler um 20 Uhr das Haus verließen, war sie immer noch hier. Ihre mit reichlich Wetgel angeklebten Haare lagen abends noch so akkurat wie morgens. Ähnlich war es mit ihren stets beige gehaltenen Hosenanzügen, von denen sie wohl einen Schrank voll besaß. Sie schienen zu 100 Prozent faltenimmun zu sein.

»Ich habe hier eine Auffälligkeit im Newsstream eines unserer Beobachtungs-Accounts gefunden. Der Kollege von der Krypto stimmt mir bei der Translation und Interpretation zu. In den beiden Telefonnummern verbergen sich GPS-Daten und in der IBAN Datum und Uhrzeit, und der Rest deutet wohl auf einen geplanten Anschlag auf dem Mainzer Domplatz am Samstag um 14.30 Uhr hin«, führte Doktor Katja Sperrlinger-Grüsow gegenüber ihrer Chefin aus, die das Ganze auf einem Ausdruck der Nachricht plus der schriftlichen Interpretation aus der Kryptonalyse nachvollzog, während Kati mit ihr sprach.

»Hmm, ist das nicht etwas profan für ein großes Ding?«, brummte Krawuttke missgelaunt und steckte sich eine Zigarette an.

»Schon, aber …«

»Aber was?«

»Na ja, wir haben die Empfängerin – eine gewisse Irina Worobjowa – gecheckt.«

»Und?«

»Junge Studentin, russlanddeutscher Hintergrund. Hat regelmäßig Kontakte nach Russland. Onkel war Berufssoldat. Wahrscheinlich eine Schläferin oder Zufallsakquisition der Russen. Nicht professionell, aber vertrauenswürdig genug, um sie mit einer Schnellausbildung in Encodierungstechnik auszustatten. Wir beobachten zurzeit häufiger, dass die Russen gerade auch im Geheimdienstlichen alles mobilisieren, was Beine hat. Quantität geht vor Qualität. Auch wenn 99 Prozent Kanonenfutter sind, kommt eine oder einer damit durch. Die nutzen normale Textnachrichten, weil die Empfänger nichts anderes haben und beherrschen. Die Verschlüsselungstechnik ist so simpel, dass man sie nach einem längeren Telefonat versteht. Und dann schickt man sie los.«

Krawuttke nahm sich für ihre Antwort Zeit, zog kräftig an ihrer Zigarette und inhalierte den Rauch und ließ ihn durch die Nase entweichen. »Zu wie viel Prozent sind Sie sich sicher?«

»Zehn Prozent.«

»Das sind zu viel, um es auf die Seite zu legen, und zu wenig, um ein großes Ding draus zu machen.«

»Gibt's korrespondierende Hinweise von den Amis oder den anderen Nato-Diensten?«

»Nein«, erwiderte Kati und schaute auf den Boden. Es war immer das Gleiche. Meldete man einen suspekten Vorgang, wurde man ausgequetscht und für dumm gehalten, meldete man ihn nicht und es passierte was, war man schnell der Buhmann.

»Wenn die anderen diesbezüglich nichts haben, will ich nicht die Pferde scheu machen. Sie können gehen. Und falls sich die Amis doch noch melden, will ich Bescheid wissen.«

Kati erhob sich. Sie atmete innerlich auf. Sie hatte ihre Pflicht getan, und trotzdem war der Feierabend gerettet.

»Moment noch!«, unterbrach Krawuttke ihren Gedankengang. »Lassen Sie diese Irina bis einschließlich Samstag von der örtlichen Polizei observieren.«

»Das wird sich wohl erübrigen, sie sitzt derzeit in Haft.«

»Wie? Und weswegen?«

»Man wirft ihr wohl terroristische Umtriebe und Sabotage vor.«

»Was?« Krawuttke drückte die Zigarette aus und erhob sich schwungvoll. Ihr Stuhl rollte nach hinten und schlug an ihr Sideboard. »Und das sagen Sie mir nur auf Nachfrage? Ein Terrorbefehl in den Händen einer als Staatsfeindin Beschuldigten?«

»Na ja, sie ist wohl eher eine Umweltaktivistin oder so was.«

»Trotzdem. Schreiben Sie einen Bericht. Aber etwas presto. Ich werde ihn an das Innenministerium weiterleiten.«

Jetzt war es besiegelt, dass es für Kati so schnell keinen Feierabend geben würde.

STIRNRUNZELN

Ludwigshafen, Mittwoch, 12. Oktober 2022, 19.45 Uhr

Achill hatte schwer daran zu kauen, dass er in Andrés und vor allem Irinas Augen völlig an Glaubwürdigkeit verloren hatte. Er, der bisher stets erfolgreich versucht hatte, alle Risiken von den beiden abzuwenden, hatte es zu verantworten, dass Irina im Gefängnis saß und um ihre Existenz hier in Deutschland bangen musste. Auch wenn er André gegenüber das Risiko, abgeschoben zu werden, stets kleingeredet hatte, war es nicht von der Hand zu weisen. Insbesondere, wenn sich Mühlenkamp weiter so an ihr festbiss. Er kam ihm vor wie ein Terrier, dem, hatte er sich einmal festgebissen, mit nichts beizukommen war.

Er und Bertling hatten sich längst entschieden, sich das Korsett, das ihnen Mühlenkamp angelegt hatte, vom Körper zu reißen. Sollte er ihnen doch ein Disziplinarverfahren aufbrummen, dann würden auch sie über diese seltsamen Verhaftungspraktiken auspacken. Diese Vorkommnisse hatten einen Vorteil; sie machten Mühlenkamp angreifbar.

Er und Bertling waren gestern Abend bis spät in die Nachtstunden im Büro gesessen. Sie hatten recherchiert, Akten gewälzt und versucht herauszufinden, wie es zu der neuerlichen Festnahme Irinas gekommen war.

Nichts war darüber zu finden. Erst gegen 20 Uhr lüftete sich das Geheimnis wenigstens teilweise. Das Protokoll zu einer Zeugenvernehmung von Waldemar Peters am

Vormittag war von den Landauer Kollegen ins System eingestellt worden.

Allein dieser Zustand wirkte fragwürdig. Wieso wurde ein Mann, der noch vor ein paar Tagen selbst als Beschuldigter eingesessen hatte, nun plötzlich Zeuge? Von wem war die Vernehmung ausgegangen? Und warum war man danach so hektisch aktiv geworden, um Irina wieder festzusetzen? Seltsam, mit welchem Biss man es auf sie abgesehen hatte. War doch im Grunde genommen das alles nicht viel mehr als eine Provinzposse.

Wenigstens eine der Fragen beantwortete der Eingangssatz des Protokolls. Hier war zu lesen: »Diese Vernehmung findet auf ausdrücklichen Wunsch des Zeugen Waldemar Peters statt, der uns zu diesem Zwecke hinzugezogen hat.«

Achill deutete mit der Fingerkuppe auf diese Textstelle und schaute sich zu Bertling um, die hinter ihm stand und mitlas. »Glaubst du das?«

»Im Leben nicht. Typen wie dieser gehen nicht auf die Polizei zu. Die verstecken sich oder machen sich irgendwie unsichtbar.«

»Ganz recht«, bestätigte Achill. »Dem sollten wir gleich morgen früh mal ordentlich auf den Zahn fühlen. Wenn du mich fragst, ist er die zentrale Person in dieser Sache.«

OHNE RÜCKSICHTEN

Landau-Nußdorf, Donnerstag, 13. Oktober 2022, 6.45 Uhr

Sie waren schon sehr früh angerückt, um Peters, bevor er zur Arbeit ging, zu Hause anzutreffen.

Achill hatte die ganze Nacht nicht geschlafen, ihn bedrückte zu sehr Irinas Situation, aber auch die Tatsache, dass sie mehr und mehr in ihrem eigenen Fall zu Zaungästen wurden. Wie konnte es sein, dass die Landauer Polizei Peters vernommen und man in der Folge in Speyer Irina verhaftet hatte, ohne mit ihnen Kontakt aufzunehmen? Der Fall zerfledderte. Jeder schien sich ein Stückchen abzuschneiden und niemand mehr hatte die volle Transparenz.

Oder war es Mühlenkamp, der hinter all dem Chaos steckte? In Achills Magen war die Nacht über der Zorn zu einem wuchernden Geschwür herangewachsen, das ihm übel werden ließ. Er fühlte sich elend, müde, abgeschlagen und entmutigt.

Er klopfte energisch an Peters' Tür. Aus dem Haus fiel Licht durch die Ritzen der verzogenen alten Holzläden.

Nach dreimaligem, zu einem Crescendo anschwellenden Klopfen, öffnete Peters. Er war mit einem grauen, verwaschenen Etwas bekleidet, das gleichsam Schlaf- und Hausanzug sein konnte. Das Oberteil war wohl durch das viele Waschen eingegangen, und sein haariger Schmerbauch ragte darunter heraus.

»Was wollen Sie?«, herrschte er Achill an, den er auch ohne Vorzeigen des Dienstausweises erkannte.

»Mit Ihnen reden«, schnarrte Achill.

»Hab nix zu besprechen. Hab gestern alles gesagt.« Peters war bereits im Begriff, die Haustür wieder zuzuziehen.

»Aber nicht uns!«, schrie Achill, drückte die Tür so kraftvoll nach innen, dass Peters Mühe hatte, sich auf den Beinen zu halten.

Ohne weitere Belehrung oder polizeiliche Formalität drängte ihn Achill ins Haus und folgte ihm mit Bertling im Schlepptau.

Die Wohnküche war hell erleuchtet, auf dem Tisch lagen etliche große Baumwollbahnen. Auf der obersten, auf der ein breiter Filzstift lag, erkannte Achill den angefangenen Text »Freiheit für Irin…«

»Was soll das?«, schrie Achill.

»Na ja, wir setzen uns für sie ein. Schließlich ist sie wegen euch im Knast.«

»Sie ist im Knast, weil du ihr was anhängst«, polterte Achill außer sich.

»Wieso, ich dachte …«

»Was dachtest du, Würstchen?«

Peters trat erschrocken über Achills Zorn einige Schritte zurück. »Sie haben kein Recht, hier reinzukommen. Gehen Sie. Ich sage nichts mehr.«

»Du wirst mir jetzt brav auf alles Antwort geben, was ich dich frage. Du hast gesehen, wie schnell es bei uns geht, gesiebte Luft zu atmen.«

Peters schluckte. »Aber mir wurde zugesichert, dass ich nur als Zeuge …«

»Stimmt, erst warst du Tatverdächtiger, dann Zeuge und

du wirst sehen, wie schnell es gehen kann, wieder Tatverdächtiger zu werden.«

Peters wischte sich panisch mit zitternden Händen durchs Gesicht. »Ich will meinen Anwalt sprechen.«

»Solange du Zeuge bist, steht dir kein Anwalt zu. Als Tatverdächtiger schon. Hast du etwa ein Geständnis zu der Sache an der Bohrstelle abzulegen?«

»Nein«, winselte Peters.

»Okay, dann bleibt es beim Zeugen, wenn du brav mitspielst.«

Peters deutete ein Nicken an.

»Zunächst – was soll das hier werden, diese Baumwolltücher mit Beschriftung und diese Holzlatten hier?«

»Na ja, Transparente. Irina ist ja leider ... und wir wollen ihr helfen.«

»Transparente wofür?«

»Na ja, eine Demo.«

»Aha, eine Demo.« Achill grinste hämisch. »Und die hast du bestimmt auch ordnungsgemäß beim Ordnungsamt angemeldet?«

»Ja, das heißt noch nicht. Ich will sie erst noch genehmigen lassen.«

»Und wo und wann soll diese Demo steigen?«

Peters wischte sich die mittlerweile auf seiner Stirn glänzenden Schweißperlen weg. »Weiß noch nicht, kommt drauf an ...«

»Kommt worauf an?«

»Äh.« Peters überlegte hastig. »Na ja, wann und wo sie genehmigt wird. Soll alles seine Ordnung haben.«

Achill grinste. »Schön, wie anständig du das planst.«

Peters nickte unterwürfig. Ihm war offensichtlich die Ironie in Achills letzter Bemerkung nicht aufgefallen.

»Und wer bezahlt das alles – diese ganzen Aktionen und dieses Material hier?« Achill deutete auf die Stoffbahnen und die zwei Bündel Holzlatten.

»Na ja. Äh, …« Peters wischte sich mit dem Taschentuch durchs Gesicht. »Ich … ich … habe natürlich Unterstützer.«

»Du meinst diese Winzer und die Feuerwehrleute?«, ließ Achill nicht locker.

»Ja, ja, ganz recht.«

»Dann können wir sie ja dazu befragen.« Achill konnte förmlich beobachten, wie Peters Schweißausbruch ein weiteres Stadium erreichte.

Peters nickte so zaghaft, dass man schon vom bloßen Zuschauen darauf schließen konnte, dass niemand ihn finanziell unterstützte.

»Und was hat dich dann gestern dazu bewogen, endlich die Wahrheit bei der Polizei auszusagen?«

»Na ja, ähm … Ich wurde juristisch beraten.«

»Aha.« Achill deutete ein anerkennendes Nicken an. »Und wie heißt dein juristischer Berater?«

Peters schien wie versteinert, lediglich der mittlerweile sturzbachartige Schweißfluss auf der Stirn belegte, dass sein Gehirn auf Hochtouren arbeitete.

»Ich frage dich noch mal. Wie heißt dein juristischer Berater? Gerne können wir dich auch mit nach Ludwigshafen nehmen, dann können wir das Gespräch im Präsidium fortsetzen.«

»Es war Oberstaatsanwalt Doktor Mühlenkamp«, schoss es plötzlich aus ihm heraus, als ließe man aus einem Dampfkessel Druck ab. »Er ist doch quasi Ihr Chef.«

»Ganz recht. Dann hat ja alles seine Richtigkeit und wir gehen in aller Freundschaft.«

Peters nickte dermaßen hektisch, dass ihm eine Haarsträhne ins schweißnasse Gesicht fiel.

Achill wandte sich zu Bertling um, die ihn mit Blicken dazu bewegen wollte, nicht zu gehen.

»Lass uns gehen, bitte«, sagte er und drängte sie zur Tür.

*

Zehn Minuten später saßen sie im Auto auf dem Rückweg nach Ludwigshafen.

»Ich versteh nicht, dass du einfach so aufgehört hast. Der Typ ist doch 100-prozentig nicht sauber.«

»Klar ist er das nicht, aber vergiss nicht, wir haben ihn als Zeugen befragt. Hätten wir ein Geständnis aus ihm rausgequetscht, hätten wir es nicht verwerten dürfen. Dazu braucht's einen zweiten Anlauf.«

»Ja, schon«, pflichtete sie ihm widerwillig bei.

»Ich denke, den kriegen wir problemlos wegen dieser Ölpumpensache. Da sind seine Fingerabdrücke auf dem Handzettel, und bestimmt kommen die Landauer Kollegen schon bald mit der Kette weiter. Es gibt auch Reifenspuren von einem Schlepper. Das alles kann man nicht einfach so verdecken, dass man es nicht zurückverfolgen kann, und der da kann das erst recht nicht. Wir müssen nur zuerst Irina freikriegen, und das geht nur über Mühlenkamp. Irgendwie treibt er ein doppeltes Spiel. Warum nimmt er den Hauptverdächtigen von der Angel, nur um Irina einzubunkern.«

»Bestimmt, um uns eins auszuwischen. Ich hätte ihn nicht so brüskieren dürfen. Jetzt muss Irina dafür zahlen.«

KRIEGSRAT

Großkarlbach, Donnerstag, 11. Oktober 2022, 15.00 Uhr

»Passt es dir hier?«

Achill schaute sich um. Die kleine Sitzgruppe im riesigen romantischen Garten der *Palatina Weinbar* in Großkarlbach, zu der ihn André geführt hatte, lag etwas erhöht auf einer alten Sandsteinterrasse. Von unten war man hier durch das Buschwerk drum herum kaum zu erkennen.

»Ja, passt«, sagte er nüchtern. »Wenn der Anlass nicht so niederschmetternd wäre, könnte es einem hier gefallen. Ist total romantisch zwischen den alten Sandsteinmauern.«

André lachte. »Ja, das ist es. Wer die Provence mag, muss das hier lieben. Ist zum Glück noch ein Geheimtipp.«

»Aber irgendwie wollen bei mir keine Urlaubsgefühle aufkommen, obwohl ich ihn nötiger hätte denn je.«

»Geht mir genauso, aber wir müssen schauen, dass uns das nicht zu sehr anpackt. Schockstarre ist in dieser Situation auch kein passendes Konzept. Und wie sagte schon Napoleon: ›Champagner – nach dem Sieg verdient man ihn, nach der Niederlage braucht man ihn.‹ Die haben hier einen herrlichen Winzersekt. Und offen gestanden, heute brauche ich ihn.«

Achill seufzte. »Hab zwar ein schlechtes Gewissen dabei, aber gebrauchen kann ich auch einen. Aber nur, wenn wir fest vereinbaren, dass wir nächstes Mal zu viert hierher gehen. Und das heißt ausdrücklich mit Irina.«

»Hast du rausgekriegt, wie es zu ihrer Verhaftung kam?«, ging André zügig zur Tagesordnung über.

»Ja. Und ich kann nicht sagen, dass mich das beruhigt. Dahinter steckt Mühlenkamp. Er hat Peters zu der Aussage überredet, dass Irina die Strippenzieherin sei, die hinter allem steht.«

»Und wieso sagt Peters so etwas?«

»Na ganz einfach, er ist damit als möglicher Verdächtiger zunächst aus der Schusslinie und hat sich das Wohlwollen Mühlenkamps verdient.«

»Hmm«, brummte André mit verkniffenen Lippen und finsterem Gesichtsausdruck. »Verstehe nicht, warum er sich dermaßen an Irina festbeißt.«

»Denke, er will uns damit eins auswischen. Das ist bestimmt die Retourkutsche für Verenas Auftritt.«

»Und nun? Was passiert mit Irina?«

»Na ja, sie ist offiziell in Untersuchungshaft. Wenn sich die Umstände nicht verändern, läuft das auf einen Prozess raus. Ich weiß zwar nicht, wie Mühlenkamp den gewinnen will. Ich hoffe nur, er fängt nicht noch an, Indizien und Beweise zu fingieren.«

»Schöne Aussichten«, erwiderte André unzufrieden. »Ich wollte sie besuchen – keine Chance. Bin ja nicht verwandt mit ihr.«

»Keine Sorge, Bertling will heute Nachmittag zu ihr. Uns lässt man rein. Sie wird sie mit allem ausstatten, was man ihr zubilligt. Insbesondere etwas Geld zum Telefonieren und Briefmarken. Du kannst ihr Briefe schicken, das gibt man ihr weiter. Aber vermeide es, irgendwas zum Fall zu schreiben.«

André nickte.

Beide schwiegen eine Weile.

Dann räusperte sich André. »Zugegeben, die Frage fällt mir nicht leicht. Und ich hab dir immer voll und ganz vertraut, was ich immer noch tue, aber …«

»Aber?«, fragte Achill niedergeschlagen.

»Hast du so etwas wie einen Plan oder ein Konzept? Irgendwie habe ich das Gefühl, der Fall zerrinnt uns zwischen den Fingern, so als wollte man Wasser festhalten. Wobei ich mir nicht mal mehr im Klaren bin, mit wie vielen Fällen wir's hier zu tun haben: zwei tödliche Unfälle, die Zerstörung dieser Ölpumpe, Protestaktionen, das mit Irina …«

Achill grinste schief. »Du bringst es wieder mal auf den Punkt. Mühlenkamp hat es subtil hingekriegt, uns völlig zu neutralisieren und zu verwirren. Zugegeben, mir ist noch kein Fall so zerfleddert wie dieser. Aber trotzdem müssen wir jetzt erst recht ran. Ich wette, alles hängt zusammen. Auch wenn ich wirklich keinen Plan habe, habe ich in solchen Fällen immer den Lieblingsspruch meines Polizeiausbilders im Ohr. Er begleitet mich schon mein ganzes Berufsleben. ›Wenn's Scheiße läuft, wenn alle gegen euch sind, dann gibt's nur einen Ausweg. Löst den Fall, und keiner kann euch etwas anhaben.‹«

»Verstehe. Klingt plausibel. Dann will ich mal loslegen. Vielleicht hilft es dir wenigstens, den ursprünglichen Fall zu lösen.«

»Bist du mit diesem Niklas Kronauer weitergekommen?«

»Ja, ich denke schon, er war kooperativ. Das, was Irina zugestoßen ist, scheint ihm nahezugehen. Er hat mich zu drei Leuten geführt, die in den beiden Nächten, in denen die Unfälle passierten, einiges beobachteten, das wie ein Muster wirkt.«

Achill zog die Augenbrauen hoch. »Dann mal raus damit.«

»In beiden Nächten gab es unweit der Unfallorte diese seltsamen Vibrationen, die der alte Eberhardter als Erdbeben bezeichnete.«

»Du meinst, auch eine Woche vorher im Norden von Nußdorf?«

»Ja, so ist es. Und in beiden Fällen wurden in diesen Nächten drei weiße Lastwagen, wohl Spezialfahrzeuge, in der Umgebung beobachtet.«

»Hmm, gibt es Kennzeichen?«

»Nein, aber ich hab eine Idee. Einer der Zeugen hat gesagt, er wäre, als er am Feierabend nach Hause fuhr, hinter drei solcher Fahrzeuge auf der L 512 hergetuckert. Das war der Abend vor dem Unfall am 20. September. Unterstellt man, dass die Fahrzeuge auch den gleichen Weg zurückgefahren sind, dann hat man im Grunde genommen nur drei Möglichkeiten. Erstens, man biegt ins Stadtgebiet ab. Zweitens man fährt nach Osten über die Dörfer in die Südpfalz. Drittens, man biegt nach Westen ab, um auf die A 65 zu kommen, von wo man eine gute Verbindung nach Ludwigshafen, Mannheim, Speyer oder Neustadt hat. Also wenn du mich fragst, haben wir eine 80-prozentige Wahrscheinlichkeit für die dritte Variante, nämlich, dass sie Richtung Westen fuhren.«

»Ja, klingt plausibel, aber was hilft uns diese Erkenntnis?«

»Das hilft uns insoweit, dass es auf der Strecke zur Autobahn am Ortsausgang von Landau eine Tankstelle gibt.«

»Und warum sollten sie ausgerechnet in dieser Nacht dort getankt haben?«

»Brauchen sie nicht. Die Tanke hat eine Kameraüberwachung, deren Kameras auch den Verkehr auf der vorbeiziehenden Landstraße einfangen dürften. Ihr könnt euch doch bestimmt Zugang zu den Überwachungsaufnahmen verschaffen.«

»Klingt gut. Ich werde Bertling bitten, das zu übernehmen.« Achill nestelte das Smartphone aus der Steppjacke und gab Bertling die entsprechende Anweisung.

»Ich hab noch was herausgefunden, was ich überhaupt nicht verstehe und was ich fast noch brisanter finde.«

Achill wedelte kreisförmig mit den Händen, als könnte er damit Andrés Erläuterungen beschleunigen.

»In der Unfallnacht, in der der alte Knöringer unter den Vollernter geriet, wurden in den Weinbergen unweit der Unfallstelle Fußgänger beobachtet.«

»Wie, welche?«, hakte Achill ein. »Irgendwelche Liebespärchen oder Hundebesitzer?«

»Nein, es war wohl eine größere Gruppe, die abgestimmt durch die Rebzeilen ging und von einem Anführer dirigiert wurde, wohin sie laufen sollte. Sie durchkämmten systematisch die Weinberge, als würden sie etwas suchen und aufsammeln.«

»Und dass sie Trauben gestohlen haben? Ich meine, dass sie keine einzelnen Hängengebliebenen gestoppelt, sondern einen Wingert komplett geplündert haben. Ist das vielleicht die Erklärung?«

André rieb sich das Kinn. »Mmh, kommt tatsächlich hin und wieder vor. Aber dazu bräuchte es auch einen Trecker mit Hänger und so weiter. Davon hat mein Zeuge nichts gesagt. Und übrigens spricht sich so was im Ort schnell rum. Er hat davon gesprochen, dass sich die Gruppe zügig fortbewegte. Hätten sie Trauben gelesen, wäre das eher langsam vonstattengegangen.«

»Und das war in der Nähe dieses Unfallortes?«

»Ja, könnte auch ungefähr zur Tatzeit gewesen sein. Vielleicht hat der alte Knöringer die bei was erwischt und …«

Achill schüttelte ungläubig den Kopf. »Und was dann? Legte er sich dann unter den Vollernter, um sich überfahren zu lassen?«

»Aber auffällig ist das schon? Knöringer hat von jemandem, der diese Gruppe auch gesehen hat, aufgeschnappt, sie hätten FCK-T-Shirts getragen. Das würde eine Verbindung zu Peters herstellen.«

»Zweifellos. Meinst du, die haben was mit diesen mysteriösen Lastwagen zu tun?«

»Mag sein. Ich hoffe, ihr kommt mit den Videoaufnahmen weiter.«

»Ich auch«, bestätigte Achill. »Könntest du bis dahin noch etwas wegen dieser seltsamen Gruppe herumfragen? Mich würde interessieren, ob die auch in der Unfallnacht von unserem Kollegen unterwegs waren.«

»Ja klar. Aber es gibt zu dieser zweiten Unfallnacht, die mit eurem Kollegen, noch etwas Bemerkenswertes zu sagen. Eine Zeugin hat in dieser Nacht im Norden von Nußdorf drei Typen beobachtet, die aussahen, als wären sie von so einem Bewachungsunternehmen.«

»Ich kann dir gerade nicht folgen. Wo ist der Zusammenhang, wenn am südlichen Ortsausgang der Unfall passiert ist?«

»Einen richtigen Zusammenhang gibt es auch nicht, aber komisch ist es schon«, entgegnete André.

Achill schüttelte resignierend den Kopf. »Was ist an diesem Fall nicht komisch.«

Beide schwiegen eine Weile betreten, ehe Achill den Gesprächsfaden wieder aufnahm. »Wir haben übrigens ein Foto dieser Kette an Mühlenkamp vorbei der *Rheinpost* zugespielt. Man wird es veröffentlichen und um Bürgerhinweise bitten, vielleicht kommen wir da ja weiter. Es könnte Irina entlasten.«

»Gut«, erwiderte André. »Du solltest übrigens wissen, dass die Volksseele in Nußdorf wegen dieser Festnahmen der Winzer und der Dorffeuerwehr nach wie vor kocht. Das mit Irinas Verhaftung hat sich auch rumgesprochen. Viele sympathisieren mit ihr. Ist wahrscheinlich Niklas' Verdienst. Kommt nicht gut, wenn die Freundin – und so bezeichnet er sie – von Nußdorfs beliebtestem Winzer einfach eingelocht wird.«

Achill stöhnte. »Ich kann das bestätigen. Auch Peters nutzt die schlechte Stimmung. Hab ihn beim Transparentebasteln ertappt. Irgendwann wird das überkochen, und die protestieren vorm Präsidium in Ludwigshafen oder am besten vor Mühlenkamps Büro im Landauer Landgericht.«

»Was endlich mal 'ne gute Nachricht wäre«, erwiderte André und grinste schief.

EINZELHAFT

Zweibrücken, Freitag, 14. Oktober 2022, 6.05 Uhr

Irina hatte die ganze Nacht über kein Auge zugemacht. Es waren zwei Fixpunkte, um die sich all ihre Gedanken drehten. Warum setzte man ausgerechnet ihr so zu? Und was würde mit ihr geschehen, wenn sie verurteilt würde? Auf beide Fragen gab es nur sehr beunruhigende Antworten. Sie war geliefert. Warum hatte ihr Verena damals nach der ersten Festnahme in ihrem Zimmer so kategorisch zu verstehen gegeben, dass sie sich keinen Anwalt nehmen sollte? Oder hatte sie das nur falsch verstanden? Ritt sie sich dadurch nur noch weiter rein? War sie überhaupt noch auf ihrer Seite? Ach könnte sie sich doch nur mit ihr oder André austauschen.

Aber das war nicht alles. Die Enge dieser Einzelzelle brachte sie fast um den Verstand. Acht Quadratmeter, ein Bett, ein Schreibtisch, der wohl eher als langes Brett durchging, und ein winziges Regal.

Die Knöchel ihrer Hände schmerzten. Sie waren aufgesprungen, verkrustetes Blut klebte daran. Irgendwann heute Nacht war es mit ihr durchgangen, und sie hatte in einer Art Tobsuchtsanfall wie eine Wilde auf die Eisentür eingeschlagen. Ihr Schreien, ihr Klopfen waren einfach so verklungen, niemand war gekommen, um nach ihr zu sehen.

Sie war ganz unten, sie war nur Dreck, von dem man sich abwandte.

VERKEHRSKONTROLLE

Speyer, Freitag, 14. Oktober 2022, 10.05 Uhr

»Schwing dich ins Auto, wir treffen uns in 15 Minuten bei *Pfalz Oil*. Verena ist mit der Auswertung der Kamera an der Tanke in Landau weitergekommen.« Achill war vor Tatkraft kaum wiederzuerkennen. André juckte es weiterzufragen, aber er musste sich sputen, um es in 15 Minuten zum Verwaltungsgebäude der *Pfalz Oil* in Speyer zu schaffen.

Als er punktgenau eine Viertelstunde später dort eintraf, stand Achills Privatwagen bereits auf dem Kundenparkplatz vor dem Werksgelände. Achill stieg aus und lief ihm entgegen.

»Das, was wir hier tun, ist eher ein Privatvergnügen – verstanden. Mühlenkamp weiß davon nichts. Wir sollten den Ball flach halten.«

»Ja, klar, aber was gibt es hier zu unserem Fall zu erfahren?«

»Verena hat auf der Kamera der Tanke an beiden Unfalltagen jeweils gegen 20 Uhr auf der Hinfahrt und um 23 Uhr auf der Rückfahrt die Kolonne dieser drei Laster beobachtet. Sie hat anhand der Kennzeichen die Firma lokalisiert, denen sie gehören, und erfahren, dass sie von der *Pfalz Oil* für geologische Bodenuntersuchungen beauftragt worden war.«

André schlug sich vor die Stirn. »Jetzt wird mir alles klar. Ich hab schon mal davon gelesen. Das waren Bodenuntersuchungen durch Vibrationsfahrzeuge, deshalb die Erdbeben.«

»Bingo!« Achill nötigte Andrés Euphorie ein Lächeln ab.

»Deshalb auch die rechteckigen Abdrücke, das waren die Metallplatten, mit denen man die Vibrationen in den Boden überträgt. Verdammt, warum ist mir das nicht früher aufgefallen. So ein Mist.«

»Beruhige dich. Wir haben's ja jetzt rausgefunden. Besser spät als nie. Lass uns reingehen, Herr Doktor Kaiser von *Pfalz Oil* wartet schon.«

Beide setzten sich in Richtung des schweren Eisentors in Bewegung, klingelten, und man ließ sie, nachdem Achill seinen Namen genannt hatte, ein.

Fünf Minuten später saßen sie am Schreibtisch von Kaiser.

Achill hatte zwar flüchtig den Dienstausweis gezeigt und sich etwas nuschelnd vorgestellt, vermied es aber, Genaueres zu seinem Aufgabengebiet zu sagen. Glücklicherweise fragte Kaiser auch nicht.

»Sie haben also für den 13. und den 20. September diese Erkundungsfirma beauftragt, Bodenuntersuchungen für die *Pfalz Oil* durchzuführen.«

Kaiser lächelte nachsichtig. »So kann man das nicht sagen. Wir haben der *German PetroSeis* den Auftrag gegeben, ein Areal von rund 400 Quadratkilometern, das sich nördlich von Landau erstreckt, nach Restvorkommen zu untersuchen. Wie Sie bestimmt wissen, gehen die bereits erkundeten Ölvorkommen um Landau zur Neige, und wir wollten prüfen, ob es noch irgendwo, zum Beispiel in tieferen Erdschichten, Vorkommen gibt, die wir erschließen könnten.«

»Wollten?«, hakte Achill ein. »Sind die Untersuchungen abgeschlossen?«

»Na ja, gewissermaßen … Ja, zwangsläufig schon.«

Achill grinste. »Und das heißt im Klartext?«

»Das heißt, dass wir die Erkundung eingestellt haben.«

»Hatten Sie denn Erfolg?«

»Nein. Es war auch nichts Großes zu erwarten, und der Ertrag rechtfertigte kaum den Aufwand.«

»Das heißt, Sie haben keine Restvorkommen gefunden?«, mischte sich nun André ein.

»Mhh.« Kaiser blähte die Backen. »Sie sind aber hartnäckig.«

»Bitte, wir sind doch unter uns. Es scheint, Sie halten etwas zurück. Wir werden das hier diskret behandeln. Es geht uns nicht darum, irgendwelche Details zur Ölförderung auszuplaudern.«

»Sind Sie eigentlich von Amts wegen verpflichtet, Diebstahldelikten nachzugehen oder nur, wenn wir Anzeige erstatten?«

Achill legte die Stirn in Falten. »Nein, sind wir nicht. Aber bitte reden Sie weiter. Diese Information könnte wichtig für uns sein.«

Kaiser schnaubte. »Na ja, irgendwann kommt es eh raus. Wissen Sie, wie eine Explorationsuntersuchung – also die Suche nach Erdöllagerstätten – funktioniert?«

»Nein, wenn Sie uns das bitte erläutern könnten.«

»Gut. Es funktioniert so: Ein Ölförderungsunternehmen beauftragt ein Explorationsunternehmen, in einem gewissen Gebiet, das können wenige Quadratkilometer, aber auch ganze Landstriche sein, die geologischen Formationen unter der Erde nach gewissen Auffälligkeiten zu untersuchen. Das sind im vorliegenden Fall die Bereiche zwischen 2.000 bis 3.000 Metern Tiefe. Man sucht meist nach Verwerfungen in den Gesteinsschichten, die einen Anhaltspunkt geben, wo eine Probebohrung sinnvoll sein könnte.«

»Klar, verständlich. Und wie genau funktioniert das?«, fragte Achill.

»Na ja, man nutzt dafür diese Lastwagen, nach denen Sie gefragt haben. Man nennt sie Vibroseisfahrzeuge. Sie fahren im Konvoi, stoppen alle 100 Meter, fahren dann sogenannte Rüttelplatten – das sind schwere Stahlplatten – hydraulisch aus und drücken sie auf den Boden. Dann werden mit diesen Platten Vibrationen an die Erde abgegeben, die von bestimmten Bodenformationen reflektiert werden. Die Frequenz der Vibrationen, die in der Regel durch mehrere dieser Fahrzeuge gleichzeitig übertragen werden, liegt im zwei- bis dreistelligen Hertz-Bereich. Diese Vibrationen dauern in bewohntem Gebiet regelmäßig weniger als eine Minute an, um die Belastung der Umgebung durch Lärm und Erschütterungen und das Risiko von Gebäudeschäden so gering wie möglich zu halten. In unserem Fall – in den Weinbergen – kann das auch mal etwas länger dauern.«

»Spürt man die in der Umgebung?«, mischte sich nun wieder André ein.

»Na ja, wenn Sie nahe genug dran sind, schon.«

»Und was macht man dann aus diesen Vibrationen?«, bohrte Achill weiter.

»Man legt vorher sogenannte Geophone aus, die die reflektierten Signale auffangen und an eine Messeinheit senden, von wo alles ausgewertet wird.«

»Das heißt, Sie haben um Nußdorf nicht nur an den beiden Abenden die Vibrationswagen rausgeschickt, sondern auch diese Geophone installiert?«

»Es waren mehr als die beiden Abende. Solche Untersuchungen ziehen sich über viele Tage hin.«

»Und warum machen Sie das abends oder nachts?«

»Na ja, das hat mehrere Gründe. Zum einen sind um diese Zeit keine anderen Fahrzeuge unterwegs, es gibt keine verstopften Weinbergswege, keine Fremderschütterungen, zum Beispiel durch Bauvorhaben, und …« Kaiser schwieg abrupt.

»… und keine lästigen Umweltaktivisten«, vollendete André Kaisers letzten Satz.

»Genau. Es ist aktuell gerade etwas schwierig für uns, solche Erkundungen durchzuführen. Die öffentliche Meinung ist gegen uns, und diese Umweltaktivisten machen uns gerade in der Südpfalz das Leben schwer. Dabei fördern wir und unsere Vorgänger dort schon fast 70 Jahre Erdöl, und es ist nie zu Störfällen oder Verschmutzungen gekommen. Fragen Sie doch die Winzer, auf deren Weinbergen wir Förderplätze haben. Es ist ein sehr gedeihliches Miteinander ohne Probleme. Ich verstehe nicht, warum gerade aktuell so ein Hype darum gemacht wird.«

»Vielleicht ist ja die Furcht vor Fracking ein Thema?«

Kaiser brauste auf. »Unsinn. Erstens ist das in Deutschland verboten und zweitens würde das in der Rheinebene aufgrund der Lagerstätten im Buntsandstein keinen Sinn machen.«

»Aber noch mal zurück zur laufenden Erkundung. Sie haben dabei nichts gefunden, weshalb sie daher abgeschlossen ist? Wenn ich das richtig verstanden habe. Oder auf was wollten Sie mit der Frage zum Diebstahl hinaus?«

»Mmh.« Kaiser wog unschlüssig den Kopf. »Na ja, sagen wir mal so, wir haben sie abgebrochen, weil die Kosten den Nutzen überstiegen. Im Übrigen ist Ende September der genehmigte Zeitraum für die Vibroseisuntersuchungen abgelaufen. Ein neuer Antrag würde wahrscheinlich bis zur Genehmigung wieder ein Jahr dauern. Und da, wie ich vorhin ausführte, der Grenznutzen eher gering ist, lohnt das

Ganze nicht mehr, und wir wenden uns lieber erfolgversprechenden Bohrungen rund um Speyer zu.«

»Das erklärt aber noch immer nicht, was dieser Abbruch mit Diebstahl zu tun hat?«

»Es ist so, dass man uns in den beiden Nächten, die Sie ansprachen, eine größere Menge Geophone gestohlen hat.«

»Wie, man hat die ausgegraben?«

»Nein, Geophone werden mit einem kleinen Erdspieß auf die Erdoberfläche gesteckt. In unserem Fall in einem 25-Meter-Abstand in geraden Linien. Die Reihen waren 100 bis 200 Meter voneinander entfernt.«

»Wie? Jemand lief die Linien ab und nahm die Geophone einfach mit.«

»Ja, so scheint es leider gewesen zu sein.« Kaiser schluckte.

»Und die Messung? Geschah das vor oder nach der Messung, also der Schallaussendung durch die Vibrationswagen?«

»Na ja, sagen wir so, in einem engen zeitlichen Zusammenhang. Es muss wohl kurz nach der angelaufenen Messung passiert sein, denn vorher war alles in Ordnung, aber die Messung war schließlich unbrauchbar.«

»Und um wie viele Geophone ging es da?«, fragte Achill nach.

»Es war großflächig; man hat an den jeweiligen Abenden etwa ein Gebiet von der Fläche eines Quadratkilometers abgeräumt. Pro Abend waren das rund 250 Geophone.«

André rieb sich das Kinn und räusperte sich. »Entschuldigung, wenn ich etwas blöd frage, aber hat man aus den Erfahrungen am ersten Abend nicht gelernt?«

»Was gelernt?«, fragte nun Achill.

»Na ja, wäre mir das passiert, dann hätte ich für den zweiten Abend ein paar Aufpasser hingestellt.«

Kaiser rieb sich mit beiden Händen übers Gesicht. »Genau das haben sich die Verantwortlichen der *German PetroSeis* auch gedacht.«

André und Achill schauten ihn fragend an.

Kaiser lächelte verlegen. »Man hat tatsächlich eine Bewachungsfirma beauftragt, die tatsächlich einige Leute in den Weinbergen postiert hat. Es hat nur ein bedauerliches Missverständnis gegeben. Die Leute sind am falschen Ort gestanden, nämlich da, wo die Geophone eine Woche vorher gestohlen worden sind und der dieses Mal keine Rolle mehr gespielt hat.«

»Oh, das ist bitter«, stöhnte André, »erklärt aber die Beobachtungen einer Zeugin, die diese Wachleute wohl beim Hundeausführen beobachtet hat.«

»Ich würde Sie bitten, das nicht unnötig weiterzuerzählen. Wir wollen dafür nicht noch von der Presse durch den Kakao gezogen werden.«

Achill nickte. »Lassen Sie uns bitte zu diesen Geophonen zurückkehren. Wie groß und schwer sind denn diese Teile überhaupt?«

»Eines wiegt zwischen 800 und 900 Gramm und ist ungefähr zehn mal zehn Zentimeter groß.«

»Dann … also das heißt, man braucht einen ganzen Trupp Leute, um sie einzusammeln und zu tragen, dazu mindestens einen Transporter oder so was.«

»Genau. Und das Ganze muss schnell gehen, da die Geophone mit einem GPS-Sender ausgestattet sind und die Messfirma, wenn sie die Ursache für die missglückte Messung sucht und feststellt, dass es an fehlenden Geophonen liegt, diese orten kann.«

»Aha. Und weiß man, wohin sie verbracht wurden?«

»Beim ersten Mal nicht. Bis man die Ursache gefunden

hat, waren die GPS-Signale weg. Das kann passieren, wenn man die Geophone zerstört oder tief unter die Erde verbringt.«

Achill räusperte sich. »Und wie zerstört man die?«

Kaiser lachte. »Am besten man verbrennt sie oder wirft sie ins Wasser, denn in der gebotenen Eile wäre es etwas aufwendig sicherzustellen, dass der GPS-Sender auch wirklich zerstört ist.«

»Und haben Sie einen Anhaltspunkt, wie es im vorliegenden Fall passiert ist?«

Kaiser räusperte sich. Anscheinend war es ihm unangenehm zu antworten. »Sie landeten in einem Wasserloch in einem Steinbruch in Albersweiler. Bis dorthin haben sie jedenfalls die Leute von der *German PetroSeis* verfolgt.«

»Wollen Sie etwa damit sagen, dass sie dort noch liegen?«

Kaiser schluckte und antwortete kleinlaut »ja«. Er schwieg kurz. »Man will sie unbedingt bergen, aber derzeit laufen im Steinbruch Sprengungen und man lässt uns nicht rein. Und in der aktuell aufgeheizten Stimmung können wir auch nicht allzu viel Druck machen. Insofern warten wir noch ab, bis wir reinkönnen.«

»Und warum hat man das Ganze nicht angezeigt?«

»Na ja. Das war ja nicht in unserem Zuständigkeitsbereich. Die *German PetroSeis* hätte … Ihnen gehörten die Geräte.«

Achills Gesichtsfarbe wechselte langsam in einen rosigen Farbton. Ein sicheres Zeichen, dass ihm etwas gegen den Strich ging.

Kaiser rollte mit den Augen. »Mmh. Bei der *German PetroSeis* scheint da was schiefgegangen zu sein. Man hat, so wie in solchen Fällen üblich, mit den betroffenen Gemeinden Gestattungsverträge abgeschlossen, um deren Wege und Flächen nutzen zu dürfen. Auch das Bergamt Mainz hat die seismischen Messungen genehmigt.«

»Ja und? Das klingt doch gut.«

»Na ja. Ursprünglich war geplant, die Geophone nur auf öffentlichen Flächen, also auf Grünflächen entlang von Wirtschaftswegen, auszubringen. Später hat man festgestellt, dass aus Unkenntnis der eingesetzten Aushilfskräfte doch einige auf Weinbergen, die in Privatbesitz sind, landeten. Dazu hätte man eine Genehmigung der privaten Besitzer benötigt. Und diese hat man, weil man dachte, es sei alles genehmigt, nicht eingeholt.«

»Aufgrund der aufgeheizten Stimmung ...«

»... hat man daher auf eine Anzeige verzichtet«, vollendete Achill Kaisers Satz.

Dieser nickte.

»Und deshalb hat man die Messungen auch nachts vorgenommen?«

Kaiser nickte erneut.

»Haben Sie einen Verdacht, wer dahinterstecken könnte?«, fragte nun André, der bisher über weite Teile des Gesprächs geschwiegen hatte.

»Na ja, es müssen Ortskundige gewesen sein, denn nachts die Geophone so restlos zu finden und mitzunehmen, ist nicht unbedingt einfach. Auch in das abgeschlossene Steinbruchgelände zu kommen. Dazu braucht man einen Schlüssel oder Beziehungen zu jemandem, der dort arbeitet. Und es müssen jeweils rund ein Dutzend Personen gewesen sein. Nur so lässt sich der schnelle Abtransport erklären. Es waren jeweils sechs Linien mit je rund 40 Geophonen. Ich würde pro Linie mindestens zwei Mann losschicken.«

»Verstehe.« André rieb sich das Kinn. »Also wir suchen

jemanden vom Ort, der etwa zwölf Kumpane mitbringt und über mindestens einen Transporter verfügt.«

»Ja, so muss es gewesen sein. Ich denke, wenn Sie den erwischen, der die Pferdekopfpumpe zerstört hat, dann haben Sie auch den, der die Geophone geklaut hat. Hier sabotiert einer mächtig unsere Arbeit. Auch deshalb hat die Konzernleitung weitere Explorationsuntersuchungen gecancelt.«

»Und jetzt?«, fragte André, als sie wieder auf dem Parkplatz waren.

»Na ja, scheint tatsächlich so, als würde alles zusammenhängen. Die Umweltaktivisten klauen die Geophone, werden vom alten Knöringer und von unserem Kollegen Bachert gestört, und irgendwie – das müssen wir noch herausfinden – kommt es zu den Unfällen.«

»Und wer steckt deines Erachtens hinter allem?«

»Ich tippe auf diesen Waldemar Peters, die Winzer scheinen mir für so etwas nicht kriminell genug. Auch die Pumpe geht auf sein Konto. Da bin ich mir sicher.«

»Mmh«, brummte Achill unzufrieden. »Um es direkt zu sagen: Der scheint mir nicht clever genug für so eine große Nummer.«

KRIMINALTECHNIK

Speyer, Freitag, 14. Oktober 2022, 11.50 Uhr

»Ich kam nicht zu Irina rein«, war Bertlings erster Satz, als Achill ihr gemeinsames Büro betrat.

Aus ihrem Gesichtsdruck konnte man kaum eine Gefühlsregung lesen. Alles, was er wahrnahm, war eine noch nie bei ihr wahrgenommene Kühle. Eine Mischung aus kalter Entschlossenheit und hinuntergeschlucktem Ärger. Er spürte, dass die Zündschnur zu einem Gefühlsausbruch nur noch wenige Millimeter lang war.

Er schluckte – traute sich auf die Schnelle nichts zu entgegnen. Er wollte es ihr überlassen, was sie sagte und welcher ihrer Gefühle sie freien Lauf ließ.

»Was war in Speyer?« Er glaubte, an ihren Zügen zu erkennen, dass sie ihn dies nur fragte, um abzulenken, Zeit zu gewinnen, sich ihm nicht offenbaren zu müssen.

Er gab ihr einen kurzen Bericht und endete mit der These, die er vorhin gemeinsam mit André entwickelt hatte. »Wir sind uns sicher, dass alles zusammenhängt und Peters hinter allem steckt.«

»Das könnte es untermauern«, sagte Bertling und flitschte ihm mit den Worten »der Bericht der KT« eine Postmappe über den Tisch.

Auch dabei wirkte sie emotionslos.

In Achills Magen machte sich ein unangenehmes Grimmen breit. Sie verhielt sich, als hätte sie gerade eine furchtbare Diagnose erhalten und er traute sich nicht danach zu fragen.

Stattdessen flüchtete er sich in den Bericht.

»An der bei der Sabotage der Pferdekopfpumpe am Tatort sichergestellten Kette lassen sich Rückstände von Trauben und weinbergtypische Rückstände in unterschiedlichen Erhaltungsgraden erkennen. Wir schließen daraus, dass die Kette über längere Zeit in einem Weinbaubetrieb verwendet wurde«, las er leise vor. »Na ja, da könnte sie aber fast allen unseren Akteuren gehören.«

»Jupp, dachte ich auch. Und dann hab ich bei der Winzergenossenschaft Landau Land, bei der Peters arbeitet, einfach mal angerufen.«

»Und?«, fragte Achill gespannt.

»Man ging ins Lager, inspizierte wohl alles und informierte mich eine halbe Stunde später, dass eine alte Eisenkette fehlt.«

»Wow, super, dann nichts wie hin.«

»Wer leitet die Ermittlungen?«, fragte sie mit Grabesmiene.

»Na, Mühlenkamp, aber …«

»Nichts aber. Wir sind raus«, unterbrach sie ihn eisig.

»Wie? Wo raus?«

»Mühlenkamp hat uns vom Fall abgezogen. Die offizielle Begründung ist Befangenheit. Bernd Scherer hat es wohl gut gemeint, er wollte Irina entlasten und hat ihm erzählt, dass sie uns im Klosterfall sehr tatkräftig unterstützt hat und dass ich mit ihr befreundet bin.«

Achill schluckte. Wollte denn die Ohnmacht, die er in diesem Fall fast durchgängig verspürte, nie enden? Erst waren ihnen durch Mühlenkamp die Hände gebunden, dann diese Festnahmen, die alles nur schwieriger machten, und jetzt, da es endlich Licht am Horizont gab, dies.

»Verdammte Scheiße!«, platzte es aus ihm heraus, und er feuerte die beiden Akten quer durchs Büro.

»Jetzt weißt du auch, warum man mich nicht zu Irina gelassen hat. Order von Mühlenkamp an die Gefängnisleitung. Nur ermittelnde Beamte dürfen sie besuchen.«

»Ich könnte kotzen!«, schrie Achill.

Bertling lachte schief. »Wow, jetzt schon? Du kennst doch noch nicht den Gipfel des Problemgebirges, vor dem wir stehen.«

»Was denn noch?«, schrie er zornig.

Wieder warf sie ihm eine Akte rüber. »Die hab ich inoffiziell von der KT.«

Achill rupfte sie so zornig auf, dass das Papier einriss. »Das Ergebnis der KT zu den in Andrés Haus sichergestellten Habseligkeiten von Irina. Am besten ist, du blätterst gleich auf Seite drei, wo es um ihr Smartphone geht.«

Achill tat wie empfohlen und begann Fragmente von dem, was er las, förmlich auszuspucken. »… Untersuchung der Dateien und dem Fotospeicher ohne besondere Auffälligkeiten … im Browserverlauf ohne Auffälligkeiten … kein auffälliger Email-Verkehr …« Er schaute sie ratlos an. »Was, ist da …?«

»Weiterlesen.«

»Bei der Durchsicht der Nachrichten in der Textnachrichten-App ergaben sich bei einer Absenderin mit dem Namen ›Olga‹ Auffälligkeiten. Dem auf den ersten Blick profanen Text: ›Spielsachen mitbringen. Große Party. Ruf die anderen an …‹ folgten zwei Handynummern … und danach folgende weitere Nachricht. ›… und überweise deinen Unkostenbeitrag auf IBAN15 1020 2200 0000 1430 00.‹«

»Was ist denn das für eine Olga? Kennst du die?«, fragte Achill.

»Weiterlesen«, schnarrte Bertling erneut. »Lies am besten gleich die Zusammenfassung.«

»Die beiden Nachrichten erwiesen sich nach unserer eingehenden Untersuchung und der Rückfrage bei einem Spezialisten vom Landeskriminalamt in Mainz als chiffrierte Nachricht von erheblicher Relevanz. Wir sind uns, nach Rückversicherung mit dem Kollegen vom LKA, sicher, dass sich im Text eine Aufforderung versteckt, mit Waffen oder gar Sprengstoff am kommenden Samstag um 14.30 Uhr in einem Gebäude am Domplatz in Mainz zu erscheinen. Wir gehen davon aus, dass es nicht auszuschließen ist, dass Frau Worobjowa in die Planung und Durchführung eines Terroranschlages verwickelt ist.«

»Sind die denn total bescheuert?«, brach es aus Achill heraus.

»Nein, das passiert, wenn Karrieristen einen neuen Staatsanwalt wittern, der endlich mal die Richtigen fördert und den ach so arroganten Ermittlern auf die Füße steigt. Du glaubst nicht, wie stolz er auf seine Dechiffrierungskenntnisse war. Er sagte, er sei beim Bund früher in so einer besonderen Gruppe bei den Fernmeldern gewesen. Schöne neue Welt, lieber Frank. Viel Spaß. Ich glaub, ich brauch vier Wochen Urlaub.«

»Die einzige Bombe, die hier bald platzt, ist die unter dem Landauer Landgericht, die ich dort unter Mühlenkamps Schreibtisch deponiere«, zischte Achill feindselig.

*

Eine Viertelstunde später – Achill hatte gerade seine Gewaltfantasien gegenüber Mühlenkamp wieder etwas unter Kontrolle – vibrierte sein Telefon. Es war André.

»Niklas Kronauer hat mich eben angerufen. In Nußdorf braut sich was zusammen. Waldemar Peters hat alle im Ort, aber auch die Winzer und Umweltschützer der Nachbarorte, für morgen um 10 Uhr ins alte Bauernkriegshaus zu einer Kundgebung eingeladen.«

»Bauernkriegshaus, was ist das denn?«, fragte Achill, dessen schlechte Laune sich noch nicht gelegt hatte, unwirsch.

»Das ist das Gebäude, in dem 1525 der Pfälzische Bauernkrieg seinen Ausgang genommen hat. Es beherbergt ein kleines Bauernkriegsmuseum, wo man das Erdgeschoss für private Veranstaltungen mieten kann.«

»Aha, wie symbolträchtig. Aber solange die brav im Bauernkriegshaus bleiben, um zu demonstrieren, soll mir das recht sein. Im Übrigen hat uns das alles eh nicht mehr zu interessieren.«

»Wieso, warum bist du so mies drauf?«

»Bertling und ich sind aus der Sache raus – wegen Befangenheit gegenüber Irina. Mühlenkamp hat rausgekriegt, dass wir sie gut kennen und Verena mit ihr befreundet ist.«

»Und jetzt?«

»Und jetzt gibt's keine Besuche und Kontakte mehr. Am besten ist, du schreibst es ihr, damit sie sich nicht wundert, und schick ihr für die Antwort etwas Papier, Umschläge und Briefmarken mit. Das ist momentan die einzige Möglichkeit, mit ihr in Kontakt zu bleiben. Sie soll sich nun doch einen Anwalt nehmen. Ich maile dir ein paar Adressen von fähigen Anwälten, die auch etwas politischen Einfluss haben. Ich denke, den braucht es hier vor allem.«

André rieb sich mit beiden Handflächen durchs Gesicht, außerstande zu antworten.

»Bist du noch dran?«, fragte Achill nach einigen Sekunden der Stille.

»Ja bin ich. Es ist nur … hat sich denn alles gegen uns verschworen?«

»Sieht so aus«, erwiderte Achill mutlos.

»Ich geh auf jeden Fall morgen früh auf diese Kundgebung«, beendete André das Telefonat.

BESUCH

Zweibrücken, Freitag, 14. Oktober 2022, 12.05 Uhr

»Mal ganz ehrlich, die Sache mit dem Ankleben am Zaun und dieser Halbstarken-Streich an dieser ollen Ölpumpe ist doch nicht das, um was es hier wirklich geht?«, tönte Mühlenkamp launig. Sie saßen in einem der kleinen Anwaltszimmer der JVA Zweibrücken, das man ihm und Scherer für die Vernehmung überlassen hatte.

Bernd Scherer, den er nach der kleinen Indiskretion zur Beziehung zwischen Irina und Verena zu seinem Lieblingspolizisten erkoren hatte, war offiziell, bis eine Alternative für Achill und Bertling gefunden war, so etwas wie die Ersatzvertretung der Mordkommission.

Scherer war nicht glücklich über die Situation, die er durch seine unbedachten Äußerungen verursacht hatte. Es wurmte ihn, waren doch Bertling und Achill nette Kollegen, mit denen er schon viele Jahre gedeihlich zusammengearbeitet hatte.

Selbst der Polizeipräsident, der es sonst tunlichst vermied, die Ermittlungshinweise der Staatsanwaltschaft zu kritisieren, war alles andere als erfreut über die zunehmenden Eingriffe des Oberstaatsanwaltes in die innere Organisation seiner Behörde. Er hatte Scherer eine deutliche Ansage gemacht. »Keine weitere Eskalation und keine Unruhe zwischen den Kollegen stiften.« Er wollte aber, bis die Hintergründe zur angeblichen Befangenheit Bertlings und Achills und deren Beziehungen zu einer möglichen Terroristin geklärt waren, zunächst nichts gegen Mühlenkamps selbstherrliches und übergriffiges Vorgehen unternehmen.

Scherer hatte im Rahmen der Aufklärung der Verdächtigen alle Überzeugungskraft in die Stimme gelegt, um Irina zur Hinzuziehung eines Anwaltes zu bewegen, aber sie hatte abgelehnt.

So hatte Mühlenkamp freies Spiel und konnte nach Herzenslust auf der leichenblassen, in sich zusammengekauerten jungen Frau herumhacken.

»Ich wiederhole mich ungern. Worum geht es hier? Wir wissen einiges darüber. Noch haben Sie die Chance, durch eine eigeninitiative Kooperation mit uns und einem ausführlichen Geständnis Ihre Lage erheblich zu verbessern.«

Irina schaute abwesend auf den Boden und schwieg.

»Vielleicht ist Ihnen Ihre Lage ja nicht bewusst. Aber Sie werden, wie bereits Kriminalhauptkommissar Scherer im Rahmen seiner Aufklärung ausgeführt hat, gemäß der Paragrafen 129a und 129b Strafgesetzbuch der Planung und Durchführung terroristischer Straftaten beschuldigt. Das ist kein Pappenstiel. Dafür wird man in Deutschland bis zu zehn Jahre in Haft genommen. Und das ist die für Sie günstigste Variante. Kann man Ihnen – und der Verdacht liegt für mich sehr nahe – als russische Staatsbürgerin auch noch Hochverrat gemäß Paragraf 81 Strafgesetzbuch nachweisen, wird daraus auch sehr schnell eine lebenslängliche Haftstrafe. Kurz gesagt, Sie stecken maximal in der Scheiße.« Mühlenkamp grinste über den – wie er sicherlich meinte – gelungenen Bullenjargon, dessen er sich bemächtigt hatte.

Irina schwieg. Man hätte gar meinen können, sie hörte das alles nicht.

Dies schien Mühlenkamps Aggressivität anzufeuern. »Vielleicht glauben Sie ja, Ihre Landsleute werden mal wieder eine Journalistin in Moskau schnappen und sie gegen Sie austauschen. So wie es im Sommer passiert ist. Ich muss Sie enttäuschen, bei Terrorismus hält sich unsere Regierung bei so etwas eher zurück.«

Irina schluckte.

»Vielleicht erhöht es ja Ihre Auskunftsfreudigkeit, wenn Sie erkennen, dass wir alles schon wissen. Ganz konkret, was haben Sie geplant, morgen Mittag in Mainz auf dem Domplatz zu veranstalten?«

Irina schaute erstaunt auf.

»Aha, da scheint sich eine zu wundern, was wir schon alles wissen. Ich darf Sie informieren, dass sowohl Ihre Freunde in Ludwigshafen als auch das BKA die Nachricht von dieser gewissen Olga bereits entschlüsselt haben.«

Irina verbarg ihr Gesicht in den Handflächen. »Ich kenne keine Olga. Da hat sich jemand in der Handynummer geirrt.«

»Ihre lieben Freunde Verena und Frank waren ganz schön enttäuscht, als sie das von mir hörten. Hatten jahrelang Polizeiwissen mit einer russischen Spionin geteilt, und nun stehen sie vielleicht selbst bald wegen Unterstützung einer terroristischen Organisation unter Verdacht.«

»Ich bin keine Terroristin und habe keine Kontakte zu russischen Terroristen«, wimmerte sie.

»Sie haben aber ein russisches Prepaidhandy genutzt, um Herrn Thomas Knöringer unter falschem Namen zu kontaktieren. Ganz so wie es Agenten und Spione tun.«

»Äh …« Bernd Scherer setzte an, etwas zu sagen, wurde aber von Mühlenkamp durch eine rüde Handbewegung zum Schweigen gebracht.

»Wer ist diese Olga, oder besser, wer verbirgt sich hinter diesem Decknamen und was haben Sie morgen konkret vor?« Mühlenkamps Stimme war laut geworden, längst hatte er die Schwelle von »eindringlich« zu »bedrohlich« überschritten.

Unter Irinas Händen, die noch immer auf ihrem Gesicht ruhten, tropften Tränen auf ihr ausgebeultes T-Shirt, das man ihr gelassen hatte und das sie nun Tag und Nacht trug. Sie schwieg weiter.

»Ihnen ist schon bewusst, dass Sie gerade die Chance, diese Mauern wenigstens noch einmal in Ihrem Leben zu verlassen, verspielen? Sie werden hier bis zu Ihrem Lebensende schmoren. Und glauben Sie mir, Ihre Mitgefangenen mögen Leute nicht, die von außen kommen, um Deutschland zu schaden. Sie werden sehr einsam sein und werden alle Boshaftigkeiten ertragen müssen, die man Ihnen antut.«

*

»Das glaub ich jetzt nicht. Du hast André tatsächlich von Lychow als Anwalt für Irina empfohlen. Im ›Winzerblutfall‹ hätte der mich am liebsten frikassiert«, entgegnete Bertling erstaunt.

Achill lachte. »Gegenüber bösartigen Gegnern setzt man die fiesesten Waffen, die man zur Verfügung hat, ein. Im Übrigen ist die Vorstellung, wie der eine arrogante Wicht dem anderen arroganten Wicht zusetzt, gerade das Einzige, was mich noch am Leben hält.«

Bertling schüttelte den Kopf. »Du schreckst wirklich vor gar nichts mehr zurück.«

»Hab André noch ein paar Tipps für Lychow mitgegeben, er muss wissen, womit er Mühlenkamp am meisten wehtun kann.«

RETTUNG?

Zweibrücken, Freitag, 14. Oktober 2022, 16.15 Uhr

»Schon wieder Besuch«, raunte die Justizvollzugsangestellte. »Mitkommen!«

Irina fühlte sich nach Mühlenkamps bösartigem Auftritt wie durch einen Fleischwolf gedreht. Der fehlende Schlaf, die schlimmen Gedanken, die wie ein Schwarm Bienen in ihrem Kopf summten, hatten sie in eine seltsame Benommenheit versetzt.

Ob es André ist?, fragte sie sich, verwarf den Gedanken aber sofort. Sie war mittlerweile unfähig, Positives auch nur ansatzweise zu erwägen.

»Ach du, wie kommst du denn hier rein?«, war ihre Reaktion, als Waldemar Peters am Besuchertisch Platz nahm. »Hat dich dieser Mühlenkamp geschickt, um mich zu knacken?«

»Nein, wie kommst du drauf? Hab mich als dein einziger Verwandter in Deutschland ausgegeben.«

Obwohl Irina nach wie vor skeptisch war, wollte sie ihm glauben. So wie eine Verdurstende sich nicht darum kümmerte, ob das gefundene Wasser wirklich trinkbar war, so sehr wollte sie gerade annehmen, einen Freund vor sich zu haben. Dabei störte sie nicht einmal, dass sie ihn vor ein paar Tagen noch für einen Blödmann gehalten hatte.

»Dachte, du warst das, dem ich zu verdanken habe, dass man mich mit dieser doofen Ölpumpe in Verbindung gebracht hat.«

»Ja, schon, aber ich hab gedacht, du hast eh ein Alibi.« Peters wandte sich um und warf der Justizvollzugsangestellten, die jedem Besuch beizuwohnen hatte, einen Blick zu. Sie verließ daraufhin wortlos den Raum.

»Was war das?«

»Hab das so arrangiert, wollte mit dir allein sein«, antwortete Peters großspurig.

»Seit wann hast du Einfluss darauf, was die Wärterinnen hier tun oder lassen?«

»Hab halt Beziehungen«, sagte Peters, als sei es eine Selbstverständlichkeit.

Irina rollte mit den Augen.

»Freut mich, dass ich endlich mit dir allein bin«, sagte er anbiedernd.

Irina verzog das Gesicht.

»Dieser Staatsanwalt und ein Bulle waren bei mir. Sie haben gesagt, du wärst eine russische Spionin. Voll cool.«

»Nein, ganz und gar nicht, wie kommst du darauf? So ein Unsinn. Ich hab damit nichts zu tun. Außer bei dieser Klebeaktion bin ich an gar nichts beteiligt.« Irina legte mit aller Kraft, die ihr noch verblieben war, maximalen Nachdruck in diese Worte. »Ich schwöre.«

»Kannst es mir ruhig sagen. Ich halt dicht.«

»Nein, wirklich nicht. Ich hab keinerlei Kontakte nach Russland, außer zu meinen Eltern.«

»Und diese Textnachricht von Olga?«, hakte er nach.

»Welche Textnachricht?«

»Na dieser Oberstaatsanwalt hat sie mir gezeigt. Clever mit der Geheimsprache. Bin voll stolz, dich zu kennen.«

»Ich kenne keine Olga, muss wohl eine verwechselte Nummer sein. Und was meinst du mit Geheimsprache?«

»Mühlenkamp hat gesagt, da steht versteckt was drin zu einem Terroranschlag.«

»Was soll der Unsinn? Nur weil man eine doofe Textnachricht bekommt, ist man noch keine Spionin. Seid ihr denn alle bescheuert?«

»Schade, dass du mir nicht traust. Ich könnte dir bestimmt helfen. Hab Freunde in Russland, die dich bestimmt unterstützen würden. Kann für die eine Nachricht weiterleiten.«

Irina wurde klar, dass man Peters gewaltig unter Druck gesetzt haben musste, dass er hier so eine Schmierenkomödie abzog. Wollte man sie etwa in eine Falle locken?

»Nein, ich weiß von alldem nichts. Es gibt keine Kontakte nach Russland.«

»Schade, dass du mir nichts sagst. Soll ich dir wenigstens frische Kleider besorgen?«, erkundigte er sich nun wieder in dieser anheimelnden Vertrautheit, die er schon am Anfang des Gesprächs an den Tag gelegt hatte.

»Nein, brauchst du nicht.«

»Okay, dann geh ich wieder.«

»Tschüss«, sagte Irina und ärgerte sich, dass sie dieses seltsame Schauspiel mitgespielt hatte.

Peters griff in seine Jeans, fischte einen zerknitterten Zettel aus der Tasche, strich ihn glatt und legte ihn vor Irina.

»Die haben allerhand gegen dich in der Hand. Ich glaube nicht, dass du da je wieder rauskommst. Ich werd mich morgen mit Unterstützung eines Kontaktmannes ins Ausland absetzen. Mir wird das zu heiß hier.«

Dann öffnete er seinen Hosenschlitz und grub fahrig in seiner Jeans herum. Schließlich zog er eine in einen Zettel gerollte Miniaturspritze heraus und legte sie Irina in die Hand. Er bedeutete ihr mit einer Geste, die Botschaft darauf zu lesen.

In Peters krakeliger Handschrift war darauf zu lesen: »Ich habe Verbindungen zum GRU. Man hat mir das für dich mitgegeben. Sie werden dich immer weiter befragen, vielleicht foltern. Und das, was dir danach im Gefängnis blüht. Überleg dir, ob du das aushältst. Das hier tut nicht weh, du schläfst einfach ein und ersparst dir vieles. Versteck es in deiner Unterwäsche, am besten zwischen den Pobacken. Muss jetzt gehen, sonst fällt es auf.«

»Aber …«, setzte sie an.

Er legte den Finger auf seine Lippen, richtete seine Kleidung und nickte ihr zu.

Unschlüssig verstaute Irina die Spritze hinten in ihrem Slip.

Als auch sie T-Shirt und Jeans wieder in Ordnung gebracht hatte, klopfte er an der Tür nach der Beamtin.

*

André hatte keine Sekunde gezögert und rief, nachdem ihm Achill den Tipp mit von Lychow gegeben hatte, direkt in dessen Kanzlei an.

Die Dame am Telefon war alles andere als erfreut von seinem Verlangen, noch heute bei ihm vorzusprechen.

»Es ist Freitagnachmittag«, verkündete sie mit einer Empörung, als hätte er verlangt, von Lychow solle ihm die Toilette putzen.

»Ja, das ist mir durchaus bewusst. Aber es ist dringend.«

»Aha. Und was ist so dringend?«

»Meine Mieterin ist wegen des Verdachts auf Mitwirkung in einer terroristischen Vereinigung verhaftet worden und braucht einen Anwalt.«

»Herr von Lychow pflegt Freitagnachmittag immer mit ein paar Kollegen Golf zu spielen.«

»Dafür habe ich natürlich Verständnis. Aber vielleicht könnte er mir ja danach eine halbe Stunde seiner kostbaren Zeit schenken?«

»Danach?« Wieder legte die Dame am Telefon ein Höchstmaß an Empörung an den Tag. »*Danach* trifft sich Herr von Lychow in der Regel mit seinen Golfpartnern zum Apéro.«

»Hätten Sie die Güte, ihn anzurufen und zu fragen? Herr Kriminalhauptkommissar Achill schickt mich zu ihm. Bitte richten Sie ihm das so aus.«

»Wir melden uns.« Er hörte noch ein mürrisches Brummen, dann legte sie auf.

Nach einer Viertelstunde vibrierte Andrés Smartphone – eine Heidelberger Telefonnummer im Display.

»Herr Professor Doktor von Lychow bittet Sie nachher um 17.30 Uhr in sein Büro. Seien Sie pünktlich, er ist nicht besonders erfreut über diese Unterbrechung seiner Freitagsroutine.«

40 Minuten später saß André in der Warteecke vor von Lychows Büro in einer Gründerzeitvilla in Heidelbergs Ortsteil Neuenheim.

Vor ihm, hinter einem antiken Nussbaumschreibtisch mit so etwas wie einem Tresenaufbau, saß die Dame, mit der er telefoniert hatte, und mied jeden Blickkontakt. Es wirkte fast, als fürchtete sie, sich nur durch Augenkontakt bei ihm mit einer lästigen Infektion anzustecken.

André nahm wahr, wie in einer uralten Gegensprechanlage ein rotes Birnchen aufleuchtete.

»Herr Professor Doktor von Lychow lässt bitten«, säuselte sie feierlich, als würde sie ihm ein Treffen mit einem König, Kaiser oder dem Allmächtigen selbst ermöglichen. »Aber fassen Sie sich kurz«, mahnte sie, bevor sie die Klinke herunterdrückte, um ihn einzulassen.

Als er eingetreten war, stellte sie ihn wie eine Zeremonienmeisterin vor: »Herr André Sartorius.«

Von Lychow war ein feister, kahlköpfiger Endfünfziger, dessen linke Wange eine lange Narbe, wahrscheinlich von einer Mensur aus Verbindungszeiten, zierte. Er thronte selbstgefällig hinter einem monströsen antiken Schreibtisch aus ebenfalls dunklem Nussbaumholz.

Er musterte André und deutete ein Aufstehen an, was aufgrund der Leibesfülle schon nach Millimetern erstarb. Dann reichte er André im Sitzen die Hand.

»Professor Doktor Hasso von Lychow«, stellte er sich in getragener Sprechweise vor.

»Danke, dass Sie es so kurzfristig ermöglicht haben.«

»Zugegeben, normalerweise … Ich muss gestehen, ohne die Empfehlung von Herrn Kriminalhauptkommissar Achill wäre das wohl nichts geworden.«

»Danke«, erwiderte André, der nicht recht wusste, worauf von Lychow hinauswollte.

»Na ja, Herr Achill musste mir schon so viel juristisches Lehrgeld zahlen, dass ich nicht annahm, dass er mich je einem Mandanten empfehlen würde. Wie sagte schon Carlos Ruiz Zafón ›In verlorenen Schlachten besteht die letzte Verteidigung in der Gleichgültigkeit.‹ Mit dieser Gleichgültigkeit hat er mich jedenfalls bisher immer gestraft.« Von Lychow lachte schallend über das gelungene Bonmot.

»Es ist in der Tat so, dass er Ihnen eine große juristische Wertschätzung entgegenbringt«, zwang sich André zu sagen und hoffte inständig, dass von Lychow das nie Achill gegenüber erwähnen würde.

»Zu recht, mein lieber Herr Sartorius, zu recht. Sonst hätte ich auch wohl kaum vor 20 Jahren einen Ruf an unsere renommierte Ruprecht-Karls-Universität erhalten. Wissen Sie, ich betreibe den Anwaltsberuf nur nebenbei, quasi als Zeitvertreib und Inspiration für Anekdoten und Beispiele für meine Studenten.«

André nickte, außerstande, dem Selbstlob von Lychows etwas hinzuzufügen.

»Na ja, dann lassen Sie uns mal in medias res gehen.«

»Gerne, gestatten Sie mir, dass ich etwas aushole.«

Von Lychow blickte mit vorwurfsvollem Gesicht auf die Armbanduhr, vermied es aber, André zu unterbrechen.

Er begann mit der Klebeaktion und dem Anschlag auf die Ölpumpe.

Von Lychow wirkte gelangweilt und orderte zwischendurch bei der Sekretärin zwei Kaffee, die sie in atemberaubender Geschwindigkeit kurz darauf servierte.

Er war gerade am Trinken, als André auf die Massenfestnahme zu sprechen kam.

Von Lychow verschluckte sich und spie etwas Kaffee auf seine Schreibtischunterlage aus. »Im Ernst?«, brachte er zwischen Husten und Räuspern hervor. »Sieht ja fast nach unserem Kriminalhauptkommissar Achill oder seiner Oberkommissarin aus. Muss schon sagen, in der Pfalz geht's zu wie in Russland.« Er lachte und der dicke Bauch wogte.

»Nein, das hat ein Berufskollege von Ihnen, unser neuer Oberstaatsanwalt, angeordnet.« André konnte sich diese kleine Stichelei in Anbetracht der Hetze über seinen Freund nicht verkneifen.

»Holla, die Waldfee. Ein echter Hardliner. Respekt. Mutig, mutig.«

André war verwirrt, war diese Anerkennung etwa ernst gemeint? Er stockte im Redefluss.

Von Lychow, dem das nicht zu entgehen schien, beschwichtigte. »Keine Sorge, ich billige das nicht. Falls erforderlich, können wir ihn damit tüchtig rankriegen.« Wieder lachte er.

»Na ja, mag sein, er scheint das noch weiter zuzuspitzen.«

»Wie heißt denn der Gute? Wenn ich mich nicht irre, ist das Landgericht Landau für diesen Fall zuständig.«

»So ist es. Sein Name ist Mühlenkamp, Doktor Sigmar Mühlenkamp.«

»Ach der.« Wieder lachte von Lychow auf.

»Sie kennen ihn?«

»Kennen ist zu viel gesagt. War mal bei einem Flight dabei,

leidlicher Golfspieler, talentfrei, wollte unbedingt unserem Klub beitreten.«

»Ist er?«, fragte André nach.

»Woher denn, wir sind komplett. Hat das Doppelte der Gebühr für ein lebenslanges Spielrecht – also 30 Mille – vor unserem Schatzmeister auf den Tisch geblättert. So was imponiert uns aber nicht. Kein Ort für Neureiche. Und Umgangsformen hat der auch nicht, hat gefressen wie ein Raubtier.« Von Lychow lachte erneut, lehnte sich zurück und faltete die Hände auf dem runden Bauch.

André nickte. Er wollte keine weiteren Golfanekdoten hören und fuhr fort.

Als er ihm alles, einschließlich Waldemar Peters' belastender Aussage und der seltsamen Textnachricht, berichtet hatte, starrte er stumm auf von Lychow. Dieser hatte mit zunehmendem Interesse gelauscht und rieb sich den Bauch.

»Der gute Achill hat gut daran getan, Sie zu mir zu schicken. Seltsame Sache. Passt nicht so zusammen.«

»Wieso?«, fragte André entgeistert nach.

»Na ja, juristisch gesehen ist das Bullshit. Wegen so was sperrt man niemanden ein. Was meinen Sie, welcher Unsinn über Textnachrichten und diese Social-Media-Plattformen verbreitet wird. Würde man alle einsperren, die in ihrem Leben von skurrilen Menschen solche seltsamen Nachrichten erhalten, wäre wohl die Hälfte unserer Gefängnisse damit gefüllt. Sie da rauszubekommen, kostet mich maximal drei Tage – das Wochenende nicht mitgerechnet.«

»Aber?« André spürte, dass von Lychow etwas zurückhielt.

»Aber ich kann mir nicht vorstellen, dass der gute Kollege Mühlenkamp wirklich so dumm ist. Ich traue ihm einiges zu, aber …«

»Aber …?«, hakte André nach.

»… da muss noch was im Hintergrund sein, das wir nicht kennen. Dummejungenstreiche wie Ankleben und Ölpumpe ausknocken sind ja eines. Harter Terrorismus mit einem möglichen Terroranschlag auf den Mainzer Domplatz etwas ganz anderes. So was wird doch nicht so einfach via schlecht verschlüsselter Textnachricht lanciert. Und wenn Sie, wie Sie behaupten, diese junge Studentin gut kennen und gar mit ihr unter dem gleichen Dach wohnen, müsste Ihnen doch irgendwann aufgefallen sein, dass sie extremistisches Gedankengut vertritt.«

»So ist es«, bestätigte André. »Sie war bisher politisch nicht aktiv und verurteilt das aktuelle Vorgehen Russlands.«

»Na ja, sei's drum. Ich werde mir die junge Dame mal anschauen – am besten gleich morgen – und dann entscheiden, ob ich die Verteidigung übernehme. Ähm, by the way, kann ich davon ausgehen, dass Sie die Liquidation meines nicht gerade niedrigen, aber angemessenen Salärs übernehmen?«

André nickte. »Klar, es ist mir wichtig, ihr zu helfen.« Sein Gesicht nahm einen melancholischen Zug an.

MORGENAPPELL

Mainz / Zweibrücken, Samstag, 15. Oktober 2022, 7.30 Uhr

Man hatte den Parkplatz vor der Universität zum Aufmarschplatz umfunktioniert. Hier trafen sich die zwei Hundertschaften der rheinland-pfälzischen Bereitschaftspolizei mit ihren Mainzer Kollegen. Es gab eine kurze Lagebesprechung unter den Zugführern. Jedem Zug wurde eines jener Planquadrate im Areal um den Domplatz zugeteilt, das sie zu durchsuchen hatten.

Man hatte eine Zielscheibe mit drei konzentrischen Kreisen um die in der Textnachricht genannten GPS-Koordinaten gezogen. Im äußersten Kreis sollte nur die Präsenz der Polizei in Form von Streifen erhöht werden. Auftrag war es, eventuelle flüchtende Täter dingfest zu machen. Im zweiten Kreis kam es zu selektiven Polizeibesuchen aller leer stehenden Gebäude oder von Gebäuden, die kurzfristig neu vermietet worden waren. Im inneren Zielkreis, der einen Radius von 50 Metern um die genannten Koordinaten abdeckte, wollte man möglichst alle Räumlichkeiten in Augenschein nehmen und hoffte auf die Mitwirkung der Anwohner. Leer stehende oder verlassene Liegenschaften sollten zur Not gewaltsam geöffnet und durchsucht werden. In einer dicht besiedelten Innenstadt war dies eine Herkulesaufgabe.

Auch eine Hundestaffel mit Sprengstoffhunden war vor Ort, man würde sie ebenfalls aufteilen und je drei Zügen einen Hund nebst Hundeführer zuordnen. Sobald man einen suspekten Gegenstand, der möglicherweise Explosivstoffe enthielt, fand, war der jeweilige Hundeführer zu alarmieren.

Ein Entschärfungskommando war ebenfalls vor Ort und sollte dann einschreiten, wenn die Hunde anschlagen würden.

Auch mehrere Fahrzeuge des Wirtschaftsbetriebes Mainz mit allerhand Personal waren vertreten. Ihnen würde die Aufgabe zufallen, die Kanalisation nach verdächtigen Objekten zu durchsuchen.

*

Irina hatte wieder die Nacht mit Grübeln zugebracht. Die Boshaftigkeit und Verachtung, mit der sie Mühlenkamp bedachte, der seltsame Auftritt von Waldemar. Alles schien ihr so surreal. Wie konnte man nur auf die Idee kommen, sie als Terroristin oder Spionin abzustempeln? Und was sollte Waldemars seltsames Angebot, sich dem allem zu entledigen. Stand es so schlimm um sie? War die Lage so aussichtslos? Und wo um alles in der Welt blieben ihre Freunde? Wo war André? Wo war Verena? Hatten sie sich etwa von ihr distanziert?

Einem ersten Reflex folgend, wollte sie die Spritze, die ihr Waldemar gegeben hatte, gleich als sie zurück in die Zelle gekommen war, in der Toilette versenken. Dann aber hatte sie sich besonnen und sie im Bettpfosten, der wohl schon öfter als Versteck hergehalten hatte und entsprechend präpariert war, versteckt.

»Aufstehen, frühstücken!«, schrie eine der Wärterinnen durch die Klappe in der Tür. Gleich darauf wurde der schwere Riegel zurückgeschoben.

Irina wusste von gestern, dass man es nicht duldete, wenn sie in der Zelle blieb. Es war wie ein täglicher Fahnenappell, aufzustehen und unter den Augen der Beamtinnen in den Speisesaal zu marschieren.

Sie würde wieder nichts essen. Das alles, die schweren Gedanken, der Geruch nach billigem Essen und der ungeduschten Frauen um sie herum, schnürte ihr die Kehle zu.

Sie reihte sich in die Schlange an der Kaffeeausgabe ein. »Ist das die Russenschlampe?«, hörte sie eine Mitgefangene in ihrem Rücken fragen.

»Ja, spioniert hier für Putin.«

Als sie an der Reihe war, musterte die Gefangene, die den Kaffee aus der Kanne in die Blechtassen einschenkte, sie, verzog das Gesicht und rümpfte die Nase, als würde sie einen Kothaufen auf dem Bürgersteig sehen.

Sie stellte die Blechtasse vor ihr ab. »Aua!«, schrie Irina, als sie ihr den heißen Kaffee über die Hand kippte.

Die Vollzugsbeamtin, die in der Nähe aufpasste, schaute alarmiert herum. »Darfst mir halt nicht in die Hände fassen, wenn ich einschenke, dummes Stück«, zischte die Schankkraft.

»Schon gut«, kommentierte die Beamtin und wandte sich ab.

Irina machte, dass sie von ihr fortkam, und schlurfte im Strom der Frauen an den erstbesten Tisch. Sie bemerkte zu spät, dass sich ein Bein vor ihren Fuß schob, stolperte und schüttete sich den Kaffee auf ihre Jeans.

Sie schnappte wieder das gezischte »Russenschlampe« auf – ohne zu wissen, wer genau es gesagt hatte.

BAUERNKRIEG

Landau-Nußdorf, Samstag, 15. Oktober 2022, 8.50 Uhr

André hatte es sich nicht nehmen lassen, nach Nußdorf zu fahren und der geplanten Kundgebung beizuwohnen. Es interessierte ihn, welche Rolle Peters dabei spielte.

Er musste den Wagen weit außerhalb des Ortes am Rande eines Weinbergs abstellen, überall blockierten Pkw und Schlepper die wenigen Parkplätze. Auch Reisebusse und Feuerwehrtransporter fielen ihm ins Auge.

Er folgte dem sich Meter für Meter verdichtenden Menschenstrom, der in Richtung Kirche und dem Bauernkriegshaus unweit davon strebte.

Es war eine seltsame Melange von Menschen, die hier aufzogen. Alte Männer, die in Cordhosen und karierten Hemden aus den Winzerhäusern des Ortes quollen, Winzertöchter und -söhne aus den umliegenden Weinbaugemeinden, die André sogar teilweise kannte. Leute von den Freiwillen Feuerwehren des Umlands, die Teile ihrer Uniformen trugen, junge Umweltschützer mit wirrem Haar in Leinenklamotten, Regenbogenflaggen und noch eingerollten Transparenten.

Mittlerweile schallte ihm laute Musik aus Richtung des Bauerkriegshauses entgegen. Was für eine merkwürdige Stimmung, wie ein Gemenge aus Demo und Volksfest.

Als er näherkam, musste er sich mehr und mehr durch die Menschenmasse zwängen. Endlich hatte er sich bis auf die gegenüberliegende Straßenseite des Bauernkriegshauses vorgearbeitet. Die zentrale Kundgebung sollte wohl nicht im Bauernkriegshaus, sondern davor stattfinden. Man hatte eigens einen Treckeranhänger als provisorische Bühne mit Lautsprecher und Mikro ausgestattet.

Rings um den Hänger standen breitschultrige finstere Burschen mit wilden Tattoos im Gesicht und 1.-FCK-T-Shirts am Leib herum.

»Waldemars Freunde vom FCK«, erläuterte Niklas, der von André unbemerkt an seiner Seite Position bezogen hatte.

»Keine angenehmen Zeitgenossen«, kommentierte André.

»Nein, ganz und gar nicht. Zwei Busladungen von denen sind vorhin angereist. Wenn Sie mich fragen, Hooligans. Die wollen heute noch was aufmischen.«

André schüttelte den Kopf.

»So hab ich mir das nicht vorgestellt«, bemerkte ein anderer, der neben Niklas stand. André erkannte ihn als Besitzer eines Bio-Weingutes in Edenkoben. »Als sie ihre Jacken aus dem Laderaum des Busses genommen haben, hab ich gesehen, dass sie allerlei Material mitgebracht haben.«

»Material?«, fragte André.

»Ja, Baseballschläger, Bolzenschneider. Einer hat sogar mit einer Akkuflex rumgefuchtelt.«

André schluckte. »Was wollen die hier damit anfangen?«

»Weiß nicht, aber angeblich ist das hier nur die Auftaktveranstaltung. Peters hat in seinem Aufruf geschrieben, wir sollten unsere Weinbergschlepper mitbringen, wir bräuchten sie für die Fahrt.«

»Welche Fahrt, wohin soll's denn gehen?«, fragte André erstaunt.

»Keine Ahnung, das wird er uns gleich sagen.« Der Winzer wies mit einer Kopfbewegung zur Bühne, wo gerade Peters den Treckeranhänger erklomm.

Seine Schlägerkumpane johlten, die anderen reagierten verhaltener.

Peters winkte gönnerhaft ab.

»Liebe Nußdorfer, liebe Kollegen der Freiwilligen Feuerwehr, liebe Jungwinzervereinigung ›Next Generation‹.«

Niklas verzog bei der Nennung seiner Vereinigung schmerzvoll das Gesicht »Wenn ich das gewusst hätte …«

»Ich freue mich, so viele Gäste aus den umliegenden Gemeinden begrüßen zu dürfen. Da sind die Feuerwehren aus Böchingen, Walsheim und Arzheim, die Mitglieder des FCK-Hooliganclubs ›Betze brennt‹ …« Wieder unterbrachen ihn die FCK-Rowdys mit ihrem Gejohle.

André fiel auf, wie viele Schoppengläser schon jetzt um diese Zeit zirkulierten. Nicht wenige hatten mit Wasser und Wein im Rucksack die Demo zu ihrem privaten Weinfest erklärt.

»… sowie die Mitglieder unzähliger Umweltinitiativen, die uns heute unterstützen. Und natürlich freut es mich, so viele besorgte Winzer aus den Nachbargemeinden bis hoch nach Bad Dürkheim und runter an die französische Grenze begrüßen zu dürfen«, fuhr Peters mit der langatmigen Begrüßung fort.

»Wie hat er das nur allein auf die Beine gestellt? Das kostet doch auch Geld«, sagte André an Niklas gerichtet.

»Der hat nix drauf, früher musste er sich so manchen Schoppen von den Kameraden ausgeben lassen. Ich weiß auch nicht, woher er das Geld nimmt.«

Peters nestelte nun umständlich ein zerknittertes Papier aus der Gesäßtasche seiner Jeans, legte es vor sich auf das aus drei Weinkisten und einem Brett gebastelte Rednerpult und strich es glatt. »Liebe Mitstreiterinnen und Mitstreiter«, hob er an. »Vor noch nicht einmal zwei Wochen fing es an, dass uns die Polizei zum Feind erklärt hat. Uns terrorisiert und schikaniert hat. Völlig illegal hat sie damals 20 Leute von uns – allesamt brave Nußdorfer Bürger – einfach nach Ludwigshafen verschleppt und eingekerkert.«

Ein vielstimmiges empörtes »So geht's nicht« oder »Was bilden die sich ein ...« flutete durch die Menge vor der Bühne. Peters gab seinem Publikum Zeit, das sacken zu lassen. »... Damit nicht genug, eine von uns – Irina, heißt sie, eine gute Freundin von mir, die mit mir oben am Zaun zur Ölpumpe demonstriert hat – haben sie sogar zur Terroristin erklärt und halten sie bis zum heutigen Tag fest.«

André schüttelte empört den Kopf. »So ein Opportunist. Erst sorgt er dafür, dass sie wieder festgesetzt wird, und dann stellt er sie als seine Freundin dar.«

»Drecksack«, kommentierte Niklas aggressiv.

Die Masse kannte diese Details nicht und johlte verärgert Parolen wie: »So geht's nicht, das arme Mädchen, Scheißbullen.« Einige streckten Transparente mit Irinas Namen in die Luft.

»Ganz genau, die Polizei ist nicht unser Freund und Helfer, sie ist unser Gegner und Feind. Wir müssen gegen die Willkür vorgehen«, nahm Peters den Volkszorn auf. »... und sie hilft uns auch nicht gegenüber diesen Ölbonzen, die aus reiner Profitgier unsere schönen grünen Wingerte mit Ölschlamm und Chemikalien verseuchen wollen. Die aus unserer reizvollen Landschaft ein Industriegebiet machen wollen. Ich wette, sie schmieren diese Bullen.«

Wieder erhob sich zorniges Gemurmel. Einzelne – André vermutete die FCK-Rowdys dahinter – skandierten laut »Ölbonzen raus, Ölbonzen raus ...«

»Und wie uns diese Grafik verrät, die uns aus dem Umfeld der *Pfalz Oil* zugespielt wurde, ist hier in Nußdorf Fracking geplant.« Peters wedelte mit der Grafik, die er auch schon an der Ölpumpe zurückgelassen hatte und die hundertfach fotokopiert unter den Anwesenden zirkulierte.

Das Wort Fracking zündete wie eine Bombe. Da, wo bisher Wut zu spüren war, kam nun in den geschrienen Parolen erster Hass zum Vorschein.

»Jetzt behauptet man noch, Fracking sei verboten. Aber was ist mit fest zugesagten Dingen wie Kohle- und Kernkraftausstieg, was ist davon noch übrig? Für die Öl- und Energiebonzen ist dieser Krieg eine Freikarte, alles zu dürfen.«

Wieder gab es ein geladenes Gemurmel unter den Anwesenden.

»Ich frage mich, wo er das alles herhat. Das hat doch unmöglich er formuliert.«

»Von dem da.« Niklas wies mit dem Finger auf einen groß gewachsenen Langhaarigen im grünen T-Shirt mit Sonnenblumenaufdruck. »Das ist irgend so ein militanter Öko-Fuzzi, der immer mal wieder hier aufgetaucht ist und Handzettel verteilt hat. Bisher hat er bei den Leuten hier keinen Stich gemacht.«

»… Fracking bedeutet, dass man Chemikalien unter unsere Reben pumpt. Sie werden das durch ihre tiefen Wurzeln aufsaugen, und euren Wein könnt ihr wegkippen.«

André schüttelte den Kopf. So ein Unsinn. Selbst wenn, spielte sich das Tausende Meter unter den Wurzeln ab. Das schien die anderen Zuhörer aber nicht weiter zu interessieren. Im Gegenteil, es brandete eine Welle von aufgeregtem Widerstand über den Platz. »Das geht so nicht … das lassen wir nicht mit uns machen … da müssen wir uns wehren … nicht bei uns …« Dazu flogen zum ersten Mal an diesem Tag Fäuste nach oben. Bei genauem Hinhören fielen aus den Reihen der Hooligans auch Vokabeln wie »plattmachen, anzünden, niederbrennen …«

»Das ist nicht gut«, brummte André beunruhigt.

»Das sehe ich auch so. Peters hat vorhin im engeren Kreis verlauten lassen, dass er nach Speyer fahren will, um an der Bohrstelle von *Pfalz Oil* auf den Putz zu hauen. Da dachte ich noch, er denkt nur an einen harmlosen Trecker-Korso«, warf der Winzer neben ihnen ein.

»Sieht mir eher nach Randale aus«, korrigierte ihn André.

»… Wir dürfen uns das nicht bieten lassen. Vor zehn Tagen haben die uns illegal verhaftet, vor drei Tagen eine von uns aufgegriffen und sie zur Terroristin abgestempelt, was kommt als Nächstes: Enteignung, Vergiftung oder Zerstörung unserer Weinberge?«

Die Stimmung schien nun zu kochen, Fäuste wurden gereckt, Parolen skandiert. Die Hooligans zogen von irgendwoher ihre Baseballschläger heraus und schlugen sich damit demonstrativ in die Handflächen.

André blies Luft durch die Lippen. »Oh backe!«

»Leute, die Nußdorfer Bauern und Winzer haben schon mal den Anfang gemacht und sich gewehrt. Sie wollten sich nicht bieten lassen, was die Obrigkeit mit ihnen anstellte. Deshalb gedenken wir in diesem Haus des Bauernkriegs, der hier 1525 seinen Anfang genommen hat«, erläuterte Peters.

»Jetzt packt er sie an ihrem Nationalstolz«, flüsterte André.

»Bei vielen funktioniert das. Vor allem, wenn sie den ersten Rieslingschorle intus haben.«

Die Zuhörer reagierten mit einem Beifallssturm.

»Sind wir feige geworden? Keine echten Pfälzer mehr? Nur weil wir vom Land kommen oder nicht studiert haben, Leute, mit denen man alles machen kann?«

Er erntete dafür ein mehr als hundertstimmiges »Nein!«.

»… dann lasst uns nach Speyer fahren und es den Bullen und dieser *Pfalz Oil* zeigen, dass man das mit uns nicht machen kann!«

Angestachelt von den Hooligans, die das, wie es schien, einstudiert hatten, warfen nun Hunderte die Hände nach oben und schrien »Ja«.

»… es ist jetzt bald 10 Uhr, lasst uns alle die Trecker holen und den Bauern und Winzern der Nachbarschaft Bescheid geben. Jeder ist willkommen, mit uns nach Speyer zur *Pfalz Oil* zu fahren. Um 13 Uhr geht's hier los.«

Wieder folgte ein vielstimmiges Gejohle. Es gab eine breite Zustimmung.

»Wow, das gibt ein gewaltiges Chaos«, brummte André.

»Ich fürchte eher eine gewaltige Streitmacht. Bauernkrieg 2.0. Ich glaub's nicht«, sinnierte Niklas vor sich hin.

»Ich muss los. Ich will die Leute von der *Pfalz Oil* warnen. Vielleicht können die dort was abstellen oder sichern. Und am besten hauen alle ab«, sagte André und wandte sich zum Gehen. »Und halt mich auf dem Laufenden«, rief er noch Niklas über die Schulter zu.

KRISENGIPFEL

Speyer, Samstag, 15. Oktober 2022, 10.05 Uhr

»Achill, ich erwarte Sie umgehend im Verwaltungsgebäude von *Pfalz Oil* in Speyer. Wir haben gleich einen Termin bei Herrn Kaiser«, ratterte Mühlenkamp, ohne sich die Mühe einer Begrüßung oder Einführung zu machen, ins Telefon.

Achill schüttelte am anderen Ende der Leitung in seinem Büro den Kopf. »Ich wüsste nicht, zu welchem Zweck. Wie Sie vielleicht wissen, wurde ich von der zuständigen Staatsanwaltschaft wegen Befangenheit von diesem Fall abgezogen.«

»Machen Sie schon, hier brennt gleich die Bude.«

»Vielleicht sollten Sie es mal bei Herrn Kriminalhauptkommissar Scherer versuchen, soviel ich weiß, ist er jetzt interimsweise zuständig.«

»Mann, Achill, markieren Sie hier nicht die beleidigte Leberwurst. Ich hätte mich nicht gemeldet, wenn es nicht dringend wäre.«

»Eben!«, war Achills trockene Antwort.

»Es ist eine offizielle Anweisung!«, gab Mühlenkamp bretthart zurück.

»Mein Vorgesetzter ist der Direktor der Kriminaldirektion und mein oberster Dienstherr der Polizeipräsident. Nur von diesen beiden erhalte ich Anweisungen.«

»Und wenn ich mich entschuldige und Sie darum bitte?«

Achill grinste. Der muss es aber nötig haben, dachte er.

»Ich arbeite gewöhnlich mit Frau Oberkommissarin Bertling im Team. Sie wird mich begleiten, und der Befangenheitsvorwurf gegen uns beide ist vom Tisch. Haben wir darüber Einvernehmen?«

»Ja, doch. Machen Sie schon, aber kommen Sie bitte sofort, jede Minute zählt.«

*

25 Minuten später klopfte Achill mit Bertling im Schlepptau an Kaisers Bürotür.

»Herein«, kam die unverzügliche Antwort.

Kaiser wies auf zwei freie Stühle am Besprechungstisch. Mühlenkamp saß schon und grüßte nur mit einem Kopfnicken. Offensichtlich reute ihn der Canossagang, den er im Telefonat mit Achill angetreten hatte.

Er ergriff sogleich das Wort. »Wir haben von einem Landauer Kollegen, der in Nußdorf wohnt und rein privat auf so einer seltsamen Kundgebung in seinem Heimatort war, den Hinweis, dass Dutzende, wenn nicht Hunderte wütende Nußdorfer so was wie den Bauernkrieg ausgerufen haben.«

»Na ja, Sie haben ihnen ja auch allerhand Grund dafür gegeben«, bemerkte Bertling lakonisch.

»Liebe Frau Brettling, sehen Sie's mir nach, dass ich in Sicherheitsfragen etwas konsequenter bin als Sie und Ihr Kollege.«

»Aha, und was wollen Sie jetzt tun? Mehrere Hundert festnehmen oder gleich Schießbefehl erteilen?«, giftete sie zurück.

Achill hob die Hände. »Es wäre ganz gut, wenn wir alle etwas runterkommen. Was konkret heißt das: ›Sie haben den Bauernkrieg ausgerufen‹?«

»Sie wollen hierher zum Bohrfeld ziehen und ordentlich aufmischen. Sie sind, wie ich hörte, sogar bewaffnet, von Bolzenschneidern, Ketten und Baseballschlägern war die Rede.«

»Aha und wann?«

»Sie wollen um 13 Uhr starten, das bedeutet, sie sind frühestens um 13.30, wahrscheinlicher so um 13.45 Uhr hier«, erläuterte Mühlenkamp.

»Wie ist das Bohrfeld abgesichert?«, fragte Bertling.

»Wir haben einen zwei Meter hohen Gitterzaun und einen Werkschutz, von, na ja, wenn ich alle antreten lasse, fünf Mann«, antwortete Kaiser.

»Ich wollte eine Hundertschaft der Bereitschaftspolizei anfordern, aber …«

»Aber …«, wiederholte Achill.

»Na ja, ist eigentlich streng vertraulich, aber …«

Achill führte eine kreisförmige Bewegung mit der Hand aus.

»… aber die sind alle nach Mainz auf den Domplatz beordert, es gibt da Hinweise auf einen Terroranschlag, wegen Ihrer Busenfreundin, dieser Russin.« Er schaute Bertling strafend an.

»Da können die sich ja mal tüchtig die Beine in den Bauch stehen. Wirklich toll, dass Sie diesen Unsinn glauben«, giftete Bertling.

»Aber wir haben doch mehr als eine Hundertschaft in Rheinland-Pfalz?«, fragte Achill nach.

Mühlenkamp mahlte mit den Kiefern. »Schon, aber wir haben allein zwei in Mainz, und drei Züge beschützen heute am Samstag ein paar Fußballspiele.«

»Toll, ganz toll. Für solche Sachen gibt es Polizeischutz, und wenn ein paar Spinner eine hochsensible Bohrstelle stürmen und Rohre kappen oder gar anzünden, dann ist niemand da«, echauffierte sich Kaiser.

Mühlenkamp räusperte sich. »Hab auch schon versucht, reguläre Kräfte anzufordern. Landau, Speyer, Ludwigshafen, Worms, alle haben sie Kräfte nach Mainz geschickt. Wir sind blank, mehr als zehn Mann kriege ich nicht zusammen.« Mühlenkamp strich sich mit beiden Händen übers Gesicht. Achill erkannte Stressflecken auf seinem Hals.

In diesem Moment vibrierte Achills Smartphone. »Ach du bist's, André«, begrüßte er den Anrufer. »… ja, wissen wir schon. Wie viele meinst du? … Donnerwetter 500? … bewaffnet und verstärkt durch gewaltbereite Hooligans … Klingt nicht gut. Wo bist du? … Ah, schon unterwegs. Kannst du im Verwaltungsgebäude der *Pfalz Oil* vorbeischauen, vielleicht hast du mal wieder eine deiner Ideen. Aber beeil dich.«

»Sind Sie verrückt, Sie können doch keine Zivilpersonen hier dazu einladen«, brauste Mühlenkamp auf.

»Herr André Sartorius ist, wie Sie sich eben überzeugen konnten, ein Informant der Polizei und hat uns in wesentlichen Fällen bereits entscheidend unterstützt. An seiner Loyalität und Verschwiegenheit gibt es keine Zweifel.«

»Und damit es später gar nicht erst zu Diskussionen kommt: Er ist der Vermieter von Frau Worobjowa.«

»Ich glaube, Sie haben sie nicht alle!« Mühlenkamp schoss so energisch aus dem Stuhl hoch, dass dieser geräuschvoll gegen den Aktenschrank dahinter prallte. »Kommt gar nicht infrage!«, schrie er.

Nun erhob sich Achill, und Bertling folgte seinem Beispiel. »Da wir ja vom Fall abgezogen sind, werden wir jetzt gehen«, kündigte Achill an und wandte sich zur Tür. »Ihnen alles Gute, Herr Kaiser.«

»Aber bitte, ich bitte Sie, meine Herren. Was ist so schlimm, wenn dieser Herr Sartorius uns einen Bericht von den Zuständen in Nußdorf gibt? Und selbst mir ist schon zu Ohren gekommen, dass er damals beim Kanzler-Requiem entscheidend zur Entschärfung der Situation beigetragen hat.«

Mühlenkamp schnaubte wie ein nervöser Hengst, setzte sich wieder und winkte ab. »Dann machen Sie doch, was Sie wollen.«

Die nächsten Minuten verliefen krampfig. Mühlenkamp versuchte, so etwas wie einen Plan aufzustellen, wirkte aber fahrig und unsicher. Teilweise waren seine Vorschläge bizarr, zum Beispiel als er anregte, die wenigen Polizeikräfte mit Maschinenpistolen vor dem Gelände antreten zu lassen.

Es wirkte geradezu erlösend, als André eintrat. Nicht, dass ihm die Runde eine Lösung des Problems zutraute, aber wenigstens waren sie für einige Minuten von Mühlenkamps wirren Gewaltfantasien befreit.

André trat ein und setzte sich auf den angebotenen Stuhl.

»Und, was gibt es zu berichten?«, fragte Mühlenkamp provokant.

»Ich schätze, es sind 500, wahrscheinlich kommen noch welche dazu. Ein Teil ist hochgradig gewaltbereit, Hooligans oder so. Sie sind mit Prügeln und Ähnlichem bewaffnet. Die Stimmung kocht.«

»Aha!« Mühlenkamp schien gerade nichts Besseres einzufallen.

André rieb sich übers Kinn und wirkte völlig in sich gekehrt. Sein Blick sprang ziellos im Raum umher. Keinen der Anwesenden schaute er an. Achill wusste, was dies bedeutete. Er war in seinem ureigenen Autistenmodus, in dem er meist etwas ausheckte und jegliche Störung aus seiner Umgebung förmlich ausblendete.

Mühlenkamp wirkte über den merkwürdigen Auftritt befremdet und rollte die Augen, vermied es aber, etwas zu sagen. Offensichtlich schien ihm das Risiko zu hoch, wieder eine giftige Replik von Bertling zu riskieren.

André rieb sich mit beiden Händen übers Gesicht und starrte dann auf die Armbanduhr. »Wir haben noch genau drei Stunden Zeit, das könnte reichen«, begann er in einem seltsam reduzierten Modus, fast so, als würde er im Schlaf vor sich hin brabbeln. »Wenn die den Bauernkrieg nachspielen wollen, dann lassen wir sie eben.«

Mühlenkamp schüttelte desorientiert den Kopf. »Äh … wie? Ähm …?«

»Wir machen es so wie Gräfin Eva von Leiningen 1525.«

Mühlenkamp schlug sich mit der flachen Hand vor die Stirn. »Was soll das? Könnten Sie uns mit Ihren Märchen verschonen?«, platzte es aus ihm heraus.

Achill hob die Hände und gebot ihm Einhalt. »Lassen Sie ihn ausreden.«

»1525 zogen die Bauernhorden von Burg zu Burg. Überall stellte man sich ihnen mit Waffengewalt entgegen, was tüchtig schiefging. Nahezu jede Pfälzer Burg wurde geplündert und niedergebrannt. Nur die Burg von Gräfin Eva in Neuleiningen blieb unzerstört.«

Bertling rieb sich fahrig übers Gesicht. Offensichtlich fürchtete sie, André wäre gerade im Begriff, sich um Kopf und Kragen zu reden und sich gewaltig zu blamieren.

Mühlenkamp schüttelte den Kopf. Seine Gesichtsfarbe war in ein tiefes Rot umgesprungen. »Aha. Und sagen Sie uns noch, wie es ihr gelang? Kam ein feuerspeiender Drache oder ein Pfälzer Merlin und verzauberte das anrückende Heer?«

André schien den Hohn in seinen Worten gar nicht zu bemerken und fuhr ungerührt fort. »Als das anrückende

Heer näherkam, ließ Gräfin Eva Wein und Speisen in großen Mengen vor die Burgmauer bringen. Die Pfälzer Bauern waren erstaunt, aber sie waren durch den weiten Marsch so hungrig und durstig, dass sie reichlich zugriffen. Als dann ihre Mägen vom üppigen Mahl gefüllt waren und sie der Wein ermüdet hatte, hatten sie keine Lust mehr zu kämpfen und zogen friedlich ab.«

Mühlenkamp schien nun völlig außer sich. Er schlug mit der Faust auf den Tisch. »Und in dieser höchst gefährlichen Situation, wo wir möglicherweise kurz davorstehen, dass dieses Haus und die Fördereinrichtungen in drei Stunden in Flammen stehen, hören wir uns diese Märchen an. Sind denn hier in der Pfalz alle immer nur betrunken, oder was soll das?«

Achill, Bertling und André schauten bedröppelt drein. »'schuldigung, war nur so eine Idee, dachte, es könnte klappen«, wiegelte André mit erhobenen Händen ab.

»Das denke ich auch«, durchschnitt nun Kaisers Stimme das betretene Schweigen.

»Nur so 'ne Idee«, brabbelte Mühlenkamp nach und schüttelte den Kopf.

»Nein, ich denke, das könnte klappen«, sagte Kaiser zum Erstaunen der anderen. »Glauben Sie etwa, es wäre ein Erfolg, wenn wir hier irgendeine Schlacht mit zig Verletzten und Festgenommenen veranstalten. Wie wollen wir das imagemäßig überleben? Wir wären für immer gebrandmarkt, wären die Bösen und könnten die komplette Förderung in der Pfalz vergessen.«

Achill wog den Kopf hin und her. »Da ist was dran.«

Bertling nickte.

Mühlenkamp schwieg, aber seine in ein Rotviolett übergegangene Gesichtsfarbe verriet, dass er kurz vor einer emotionalen Explosion stand.

»Wir machen aus der Geschichte einen Tag der offenen Tür, bewirten die Gäste, bieten Führungen an und informieren über das, was wir tun. Wir haben hier nichts zu verbergen.« Mit jedem Wort hatte sich Kaiser mehr in Rage geredet.

»Aha. Und wie wollen Sie das tun? Die anrückenden Randalierer zwei oder drei Wochen tiefgefrieren, bis Sie alle Genehmigungen eingeholt, gemütlich einen Zeltbauer und einen Partyservice engagiert und dann noch alles aufgebaut haben. Ich glaube, hier leiden alle außer mir an galoppierendem Realitätsverlust.«

»Dann muss es eben mal schneller gehen«, erwiderte Kaiser. »Ich lass mal geschwind das, was an Führungskräften hier ist, reinrufen.«

Kurz darauf saßen und standen rund zehn Leute um den Tisch.

Kaiser holte einen Lageplan des Werksgeländes aus dem Schrank und breitete ihn auf der Tischmitte aus. »Wir nehmen also den Platz vor der Einfahrt zum Fördergelände ...«

»Genau«, bestätigte André, erhob sich und beugte sich über den Plan. »Hier stellen wir die Bänke quer. Wir blockieren damit die Einfahrt.« Mit dem Zeigefinger markierte er die Fläche vorm Schiebetor.

Auch Kaiser stand nun. »Links und rechts haben wir einen hohen Stahlmattenzaun. Eigentlich kommt man mit einer großen Menge Leute nur durch das Tor, aber davor stehen wir.«

Mühlenkamp schüttelte den Kopf und brach in eine Schimpftirade aus. »Ich glaube, Sie haben zu viele Mittelalterromane gelesenen, Stahlgitter, Tore, menschliche Schutzschilde? Wo sind wir denn hier?«

Keiner reagierte.

Das schien ihn noch mehr zu provozieren. Er knetete aufgeregt seine Handflächen.

»Und was brauchen wir alles dazu?«, fragte Kaiser und klappte den Laptop auf, um mitzunotieren.

»Wir brauchen vor allen Dingen Wein, guten Pfälzer Wein«, begann André. »Wir können den nicht einzeln einkaufen. Wir brauchen dazu die Speyerer Vinotheken – alle. Sie müssen alles, was sie auf Lager haben, sofort herbeischaffen, dazu Gläser und ihre komplette Thekenmannschaft gleich mit. Das werde ich übernehmen.«

»Aber du hast nur noch knapp drei Stunden Zeit«, gab Bertling zu bedenken.

»Ich krieg das hin, glaub mir«, war seine knappe Antwort.

»Und was willst du zu essen anbieten?«, fragte Achill.

»Na ja, Pfälzer Hausmannskost, was sonst?«

Schnell war auch hier eine Lösung gefunden, und so ergab sich alles nach und nach, und jeder im Raum, auch Kaisers Mitarbeiter, taten ihr Bestes.

Als für alles wenigstens in ihrem kühnen Plan gesorgt war, strich sich André erneut grübelnd übers Kinn. »Wir brauchen auch noch Unterstützung«, sinnierte er halblaut.

»Aha, und welche? Vielleicht noch einen Fernsehkoch oder den Segen des Papstes?«, dröhnte Mühlenkamp.

»So ähnlich«, erwiderte André, ohne auf dessen Spitze einzugehen. »Wir sollten das nicht ohne die Stadtspitze machen. Du hast doch einen guten Draht zu den Bürgermeisterinnen, kannst du sie ansprechen?«

»Kein Problem. Mach ich«, antwortete Achill. »Wie ich die kenne, werden die ihre Frau stehen und nicht kneifen.«

»Und dann brauchen wir noch Komparsen«, fügte André versonnen hinzu.

»Dein Ernst?«, fragte Achill ungläubig.

»Ja, im Ernst, nur so wird es gelingen. Es gibt doch diese städtische Pensionistentruppe mit diesem Kurt Kerbel, den wir auch vom Brezelfestfall und von der Kohlbeerdigung kennen. Sprich die Oberbürgermeisterin darauf an, sie soll sie möglichst alle mitbringen. Sie soll ihnen sagen, es gibt ein kostenloses Mittagessen und reichlich Wein.«

»Ich glaube, jetzt sind Sie völlig verrückt geworden! Das ist doch alles Scheiß: Komparsen, Politiker, Wein und Wurst. Bin ich hier im falschen Film? Ich mach das nicht mit. Verarschen kann ich mich selbst«, schrie Mühlenkamp nun völlig außer Fassung.

»Gerne«, sagte Achill ganz ruhig. »Ich wollte eh heute noch mit meiner Frau zum Shoppen nach Mannheim.« Er erhob sich.

»Macht sich bestimmt gut. Unser Oberstaatsanwalt vor einem brennenden Ölfeld in der *Rheinpost*«, raunte er ihm mit rauer Stimme, während sich Bertling auch erhob, über die Schulter zu.

EXISTENZFRAGE

Zweibrücken, Samstag, 15. Oktober 2022, 10.30 Uhr

Mühlenkamp und Waldemar Peters hatten recht gehabt. Das, was ihr bevorstand, war die Hölle. Sie war noch nicht mal verurteilt – und schon war sie abgestempelt. Die »Russenschlampe«, die hier auf Kosten der Steuerzahler studierte, ihre Gastgeber verriet und nun angetreten war, Terror und Krieg nach Deutschland zu bringen.

Sie würde hier keine ruhige Minute haben, die durch den heißen Kaffee verbrühten Hände waren nur der Anfang.

Hilfe konnte sie keine erwarten. Selbst wenn André sich nicht von den Vorwürfen gegen sie abschrecken ließ, war ein Besuch pro Monat nicht das, was man Unterstützung nennen konnte. Dass sich Verena und Frank bereits von ihr abgewandt hatten, galt für sie als gesichert. Polizisten hatten stets Zugang zu Justizvollzugsanstalten. Dass sie bisher nicht von sich hören ließen, war eine klare Botschaft. Sie wollten nichts mit ihr, der Verräterin, zu tun haben.

Zittrig, mit schmerzenden Händen zog sie die kleine Spritze aus dem Bettpfosten.

Sie war fest entschlossen, dem allen hier ein Ende zu setzen, sie würde es langfristig eh nicht überstehen.

RUHE VOR DEM STURM

Speyer / Mainz, Samstag, 15. Oktober 2022, 10.35 Uhr

»Und was ist bitte Ihr Konzept, Herr Doktor Mühlenkamp?«, grätschte Kaiser mit entschiedener Stimme dazwischen.

Achill blieb wie eingefroren stehen. Ihn interessierte, was Mühlenkamp wohl vorzuschlagen hätte.

»Na ja, ähm, wir müssen mit aller Entschiedenheit gegen diese betrunkenen Randalierer vorgehen und sie nicht noch mit Wein abfüllen und verhätscheln. Ich darf Sie auch daran erinnern, dass es sich bei dieser Sache um eine unangemeldete Demonstration handelt. Eine straffe Lautsprecherdurchsage und ein paar Warnschüsse …«

»Ich empfehle Ihnen, die Bundeswehr anzufordern«, unterbrach ihn Bertling und schüttelte den Kopf.

»Wenn Sie unbedingt heute Abend einen ARD-Brennpunkt nach der Tagesschau ganz für sich allein wollen, dann nur zu. Wir hindern Sie nicht«, ergänzte Achill und setzte den Weg zur Tür fort.

»Aber bitte, Frau Bertling, Herr Achill, ich bitte Sie. Bleiben Sie. Wir setzen den Vorschlag von Herrn Sartorius eins zu eins um. Wir übernehmen alle Kosten. Lieber etwas Geld für Wein ausgeben und am Ende nicht die Trümmer zusammenfegen und den Wiederaufbau bezahlen. Und vielleicht schaffen wir es ja auch medial, einigermaßen glimpflich aus der Sache rauszukommen«, versuchte Kaiser die Situation zu retten.

»Ich will Sie nicht stören. Ich gehe etwas spazieren und werde Kontakt zum Ludwigshafener Polizeipräsidenten aufnehmen. Er soll wissen, was Sie hier veranstalten. Vielleicht kann er Sie ja zur Ordnung rufen.« Mühlenkamp erhob sich und verließ mit feuerrotem Kopf den Raum.

»Wir sollten uns beeilen«, ging Kaiser mit einem Blick auf die Armbanduhr zur Tagesordnung über. »Sie sollen wissen, ich stehe voll und ganz hinter Ihrem Plan, er ist, wie die Kanzlerin immer gesagt hat: ›alternativlos‹.« Zu seinen Mitarbeitern gewandt ergänzte er: »Und Sie bereiten alles dafür vor, dass wir nachher kleine Besuchergruppen über den Bohrplatz führen können. Und bitte basteln Sie aus unseren bestehenden Beständen so was wie eine Info-Präsentation über unsere Arbeit. Und jetzt los, wir haben alle Hände voll zu tun!«

*

In Mainz hatte man bereits bei rund 60 Prozent der Haushalte im Kernareal geklingelt. Man fragte nach auffälligen Beobachtungen, versuchte, durch die Türen zu spähen, und ließ immer da, wo sich Bewohner verdächtig verhielten, die Hunde an den Türen schnüffeln.

Etwa 150 Hinweise hatte man bereits aufgenommen. Die Beamten des hiesigen Polizeipräsidiums versuchten, verstärkt durch Kräfte der benachbarten Polizeidienststellen, diesen nachzugehen.

15 Mal hatte man verlassene Keller und Lagerräume sowie drei geschlossene Einzelhandelsläden aufbrechen müssen. In einigen Fällen wurden verdächtige Kartons, Kisten und große Taschen von den Hunden untersucht. Eine heiße Spur hatte sich bis jetzt nicht ergeben.

Das einzig Bemerkenswerte war, dass eine Gruppe Linksautonomer, die von der Sache Wind bekommen hatte, mit Transparenten, auf denen Botschaften wie: »Schluss mit dem Polizeistaat« oder »Bulle go home!« geschrieben war, vor dem Seiteneingang des Doms standen und mit lautem Getrommle auf sich aufmerksam machten.

LETZTE GEDANKEN

Zweibrücken, Samstag, 15. Oktober 2022, 12.35 Uhr

Irina war bei ihrer letzten Entscheidung gestört worden. Das geräuschvolle Schließen einer Wärterin hatte sie gewarnt und ihr gerade noch Gelegenheit gegeben, die Spritze, wie es ihr Waldemar geraten hatte, hinten unter den Bund ihres Slips zu schieben.

»Untersuchung bei der Gefängnisärztin.«

Man wollte sich nicht nachsagen lassen, die Russenschlampe nicht angemessen medizinisch versorgt zu haben. Es hatte sich rumgesprochen, dass sie, seit sie hier war, keinen Bissen gegessen hatte. Die Ärztin hatte es nur »Protest« genannt. Die verbrühten und durch ihr nächtliches Getrommle übel zugerichteten Hände hatte die Ärztin nur mit einem Kopfschütteln quittiert. Danach hatte man sie, ohne wieder in die Zelle zurückzukommen, in den Speisesaal begleitet.

Wieder hatte sie die Blicke auf sich gespürt. Es wurde getuschelt. »Russenschlampe«, »Verräterin«, »Drecksau« waren die Attribute, die ihr aus allen Ecken entgegenwaberten. Wieder verweigerte sie die Nahrungsaufnahme. Es war eh egal. Sobald sie in der Zelle war, würde sie es hinter sich bringen. Sie war sich jetzt ganz sicher.

*

Kurz darauf traf in Speyer ein dunkler Wagen mit getönten Scheiben ein und parkte hinter der Einfahrt zum Fördergelände – vor Blicken geschützt durch einige Bäume und Büsche – am Straßenrand. Der Wagen stand so, dass er bei Bedarf direkt Richtung Bundesstraße und Autobahn losfahren konnte. Sein Fahrer ließ langsam und sorgfältig den Blick über das Werksgelände schweifen. In seiner Militärzeit hatte er gelernt, wie man ein unbekanntes Terrain Meter um Meter abscannte und jede noch so kleine Besonderheit registrierte.

»Wo bleiben sie denn – die Bullen?«, fragte er fast stimmlos vor sich hin.

Dann griff er in die Tasche seiner Jeans und fischte nach einer völlig verbeulten Packung Mentholzigaretten. Er stieß sie auf das Lenkrad auf, zog eine etwas hervorstehende Zigarette zwischen die Lippen geklemmt heraus und entzündete sie. Genussvoll zog er daran und ließ den Rauch durch die Nase entweichen.

AUFMARSCH

Speyer / Mainz, Samstag, 15. Oktober 2022, 13.50 Uhr

Es war 13.50 Uhr, als ein riesiger rot lackierter Schlepper um die Ecke zum Bohrfeld bog.

»Das hat schon mal geklappt. Sie kommen dahin, wo wir sie haben wollen«, sagte André zu einem der Speyerer Polizisten neben ihm. Achill hatte darauf bestanden, dass sie sich in der Nähe von Bürgermeisterin und André aufhalten sollten. Alle hatten ihre Uniformen gegen Zivilkleidung getauscht. Deeskalation hieß die Losung, die er ausgegeben hatte. Dazu gehörte ein völliges Unsichtbarmachen der ohnehin extrem spärlichen Polizeikräfte.

»Plätze einnehmen!«, rief André, der das Oberkommando über die Komparsen übernommen hatte.

Während am Rand noch hektisch die letzten Brauereigarnituren aufgestellt wurden, nahm André seine Position an einer Garnitur im Zentrum der zwei Tischreihen vorm Metallzaun ein. Neben ihm rechts die Bürgermeisterin Annika Raps, die es sich nicht hatte nehmen lassen, in vorderster Front mitzuwirken, zwei der Polizisten in Zivil und Kurt Kerbel, der Sprecher der Pensionisten, die André als seine Komparsentruppe bezeichnete.

Ohne dass es eines Hinweises bedurfte, stellte der Inhaber der *Vinothek Küwé*, der kurzerhand den kompletten Lagerbestand an Pfälzer Wein mitgebracht hatte, vor jeden von ihnen eine schön sprudelnde Schorle im angelaufenen Dubbeglas auf den Tisch.

»Seit wann hast du so viel Personal?«, fragte ihn André mit Blick auf die Bedienungsmannschaft, die hinter der aus drei Brauercitischen improvisierten Theke stand und eifrig Dubbegläser aus Kartons auspackte.

Er grinste. »Mein Laden war wie immer am Samstagmorgen rappelvoll. Als du angerufen hast, hab ich einfach all meine Stammkunden zwangsrekrutiert und hierher mitgebracht – konnte sie ja nicht heimschicken. Die fanden's cool und haben mir sogar beim Ein- und Ausladen geholfen. Du weißt ja, wir Pfälzer reden nicht lange, wir packen zu.«

»Verrückter Kerl«, kommentierte André. Trotzdem kroch ihm ein flaues Gefühl in den Magen. Ihm wurde bewusst, wie viele Unbeteiligte er in die Sache reinzog und in Gefahr brachte. Auch wenn er gegenüber diesem Mühlenkamp keine Schwäche hatte zeigen wollen, war er sich ganz und gar nicht sicher, ob dieser ausgefallene Plan aufgehen würde oder ob ihnen am Ende eine Art Armageddon mit Massenschlägerei und brennenden Ölquellen bevorstand.

Als alle mit Getränken ausgestattet waren, stellte man ihnen noch eine Platte mit Wurst und Käse und einen Brotkorb auf den Tisch.

»Wenn das nicht nach Pfälzer Gastfreundschaft aussieht«, sagte Annika Raps, die Bürgermeisterin, grinsend.

»Hoffe nur, die sehen das auch so«, erwiderte André und zeigte zum langsam näherkommenden Tross, der, nachdem der führende rote Trecker kurz gewartet hatte, nun aufgeschlossen war. Zuallererst hinter dem Leit-Trecker folgten zwei Reisebusse mit Kaiserslauterer Kennzeichen.

»Das da sind diese Hooligans«, fügte Achill hinzu, der hinter André stand. »Und du willst wirklich, dass Verena und ich verduften? Hab Hemmungen, euch hier allein zu lassen.«

»Sie dürfen dich und Verena nicht sehen. Sie kennen euch von den Festnahmen in Nußdorf, ihr wärt wie ein rotes Tuch für sie. Es reicht, wenn ihr Mühlenkamp für die nächsten zwei Stunden aus dem Verkehr zieht. Er ist momentan das größte Risiko hier auf dem Platz.«

Achill nickte und verschwand mit Verena in Richtung Verwaltungsgebäude.

Der Tross stoppte vor der Einfahrt zum Bohrfeld. Der rote Trecker schwenkte um 90 Grad und fuhr auf den breiten parallel zur Straße verlaufenden Grünstreifen. Die Fahrer der Busse folgten seinem Beispiel und parkten Seite an Seite ebenfalls auf den Rasenstreifen.

Umständlich kletterte der Fahrer des Treckers herunter. André erkannte Knöringer. Als er abgestiegen war, stellte er sich etwas verloren vor seinen roten Koloss und starrte auf die Bankreihen vor dem Tor.

Nun öffnete sich die vordere Tür des ersten Reisebusses. Waldemar Peters stieg aus. Auch er blieb direkt vor dem Bus stehen und überblickte verwirrt das Szenario.

Anstatt einer Polizeiphalanx gegenüberzustehen, auf die seine Leute hätten mit Herzenslust einprügeln können, standen zwei Reihen Brauereigarnituren den Zaun entlang. An den mittleren Tischen hatte sich bereits die muntere Gruppe der städtischen Pensionisten niedergelassen und hob zum Gruß die Dubbegläser.

Sein Blick blieb auf André haften.

Hinter Peters drängte der Hooligantrupp aus dem Bus. Offensichtlich war die Neugier stärker als jede Anweisung, die ihnen Peters gegeben haben mochte.

Peters plärrte etwas ins Businnere, das André nicht verstand. Automatisch öffneten sich die Gepäckfächer unter den Fahrgastkabinen der Busse.

Nach und nach hatte sich der Bus geleert. Die vierschrötigen Kerle warfen zögernde Blicke auf die Brauereigarnituren. Auf einen Wink von Peters begannen sie, die Laderäume der Busse zu leeren. Neben den Transparenten, die André schon von seinem Besuch bei ihm kannte, schweren Lederjacken, die sie sich hastig überzogen, kamen etliche Baseballschläger und Bolzenschneider sowie einige Akkutrennschleifer zum Vorschein.

André bemerkte, wie die Bürgermeisterin Annika Raps neben ihm schluckte. »Ich hoffe, die machen nicht ernst«, kommentierte sie flüsternd. Sie war sichtbar bemüht, ihren zuversichtlichen Gesichtsausdruck beizubehalten.

*

In Mainz stieg die Nervosität. 20 Mann der Bereitschaftspolizei waren damit beschäftigt, die mittlerweile auf etwa 50 Personen angewachsene Gruppe der linksautonomen Demonstranten mit Schilden und Schlagstöcken vom Domplatz zu drängen. Er musste aus Sicherheitsgründen komplett geräumt werden. Nur drei Häuser von den Zielkoordinaten entfernt, im Keller eines geschlossenen Ladengeschäfts, wurde eine verdächtige Kiste mit kyrillischem Aufdruck entdeckt. Man hatte sie erst jetzt gefunden, weil die Tür zu jenem Kellerraum mit einem Schrank verstellt war. Sie war rein zufällig einem städtischen Beamten, der eingeteilt worden war, die gewaltsam geöffneten Räume wieder provisorisch zu verschließen, aufgefallen.

*

André winkte den Chef der Vinothek herbei und ließ ihn einige Schoppen Schorle auf die freien Plätze ihm gegenüber stellen.

»Jetzt gilt's«, sagte er an die Bürgermeisterin gewandt, erhob sich und nahm zwei der vollen Dubbegläser.

»Viel Glück«, war ihr schon etwas mutlos klingender Kommentar.

André marschierte mit den Gläsern schnurstracks auf Knöringer zu.

»Erst mal 'nen Schluck trinken!«, sagte er und bemühte sich um einen möglichst belanglos klingenden Tonfall.

Knöringer sprang die Verwunderung und Verunsicherung förmlich aus den Augen. Was sollte er tun? Hatte man nicht bei der Kundgebung in Nußdorf von einer harten Demo gesprochen, bei der man die Forderungen auch mit Mitteln der Gewalt durchsetzen wollte? Denen da oben wollte man es anständig zeigen und ihnen die Lust am Nußdorfer Öl ein für alle Mal nehmen – und jetzt das.

André hielt ihm eines der Schorlegläser hin. Knöringer starrte darauf, als hielte man ihm ein besonderes Artefakt vor die Nase.

Doch es war ähnlich wie bei Vogeljungen, die gierig die Schnäbel aufsperrten, wenn auch nur der Schatten ihrer futterbeladenen Mutter über ihnen auftauchte.

Knöringer leckte sich die Lippen. Sein Blick schweifte hektisch zwischen André und dem schön angelaufenen Dubbeglas hin und her.

Dann brach das Eis. Knöringer grinste zurückhaltend und griff nach dem Glas. André erhob nun seinerseits sein Glas und prostete ihm zu.

Knöringer brachte nur ein leises, unsicheres »Prost« hervor, setzte das Glas an. Kurz bevor es die Lippen berührte, stockte er.

»Lass das sein, du Verräter!«, schrie Peters ihm zu.

So als gelte es, dies zu bekräftigen, schlugen sich die Hooligans mit den Baseballschlägern in die Handflächen.

Knöringer nahm erschreckt das Glas herunter.

André konnte nun nicht mehr weiter die eigene Verunsicherung überspielen. Seine Züge wurden ernst. Er trat einen Schritt zurück. Er hörte, wie die Hooligans johlten.

ENDE

Zweibrücken, Samstag, 15. Oktober 2022, 13.50 Uhr

Irina hatte in den wenigen Tagen in der JVA gelernt, dass man nach dem Mittagessen den Häftlingen so etwas wie eine stille Stunde gönnte. Sie war nun allein und konnte in Ruhe das zu Ende bringen, was sie vor der Störung durch Arztbesuch und Essen begonnen hatte.

Sie fischte die Spritze, die einigermaßen sicher zwischen ihren Pobacken verstaut gewesen war, aus dem Slip und legte sie vor sich auf den Tisch.

Minutenlang starrte sie sie an. Ob es wehtun würde, sie

wusste, dass einige Gifte einen schmerzhaften Todeskampf unter Krämpfen und Koliken mit sich brachten. Peters hatte gesagt, sie würde einfach einschlafen. Ob das stimmte? Oder hatte er sie nur beschwichtigen wollen?

Sollte sie einen Abschiedsbrief hinterlassen? Aber wem? André, Achill und Bertling hatten sich von ihr abgewandt. Ihren Eltern? Sie waren weit weg. Distanz hatte sich zu ihnen durch langjährige Trennung aufgebaut. Ob der Brief in diesen kriegerischen Zeiten überhaupt zu ihnen durchkäme?

Sie verwarf es und griff nach der Spritze.

Die kalte Angst ließ sie stoßweise atmen. Sie fühlte so etwas wie eine riesige eisige Eisenkugel in ihrem Magen. Sie zerdrückte ihre Eingeweide. Einsam in den Tod zu gehen, schmerzte.

Sie nahm die Spritze auf, entfernte die Schutzkappe von der hauchdünnen Nadel. Peters hatte ihr nicht gesagt, wie die Injektion vonstattenzugehen hatte. In den Muskel, den Bauch oder in die Vene? Sie entschied sich für die Vene. Das verkürzte bestimmt das Sterben. Das Gift würde sich in Sekunden im ganzen Körper verteilen.

Sie wählte eine Vene auf ihrem Handrücken aus. Klopfte sie, wie sie es in Arztfilmen gesehen hatte. Sie setzte die feine Nadel an. Spürte, wie sie auf der Haut kratzte, biss die Zähne zusammen – stach hinein.

BELAGERUNG

Speyer / Mainz, Samstag, 15. Oktober 2022, 13.50 Uhr

André wusste nicht mehr ein noch aus. Auch Knöringer wirkte sichtlich verunsichert. Wie eingefroren standen sie sich gegenüber. Beide ein volles Schorleglas in der Hand.

Dann hörte André im Rücken eine vertraute Stimme.

»Ah do, de Knöringer, Thomas, wie er leibt und lebt. Was iss du Schorleverächter, willscht'n doch wohl nidd verkumme losse?« Es war Kurt Kerbel, der Anführer der städtischen Pensionisten, der aufgestanden war und sich mittlerweile neben André postiert hatte, ebenfalls ein fast volles Schorleglas in der Hand. Er streckte den Arm vor und prostete nun auch Knöringer zu. »Hopp trink schunn – Dabbschädel! Die wärn dich nidd wäsche ähm Schluck Schorle verdresche, alder Hosescheißer.«

Knöringer zögerte kurz und setzte dann doch das Glas an die Lippen und er und Kerbel leerten mit einem Zug jeweils das halbe Glas.

»Ihr kennt euch?«, fragte André verunsichert.

»Ha jo, isch kaaf schunn dreisisch Johr mein Riesling bei däm do«, brummte Kerbel und schlug Knöringer wuchtig auf die Schulter.

»Hopp, huck disch hie, du alder Nieselpriem. Mir hänn ach was zu spachtle.« Kerbel ging an ihren Tisch zurück und Knöringer trottete ihm brav hinterher.

In diesem Augenblick sah André, wie Niklas Kronauer mit den Jungwinzerkollegen einem weißen Kleinbus entstieg. Mit einem verschwörerischen Augenzwinkern ging er an André vorbei und steuerte schnurstracks auf einen der Tische zu.

Doch es war noch nicht geschafft. Waldemar Peters rückte mit dem harten Kern seiner Leute vor. Alles kräftige Kerle mit kahl geschorenen Köpfen und Stiernacken. Bedrohlich schlugen sie mit den Baseballschlägern in ihre Handflächen. Den Rest seiner Leute hatte er wohl angewiesen, die Neuankömmlinge einzuschüchtern und von den Tischen fernzuhalten.

Hinten auf der mittlerweile vollgeparkten Wiese bahnte sich nun ein weiterer Trupp seinen Weg an den Schlägern vorbei nach vorne. Erst jetzt fiel André der Feuerwehrmannschaftswagen auf, der am Rand neu hinzugekommen war. Das mussten Waldemar Peters' Kollegen von der Freiwilligen Feuerwehr sein.

Der kleine Trupp steuerte von den Schlägern unbehelligt auf Peters zu. »Hopp, lass gut sein, Waldemar! Lass uns erst mal was trinken«, forderte ihn ein etwa 50-Jähriger, wohl der Feuerwehrkommandant, auf. Er legte ihm den Arm um die Schulter und führte ihn zu den Tischen. André folgte ihnen. Schließlich saßen nun auch diese beiden an Andrés Tisch bei Kerbel und Knöringer.

Peters' Schläger standen nun verlassen frontal zu den Tischen. Die Ratlosigkeit war ihnen ins Gesicht geschrieben.

»Ruf deu Leit mol her, die krieschen ah was zu esse un zu trinke«, forderte Kerbel nun Peters auf. Als dieser zögerte, erhob sich der Alte und rief quer über den Platz zu der wilden Horde. »Hopp hucken eisch her un trinken ähner! Dennoch kännener immer noch Rabatz mache!«

Sich die Lippen leckend, trotteten die Typen zu den freien Tischen und setzten sich. Sofort, bevor sie es sich noch anders überlegen konnten, reagierte die Thekenmannschaft und versorgte sie mit Dubbegläsern und Verpflegung.

Nun brachen alle Dämme. Auch den bei den Bussen verbliebenen Schlägern wurde es nun zu dumm. Warum fasten, während es sich die anderen gutgehen ließen? Nach und nach füllten sich die Tische mit einer bunten Melange aus Winzern, Bauern, Hooligans und Umweltaktivisten.

So war es eben in der Pfalz, wenn es etwas zu essen und zu trinken gab, verschwammen die ideologischen Unterschiede innerhalb von Minuten und gingen in friedliche Weinseligkeit über.

*

In Mainz wuchs hingegen die Anspannung. Die herbeigeholten Sprengstoffhunde, die man zu jener Kiste gebracht hatte, schlugen an. Es verblieb nicht mehr viel Zeit bis zu dem in der Textnachricht genannten Zeitpunkt.

Der Zugführer schlug Alarm und ließ Keller, Geschäftshaus sowie die benachbarten Häuser räumen.

ZORN

Speyer / Zweibrücken, Samstag, 15. Oktober 2022, 14.15 Uhr

Nur rund 100 Meter entfernt drosch der Hüne, der in dem dunklen Wagen mit den getönten Scheiben saß, zornig auf das Lenkrad ein. »Gavno! Gavno! Gavno!«, schrie er. Was auf Deutsch so viel wie »Scheiße, Scheiße, Scheiße« hieß.

Danach folgte ein kehliges »Mudak – Arschloch«, das Waldemar Peters galt.

Warum war diese Lusche eingeknickt? Und dann auch noch vor dem steifen Alten, dem Vermieter dieser Schlampe, die er endlich ins Gefängnis gebracht hatte. Warum nur hatte er diese Brut noch nicht ausgerottet. »Blyat! – Fuck!«

Er warf die Zigarette aus dem offenen Wagenfenster, schloss es, ließ den Motor an und fluchte erneut: »Paschol na Chui«, was wörtlich »Ach geh doch zum Schwanz!« hieß, ein russischer Ausdruck, der so viel wie »verpiss dich!« bedeutete.

Dann fuhr er wortlos mit grimmiger Miene und üblen Gedanken in Richtung der vierspurigen Bundesstraße davon.

*

Ob es ein Problem darstellte, dass oberhalb der Injektionsflüssigkeit eine Luftblase in der Spritze war? Sie wusste, dass man davon eine Thrombose bekommen konnte. Aber was hatte das jetzt für eine Bedeutung. Wie frei es doch machte, das Leben einfach hinzuschmeißen.

Obwohl die Nadel dünn war, hatte es sie Überwindung gekostet zuzustechen. Der Anblick der in ihrer Hand steckenden Spritze verursachte ihr Übelkeit. Jetzt nur nicht kotzen, dachte sie. Sie musste es schnell hinter sich bringen. Dann wäre sie endlich von all ihren Ängsten und der einsamen Verzweiflung erlöst.

Sie legte den Daumen auf den Kolben der Spritze, drückte.

*

Das eilig herbeigerufene Sprengstoffkommando hatte mühselig den schweren Entschärfungsroboter in den Keller gebracht. In ihren dicken Schutzanzügen und mit der Befürchtung, die Bombe könnte noch vor der angekündigten Uhrzeit hochgehen, lief ihnen der Schweiß nur so über die Gesichter.

WENDE

Speyer / Zweibrücken / Mainz, Samstag, 15. Oktober 2022, 14.20 Uhr

Nachdem der wilde Haufen den ersten Durst gelöscht und die Mägen gut gefüllt hatte, galt es nun, noch das Ganze in den von Kaiser angepeilten Tag der offenen Tür zu kanalisieren, ohne dass Zorn und Hass wieder aufflammten.

André war still geworden und grübelte. Ihm war nicht entgangen, dass sich Peters mehrfach umgedreht und nach einem von den Bäumen fast verdeckten schwarzen Pkw umgesehen hatte. Nun war der Wagen weg. Ob er es bemerkt hatte? Wahrscheinlich war er wegen des wachsenden Alkoholkonsums weniger wachsam. André war sich fast sicher, dass er sich, seit der Wagen weggefahren war, nicht mehr nach ihm umgesehen hatte.

André hatte daraus seine Schlüsse gezogen und unter dem Tisch eine Textnachricht abgesetzt. Auch wenn er äußerlich ruhig wirkte, arbeitete sein Gehirn auf Hochtouren. Darin materialisierte sich ein Bild aus all den Puzzleteilen, die bisher einzeln herumgelegen hatten. Mit jeder Minute war ihm klarer, was da im Hintergrund ablief.

Seine Tischnachbarin, Annika Raps, hatte ihm immer wieder forschende Blicke zugeworfen, offensichtlich hatte sie bemerkt, dass er sich kaum noch an den Gesprächen am Tisch beteiligte. Einmal hatte sie ihn gar mit dem Ellbogen leicht gestoßen, als wolle sie ihn wecken. Er ignorierte es, zu sehr war er in seinen Gedanken gefangen.

Ob es für seinen letzten Coup zu früh war?

Er beschloss, das Kapitel zu Ende zu bringen, auch wenn die Situation noch fragil war. Er wusste, dass das, was er vorhatte, eine Eruption auslösen würde.

*

Die Oberbürgermeisterin Melanie Weiler und Doktor Kaiser hatten sich bewusst Zeit gelassen. Sie setzten wohl auf den toten Punkt nach dem Essen.

Freundlich begrüßte sie die »Besucher«, wie sie den teilweise furchterregenden Mob schönfärberisch nannte. Nach ihrer Begrüßung ergriff Kaiser, der Hausherr der Förderanlage, das Wort. Auch er blieb ihrem gastfreundlichen Duktus treu und lud alle Anwesenden ein, in Gruppen à 20 Personen an einer Führung übers Werkgelände teilzunehmen. Dabei stellte er spezielle Informationen zu den geologischen Gegebenheiten in Nußdorf und Speyer und den damit verbundenen Explorationsplanungen in Aussicht.

Ein Raunen ging durch die Menge.

André nutzte die Zeit, um eine kurze Textnachricht an Achill abzusetzen.

Trotz des Rumorens bei den Anwesenden gab es außer einigen provozierenden Parolen wie »Pass nur auf, dass nicht gleich was brennt!«, »Wehe es gefällt uns nicht!« oder »Keine Lust auf Lügen!« keine ernsthafte Gegenwehr.

Auch Peters machte keine Anstalten, das nur noch vor sich hin schwelende Feuer der Truppe wieder anzufachen.

Kurz darauf sollte es losgehen. Knöringer war im Begriff, sich zu erheben, doch André legte ihm eine Hand auf den Unterarm. Auch Peters erhob sich.

»Moment noch, Herr Peters, auf ein Wort«, versuchte ihn André zurückzuhalten.

*

Irina hatte gezögert, mehrfach über Minuten hinweg hatte sie den Kolben mal fester, mal weniger fest belastet. Jetzt aber sollte es geschehen. Sie drückte, der Kolben bewegte sich abwärts, die Luftblase wurde kleiner.

Ein harsches Klopfen an der Zellentür. »Aufwachen! Besuch!« Das metallische Geräusch des Zellenschlüssels, der das Schlüsselloch suchte.

Irina riss sich die Spritze aus der Vene, ein Tropfen des Inhalts drückte sich aus der Nadel und benetzte ihren Handrücken. Ein Blutstropfen drang aus der kleinen Wunde. Sie stopfte die Spritze ohne Schutzkappe in den hinteren Hosenbund, wischte die Plastikkappe vom Tisch. Klackernd fiel sie zu Boden. Sie spürte einen Stich in ihrem Gesäß.

Schon riss die Justizvollzugsangestellte die Zellentür auf. »Mitkommen! Besuch!«

*

Becker, der Leiter des Entschärfungskommandos, lüpfte den Helm und wischte sich schon zum x-ten Mal den Schweiß von der Stirn. Noch zehn Minuten. Sie waren zu spät. Zu spät, die Kiste herauszubringen und kontrolliert zu sprengen, zu spät, um sie sorgfältig zu erkunden, und auf jeden Fall zu spät, den Inhalt zu entschärfen.

Er wies zwei seiner vier Leute an, das Haus zu verlassen und für ihn und die Kollegin den Rückzug zu sichern.

Langsam setzte sich das etwa rollstuhlgroße Roboterfahrzeug in Bewegung. Die Ketten knirschten auf dem von Scherben und Bauschuttbrocken übersäten Boden. »Stopp«, rief Becker seiner Kollegin zu, und das Kettenfahrzeug stoppte etwa 30 Zentimeter vor der Kiste aus dickwandiger Pappe.

»Wir machen nur eine Bohrung und danach raus hier!«, wies er sie an.

Langsam hob sich der Greifarm, an dessen Spitze ein Bohrer mit etwa 15 Millimeter Durchmesser angebracht war.

»Los!« Becker stellte den Splitterschutzschild vor sich auf und spähte durch das Sichtfenster.

*

Peters ließ seinen Blick über das Geschehen schweifen und sah, dass sich sein Schlägertrupp in Auflösung befand. Einige hatten sich artig, wie an der Stadionkasse, in die Reihe der auf die Führung Wartenden eingegliedert. Andere scherzten und lachten an ihren Tischen und schienen sich außer für Schorle und Hausmacher für nichts anderes mehr zu interessieren. Rund ein Drittel war in einem fortgeschritteneren Stadium der Auflösung. Sie saßen vornübergebeugt am Tisch und starrten stumpf auf die Tischplatte. Einige lagen gar längst auf der Wiese und dösten. André mutmaßte, dass Alkohol und fettige Wurst schon gute Dienste geleistet hatten.

Peters bemerkte wohl auch, dass ihm die Situation entglitten war, und ließ sich von André widerstandslos zurückhalten.

»Was ist?«, fragte er mürrisch.

André kniff dem Polizeibeamten zu seiner Linken unter dem Tisch in den Oberschenkel, um dessen volle Aufmerksamkeit zu haben. Dann leckte er sich die Lippen und beschloss, ohne besondere Manöver frontal anzugreifen.

»Was war eigentlich in der Spritze drin, die Sie dem seligen Vater von Herrn Knöringer in die Brust gerammt haben?«

Knöringer, der eben noch abwesend den Besucheraktivitäten am Werkstor gefolgt war, fuhr herum.

André starrte Peters verbissen in die Augen. Jetzt galt es, jede Reaktion und jedes kleine Zeichen von ihm aufzusaugen.

»Spritze? ... Knöringer? ... ich, ich weiß nicht, von was Sie reden.«

»Na ja, es war schon eine dumme Sache, dass der Vater von Knöringer Sie beim Einsammeln der Geophone überrascht hat. Damit kann man auch nicht rechnen, dass einer noch im Dunkeln Trauben erntet. Da war es schon eine kluge Sache, ihn etwas zu betäuben, damit er es bald wieder vergisst. Und bei seinem Alkoholkonsum wäre so ein Nickerchen ja auch nicht besonders aufgefallen.«

Knöringers Blick glich einem Bohrer, der sich tief in Peters' Augen grub, als könnte er direkt hindurch in sein Gehirn schauen.

Peters' Blicke sprangen unruhig zwischen Tisch und Bohrgelände herum. »Weiß nicht, wovon Sie reden.« Seine Stimme war belegt.

»Sie konnten ja auch nicht ahnen, dass der alte Mann, betäubt durch den Alkohol, den Stich gar nicht recht wahrnimmt und nach der Spritze einfach wieder auf den Vollernter steigt. Solches Pflichtbewusstsein ist Ihnen ja fremd. Es fing wohl gerade an zu regnen und er musste, bevor die Trauben nass wurden, weitermachen. Schließlich hatte er das seinem Sohn versprochen.«

André warf einen Blick auf Knöringer, dessen Überraschung zunehmend in Feindseligkeit umschlug.

Auch die Bürgermeisterin wirkte alarmiert und starrte auf Peters, dessen Gesichtsfarbe schlagartig in eine seltsame, nur durch scharf abgegrenzte roten Flecken durchbrochene Blässe gefallen war. Seine Finger krampften sich in den Rand der Tischplatte.

»Und ausgerechnet jetzt hatte sich im Mechanismus des Vollernters auch noch ein Rebholz verklemmt, das Knöringer, leichtsinnig wie er immer war, während der Fahrt mit Autopiloten entfernen wollte.« André machte eine bedeutungsvolle Pause und starrte Peters stumm an.

»Seine Schuld. Was muss dieser besoffene Narr auch während der Fahrt am Vollernter rumwerkeln.«

Knöringer ballte die Fäuste, unfähig zu sprechen, die Lippen vibrierten. Schweiß trat ihm auf die Stirn.

»… und dann fiel er in diese Höllenmaschine. Waren Sie eigentlich nah genug dabei, um seine Knochen knacken zu hören, als er vom Gestänge fast zu Tode gemartert wurde?«, fuhr André fort.

»Nein, ich hab damit nichts zu tun.«

»Wussten Sie, dass er danach noch nicht tot war? Nein, Sie überließen ihn seinem Schicksal. Obwohl ihn der Vollernter überrollte und ihm den Schädel zerquetschte, lebte er noch und ist jämmerlich unter dem Rad in einer Pfütze ertrunken.« André hatte die Stimme erhoben und schrie ihn an.

Auch an den Nachbartischen hatte man teilweise zugehört, Niklas legte die Hände auf die Tischplatte, um sich schneller hochstemmen zu können.

Knöringers Miene hatte sich fratzenhaft verzogen. Andrés Beschreibung der letzten Minuten seines Vaters musste für ihn der reine Horror gewesen sein. Nun stand ihm der blanke Hass ins Gesicht geschrieben.

Peters wirkte, als hätte ihn eine Pistolenkugel durchbohrt.

Er schwieg, seine Lippen vibrierten, Tränen schossen ihm aus den Augen. Seine Hände waren fest in die Tischplatte gekrallt, die Fingerknöchel weiß gefärbt.

Annika Raps riss die Augen weit auf, unfähig etwas zu sagen.

»Ich mach dich hie!«, schrie Knöringer und schnellte wie ein Federmännchen von der Bank hoch. Seine massige Rechte flog Peters geradewegs ins Gesicht. André hörte, wie Peters' Nasenbein knackend brach. Die Wucht des Schlages fegte ihn rückwärts von der Bank. Er überschlug sich und kam in Rückenlage auf dem Boden an. Knöringer verpasste ihm einen wüsten Tritt in die Seite. Rippen brachen. Peters stöhnte. Der Polizist neben André sprang auf, ergriff Knöringers Arm und drehte ihn ihm auf den Rücken. Er hatte alle Mühe, den kräftigen massigen Kerl, der nur noch aus zornigem Hass zu bestehen schien, zu fixieren.

Peters rappelte sich auf. Blut lief ihm aus der Nase übers Gesicht. Er wandte sich zu André.

Niklas, der wohl begriffen hatte, dass Peters nun auf André losgehen wollte, eilte vom Nachbartisch herbei und packte Peters' linken Arm. Der griff nach dem halb vollen Schoppenglas. Er zerschlug es auf der Tischplatte. Mit aller Kraft bohrte er Niklas den Rest des gesplitterten Glases in den Unterarm. Blut spritzte. Er hatte eine Arterie erwischt.

Der zweite Polizist, der neben der Bürgermeisterin saß, hatte sich endlich aus der engen Bank gefädelt. Er stürzte zu Niklas, riss sich den Gürtel aus der Hose und band ihm den Unterarm ab.

Peters hatte das Chaos genutzt. Er wandte sich um und rannte vom Platz. André setzte ihm nach. Obwohl er kein guter Läufer war, hielt er sich gegen den angeschlagenen Peters ganz gut.

Sie passierten die Tische, kamen zu den Bussen. Peters

drängte in die schmale Gasse dazwischen, versuchte, auf die Straße zu entkommen.

André trat an. Nur wenige Schritte, und er würde ihn erreichen. Peters hatte den Zwischenraum zwischen den Fahrzeugen passiert. Andrés Abstand zu ihm verringerte sich. Er legte alle Kraft in die Beine, rannte, wie er schon lange nicht mehr gerannt war. Ein Schlag, ein Krachen, ein höllischer Schmerz im Schienbein. Das Bein gab nach. Hart schlug er mit Händen und Gesicht auf der Straße auf. Über ihm grinste Marek. Er hielt noch immer den Baseballschläger, mit dem er ihm in die Beine gefahren war.

*

»Muss noch pissen«, zischte Irina die Beamtin an und versuchte, es möglichst belanglos klingen zu lassen.

Sie schnaubte. »Wenn's sein muss. Aber dalli, dalli. Ich warte nicht ewig.« Sie schlug die Tür wieder ins Schloss.

Wer war das, der sie in der Sekunde ihres Todes störte? War es André? Ein seltsames Gefühl durchflutete sie bei dem Gedanken. Neben dem Ärger über die Störung so etwas wie Hoffnung.

Eilig fischte sie auf dem Boden nach der Schutzkappe, zerrte die Spritze aus dem Hosenbund, stach sich erneut.

»Ich komm jetzt rein«, schnarrte die Beamtin. Irina schob die verschlossene Spritze hinten in den Slip, betätigte die Spülung und drehte sich zur Tür.

*

Der Bohrer fraß sich mühelos durch die Pappe des Kartons. Pappstreifen rieselten zu Boden. Becker atmete schwer. Er schaute auf die Uhr – 14.25 Uhr – fünf Minuten bis zur Detonation.

»Schnell, wir müssen hier raus!«, rief er der Kollegin zu.

Sie zog den Bohrer zurück und hob zeitgleich den zweiten Greifarm mit der endoskopischen Kamera an.

Becker schaute erneut auf die Uhr – 14.26 Uhr. »Eine Minute bis Exit«, rief er aus.

Die Kamera, an deren Objektiv Leuchtdioden für die nötige Ausleuchtung sorgten, drang präzise gesteuert in das Bohrloch ein. Wie gebannt starrte die Mitarbeiterin auf den Monitor am Steuergerät des Roboters. »Kyrillische Schriftzeichen!«, rief sie.

»Exit! Wir müssen hier raus!«, befahl Becker.

»Raketen, das sind Silvesterraketen«, schrie sie erleichtert.

FLUCHT

Speyer, Samstag, 15. Oktober 2022, 15.00 Uhr

Nun hatte Peters freie Bahn, obwohl sich aus der gebrochenen Nase ein blutiger Tropfenregen auf die Straße ergoss. Er rannte, so schnell er konnte, auf den schwarzen Wagen hinter den Bäumen zu, drehte sich immer wieder um, um nach möglichen Verfolgern zu sehen. Tatsächlich setzte ihm nun einer der Polizisten nach, lag aber noch weit zurück.

Er kam dem Pkw hinter den Bäumen näher, wandte sich wieder um. Er würde es schaffen. Zwischen ihm und dem Polizisten mochten gut 100 Meter liegen. Nun hatten auch zwei von Niklas' Winzerfreunden die Verfolgung aufgenommen. Sie schrien ihm laute Verwünschungen hinterher, als er die hintere Wagentür aufriss und sich ins Auto warf – die Tür zuschlug.

Der elektronische Türschließmechanismus klackte. Ein überlegenes Grinsen über die wild gestikulierenden Verfolger glitt ihm übers Gesicht. Geschafft.

»Bistro v aeroport. U tebja jest polotentse? Moi nos sloman«, was so viel hieß wie »Schnell zum Flughafen. Hast du ein Tuch? Meine Nase ist gebrochen«, schrie Peters noch immer in höchster Aufregung auf Russisch. Wobei die Stimme durch die Hand, die er auf die stark blutende Nase hielt, seltsam nasal klang.

»Ich muss Sie leider enttäuschen, Ihr russischer Chauffeur hat es vorgezogen, diese Fuhre doch nicht zu übernehmen.« Peters starrte nach vorne. Bertling reichte ihm grinsend eine Packung Papiertaschentücher. »Und nicht damit sparen. Wir wollen die Rückbank weiter benutzen.«

*

André krümmte sich indes auf dem Boden, wie es aussah, hatte ihm der mit Wucht in die Beine geschlagene Baseballschläger das Schienbein gebrochen. Er hoffte nur inständig, dass Achill seine Textnachricht erhalten und die richtigen Maßnahmen eingeleitet hatte.

*

In diesen Moment trat Mühlenkamp aus dem Tor. Achill und Bertling hatten es vorgezogen, Peters festzunehmen. Dadurch war er zwangsläufig einen Augenblick unbeaufsichtigt.

»Was geht hier vor?«, herrschte er den Polizisten an, der sich noch immer um den stark blutenden Niklas kümmerte.

»Ich weiß nicht«, antwortete der Mann, der verzweifelt versuchte, die starke Blutung in Niklas' Unterarm zu stoppen.

»Kaum ist man mal weg von der Bildfläche, droht die Situation zu entgleisen.«

Keiner beachtete ihn.

Annika Raps schüttelte nur den Kopf. Sie versuchte gerade, am Handy den Rettungswagen herzudirigieren.

Einer der Polizeibeamten hatte mittlerweile dem sich etwas beruhigenden Knöringer Handschellen verpasst und ihn kurzerhand an den Stabmattenzaun gefesselt.

»Sie da, nehmen Sie die Leute fest!«, befahl Mühlenkamp und wies auf die etwas unschlüssig herumstehenden Hooligans, die ihres Anführers beraubt nicht recht wussten, wie es weitergehen sollte.

»Der Mann bleibt, wo er ist. Er kümmert sich um den Verletzten, bis die Notarztwagen eintreffen. Und Sie gehen am besten wieder rein. Merken Sie nicht, dass Sie eine Polizeiaktion stören?«, herrschte ihn die Bürgermeisterin mit all ihrer Autorität an. »Und Sie scheren sich nach Hause, die Veranstaltung ist beendet!«, schrie sie die Hooligans an.

Offensichtlich wirkte ihr Machtwort. Nicht nur Mühlenkamp stapfte Richtung Verwaltungsgebäude, sondern auch die Hooligans zogen sich in die Busse zurück.

»So, und wer noch Lust hat, kann sich von Herrn Kaiser die Anlage erklären lassen. Wir brauchen hier keine Gaffer bei den Verletzten!«

HARTER TAG

Ludwigshafen, Montag, 17. Oktober 2022, 10.15 Uhr

Dass es ein harter Tag werden würde, war Achill durchaus bewusst, als er aufstand. Auch wenn er noch nicht genau wusste, was ihm bevorstehen würde.

Als er im Büro ankam, traf ihn der erste Schlag in die Magengrube. Mühlenkamp ließ es sich nicht ausreden, sie den Tag über zu begleiten oder besser zu beaufsichtigen.

Obwohl das Verhältnis zwischen ihm und Bertling einer Achterbahnfahrt mit einer Nitroglycerinflasche in der Hand glich, wirkte er äußerlich ungerührt.

Nur ihr gelang es nicht mal am Anfang vollständig, ihre mittlerweile zur Feindschaft herangereifte Antipathie zu verbergen.

Achill hatte während der ganzen, weitgehend schlaflosen Nacht über das Setting des heutigen Tages gegrübelt. Zum einen war er sich nicht sicher, ob ihnen Mühlenkamp nicht mal wieder den Fall entziehen würde. Zum anderen sinnierte er darüber nach, wer, wenn es überhaupt dazu käme, das Vernehmung durchführen sollte.

Obwohl er es natürlich Bertling zutraute, wollte er sie nicht den kommenden Intrigen Mühlenkamps aussetzen. Sicherlich würden ihm wieder genügend Dinge einfallen, um sie im Nachhinein anzugreifen.

Würde er die Vernehmung selbst übernehmen, hatte dies aber zwangsläufig zur Folge, dass Bertling und Mühlenkamp stundenlang im Beobachtungszimmer neben dem Vernehmungsraum allein waren. Dies war in etwa so, wie einen Kampfhund mit einer zornigen Katze zusammenzusperren.

Den Gedanken, Bertling ganz auszuschließen und Jonas hinzuzubitten, verwarf er schnell. Er wollte sie auf keinen Fall nur wegen Mühlenkamp in den Hintergrund verbannen. Also entschied er sich schweren Herzens, selbst die Vernehmung zu übernehmen.

»Kratz ihm bitte nicht sofort die Augen aus – bitte«, raunte er ihr in einem kurzen unbeobachteten Augenblick zu, bevor er zu Peters und seinem Anwalt ins Vernehmungsraum ging.

»Ich verspreche gar nichts«, antwortete sie mit belegter Stimme.

Er schluckte. Er wusste, dass dies ihre ehrliche Antwort war.

Achill trat ein, grüßte kurz und nahm gegenüber Peters und seinem Anwalt Platz. In diesem vor wenigen Jahren neu gestalteten Vernehmungsraum waren in den verschiedensten Perspektiven Kameras und Mikrofone eingebaut worden. Über diese konnten Bertling und Mühlenkamp im Nebenraum der Vernehmung problemlos folgen. Seitlich von Achills Sitzplatz war ein Monitor installiert. Über ihn konnte ihm Bertling vom Nebenzimmer aus Nachrichten senden oder Beweismittel einblenden.

»Adam Kowacek«, stellte sich Peters' Anwalt vor.

Allein das abgetragene Jackett und die auch sonst alt und ausgebleicht wirkende Kleidung gaben Achill den Eindruck, dass das wohl kein Anwalt war, der finanziell auf der Sonnenseite stand.

Insgeheim hatte er mit einem Starstrafverteidiger gerechnet, den sich Peters von einem Hintermann oder einer Umweltorganisation bezahlen ließ.

»Kriminalhauptkommissar Frank Achill.« Dann drückte er einige Tasten auf der kleinen Tastatur vor sich. »Ich beginne die Aufzeichnung und die Übertragung von Bild und Ton ins Nebenzimmer«, leierte er routinemäßig herunter. Dann machte er eine kurze Pause und fuhr fort: »Befragung des dringend tatverdächtigen Waldemar Peters mit seinem Anwalt Adam Kowacek.«

Nachdem Achill die Belehrung und Einführung hinter sich gebracht hatte, stieg er schnörkellos in den Fall ein.

»Herr Sartorius sowie verschiedene Zeugen, darunter Annika Raps, die Bürgermeisterin von Speyer, berichteten uns, dass Sie Herr Sartorius vorgestern im Zuge einer, sagen wir, Infoveranstaltung vor der Bohrstelle der *Pfalz Oil* in Speyer mit gewissen Vorwürfen konfrontierte. Darunter der Behauptung, Sie hätten eine Personengruppe angeführt, die in den Weinbergen um Nußdorf installierte Geophone eingesammelt habe. Als Sie dabei der Winzer Karl Knöringer ertappt hat, hätten Sie ihn mit Hilfe einer Spritze mit einer unbekannten Flüssigkeit betäubt. Stimmt das?«

Peters schluckte.

Sein Anwalt legte ihm eine Hand auf den Oberschenkel.

»Sie müssen jetzt nichts sagen«, krächzte er und wippte mit der Fußspitze auf und ab.

Peters schwieg.

»Als er Ihnen weiter vorhielt, dass infolge dieser Betäubung Herr Knöringer gleich darauf in den Mechanismus seines Vollernters gefallen und zu Tode gekommen war, äußerten Sie sich unter den vorgenannten Zeugen wie folgt: …« Achill las aus Andrés Zeugenprotokoll, das ihm Bertling in den Monitor am Tisch einblendete, vor. »… Seine Schuld. Was muss dieser besoffene Narr auch während der Fahrt am Vollernter rumwerkeln.«

»Ich … ich …«, stammelte Peters und stockte.

Sein Anwalt legte ihm wieder eine Hand auf den Oberschenkel und gebot ihm mit einem »Vorsicht …«, besser zu schweigen.

»Ganz konkret, ja oder nein, haben Sie diesen Satz so gesagt?«, fragte Achill nun energischer.

Peters nickte. »Ja«, sagte er heiser im Flüsterton, aber für alle hörbar.

»Das heißt, Sie gestehen das Aufsammeln und den Diebstahl der Geophone sowie die Injektion einer Substanz in Herrn Knöringers Brust.«

Peters schwieg zunächst, rang sich dann aber doch zu einem dürren »Ja« durch.

»Aha«, erwiderte Achill erstaunt, wie schnell er ihm dieses Geständnis abgerungen hatte.

»Und dann wandte sich Herr Knöringer wieder dem Vollernter zu, stieg auf und setzte die Lesearbeiten wegen des einsetzenden Regens eilig fort?«

Peters nickte. »Ja.«

»Aber seltsam klingt das schon. War es ihm egal, dass Sie ihm diese Spritze in die Brust gerammt haben?«

»Wollte wohl weitermachen … war besoffen, der Alte … keine Lust auf Ärger«, brachte Peters stoßweise hervor.

Achill legte die Stirn in Falten. Schlüssig wirkte das für ihn nicht.

»Und was war in der Spritze?«

»Nur K.-O.-Tropfen, nichts weiter.«

»Aha, *nur* K.-O.-Tropfen«, erwiderte Achill und dehnte dabei das Wort »nur«. »Und dadurch wurde Herr Knöringer schläfrig und fiel bei den Wartungsarbeiten in den laufenden Mechanismus des Vollernters.«

»Ja, genauso war's. Der hatte ja auch ganz schön getankt. Hat nur noch gelallt, als er mich wegen der Geophone angesprochen hat.«

»Aber mal ganz ehrlich. Wenn man Ihnen eine Spritze in die Brust bohren würde, würden Sie dann auch einfach kehrtmachen und weiterarbeiten?«

»Warum nicht, besser als noch eine aufs Maul zu kriegen.«

Peters' Anwalt schüttelte entgeistert den Kopf.

»Das heißt, Sie hatten ihm Prügel angedroht, für den Fall, dass er weiter insistiert?«

»Insistiert?«, wiederholte Peters fragend.

»Also, dass er weiter gegenhält?«

»Ja, so war's, genauso. Es war halt ein dummer Streich, bei dem der besoffene Alte einen Unfall hatte. Das wollte ich natürlich nicht.« Peters hatte sich nun warmgeredet und wirkte fast eine Spur erleichtert, aus dem eigenen Mund zu hören, dass eigentlich alles nur ein bisschen schlecht gelaufen war.

»Also Unfall mit Todesfolge«, schaltete sich Kowacek ein.

»Na ja, lassen wir das vorerst mal so stehen. Und wie ging's dann weiter? Haben Sie Herrn Knöringer dann vorsichtshalber noch überfahren?«

»Damit hab ich nichts zu tun, das lag am Autopiloten, der hat ihn überfahren«, antwortete Peters hektisch.

»Aha, also den Vollernter müssen wir festnehmen und verurteilen?«, fragte Achill und konnte sich nur schwer ein Grinsen verkneifen.

»Genau«, erwiderte Peters ernst. Offensichtlich hatte er die Ironie in Achills Worten nicht verstanden.

Achill durchzuckte die Frage, wie ein so einfältiger Bursche zu all dem fähig sein sollte.

»Und warum wollten Sie überhaupt die Geophone stehlen?«

»Na ja, um die Messergebnisse unbrauchbar zu machen. Unser Nußdorfer Boden gehört uns und nicht diesen Ölmultis.« Peters hatte wohl gerade den Eindruck, wieder Oberwasser zu gewinnen und mit einem blauen Auge aus der Sache rauszukommen.

*

Im Nebenzimmer war Mühlenkamp aufgestanden und marschierte kopfschüttelnd durch den Raum.

»Was für eine Lusche Ihr Chef doch ist. Der kriegt noch nicht mal diesen dummen Jungen dazu, die Wahrheit zu sagen. Bei mir in der Vernehmung vor Gericht wird der innerhalb von Minuten ein volles Geständnis ablegen.«

Bertling presste die Lippen zusammen und schwieg. Nur nicht provozieren lassen, nur nicht provozieren lassen, sagte sie sich im Geiste immer wieder vor.

*

Achill beschloss, Peters zunächst in dieser Sache in Sicherheit zu wiegen, und wechselte das Thema.

»Am Dienstag, dem 20. September, also genau eine Woche später, waren Sie und Ihre Leute südlich von Nußdorf wieder in den Weinbergen unterwegs, um Geophone zu stehlen. Trifft das zu?«

Ein roter Schleier huschte auf Peters' Gesicht.

»Ich … ich … nein«, stammelte er.

»Noch mal. Haben Sie am 20.9. abends so gegen 21 Uhr in den Weinbergen südlich von Landau entlang der L 512 Geophone gestohlen?«, fragte Achill und packte allen Nachdruck in seine Stimme.

Peters' Anwalt legte ihm wieder eine Hand auf den Oberschenkel.

»Sie müssen nicht antworten.«

»Ja«, krächzte Peters und schaute verstohlen auf den Boden.

»Und dabei wurden Sie erneut gestört. Dieses Mal durch den Polizisten Florian Bachert, den Sie mit Sicherheit auch kannten, da er in Nußdorf wohnt.«

Peters nickte.

»Und dann haben Sie ihm ebenfalls so eine K.O.-Tropfen-Spritze in die Schulter gejagt?«

»Ja«, erwiderte Peters, dieses Mal etwas deutlicher.

»Und dann?«, fragte Achill ungläubig.

»Dann ist er abgehauen, wollte die Böschung runter zur

Straße, stolperte und torkelte vor dieses Auto, das da dummerweise fuhr.«

»Sie wollen mir also weismachen, dass ein Polizist in Uniform mit Dienstwaffe vor Ihnen Angst hat und dermaßen kopflos flieht, dass er in ein Auto läuft?«

»Ja, das war so. Ich schwöre.«

Achill schüttelte den Kopf. »Würden Sie bitte Ihren Mandanten darauf hinweisen, dass er als Verdächtiger hier nicht zu schwören hat.«

Kowacek brummte nur: »Sie haben's gehört.«

»Sie wollen mir also erzählen, dass eine Woche vorher ein Winzer, dem Sie eine Spritze in die Brust gejagt haben, sich einfach rumdreht, wieder auf seinen Vollernter geklettert ist und weitergearbeitet hat. Und eine Woche später stechen Sie einem Polizeibeamten in den Oberarm und er bekommt es so mit der Angst zu tun, dass er Hals über Kopf flieht. Ich glaube Ihnen weder, dass der Kollege diesen Stich nicht abgewehrt hätte, noch glaube ich Ihnen, dass er Sie danach nicht einfach verhaftet hätte.«

»War nicht im Dienst«, erwiderte Peters und schaute dabei wieder auf den Boden.

»Aha, verstehe, und wenn man als Polizist zwar voll uniformiert ist, eine Waffe trägt, aber nicht im Dienst ist, dann lässt man alles mit sich machen und haut ab.«

Peters nickte treuherzig.

»Ich schlage vor, wir legen jetzt eine Pause von 15 Minuten ein. Lieber Herr Kowacek, ich würde Sie bitten, die Zeit zu nutzen, Ihrem Mandanten ins Gewissen zu reden. Jetzt, wo es raus ist, hat diese Verharmlosungstaktik keinen Sinn mehr. Im Gegenteil, wie Sie wissen, hat ein sauberes Geständnis, das zur völligen Aufklärung des Falles führt, strafmildernde Wirkung. Im Übrigen werden wir auch die weiteren Mitglieder von Herrn Peters' Geophon-Diebestruppe finden, spätestens dann wird eh einer reden und wir wissen, was wirklich passiert ist. Da braucht es sich Herr Peters nicht unnötig noch mit einer Falschaussage schwer zu machen.«

Achill erhob sich, schaltete demonstrativ, sodass Kowacek es sehen konnte, die Videoübertragung aus und verließ den Raum in Richtung Nebenzimmer.

*

»Sie lassen sich tatsächlich von diesem Typen, der hier mit diesem Quacksalber von einem Rechtsanwalt auftaucht, verarschen? Lassen Sie mich fünf Minuten auf Ihren Stuhl, und ich werde Ihnen zeigen, wie man so was macht«, fuhr ihn Mühlenkamp, noch während er die Tür des Nebenraums hinter sich zuzog, an.

Achill blieb ruhig. Er wusste, dass Bertling innerlich kochte, und wollte auf keinen Fall zu einer Eskalation der Lage beitragen. »Ich mache das eben auf meine Art und bin zuversichtlich, dass sie zum Erfolg führen wird.«

»Wenn Sie das vergeigen, reiße ich Ihnen so den Arsch auf, wie Sie es noch nie erlebt haben, und ich wette mit Ihnen, dass Sie den Rest Ihrer Dienstjahre irgendwo als Dorfpolizist zubringen.«

*

Von Lychow schien geradezu in einem Taumel des Erfolgsgefühls zu sein, als er Irina zu seinem Auto geleitete. Er hatte es sich nicht nehmen lassen, sie selbst abzuholen, die Vorstellung, sie, wenn das auch nur ein unnötiger Umweg war, höchstpersönlich bei Achill abzuliefern, versetzte ihn in Hochstimmung. Er sah sie schon vor sich, diese renitente Assistentin Bertling, oder wie sie hieß, und Achill, die sich beide wohl oder übel bei ihm bedanken mussten. Ein Hochgenuss würde das werden und das, obwohl es ihm ein Leichtes gewesen war, diese Studentin hier rauszuhauen.

Ein kurzer Sachverhaltsabgleich mit ihr am Samstagnachmittag und heute ein Gespräch mit dem Haftrichter, der einige Jahre mit ihm an der Uni gelehrt hatte, und die Sache war gelaufen.

Er hielt Irina die Tür des Wagens auf, aber sie zögerte.

»Was ist?«, fragte er irritiert.

Irina stockte erneut. »Ähm, ich … ich müsste da mal um die Ecke.«

»Austreten?«, fragte von Lychow genervt.

»So ähnlich.«

»So ähnlich?«, wiederholte er irritiert.

»Hab da was im Slip, das ich rausholen muss, bevor ich mich setze?«

»Wie bitte? Was um alles in der Welt …«

»Ist nur 'ne Spritze«, antwortete Irina genervt. »Brauch nur 'ne Sekunde, will aber nicht, dass die das im Pförtnerhaus sehen.«

Von Lychow lief zornesrot an. »Bei allem Respekt, aber Sie wollen von mir allen Ernstes Unterstützung dabei, irgendwelche Gefängnisdrogen aus Ihrem Slip, oder wo Sie sie sonst versteckt haben, zu entnehmen und in meinem Auto dann mitzuführen?«

»Sind keine Drogen.«

»Ach so, wie beruhigend. Vielleicht Nitroglycerin oder auch nur Hyaluron für die kosmetische Behandlung der

Dame von Welt?« Von Lychow schüttelte völlig entgeistert den Kopf.

»Nee, ist nur Gift.«

»Wie bitte?«, spie von Lychow förmlich aus. »Und damit wollen Sie *wen* vergiften? Vielleicht mich während der Fahrt oder Ihren Vermieter, weil er Sie nicht besucht hat?«

»Niemanden, ich will nur nicht, dass ich mir versehentlich die Spritze in den Hintern jage.«

»Ach so, das leuchtet natürlich ein. Dann …«

»'tschuldigung, aber was soll ich sonst tun?«

»Und wo haben Sie das Zeug her? Und wieso …?«

»Ich hab's weder bestellt noch bezahlt, dieser Waldemar Peters hat es mir bei seinem Besuch zugesteckt.«

»Der steckte Ihnen Gift zu?«, fragte von Lychow nun völlig außer Fassung.

»Ja, er hat es wohl gut gemeint. Meinte, ich käme eh nicht mehr raus und dass es einer Russin in einem deutschen Gefängnis zurzeit eher schlecht erginge.«

»Schöne Freunde haben Sie, was für ein mitfühlender Mensch.« Von Lychow schüttelte den Kopf. »Und wie hat er es Ihnen zustecken können? In die Besuchsräume kriegt man doch so was nicht rein. Und die Übergabe vor den Augen einer Justizbeamtin …?«

»Na ja, die ging kurz raus.«

»Wie? Die ging während seines Besuches kurz raus?«

»Ja klar. Peters meinte stolz, er hätte das so eingefädelt.«

»Und das haben Sie ihm geglaubt? Irgendein Hanswurst, der einfach mal die Gefängnisroutinen außer Kraft setzt.«

»Er sagte, er hätte Beziehungen.«

»Das wird ja immer schöner.«

Irina zuckte mit den Schultern. Sie war viel zu müde, um etwas zu erwidern, und es ging ihr gehörig auf die Nerven, gerade mal wenige Minuten in Freiheit, schon wieder einer peinlichen Befragung unterzogen zu werden.

»Sei's drum. Das Gebäude und das Umfeld werden kameraüberwacht. Sie sollten ein paar 100 Meter laufen, ehe Sie das Ding aus Ihrem Slip holen. Und werfen Sie es auf keinen Fall weg. Ich muss das für die Polizei sicherstellen.«

»Aber …«

»Nichts aber. Oder wollen Sie es wegwerfen und riskieren, dass ein spielendes Kind sich damit umbringt? Und keine Sorge, trauen Sie mir einfach zu, dass ich als Strafverteidiger nicht gerade drauf aus bin, meine Mandanten zu belasten.«

*

Logistisch war es eine Herausforderung, was sich da gerade im Basaltsteinbruch in Albersweiler, der nur zehn Autominuten von Nußdorf entfernt war, abspielte.

Man hatte eigens die Ludwigshafener Berufsfeuerwehr für diesen Einsatz angefordert. Zum einen, weil nur sie über die entsprechenden leistungsstarken Pumpen verfügte. Zum anderen, weil man die hiesige Feuerwehr aufgrund der Nähe zu Waldemar Peters für befangen hielt.

Das ohnehin mit soliden Zäunen und Toren gesicherte Steinbruchgelände war zusätzlich an allen Zugängen von Beamten der Bereitschaftspolizei abgeriegelt worden.

Taucher hatten zunächst versucht, die Geophone aus dem schmutzig roten Wasserloch im Zentrum des Steinbruchs zu bergen. Einzelne hatte man ertasten und an die Oberfläche ziehen können, aber schnell war man zur Erkenntnis gelangt, dass es chancenlos war, in dem durch den Basaltstaub rot gefärbten Wasser eine systematische Räumung zu gewährleisten.

Es half nichts, das schmutzige Gewässer musste leer gepumpt werden.

DESASTER

Zweibrücken / Ludwigshafen, Montag, 17. Oktober 2022, 11.15 Uhr

Irina war auf dem Bürgersteig einige 100 Meter gegangen, bis sie eine Stelle fand, die weit genug vom Anstaltsgelände entfernt war, und ein Gebüsch ihr Deckung gab, die Spritze aus ihrem Slip zu ziehen.

Von Lychow war ihr mit dem Auto im Schritttempo gefolgt und stoppte unmittelbar vor der Stelle, die sie sich ausgesucht hatte.

Als sie zum Auto trottete, trug sie die Spritze in ihrer an die Hosennaht gepressten Hand verborgen.

»Hätten ruhig noch näher an mich ranfahren können«, giftete sie.

Als sie im Auto neben von Lychow Platz genommen hatte, hielt er ihr auffordernd die mit einem Stofftaschentuch ausgelegte Hand entgegen. »Die Spritze bitte. Ist ein Beweismittel.«

»Haben Sie die Hoffnung, dass da noch Fingerabdrücke drauf sind?«, fragte sie naiv.

»Nein.«

»Was sonst?«

»Nichts sonst. Ist ein rein ästhetisches Problem. Fasse gewöhnlich nichts an, das bei Fremden im Slip gesteckt hat.«

*

Als Achill mit weichen Knien im Vernehmungsraum zurück war, saßen Peters und sein Anwalt stumm nebeneinander, als hätte es nichts zwischen ihnen zu bereden gegeben.

»So, Herr Peters, nun bringen Sie bitte mal etwas Licht ins Dunkel. Wie hat sich das nun mit den Spritzen zugetragen? Und was genau ist danach passiert?«

Peters kniff die Lippen zusammen, es wirkte fast, als habe er sie zusammengeklebt.

Kowacek räusperte sich. »Mein Mandant möchte über die getätigten Ausführungen hinaus keine weiteren Aussagen mehr machen.«

*

Mühlenkamp schnaubte und sprang erneut vom Stuhl auf. Sein Kopf war puterrot. »Was für ein elendigliches Dilettantenduo ihr doch seid. Selbst Dorfpolizist ist für den noch zu anspruchsvoll!«

Bertling krallte sich in die Tischplatte vor ihr. Ihre Fingerknöchel traten weiß hervor. Ihre Lippen presste sie, so fest sie nur konnte, zusammen. Die Venen und Sehnen an ihrem Hals wölbten sich nach außen. Ihren Blick hielt sie krampfhaft auf den Fußboden gerichtet. Nur nicht antworten, nur nicht antworten.

*

Achill unternahm einen letzten Versuch. »Und wen erwarteten Sie am gestrigen Nachmittag, als Sie zu uns ins Auto sprangen? Wer sollte Sie abholen? Oder soll ich zutreffender sagen, Sie bei Ihrer Flucht unterstützen?«

»Bitte, Sie haben es doch gehört«, mahnte Kowacek, während Peters die Lippen zusammenpresste.

Achill spürte Ärger in sich aufsteigen. Alles hatte doch so erfolgversprechend begonnen, er hätte die beiden nicht alleine lassen sollen. Er ahnte schon, wie Mühlenkamp das ausschlachten würde.

Achill konnte sich nicht durchringen, das Gespräch für heute zu beenden. Fast zufällig streifte sein Blick den seitlich unterhalb der Tischplatte installierten Monitor, zu dem Bertling vom Nebenraum Zugriff hatte.

»Irina ist frei. Von Lychow ist mit ihr hierher unterwegs. Peters hat Irina im Gefängnis besucht, ihr eine Giftspritze dagelassen und empfohlen, sich selbst damit zu töten. ›Besser tot, als hier zu verrotten‹, war wohl sein Originalton.«

Achill rieb sich über die Augen. Wie konnte das sein? Was trieb ihn dazu? Wie hatte er das geschafft, sie zu besuchen, wo selbst André und Bertling keine Besuchserlaubnis bekommen hatten? Und wie hatte er die Spritze am Justizpersonal vorbei reinschmuggeln können?

»Ist noch was? Oder kann ich gehen?«, fragte Kowacek mit zynischem Unterton. »Da die einzigen Straftaten, die man meinem Mandanten vorwerfen kann, sich ja nun auf Diebstahl und leichte Körperverletzung und nicht von ihm zu verantwortende Todesfolgen beschränken, gehe ich davon aus, dass er mich begleiten kann. Oder haben Sie noch was?«

Achill schäumte vor Wut über diese Unverfrorenheit. »Sie wollen also die Verantwortung Ihres Mandanten für die beiden Todesfälle leugnen?«

»Nein, sie ist ja offenkundig, aber sie ist in einem Fall auf den übermäßigen Alkoholkonsum und den grob fahrlässigen nicht bestimmungsmäßigen Gebrauch des Vollernters und im anderen Fall auf das grundlos überhastete, ebenfalls grob fahrlässige Überqueren der Straße zurückzuführen. Für beides ist mein Mandant nicht verantwortlich.«

Achill rieb sich das Kinn, unschlüssig, wie er vorgehen sollte. Natürlich würde er Peters auf keinen Fall gehen lassen.

»Ich möchte an dieser Stelle den Tatvorwurf für Herrn Peters aufgrund neuer Erkenntnisse erweitern«, verkündete er ernst.

Kowacek schaute verwundert auf.

»Herr Peters steht unter dringendem Tatverdacht, Frau Irina Worobjowa einen Suizid aus eigennützigen Motiven nahegelegt und sie mit einer Giftspritze, die er ins Gefängnis schmuggelte, unterstützt zu haben.«

»Das ist in Deutschland keine Straftat«, platzte Peters heraus.

Kowacek entgleisten die Züge.

Achill schluckte. Die Antwort überraschte ihn. Dabei war es nicht die juristisch korrekte Beurteilung, sondern die Tatsache, woher Peters das so genau wusste. War doch dieses Delikt nicht gerade alltäglich.

Ihm war klar gewesen, dass sein Vorwurf vor Gericht nicht standhalten würde. Er hätte nur dazu dienen sollen, das Gespräch wieder zum Laufen zu bringen. Auch wenn es nicht gerade den Regeln entsprach, eine nicht vorhandene Strafbarkeit einfach zu behaupten.

»Sind Sie sich da sicher? Und wer hat Ihnen ermöglicht, mit dieser Spritze in die JVA zu gelangen?«, fasste Achill nach.

»Na, euer Staatsanwalt, dieser Mühlenkamp. Er hat dafür gesorgt, dass ich eine Besuchserlaubnis erhalten habe und dass die Aufseherin bei meinem Besuch rausgegangen ist.«

Achill schluckte. »Wusste er, dass Sie eine Giftspritze für Frau Worobjowa mitgeführt haben und ihr einen Suizid nahelegen würden?«

»Ja, klar«, antwortete Peters, als sei es eine Selbstverständlichkeit.

FUROR

A 65 20 Kilometer vor Ludwigshafen / Ludwigshafen, Montag, 17. Oktober 2022, 11.45 Uhr

»Ich, also ich … ich …«

»Wertes Fräulein, wenn das ein Satz werden soll, wäre wohl jetzt am sinnvollsten, ein Verb einzubauen«, brummte von Lychow missgelaunt.

»*Fräulein*«, wiederholte Irina kopfschüttelnd. »Ich fürchte, ich habe mich mit dieser Spritze verletzt«, fügte sie leidend hinzu.

»Wie? Wo?«

»Na ja, hab sie mir, als die Wärterin mich holen kam, etwas ruppig in den Slip gestopft – ohne diese Abdeckkappe.«

»Wie jetzt?« Von Lychow hatte offensichtlich Schwierigkeiten, mit dem Malheur seiner jungen Passagierin umzugehen.

»Mann, red ich Russisch? Ich hab mir diese Nadel irgendwo in der Gesäßfalte – so sagt man das doch – reingestochen.«

»Und das fällt Ihnen jetzt mitten auf der Autobahn ein?«

»Fing erst jetzt mitten auf der Autobahn an zu brennen.«

Von Lychow stöhnte. »Und was erwarten Sie jetzt von mir? Soll ich etwa nachschauen?«

»Neeiin«, erwiderte Irina gedehnt. »Ich werd's noch schaffen bis nach Ludwigshafen.«

»Und wenn … In der Spritze war doch dieses Gift? Hab keine Lust darauf, mich wegen unterlassener Hilfeleistung verantworten zu müssen.«

»Und dass ich vielleicht hier im Wagen krepiere, wäre dann wohl eher von nachrangiger Bedeutung.«

»Ich hätte es wissen müssen, wenn mir Ihr Freund Achill einen Fall andient, dass es einen Pferdefuß gibt.«

»Aha, und der bin wohl ich.«

»Selbstredend. Wer sonst?«

*

Peters ahnte nicht, was er gerade mit Bertling angerichtet hatte. Sie glich durch Mühlenkamps dauernde Nörgeleien und Beleidigungen sowieso schon einer hochexplosiven Handgranate. Dieser hatte er nun mit einem Ruck den Sicherungsstift herausgezogen.

Der Kurzschluss, der durch ihre Synapsen raste, hatte zur Folge, dass ihr Bewusstsein einige Schritte übersprang und ihr Körper im Affekt reagierte. Ohne zu reflektieren, was sie tat, zog sie ihre Dienstwaffe und richtete sie auf den erschreckten Mühlenkamp. Dieser riss die Hände hoch und wollte ihr die Waffe entreißen. Bertling handelte nun rein affektiv und tat das, was jeder Polizist Tausende Male geübt und einstudiert hatte. Sie ergriff seine Hand, drehte sie ihm aufs Kreuz, warf den massigen Körper in einer einzigen Drehbewegung vom Stuhl und drückte ihn auf den Bauch.

Als Achill nur wenige Sekunden später die Tür zum Nebenraum aufriss, kniete Bertling auf dem Rücken des massigen Mannes. Er hörte noch, wie die Handschellen um Mühlenkamps Handgelenke ins Schloss klickten.

ANGELAUSFLUG

Albersweiler bei Landau / Ludwigshafen, Montag, 17. Oktober 2022, 11.45 Uhr

Die milchig rote Brühe kroch nur Millimeter um Millimeter aus dem Wasserloch im Zentrum des gewaltigen Kraters, der aus jahrzehntelangem Basaltabbau entstanden war.

Immer wieder waren die Filter verstopft und mussten langwierig gereinigt werden.

Schon vor einer halben Stunde waren die ersten dieser Geophone – orangefarbene Quader, mit Erdspieß an der Unterseite – zutage getreten, nun sah man das ganze Ausmaß dieses kuriosen Diebstahls.

Mehrere 100 dieser Geräte lagen unter einem roten Schlammfilm vor den Augen der Feuerwehrleute, Polizisten und Kriminaltechniker.

»Ihr erwartet jetzt aber nicht, dass wir Hunderte dieser Teile untersuchen?«, fragte einer der Spurensicherer. Sein ursprünglich weißer, faserfreier Overall war mittlerweile über weite Strecken rötlich verfärbt.

»Nein, ihr macht ein paar Stichproben, ob diese Geräte auch tatsächlich dieser Erkundungsfirma gehören, prüft, ob sie wirklich hinüber sind, und zählt vor allem die Dinger.«

»Weil wir natürlich hier die Einzigen sind, die sich die Hände schmutzig machen dürfen und zählen können.« Der Mann schüttelte missgelaunt den Kopf.

Gerade wollte er sich abwenden, um zu beginnen, die grauen Transportkisten aus den beiden Transportern zu laden, da stockte er und wandte sich wieder dem nun schon fast trockengelegten Wasserloch zu. »Und das da? Was ist mit dem?«, sagte der Mann mit Erstaunen in der Stimme und wies mit dem Zeigefinger auf eine Stelle im roten Schlamm.

*

Mühlenkamps massiger Körper lag wie ein gestrandeter Wal in der Mitte des Raumes. Er japste nach Luft, sein Gesicht war schmerzverzerrt. Offensichtlich hatte er sich nach Bertlings unsanfter Aktion ein paar kleine Prellungen zugezogen. Sein Hemd zierte auf dem Rücken, wo seine Hände straff mit Handschellen verschnürt waren, ein Blutfleck. In der Hitze des Gefechts hatte Bertling ihm wohl eine Hautfalte an den fleischigen Handgelenken eingeklemmt und verletzt.

Noch immer kniete sie auf seiner Hüfte. Atmete schwer und schaute mit einem seltsamen Gesichtsausdruck, in dem sich die letzten Spuren des Furors, aber auch Bedauern und Traurigkeit spiegelten.

»Nimm ihm die Handschellen ab«, sagte Achill ruhig, nachdem er die Sprachlosigkeit überwunden hatte.

Sie gehorchte.

»Stehen Sie auf.« Er reichte Mühlenkamp die Hand und half dem angeschlagenen Oberstaatsanwalt auf die Füße. »Setzen Sie sich.«

Mühlenkamp hustete, offensichtlich hatte auch sein Brustkorb unter der rüden Behandlung etwas gelitten. »Das wird ein Nachspiel haben«, krächzte er heiser.

»Mit Sicherheit. Ich kann nur zum jetzigen Zeitpunkt nicht absehen, für wen«, entgegnete Achill ruhig.

Überraschenderweise schwieg Mühlenkamp.

»Verena, ich bitte dich, dir einen halben Tag freizunehmen und nach Hause zu fahren.«

Bertling nickte betroffen und wandte sich wortlos und mit gesenktem Kopf zur Tür.

»Und Sie bitte ich um das Gleiche«, sagte Achill, als sie den Raum verlassen hatte.

»Was erlauben Sie sich!«, brauste Mühlenkamp auf.

»Objektiv gesehen, wäre die richtige Vorgehensweise, Ihre Verstrickung mit dem Fall ans Justizministerium in Mainz zu melden und dort um Abberufung von diesem Fall und Übertragung an einen Kollegen zu bitten.«

Mühlenkamp schnappte nach Luft, setzte an, etwas zu erwidern, zog es aber offensichtlich dann doch vor zu schweigen.

»Eine etwas pragmatischere und wohl für alle Seiten bessere Möglichkeit wäre, dass Sie jetzt nach Hause gehen, mir gestatten, mit den Ermittlungen fortzufahren und zu eruieren, was an Peters' Vorwürfen dran ist.« Achill räusperte sich. »Sollte nichts dran sein, ersparen Sie uns allen – besonders aber Ihnen selbst – viel Ärger.«

Mühlenkamp nickte stumm und wirkte betroffen.

»Bitte geben Sie mir noch fünf Minuten, ich muss …« Er verstummte und kramte aus der Innentasche des Sakkos ein Papiertaschentuch heraus, mit dem er sich notdürftig die kleine Wunde am Handgelenk verband.

Achill raffte sich auf und schlurfte kraftlos in den Vernehmungsraum.

»Wir machen eine Mittagspause. Man wird Ihnen etwas zu Essen bringen«, sagte er an Peters gerichtet.

»Und Ihnen, Herr Anwalt, empfehle ich die Bäckerei gegenüber dem Präsidium. Sie hat so etwas wie eine Cafeteria, die Kollegen und ich essen dort mittags auch hin und wieder was.«

»Wir unterbrechen für eine Stunde und sehen uns um 13 Uhr wieder hier. Die Übertragung ins Nebenzimmer wird für diese Zeit eingestellt.« Achill drückte einige Tasten auf der Tastatur und erhob sich.

Beim Hinausgehen bat er den erstaunten Wachmann, Peters mit Handschellen am linken Arm am Tisch zu fixieren und ein Mittagessen von der Kantine für ihn zu holen.

Er beobachtete noch, wie sich Mühlenkamp auf dem Flur umständlich mit dem notdürftig verbundenen Handgelenk in das Sakko quälte und mit leidender Miene langsam Richtung Ausgang trottete.

Achill beeilte sich, ins Büro zu kommen. Er fühlte sich leer und verbraucht.

Als er allein war, rieb er sich mit beiden Händen matt übers Gesicht. Was war nur in Bertling gefahren? Ein solcher Übergriff auf einen Oberstaatsanwalt war unverzeihlich. Auch wenn sein Vorgehen auf den ersten Blick einen sehr bitteren Nachgeschmack verursachte, würde der clevere Jurist garantiert im Nachhinein daraus ein ermittlungstechnisch gebotenes taktisches Manöver machen. Wahrscheinlich würde er behaupten, dass er sich der Existenz dieser Giftspritze nicht bewusst war.

EMOTIONEN

Ludwigshafen, Montag, 17. Oktober 2022, 12.25 Uhr

Achill saß einsam an seinem Schreibtisch. Ihm gegenüber der verwaiste Platz von Verena. Sein Inneres fühlte sich wund an – sein leerer Magen brannte. Er tat sich schwer, einen klaren Gedanken zu fassen. Er wollte nicht klar denken, nicht dem Unvermeidlichen ins Auge schauen.

Bertling war beruflich erledigt. Ein tätlicher Angriff auf den Oberstaatsanwalt. Nur weil ein wenig vertrauenswürdiger Verdächtiger eine seltsame, ungeprüfte Behauptung aufgestellt hatte.

Und er trug dafür die Schuld. Er hätte erkennen müssen, dass ihre Antipathie Mühlenkamp gegenüber in eine Art fixe Idee umgeschlagen war.

Ohne recht zu wissen, was er tat, nur um sich abzulenken, die Gedanken von dem zu lösen, was auf sie und ihn zukäme, hatte er Mühlenkamps Polizeiakte aufgerufen. Dämlich von ihm, schloss doch die Funktion eines Oberstaatsanwaltes per se einen Strafregistereintrag aus.

Er traute seinen Augen kaum, denn hier gab es tatsächlich einen recht aktuellen Eintrag.

»Unfall Parkplatz Waldwirtschaft … Biergarten München unter Alkoholeinfluss … 1,1 Promille Alkohol im Blut am 7. September dieses Jahres, 13.35 Uhr«, las er in der elektronischen Akte.

Was war das? Hatte dieser Typ, der sich gerne als Saubermann aufspielte, tatsächlich im Biergarten einen getrunken und danach auf dem Parkplatz ein Auto gerammt? Seltsam. Was tat ein Oberstaatsanwalt, der nur wenige Tage vorher den Dienst am Landgericht in Landau angetreten hatte, an einem Werktag in München?

Achill öffnete die Landkarten-App auf dem Smartphone und suchte nach dem Biergarten.

München-Pullach. »Pullach, Hauptsitz des Bundesnachrichtendienstes«, durchzuckte es ihn.

Er griff zum Telefon und wählte die Nummer von Mühlenkamps Sekretärin. Nach einer äußerst knappen Begrüßung kam er sofort zur Sache. »Entschuldigung, schreibe gerade einen Bericht. Bin etwas durcheinander. Kann es sein, dass Herr Doktor Mühlenkamp und ich am 7. September in dieser Winzersache unterwegs waren?«

»Aber nein, da war Herr Doktor Mühlenkamp doch auf Dienstreise in Pullach«, entgegnete die Sekretärin diensteifrig.

»Ach klar. Das in Nußdorf war ja eine Woche später«, brabbelte Achill und legte nach einem kurzen »Danke« auf.

Sein Unwohlsein potenzierte sich. Was tat ein rheinland-pfälzischer Oberstaatsanwalt auf Dienstreise in Pullach?

Achill tippte Mühlenkamps Namen in die Internet-Suchmaschine. Es gab in der *Rheinpost* vom 2.9. einen halbwegs aktuellen Artikel über seinen Dienstantritt zum 1.9.22 als leitenden Oberstaatsanwalt am Landgericht Landau. Achill scrollte weiter. Nichts, kein Wort zu einer Tätigkeit bei einer Vorgängerbehörde, keine Berichte über bedeutende Prozesse und kein Hinweis über einen Austritt bei einem Vorarbeitgeber. Einfach nichts.

Wie konnte das in der heutigen Zeit bei einem durchaus bedeutenden Juristen sein?

Zur Kontrolle versuchte er das Gleiche für den zuständigen Oberstaatsanwalt am Landgericht Frankenthal und fand rund 1.800 Einträge in der Suchmaschine.

War es möglich, dass Mühlenkamp ein dermaßen unbeschriebenes Blatt war? Bei seiner Unbescheidenheit undenkbar, entschied Achill.

In diesem Augenblick klopfte es und Jonas streckte den Kopf durch die Tür. »Telefon für Sie, Chef.«

»Jetzt nicht!«, herrschte ihn Achill an, als hätte man ihn aus dem Schlaf gerissen.

»Es ist … also ich glaube, Sie sollten … Es ist dieser von Lychow. Er hat Irina im Auto und sagt, es sei dringend.«

»Dann gib schon her.«

Von Lychow wirkte anders als sonst. Er sprach schnell und übersprang die Begrüßung. »Bin noch etwa fünf Kilometer vom Stadtgebiet Ludwigshafen entfernt. Ich habe diese Irina im Auto. Wollte Sie bei Ihnen abliefern. Jetzt gibt sie an, sich an dieser Giftspritze gestochen zu haben.«

»Auch das noch!«, erwiderte Achill unangemessen harsch.

»Ist ja wohl nicht meine Schuld.« Von Lychow wirkte gereizt.

»Und warum rufen Sie mich da an? Bringen Sie sie unverzüglich ins Klinikum. Die sollen sich die Wunde und den Inhalt der Spritze anschauen, aber presto.«

»Aber presto«, wiederholte von Lychow irritiert. »Hätte ich gewusst, dass ich nun Kindermädchen und Johanniter-Unfallhilfe zugleich sein soll …«

»Machen Sie schon. Ich informiere die Notaufnahme.«

Achill hatte das Gespräch mit von Lychow kurzerhand weggedrückt. Er hatte keine Lust, sich das Gejammere dieses Fatzkes noch länger anzuhören. Zuerst informierte er die Notaufnahme über die kurzfristig bevorstehende Ankunft

Irinas. Er wies den leitenden Oberarzt an, sowohl Irina als auch den Spritzeninhalt schnellstmöglich zu untersuchen und ihm unverzüglich über das Ergebnis Bericht zu erstatten.

Dann wählte er Bertlings Nummer. »Wo bist du?«, fragte er ohne weitere Umschweife.

»Zu Hause, wo sonst.«

»Ich brauche dich im Klinikum. Irina wird gleich eingeliefert, sie hat möglicherweise von der Giftspritze was abbekommen. Fahr hin und mach denen Druck, dass sie auch den Inhalt der Spritze kurzfristig ins Labor schicken.«

»Und, äh, also ich meine, bin ich nicht suspendiert?«

»Mach schon, das klären wir später.«

NOTAUFNAHME

Ludwigshafen, Montag, 17. Oktober 2022, 12.45 Uhr

Achill war nach den beiden Telefonaten seinerseits ins Auto gesprungen und preschte nun mit Blaulicht auf dem Dach Richtung Klinikum. Von unterwegs rief er Jonas an und bat ihn, Peters' Rechtsanwalt ausrichten zu lassen, dass sich die

Pause aufgrund eines Notfalls, den schließlich sein Mandant verschuldet hatte, um eine Stunde verlängern würde.

Gerade hatte er das Telefonat beendet, als sein Handy vibrierte. In Sorge um Irina nahm er das Gespräch an und wollte es sofort wieder beenden, als sich am anderen Ende ein Kollege der Kriminaltechnik meldete.

»Wollte dir nur kurz Bescheid geben, dass wir eine große Anzahl von diesen Geophonen in diesem Wasserloch im Steinbruch gefunden haben.«

»Gut. Noch was? Hab's eilig.«

»Du bist ja mal wieder freundlich. Meinst du, es macht Spaß, sich von Kopf bis Fuß mit rotem Schlamm einzusauen.«

»Wir haben hier einen Notfall, bitte …«

»Na gut. Wir haben eine seltsame Waffe gefunden. Ein Luftgewehr.«

»Und was ist an einem Luftgewehr seltsam?«

»Ist ein echt fettes Kaliber. Der Lauf dürfte so zwölf Millimeter Durchmesser haben. Hab so was noch nie gesehen.«

»Gib's an die Schusswaffenspezialisten vom LKA weiter.«

»*Echt*? Wenn ich dich und deine tollen Tipps nicht hätte. Dachte nur, es hilft dir bei deiner Vernehmung.«

»Danke, sorry für meine Ungeduld. Hast ein Bier gut.«

*

Mühlenkamp grinste. Wie leicht es doch war, diese Dilettanten an der Nase herumzuführen. Das Schlimmste hatte er hinter sich. Er hatte die Lage wieder im Griff – und das war das Wichtigste.

*

Bertling war nahezu zeitgleich mit von Lychow am Klinikum angekommen. Beide waren sie mit ihren Pkws direkt zur Notaufnahme gefahren.

Irina saß noch auf der Rückbank, während von Lychow gerade einen der Ärzte herbeirief. Sie war kreidebleich. Bertling erschrak, als sie sie sah. Sie ging auf von Lychows Wagen zu und öffnete Irinas Tür.

»Irina?« Sie starrten sich gegenseitig nur an.

»Ich bin's doch nur. Nicht der Wahrhaftige«, sagte sie, und Tränen strömten ihr übers Gesicht.

Bertling beugte sich ins Wageninnere und umarmte sie.

»Die Sache mit der Befangenheit scheint wohl doch nicht einer gewissen Grundlage zu entbehren. Aber egal, ist ja zum Glück nicht meine Angelegenheit«, witzelte von Lychow, der mittlerweile mit zwei Pflegern und einem Arzt im Schlepptau zurückgekommen war.

»Lassen Sie mich durch. Ich bin der leitende Arzt«, meldete sich der Mediziner zu Wort.

»Moment noch«, stoppte ihn Bertling. »Irina, ich brauche die Spritze, wir müssen den Inhalt schnellstmöglich untersuchen.« Sie zog einen Asservatenbeutel aus der Jacke und reichte ihn mit auseinandergezogener Öffnung in Irinas Richtung.

»Die hab ich«, unterbrach sie von Lychow und ließ sie mit angewidertem Gesichtsausdruck direkt aus seinem Taschentuch vorsichtig in den Beutel gleiten.

»Wo soll die hin?«, fuhr der Arzt wieder dazwischen.

»Ich bringe sie direkt zum LKA nach Mainz.«

»Lassen Sie das sein. Das dauert zu lange. Wir haben hier auch ein Labor, das für uns ein toxikologisches Kurzgutachten erstellt. Vielleicht brauchen wir ein Gegengift.«

Bertling schluckte und reichte dem Arzt den Beutel.

Mittlerweile war auch Achill an der Notaufnahme erschienen. Während Irina mit wackeligen Beinen auf einem Rollstuhl Platz nahm, gesellte er sich zu ihnen.

»Wie hast du es geschafft, wieso bist du so schnell freigekommen?«, fragte er, während er ihr die Schulter tätschelte.

Von Lychow lachte. »Sie hatte einen der besten Anwälte der Region. Wäre wohl eher erstaunlich, wenn sie noch einsäße. Möchte Ihre emotionale Wiedersehensszene nicht schmälern. Aber wenn Sie vielleicht sicherstellen würden, dass das da nicht in den unübersichtlichen Kanälen des Klinikums untergeht …« Dabei wies er auf den Beweissicherungsbeutel mit der Spritze, die einer der Pfleger, die sich um Irina kümmerten, in die Tasche seines weißen Kittels gesteckt hatte. »Den Bedarf einer schnellen Analyse, um medizinische Risiken auszuschließen, in allen Ehren, aber es ist immer noch ein wichtiges Beweismittel respektive eine Tatwaffe, die schnellstmöglich kriminaltechnisch untersucht werden muss.«

Achill löste sich von Irina, sprach mit dem behandelnden Arzt und übergab ihm seine Visitenkarte.

»Er hat versprochen, mit mir in Kontakt zu bleiben und mich kleinschrittig über Irinas Zustand und das Ergebnis der toxikologischen Untersuchung auf dem Laufenden zu halten.«

Dann zog er mit Irina ab.

»Gibt es Anhaltspunkte, warum Waldemar Peters diese Spritze so völlig problemlos ins Gefängnis schmuggeln und ihr übergeben konnte?«, fragte Achill an von Lychow gewandt.

»Nicht direkt. Aber Frau Worobjowa hatte das Gefühl, Mühlenkamp hätte ihm den Auftrag gegeben, sie auszuhorchen.«

Bertling schüttelte zornig den Kopf. »Und die Spritze?«

»Er sagte, er hätte Beziehungen zum GRU, also zum russischen Militärgeheimdienst, und die hätten sie ihm gegeben, damit Irina sich notfalls selbst erlösen könnte.«

»Was für eine seltsame Geschichte. Dieser Peters scheint ja sehr gefragt zu sein und beste Verbindungen zu haben. GRU, Oberstaatsanwalt – bin gespannt, wen er noch aus dem Hut zaubert.«

»Wusste Mühlenkamp was von der Spritze oder hat er gar damit was zu tun?«, fragte Bertling.

»Werde mich mal nach den Umständen dieses seltsamen Besuches umhören. Hab überall Leute von meiner Verbindung, die ich so was fragen kann. Dafür ist man ja in so einem illustren Kreis.«

Achill rieb sich übers Kinn. »Hmm, wenn es wirklich nur eine Abhöraktion war, dann war er nach deiner Attacke vorhin überraschend ruhig. Ich wette, da war mehr.«

SCHWEIGEN

Ludwigshafen, Montag, 17. Oktober 2022, 14.05 Uhr

Achill hatte es gerade geschafft, wieder rechtzeitig im Polizeipräsidium zurück zu sein, um die Vernehmung von Peters fortzusetzen.

Als er ihm und seinem Anwalt gegenübersaß, hatte er das Gefühl, dass irgendetwas passiert war. Sie hatten wohl zwischen Tür und Angel die Gelegenheit genutzt, sich auszutauschen. Kowacek schien seltsam verunsichert, und Achill hatte den Eindruck, dass seine Wangen leicht gerötet waren, als würde er sich über irgendwas aufregen.

Achill wollte gerade den Gesprächsfaden wieder aufnehmen, da räusperte sich Kowacek.

»Mein Mandant möchte einen Teil seiner Aussage widerrufen.«

»So?«, erwiderte Achill erstaunt.

»Bitte«, sagte Kowacek und nickte Peters aufmunternd zu.

»Also, ich möchte die letzten Sätze meiner Aussage widerrufen.«

»Das wäre?« Achill konnte seinen Unmut nicht verbergen.

»Ich möchte widerrufen, dass Herr Oberstaatsanwalt Mühlenkamp wusste, dass ich eine Giftspritze an Frau Worobjowa übergeben wollte.«

»Aha, wie kommt es zu diesem Sinneswandel?«

»Ich wollte ihn in einem schlechten Licht dastehen lassen. In Wirklichkeit wusste er nichts davon. Herr Kommissar Scherer hat mich nämlich vorher verkabelt. Mühlenkamp wollte, dass ich Irina zum Reden bringe. Und die Sache mit der Spritze werden Sie folglich auch nicht auf dem Tonbandmitschnitt finden. Ich hab ihr das auf einen Zettel geschrieben«, führte Peters in einer Art aus, als sei er stolz auf das, was er getan hatte.

Achill schluckte. Sollte das der Wahrheit entsprechen, wäre es um Bertling geschehen.

»Sie sind sich hoffentlich im Klaren darüber, dass wir das überprüfen werden.«

Peters nickte.

»Und wo hatten Sie die Giftspritze her?«

Peters schwieg, als hätte er Achills Frage überhört.

Kowacek räusperte sich erneut. »Mein Mandant möchte nun von seinem Recht zu schweigen Gebrauch machen. Er wird keine weiteren Aussagen zum Fall machen und bittet um Abbruch der Vernehmung.«

»Aber …«, begann Achill, besann sich und brach ab. Er wusste, dass er, wenn Peters nicht reden wollte, keine Chance hatte, ihn zu einer Aussage zu bewegen. Aber umgekehrt wollte er es ihm auch nicht zu leicht machen.

»Okay, wir unterbrechen die Vernehmung abermals um zwei Stunden. Uns liegen neue Erkenntnisse vor, die zu einer Erweiterung der Verdachtsmomente führen könnten, möglicherweise will ja der Beschuldigte dann aussagen.« Achill war sich bewusst, dass das ein reiner Bluff war, aber er hatte noch eine Karte im Ärmel, die er sich erst ansehen wollte, bevor er das Spiel abbrach.

NEUIGKEITEN

Ludwigshafen, Montag, 17. Oktober 2022, 15.25 Uhr

Nachdem Achill Peters in eine Arrestzelle hatte wegsperren lassen, beschloss er, zunächst etwas zu essen. Ihm war ganz flau im Magen. Auch wenn er nicht abergläubisch war, trieb ihn sein Unterbewusstsein dazu, durch einen Standortwechsel und ein Essen die Misserfolgsserie des Tages zu durchbrechen.

Auch die Sorge um Irina machte ihn innerlich unruhig und hinderte ihn, einen klaren Gedanken zu fassen.

Gerade hatte er in der Cafeteria der unweit vom Präsidium gelegenen Bäckerei, die er auch vorhin schon diesem Rechtsanwalt empfohlen hatte, Platz genommen und sich ein Stück Kuchen und einen Cappuccino bestellt, da trat Kowacek ein.

Er grinste verschlagen, nahm nur zwei Tische von Achill entfernt Platz und starrte ihn belustigt an.

Auch das noch. Musste heute alles schiefgehen?

Achill hatte den Cappuccino heruntergestürzt, sich den Kuchen einpacken lassen und war zurück zum Präsidium gelaufen.

Gerade als er vorm Eingang stand, vibrierte das Smartphone. Es war Bertling.

»Wo bist du denn? Solltest mal hochkommen, du hast Besuch.«

»Wo? Was?«, fragte Achill ärgerlich.

»Na in unserem Büro. Mach schon.« Sie legte auf.

Achill hetzte die Treppe empor und öffnete wenig später die Tür zu ihrem gemeinsamen Büro.

»Was machst du denn hier?«, war seine erste Reaktion, als er Irina auf seinem Stuhl gegenüber von Bertling erblickte.

»Mein Popöchen war wohl nur etwas überempfindlich. Die Spritze hat mich nicht wirklich verletzt, geschweige denn etwas von dem Gift in mich gepumpt, war nur ein oberflächlicher Kratzer durch die Nadel.«

Achill ging auf sie zu und umarmte sie. »Freut mich, dass es dir gut geht.«

»Übrigens, in der Spritze war ein ganzer Cocktail von Betäubungsmitteln, dazu noch Glukose und ein Zellgift, ein Glykoprotein, meinte der Arzt. Das Labor hat versprochen, uns kurzfristig das toxikologische Kurzgutachten zuzufaxen. Die Spritze wird wohl umgehend per Kurier an das LKA überstellt.«

»Respekt, die sind ja auf Zack.« Er rieb sich das Kinn. »Glukose, das war also die Ursache für den süßlichen Geruch, von dem der Bestatter gesprochen hat.«

»Ja, ich denke, wir können davon ausgehen, dass in den Spritzen vom alten Knöringer und unserem Kollegen der gleiche Cocktail war«, stellte Bertling klar.

Achills Blick ruhte noch immer auf Irina. »Siehst ganz schön mitgenommen aus. Brauchst du eine Psychologin?«

»Um Gottes willen, lass mich damit in Ruhe, der Inhalt deiner Bäckertüte würde mir schon reichen. Hab seit Tagen nichts gegessen.«

Achill verdrehte theatralisch die Augen, öffnete die Tüte und stellte den Kuchen vor Irina hin, der Verena bereits einen Kaffee besorgt hatte.

»Für dich hab ich eher schlechte Nachrichten.« Achill blickte ernst zu Bertling hinüber. »Peters hat die Aussage, dass Mühlenkamp von der Spritze wusste, widerrufen. Angeblich war Peters bei dem Besuch verkabelt und hat den Auftrag gehabt, Irina zu einem Schuldeingeständnis zu bewegen. Er sagt, der Mitschnitt würde auch beweisen, dass Mühlenkamp davon nichts gehört hatte.«

»Das mag sein. Alles zu der Spritze und dem Selbstmord hat Peters auf Zettel geschrieben, die er mir zu lesen gegeben hat«, ergänzte Irina.

Achill blies Luft durch die Zähne und schüttelte matt den Kopf. »Damit wird man erst recht deine Reaktion als unverhältnismäßigen Übergriff einstufen und …«

»… mich feuern«, beendete sie den Satz.

»Es sei denn, das hier hilft uns.« Achill bat Irina, mit ihrem Stuhl beiseitezurollen, und nahm vor seinem Bildschirm Platz. »Moment noch …« Er tippte auf der Tastatur herum, wartete und bat dann Bertling ebenfalls, auf seine Schreibtischseite rüberzukommen.

»Das ist der Videomitschnitt von Peters' Vernehmung. Wir haben ihn gestern in Speyer verhaftet, er steht unter Verdacht, bei den beiden Todesfällen seine Finger im Spiel gehabt zu haben«, fasste Achill an Irina gewandt zusammen. Er schob mit der Maus den Regler nach rechts, bis die Zeitanzeige auf 11.55 Uhr stand. Man sah Achills verwaisten Platz, da er gerade ins Nebenzimmer zu Bertling und Mühlenkamp gegangen war. Peters und sein Anwalt steckten die Köpfe zusammen und tauschten sich aus.

»Das wirst du nicht verwerten können. Anwaltsgespräche zu belauschen, kommt vor Gericht gar nicht gut«, kommentierte Bertling.

»Will ich auch gar nicht. Abwarten.« Achill betätigte den

schnellen Vorlauf. Man sah Achill wieder in den Vernehmungsraum hereinkommen.

»Hier bin ich, nachdem ich dich und Mühlenkamp nach Hause geschickt habe, reingekommen und habe die Mittagspause angekündigt«, kommentierte er.

Ein Polizeibeamter kam herein und legte Peters an der einen Hand eine Handschelle an und hakte sie an einer Stange am Tisch ein. Der Anwalt, Achill und der Beamte verließen den Raum, schlossen die Tür und ließen Peters allein.

»Du hast ihn einfach allein im Vernehmungsraum gelassen und nicht in die Zelle verfrachtet?«, fragte Bertling.

»Ganz genau und nicht ohne Grund. Jetzt kannst du beten, dass es funktioniert hat.« Achill rieb sich aufgeregt die Hände.

Es passierte gar nichts. Peters schaute gelangweilt im Raum umher und bohrte sich ausgiebig in der Nase.

»Sieht ihm ähnlich«, sagte Irina grinsend.

»Und jetzt?«, fragte Bertling genervt.

»Abwarten.«

Kurz darauf öffnete sich die Tür.

»Jetzt, Achtung.« Achill schaltete auf normale Wiedergabe und stellte den Ton an.

Durch die Tür trat Mühlenkamp, um die eine Hand ein blutiges Tempotaschentuch gewickelt. Er setzte sich auf Achills Stuhl.

Achill rieb sich die Hände. »Dacht ich's mir doch, dass du mir in die Falle tappst.«

»Das wird für Sie nicht gut ausgehen«, sagte Mühlenkamp kühl.

Peters schluckte.

»Dass Sie verdrahtet waren, als Sie bei Frau Worobjowa im Gefängnis waren, das ist eine normale taktische Polizeioperation. Sie war mit Herrn Kriminalhauptkommissar Scherer abgesprochen. Dass unser Herr Achill bisher davon noch nichts gewusst hat, macht die Maßnahme nicht illegal.«

»Aber, aber … Sie haben damit auch den Weg für die Spritze freigemacht.«

Mühlenkamp grinste verschlagen. »Und?«

»Irina …« Peters brach ab. »Geht es ihr gut?«

»Wer weiß«, entgegnete Mühlenkamp kühl. »Wissen Sie, vielleicht hat es ja auch sein Gutes, wenn eine Staatsfeindin weniger unsere Gefängnisse verstopft und sich die nächsten 50 Jahre auf Staatskosten durchfüttern lässt.«

»So ein Kotzbrocken!«, brach es hasserfüllt aus Irina heraus.

Achill stoppte. »Ich glaube, es wäre besser, du würdest dir das nicht anschauen. Wenn ich gewusst hätte …«

»Mach schon, jetzt will ich alles sehen.«

Achill startete wieder.

»Aber ich …«, setzte Peters an.

»Nichts aber. Ihr Wort wird gegen das meine stehen. Ich denke, Sie können sich ausmalen, wie das ausgeht.«

Peters nickte schwach.

»Ihr Fall bietet viele Bewertungsspielräume. Also da haben wir den Diebstahl der Geophone, okay, aus dieser Nummer werden Sie nicht rauskommen. Die Tatsache, dass einer Ihrer Leute den alten Knöringer und den Polizisten mit Drogen betäubt hat, kann man Ihnen im besten Fall noch nicht mal vorwerfen. Sie müssen sich nur davon distanzieren und diesen Kameradschaftsscheiß vergessen. Die Todesfolge haben beide, wie Sie vorhin selbst sagten, durch ihre eigene Fahrlässigkeit verschuldet.«

»Ja aber, ob das die Polizei auch so sieht?«, erwiderte Peters aufgeregt.

»Kann Ihnen doch egal sein. Wenn der Staatsanwalt in Ihrem Verfahren – und das werde ich sein – es so sieht, reicht das. Ich werde eine kurze Haftstrafe fordern, auf die die Untersuchungshaft angerechnet wird, und Sie werden den Gerichtssaal als freier Mann verlassen.«

»Und was? Also was verlangen Sie dafür?«

»Ich verlange gar nichts. Ich schlage Ihnen nur vor, die letzten Sätze Ihrer Aussage, in denen Sie behauptet haben, ich hätte von der Spritze gewusst, zu widerrufen. Im Übrigen deckt sich das auch mit dem abgehörten Gesprächsverlauf zwischen Ihnen und Frau Worobjowa. Da war auch keine Rede von der Spritze. Es ist in Ihrem Interesse. Denn sollte man mich in irgendeiner Form als verquickt mit dem Fall ansehen, wird ein Kollege meinen Platz im Prozess einnehmen, und dann ist für Sie im schlimmsten Fall zweimal Beihilfe zum Mord drin. Und dafür wandern Sie lebenslänglich hinter Gitter. Logisch, oder?«

Peters nickte.

Mühlenkamp erhob sich und verließ ohne ein weiteres Wort den Raum.

Achill stoppte das Band.

PUZZLE

Ludwigshafen, Montag, 17. Oktober 2022, 13.25 Uhr

Kaum war der letzte Ton des Mitschnitts verklungen, kündigte ein Piepton aus Bertlings PC den Eingang einer E-Mail an.

»Vielleicht schon das Gutachten«, brach Bertling das Schweigen und rollte mit dem Bürostuhl an ihren PC.

»Tatsächlich.« Bertling begann zu lesen. Achill und Irina drängten sich hinter ihren Stuhl.

Nach allerhand allgemeinen Aussagen in Bezug auf Menge, Konzentration und allerlei Fachbegriffen las Bertling schließlich die Zusammenfassung vor: »Im Ergebnis handelte es sich bei den Inhaltsstoffen um zwei Wirkstoffgruppen und eine Trägersubstanz. Zum einen um einen Cocktail an Betäubungsmitteln, der in der vorliegenden Zusammensetzung als Hellabrunner Mischung bekannt ist. Es ist eine wässrige Lösung, bestehend aus Xylazin und Ketamin. Sie ist höchstwirksam und führt selbst bei kleinstem Volumen zu einer tiefen und schmerzfreien Narkose. Insbesondere der Wirkstoff Ketamin führt zusätzlich zu einer Amnesie, das heißt, nach Verabreichung kann sich die damit behandelte Person nicht mehr daran erinnern, wie es zur Verabreichung kam.«

»Wow, aber das hätte mich nicht ins Jenseits gebeamt, wie Peters versprochen hat. Lass uns mal wissen, was der andere Wirkstoff war«, platzte Irina heraus.

Bertling las weiter. »… der andere Wirkstoff ist das hochgiftige Glykoprotein Rizin und stammt aus den Samen der Rizinuspflanze … der Trägerstoff Glukose begünstigt das Eindringen in die menschlichen Zellen … ein tödliches Kreislaufversagen kann so bereits innerhalb weniger Stunden nach Injektion auftreten. Die Symptome sind ein schweres allgemeines Krankheitsgefühl, unter Umständen in Verbindung mit Fieber, Kopfschmerzen, Blutdruckabfall, erhöhter Herzfrequenz, Übelkeit und Muskelkrämpfen.«

»Das heißt, man hätte mich zuerst betäubt und dann getötet. Ich hätte aber daran nicht gelitten, weil ich geschlafen hätte.«

»Ganz genau. Auf so eine Zusammensetzung muss man erst mal kommen. Hört sich nicht gerade nach Waldemar Peters an«, stellte Achill fest.

»Rizin – das klingt für mich nach KGB. Damit hat man doch in den Siebzigern auch diesen bulgarischen Dissidenten mit einer in einem Regenschirm eingebauten Spritze ausgeschaltet.«

»Hmm. Und ich frage mich gerade, warum der Narkose-Cocktail Hellabrunner Mischung heißt. Ist Hellabrunn nicht dieser Zoo in München?« Bertling gab etwas in ihren Tablet-PC ein.

»Ja, das ist dieser Münchner Tierpark«, kam ihr Achill zuvor.

»Stimmt, und die Mischung nennt sich so, weil sie dort erfunden wurde, um Wildtiere mit einer Art von Injektionsspritzen-Projektilen mittels einer eigens dafür entwickelten Druckluftwaffe zu narkotisieren – meint jedenfalls Google«, setzte Bertling hinzu.

»Druckluftwaffe, Luftgewehr«, brabbelte Achill vor sich hin. Wo hatte er das heute schon gehört? »Jetzt fällt's mir wieder ein. So was hat heute die KT in diesem Wasserloch in Albersweiler bei den geklauten Geophonen gefunden.«

»Und was hat das mit meiner Giftspritze zu tun? Peters hat sie mir in die Hand gegeben und nicht auf mich abgeschossen«, mischte sich nun Irina ein.

»Verstehst du nicht, das ist die Lösung. Die haben die Spritzen mit einem Betäubungsgewehr auf den Winzer und den Polizisten abgeschossen. Wie genial. Man hat kein Risiko, agiert auf die Ferne, die Leute schlafen einfach ein, und ehe sie aufwachen, sind sie tot.«

»… nur dass sie eben, bevor sie einschlafen, halb aus Schreck und halb aus der eintretenden Verwirrung in den Vollernter fallen oder in ein Auto laufen«, vervollständigte Bertling Achills Satz.

»Aber wie kommt Peters an solche speziellen Betäubungsmittel? Selbst für Tiere ist so was verschreibungspflichtig.«

»Das kann euch euer Undercovergirl Irina sagen.«

»Und wieso?«, fragte Achill.

»Ganz einfach, weil mir jemand verraten hat, dass er im Landauer Zoo gearbeitet hat.«

»Peters? Aber der arbeitet doch in der Winzergenossenschaft«, platzte es aus Bertling heraus.

»Nein, sein Freund Marek.«

»Das war doch der, der André …« Achill verstummte.

»André? Was ist mit André?«, fragte Irina panisch.

Achill und Bertling sahen sich vielsagend an. Stimmte ja, Irina hatte keinen blassen Schimmer davon, was sich gestern in Speyer abgespielt hatte.

Bertling legte Irina eine Hand auf die Schulter. »Marek hat André gestern verletzt. Er hat ihm das Schienbein gebrochen. Es geht ihm aber gut. Er wird morgen wahrscheinlich schon entlassen.«

Achill hatte in der Zwischenzeit eine Nummer mit seinem Smartphone gewählt und den Ton laut gestellt.

»Hallo, Frank hier. Habt ihr gestern in Speyer diesen Typen, der Herrn Sartorius das Bein gebrochen hat, einkassiert?«

»Spinnst du, wir sind doch nicht lebensmüde. Der hatte rund 50 Hooligans bei sich im Bus, und wir waren nur zu dritt und einer von uns musste die schwere Blutung bei diesem Niklas Kronauer stoppen.«

Irina wurde noch blasser, als sie schon war.

»Aber ich glaube, die Landauer Kollegen haben ihn heute Morgen zu Hause bei sich abgefangen.«

»Kannst du das für mich klären und dort ausrichten, dass sie ihn noch heute Nachmittag zu uns überstellen sollen? Er steht unter dringendem Tatverdacht, für die Todesfälle in Nußdorf mitverantwortlich zu sein.«

»Geht klar!«

Noch bevor Irina dazu kam, nach Niklas zu fragen, legte ihr Bertling erneut die Hand auf die Schulter. »Keine Sorge, war nur eine Fleischwunde. Er ist längst wieder zu Hause. Peters hat sie ihm mit einem zerbrochenen Glas am Arm beigebracht.«

»Wo wart ihr gestern? Im Krieg? Ist noch jemand tot oder verletzt oder war's das etwa schon?«

Bertling musste schmunzeln. »Sagen wir so, es war eine echte Belagerung, die André allerdings erfolgreich abgewehrt hat. Und nein, sonst gibt's keine Kollateralschäden.«

BESCHWERDE

Ludwigshafen, Montag, 17. Oktober 2022, 16.10 Uhr

Als Achill auch um 16 Uhr die Fortsetzung von Peters' Vernehmung wieder verschob, beschwerte sich der vorher eher stoisch wirkende Kowacek lautstark.

»Sie können mich doch hier nicht den ganzen Tag in Anspruch nehmen. Ich habe noch andere Termine. Können Sie die Vernehmung nicht besser planen oder morgen fortsetzen?«

»Nein«, antwortete Achill ungerührt und ging aus dem Raum.

Bevor er wieder mit Peters sprechen würde, wollte er Marek vor sich haben.

Er hatte mittlerweile den Landauer Zoo kontaktiert. Dort fehlten tatsächlich ein Betäubungsgewehr und drei Betäubungsprojektile. Man räumte ein, dass es durchaus Marek gewesen sein könnte, der die Sachen aus einem Notfallschrank im Raubtiergehege hatte mitgehen lassen.

Eine halbe Stunde später traf Marek, flankiert von zwei Landauer Kollegen, im Polizeipräsidium ein.

Mit den Worten »Brauch keinen Anwalt, hab nix gemacht«, lehnte er die Hinzuziehung eines Strafverteidigers ab. Offensichtlich in der weitverbreiteten Fehlannahme, dass eine anwaltliche Vertretung einem Schuldeingeständnis nahekäme.

Achill hatte leichtes Spiel. In einer Mischung aus hungergetriebenem Zorn und schlechter Laune fegte er quasi über den einfältigen Marek wie ein Feuersturm hinweg. Der hatte ihm nichts entgegenzusetzen und gestand. Er gab zu, das Betäubungsgewehr nebst der drei Projektile im Landauer Zoo gestohlen zu haben. Er war es, der in Peters' Rücken die beiden Betäubungsspritzen auf den alten Knöringer und den Polizeibeamten abgefeuert hatte. Natürlich vertrat auch er die Auffassung, dass die Todesfälle einzig auf das fahrlässige Verhalten der beiden Getroffenen zurückzuführen sei. Von einem Gift in den Projektilen wollte er nichts wissen, gab aber an, dass die Spritzenprojektile ein paar Tage bei Peters versteckt gewesen waren. Daneben gestand er, dass er gemeinsam mit Peters die Ölpumpe sabotiert hatte. Das Geständnis, dass er André grob mit einem Baseballschläger niedergestreckt hatte, war nur noch das I-Tüpfelchen, gab es doch dafür ausreichend Zeugen.

Nachdem man Marek in eine der Arrestzellen verbracht hatte, ließ Achill Peters und seinen Anwalt wieder in den Vernehmungsraum kommen.

Der vorhin eher blutleer wirkende Kowacek wirkte alles andere als entspannt. Gleich zu Beginn hielt er Achill eine Standpauke über sein ungebührliches und schikanöses Verhalten.

Achill verkniff sich jeden Kommentar und spielte einfach das Video von Mareks Geständnis ab.

Die Blutleere in Kowaceks Zügen kehrte umgehend zurück.

»Sie haben jetzt genau zwei Möglichkeiten«, eröffnete Achill. »Entweder Sie bleiben bei Ihrem Schweigen oder Sie gestehen. Im letzteren Fall kann ein tüchtiger Strafverteidiger wie Herr Kowacek Ihr konstruktives Verhalten hervorheben und den einen oder anderen Monat Strafverkürzung herausholen. Im anderen Fall wird ihm das kaum gelingen.«

Kowacek nickte.

Peters blieb stumm. Man konnte förmlich die Zahnräder in seinem Gehirn rattern hören.

»Übrigens wird es Sie möglicherweise überraschen, aber Ihren Entscheidungsprozess beschleunigen, dass Herr Doktor Mühlenkamp aus gewissen Gründen, die Sie sich jetzt bestimmt selbst ausmalen können, garantiert nicht in Ihrem Prozess anwesend sein wird.«

Nun brachen bei Peters alle Dämme, und er legte ein zu den Aussagen Mareks zu 100 Prozent passendes Geständnis ab.

KASSENSTURZ

Ludwigshafen, Montag, 17. Oktober 2022, 17.25 Uhr

»Wow, ich freue mich total, dass nun alles vorbei ist«, frohlockte Irina, als Achill ihr und Bertling vom Ausgang der Vernehmungen berichtete.

Obwohl es alles andere als den Regeln entsprach, saß sie noch immer am Besuchertisch in seinem und Bertlings

Büro im Polizeipräsidium. Man hatte es weder übers Herz gebracht, die völlig ausgelaugte junge Frau einfach nach Hause zu schicken. Und sie zu fahren, hatte auch niemand von ihnen die Zeit gefunden. Auch André konnte sie nicht abholen, da er noch im Krankenhaus war. Also hatte man beide Augen zugedrückt und sie einfach bleiben lassen.

Auch Bertling schien sich über Achills Erfolge zu freuen. Schließlich festigte es ihre Position und nahm Mühlenkamp weiter Wind aus den Segeln.

Nur Achill rieb sich nachdenklich das Kinn. »Sicherlich, besser als nichts, aber …«

»Welches Haar in der Suppe hast du nun schon wieder gefunden?«, flötete Irina, die, seit sie hier war, sichtlich aufgetaut war.

»Sie haben beide die Existenz eines Strippenziehers im Hintergrund energisch von sich gewiesen. Und das glaube ich nicht. Peters hat nicht das Zeug und vor allem den Intellekt zu so einem großen Ding und Marek schon gar nicht.«

»Hmm«, brummte Bertling und stützte den Kopf auf ihre Hand.

»Wieso soll ein Fußballrowdy plötzlich zum Umweltaktivisten werden? Wie kommt er an das geologische Wissen und diese Grafik? Wie sollte er auf die Idee mit den Geophonen und dem Betäubungsgewehr kommen? Und wie kommt er an das Rizin in der Spritze? Woher weiß er, dass er es mit Glukose mischen muss, damit es besser wirkt? Auch die Gesamtregie mit dem Protest vor der *Pfalz Oil*, wie sollte er darauf allein kommen?«

Bertling und Irina hatten bei jedem der von Achill vorgebrachten Bedenken genickt.

»Ich bin mir sicher, dass es einen Hintermann oder wahrscheinlich sogar eine Organisation dahinter gibt. Und ich gebe erst Ruhe, wenn ich weiß, wer da die Fäden zieht.«

Alle schwiegen betroffen.

»Spaßbremse«, kommentierte Irina. »Könnte mich jemand von euch nach Hause fahren? Ich hab tierisch Hunger und bin schrecklich müde.«

»Nein«, brach es aus Achill heraus.

»Wow, was für eine Charmeoffensive.«

»Sorry, Irina, mein Nein bezog sich auf die Tatsache, dass du allein zu Hause übernachten willst.«

»Du behandelst mich wie ein Kleinkind.«

»Ist dir etwa noch nicht der Gedanke gekommen, dass dir jemand ganz böse mitspielt? Wer hat dich mit dieser komischen Textnachricht in Verdacht gebracht? Und du glaubst doch wohl nicht im Ernst, dass Peters allein hinter dieser Giftspritze steckt? Ich bin mir sicher, er hat auf Anweisung gehandelt, von jemandem, der dich beseitigen will – nämlich Peters' Hintermann, von dem ich eben geredet habe. Am liebsten wäre mir, du wärst noch in Zweibrücken in Sicherheitsverwahrung.«

Irina brauste auf. »Mag ja alles sein, aber ist dir Schlauberger nicht ansatzweise der Gedanke gekommen, dass es mir dort dreckig ging, ohne einen Besuch von euch oder André und dass ich mir die Spritze tatsächlich reindrücken wollte – hätte mich dieser von Lychow nicht gestört.«

Achill schluckte.

Bertling schaute betroffen. »Sorry, Irina, wir hätten das vorhin schon aufklären sollen. André und ich hatten natürlich versucht, dich zu besuchen, aber man ließ uns auf Mühlenkamps Weisung nicht zu dir. Und die Tatsache, dass du dir hättest was antun können, macht mich völlig fertig.« Bertling erhob sich und stellte sich hinter Irinas Stuhl. »Ich habe einen Vorschlag für dich. Wir gehen jetzt zu mir und machen einen Mädelsabend mit reichlich Pizza und einem leckeren Rosé-Secco. Danach pennst du bei mir.«

Achill nickte zustimmend. »Irina, du solltest dich bis auf Weiteres nicht in der Öffentlichkeit zeigen. Solange alle glauben, du seist noch in Zweibrücken, bist du in Sicherheit.«

Über Irinas Gesicht zog wieder die Leichenblässe, die sich gerade erst etwas verzogen hatte.

»Ich will, dass du in Verenas Wohnung bleibst und auch morgen nicht vor die Tür gehst. Passt das für dich, Verena?«

»Klar. Hab noch was gutzumachen.«

»Aber wer sollte mir denn ans Leder wollen und warum?«

»Das weiß ich nicht, es muss jemand sein, der dich oder uns kennt und uns ordentlich in die Suppe spucken will.«

»Mühlenkamp?«, fragte Bertling.

»Zum jetzigen Zeitpunkt schließe ich nichts aus.«

TAPETENWECHSEL

Landau-Nußdorf, Mittwoch, 19. Oktober 2022, 9.05 Uhr

Irina war in Bertlings kleiner Wohnung sehr schnell die Decke auf den Kopf gefallen. Zudem war das Alleinsein tagsüber nicht gerade das, was sie in ihrer momentanen seelischen Verfassung brauchte. Das sah sogar Achill ein.

Auch dass Andrés Krankenhausaufenthalt sich verlängerte, da man ihn hatte am Schienbein operieren müssen, sprach gegen eine Rückkehr nach Speyer.

Man hatte sich geeinigt, dass sie für ein paar Tage zu Niklas Kronauer nach Nußdorf ziehen sollte – immer unter der Maßgabe, ausschließlich im Haus zu bleiben.

Bertling setzte sie, nachdem man sie noch mit ausreichend frischer Kleidung und Ähnlichem aus ihrem Zimmer in Andrés Haus ausgestattet hatte, abends um 22 Uhr, als es längst dunkel war und Nußdorfs Straßen menschenleer waren, bei Niklas ab.

Obwohl auch Niklas noch mit seinem verletzten Arm etwas angeschlagen war, fiel das Wiedersehen herzlich aus. Zum ersten Mal nach Wochen der Angst und Unsicherheit hatte sie endlich wieder ein Gefühl von Unbeschwertheit. Seine sanfte Art rührte sie an, und sie fühlte sich unendlich zu ihm hingezogen.

Seinen Körper neben sich im Bett zu spüren, seine Wärme und das Gefühl der Geborgenheit waren wie Balsam für ihre geschundene Seele.

Seit Wochen hatte sie zum ersten Mal durchschlafen können. Als sie kurz nach 9 Uhr erwachte, war er bereits aufgestanden, sie hörte durch das gekippte Fenster, dass er unten im Hof einen Kunden empfing.

Als sie glaubte, einen russischen Akzent zu hören, ging sie zum Fenster. Unten stand ein groß gewachsener breitschultriger Mann bei ihm, der ihr den Rücken zuwandte. Das Gespräch war nach der Begrüßung leiser geworden, und sie konnte ihre Stimmen kaum noch hören. Kannte sie ihn? Sie beobachtete, wie eine bläuliche Rauchwolke von ihm aufstieg. Er rauchte. Einige Sekunden später drang ein Geruch nach Menthol durch das Fenster. Mentholzigaretten, wo hatte sie dies zum letzten Mal gerochen? Sie erschauderte.

In diesem Moment wies Niklas mit der Hand Richtung Weinprobierraum. Bevor er ihm folgte, drehte sich der Fremde noch einmal um und ließ kurz den Blick über den Hof und hoch zu Irinas Fenster schweifen.

Es war, als explodierte ein Geschoss vor ihr. Sie trat zurück, stolperte, fiel aufs Bett. Ein Splitter jener Granate schien dumpf auf ihren Leib aufzuschlagen und den Magen zu durchbohren. Wie ein weidwundes Tier raffte sie sich hoch, zog hastig Schuhe, Jogginghose und Jacke über und riss ihr Handy vom Ladekabel. Sie rannte. Ließ Türen hinter sich ins Schloss fallen. Hastete die Treppe hinab. Jagte in der Küche an Niklas' Mutter vorbei in den Garten. Von dort, so schnell sie nur laufen konnte, aus der Gartentür. Dann auf dem Weg dahinter. Nur weg, nur weg von der tödlichen Gefahr.

Passanten. Sie riefen ihr hinterher. Nur weg von hier – getrieben von Todesangst und Panik. Erst als sie das letzte Haus hinter sich gelassen hatte, kauerte sie sich in einer Rebzeile auf den Boden. Sie ergriff das Handy und wählte Achills Nummer.

BORDELLBESUCH

Kurz davor, Landau, Mittwoch, 19. Oktober 2022, 9.20 Uhr

Achill stand vor einer leicht bekleideten jungen Frau im Treppenhaus eines unscheinbaren Hauses am Ortsrand von Wollmesheim, einem weiteren Stadtdorf von Landau.

Seine Gesprächspartnerin, die den Künstlernamen NadjaXXX trug, wirkte ungehalten, so früh aus dem Schlaf gerissen zu werden. Sie hatte wohl gestern Abend nicht die Zeit gefunden, ihr Make-up zu entfernen. Ihr Kajalstrich war verlaufen und der Kragen ihres Satinpyjamas bräunlich verfärbt.

»Ey, weißt du, wie viel Uhr es ist – Alter!«

»Ja, es ist …« Achill schaute auf die Armbanduhr. »… 9.20 Uhr.«

»Hab noch keinen Bock zu vögeln, komm heut Abend wieder.« Sie nahm eine Zigarettenschachtel von der Kommode im Flur, zog eine heraus und zündete sie an.

»Hab auch keinen Bock zu vögeln«, äffte sie Achill genervt nach und schob ihr den Polizeiausweis unter die Nase. »Mordkommission, Kripo Ludwigshafen.«

»Mordkommission? Sonst kommt immer die Sitte. Was treibst du hier? Bei mir ist alles okay. Ich bin registriert, zahle Steuern und hab einen aktuellen Bockschein«, leierte sie mit heiserer Stimme herunter.

»Ich will nur wissen, ob der in der letzten Zeit bei dir war?«

Achill hielt ihr ein Foto unter die Nase.

»Ey, wenn du die Auskunft suchst, wähl 11833.«

»Pass auf, die Sache ist ziemlich einfach. Entweder du gibst mir brav Antwort und ich verdufte oder ich komme in zwei Stunden mit einem richterlichen Beschluss und den Kollegen von der Sitte wieder. Dann gehen wir deine Buchhaltung durch, prüfen, ob es entsprechende zu dieser Person passende Zahlungsverkehrstransaktionen gab und ob auch sonst bei dir alles seine Richtigkeit hat. Zur Vernehmung nehme ich dich mit auf die Wache. Das alles wird hier im Ort bestimmt nicht unbemerkt bleiben.«

Sie stöhnte genervt und griff mit ihren mit langen roten Nägeln bewehrten nikotinverfärbten Fingern nach dem Foto. »Hat er eine umgelegt? Wundert mich nicht.«

»Wie? Er war bei dir? Wann?«

»Spaßvogel. Erst fragen und dann über die Antwort wundern. Klar war der hier.« Sie überlegte kurz. »Ja, am letzten Freitag. Ziemliches Arschloch.«

»Wieso?«

»Na ja, hat sich an meinem Hals vergriffen und wollte auch sonst alles, was schmerzhaft und eklig ist. Details gefällig oder soll ich es vorspielen? Ziemlich brutal der Kerl.«

»Bist du dir sicher?«

»Ja doch. Ein Riese mit Pockennarben im Gesicht, und so einem albernen Totenkopftattoo auf der Brust. Hinkte etwas.«

Achill schluckte. »Hat er etwas über sich gesagt, ich meine seinen Namen oder wo er herkommt?«

NadjaXXX lachte. »Klar doch. Er hat mir seinen Ausweis und Impfpass gezeigt und mir dann seine Visitenkarte gegeben.«

Achill schnaubte.

»Er war Russe oder so was. Hatte eben diesen Akzent, was weiß ich.«

In diesem Moment vibrierte Achills Handy. Es war Irina.

»Komarow ist bei Niklas. Komm schnell. Bin weggelaufen.«

TABULA RASA

Ludwigshafen, Freitag, 21. Oktober 2022, 13.25 Uhr

Gerade war die letzte Silbe des Mitschnittes verklungen, da polterte Achill los. »Was bilden Sie sich eigentlich ein, in eine laufende Vernehmung einzugreifen und einen dringend Tatverdächtigen zu manipulieren? Und ihn zu erpressen, ein Teilgeständnis zu widerrufen? Wo sind wir hier? In Deutschland oder irgendeiner Bananenrepublik?«

»Und wie kommen Sie dazu, mich illegal abzuhören? Das können Sie nie gegen mich verwenden«, schrie Mühlenkamp außer sich.

»Wetten, dass doch«, erwiderte Achill mit einem Grinsen und tippte erneut auf die Wiedergabetaste.

»... Ich beginne die Aufzeichnung und die Übertragung von Bild und Ton ins Nebenzimmer«, war auf dem kurzen

Videomitschnitt, auf dem unten rechts die Zeit 10.25 Uhr eingeblendet war, zu hören.

»Ja und? Sie haben später die Übertragung beendet. Das hab ich selbst gehört und gesehen, der Bildschirm wurde dunkel«, rechtfertigte sich Mühlenkamp aufgeregt.

Achill blieb stumm und drückte erneut die Wiedergabetaste. Rechts unten war wieder die Uhrzeit, dieses Mal 12.02 Uhr, eingeblendet. »Wir unterbrechen für eine Stunde und sehen uns um 13 Uhr wieder hier. Die Übertragung ins Nebenzimmer wird für diese Zeit eingestellt.«

»Sicherlich ist es Ihnen nicht entgangen, dass ich hier nur vom Unterbrechen der Übertragung ins Nebenzimmer, nicht aber von der Videoaufnahme, wie zu Beginn, gesprochen habe.«

Achill pausierte kurz, um Mühlenkamp Zeit zu geben einzusehen, dass er in eine Falle getappt war, und fuhr dann fort. »Ich würde nie einen dringend Tatverdächtigen ohne Videoaufnahme allein in einem Vernehmungsraum zurücklassen. Und da ich alles den Tatsachen entsprechend angekündigt habe und Sie, wenn Sie mir zugehört hätten, davon ausgehen mussten, dass die Videoaufnahme weiterläuft, ist das, was Sie zu Peters sagten, auch offiziell als Beweismittel zugelassen.«

Mühlenkamp war bei Achills letzten Sätzen in sich zusammengesunken.

Er schlug nun versöhnlichere Töne an. »Ich, also wenn man die Verantwortung für einen solchen Fall trägt und wenn man dabei auch höheren Zielen folgt, ist es manchmal angezeigt, solche taktischen Winkelzüge …«

Achill ärgerte sich über diese Dreistigkeit. Seine Wangen glühten nun feuerrot, als hätte man ihm eine Ohrfeige verpasst.

»Und dabei nehmen Sie auch den Tod einer Verdächtigen billigend in Kauf?«, schrie Achill.

»Das geht mich nichts an. Wenn es ihr Wunsch gewesen wäre, aus dem Leben zu scheiden, dann wäre das ihre Entscheidung gewesen. Jeder hat das Recht, das selbst zu entscheiden. Ich habe sie weder dazu aufgefordert, noch habe ich sie dabei unterstützt.«

Achill schüttelte den Kopf. »Wir haben aber die Pflicht, Leben zu retten.«

»Immerhin habe ich durch die Festsetzung Ihrer Busenfreundin Irina einen terroristischen Anschlag auf oder um den Mainzer Domplatz verhindert und damit möglicherweise unzählige Leben gerettet«, legte Mühlenkamp nach.

»Ich sehe das eher so. Sie haben unter Aufwendung von zigtausend Euro an Steuergeldern einen nie geplanten Anschlag verhindert, für den es außer diesem bewusst gestreuten Köder eines drittklassigen Agenten des russischen Militärgeheimdienstes auf Irinas Textnachrichten-App keinerlei weitere Hinweise gab. Und dabei ganz nebenbei die kompletten polizeilichen Ressourcen zum Schutz der *Pfalz Oil* an anderer Stelle gebunden. Vielleicht gibt es ja da einen Zusammenhang. Haben Sie sich das schon mal gefragt? Vielleicht hätten Sie ja diesen Spionagemythos aufrechterhalten können, wenn man Frau Worobjowas Suizid als Selbsteingeständnis hätte werten können.«

»Unsinn, natürlich gab es Parallelinformationen, die ebenfalls auf Irina Worobjowa als potenzielle Täterin mit besten Beziehungen zum russischen Militärgeheimdienst GRU hingewiesen haben. Aber so was halten ja die, die Fäden ziehen, ganz zurecht von Ihnen als Provinzbullen zurück.«

»Aha, darüber redet man also bei den Besuchen beim Bundesnachrichtendienst in Pullach?«

»Woher? …«, Mühlenkamp brach ab. Offensichtlich wurde ihm bewusst, dass er gerade etwas eingestanden hatte, was strengste Verschlusssache war.

»Wenn man schon auf den Spuren von James Bond wandelt, sollte man sich anschließend nicht betrinken, lieber Herr Oberstaatsanwalt oder soll ich besser Ex- oder informeller Mitarbeiter des BND sagen?«

Mühlenkamp erbleichte. »Wenn Sie alles eh schon so genau wissen. Ja, ich war vor meiner Tätigkeit in Landau beim Bundesnachrichtendienst als Leiter der Rechtsabteilung beschäftigt. Das ist weder geheim noch verwerflich. Man hängt so was nur nicht an die große Glocke. Und ja, natürlich gibt es dann auch noch Kontakte zu einem ehemaligen Arbeitgeber. Der BND hat in der Tat Informationen zu einem Einsatz eines oder einer russischen Agentin in der Region mit dem Auftrag, die deutsche Ölförderung zu stören, und ich habe es als meine Pflicht erachtet, die Augen und Ohren offen zu halten.«

Achill verschlug es die Sprache, wie aalglatt sein Gegenüber war.

»Und sowohl Zeitpunkt als auch Ort passten. Dazu kam die Nutzung der russischen Prepaid-SIM-Karte und diese Textnachricht. Ich bin nach wie vor der festen Überzeugung …«

Achill unterbrach ihn. »Und ich muss Sie leider eines Besseren belehren. Der, den Sie suchen, ist *ein* Russe, also ein Mann und nicht Irina Worobjowa. Er heißt Igor Komarow und hat schon in der Vergangenheit mehrfach hier in der Region sein Unwesen getrieben. Und genau jener Irina Worobjowa hatten wir es zu verdanken, dass er gefasst werden konnte und hinter Gittern gesessen ist. Sie haben also die ganze Zeit die Jägerin und nicht das Raubtier gejagt.« Achill legte eine Pause ein und ließ diese Neuigkeit auf Mühlenkamp wirken.

»Aber wenn er hinter Gittern gesessen ist, wie ist er dann freigekommen?«

»Durch einen Gefangenenaustausch und eine missglückte Internierung in der Türkei, bei der er durch eine billige Finte, nämlich der Entfernung eines abwaschbaren Tattoos, entkam. Was im Übrigen belegt, dass die Schlapphüte dieser Nation nicht gerade das sind, was man unfehlbar nennt.«

»Aber woher wollen Sie das alles wissen?« Mühlenkamp bebte vor Zorn.

»Man nennt das Polizeiarbeit. Auch wir – wie Sie es nannten – Provinzbullen, sind spätestens, als Rizin im Spiel war, darauf gekommen, dass die Russen ihre Finger im Spiel haben könnten. Auch diese massiven Anstrengungen, Frau Worobjowa zu belasten, führten uns zu der Überlegung, wer sie wohl kannte und möglicherweise ein Motiv hätte, sie zu vernichten. In diesem Fall hat uns die sehr effektiv funktionierende deutsch-türkische Polizeikooperation, die uns gerade hier in Ludwigshafen schon viele Male geholfen hat, die nötigen Antworten gegeben. Dazu kommt ein Netzwerk an sehr guten Informanten und Unterstützern. Ohne die sich die Sache bei *Pfalz Oil* zur Katastrophe ausgeweitet und Sie allein schon den Kopf gekostet hätte«, spie Achill zornig aus.

In diesem Moment öffnete sich die Tür, und Polizeipräsident Metzger kam herein. »Eines vorweg. Ich gebe zu, die Herren haben so laut gesprochen, dass ich unfreiwillig Ohrenzeuge wurde. Ich pflichte Herrn Kriminalhauptkommissar Achill bei. Er hat mich übrigens heute Morgen schon ganz offiziell über den Fall informiert. Und ich bin höchst beunruhigt, dass ein, wie auch immer man das nennt, Informant, oder wahrscheinlich zutreffender, Hobby-Agent des BND hier in meiner Behörde, ohne mich einzubeziehen, agiert und in laufende Ermittlungen so empfindlich und strafvereitelnd eingreift.«

Mühlenkamp schluckte.

Doch Metzger fuhr unbarmherzig fort. »Ich werde noch heute beim Innenminister eine Beschwerdenote über Sie einreichen. Gleichlautende Beschwerden gehen an Ihren unmittelbaren Dienstherrn, den Generalstaatsanwalt, und den Justizminister. Und falls Sie meinen, sich über die tüchtige Oberkommissarin Bertling beschweren zu müssen, möchte ich Ihnen gleich mitgeben, dass ich Sie für Ihre vorausschauende Festnahme belobigen werde.«

Mühlenkamps Augen funkelten, wenngleich seine gebeugte Haltung zeigte, dass er – wenn auch zornig bis in die Haarspitzen – kapitulierte.

»Und eines noch. Ich will Sie in diesem Haus nie wieder sehen. Ob mir das bei einem Oberstaatsanwalt zusteht oder nicht. Aber ich verspreche Ihnen, ich werde das irgendwie durchsetzen.« Der sonst eher gelassen wirkende Polizeipräsident hatte eine dermaßen angriffslustige Miene aufgesetzt, dass man gut beraten war, ihn nicht zu unterschätzen.

SONNTAGS-SECCO

Landau-Wollmesheim, Sonntag, 23. Oktober 2022, 15.45 Uhr

Der Herbst zeigte sich – wie so oft in der Pfalz – auch noch Ende Oktober von der besten Seite. Es war knapp über 20 Grad, sodass man es gut im Freien aushielt. Sie hatten sich zu einem gemütlichen Sonntags-Secco auf der Terrasse vom *Weinnest Vögeli*, einer malerisch auf einem Hügel gelegenen Vinothek in Landau-Wollmesheim, verabredet.

Die Sonne ließ das Laub der umliegenden Weinberge in Gold- und Rottönen erglühen. Der Himmel war klar und tiefblau, die Sicht auf das im Westen liegende Haardtgebirge ungetrübt, sodass man die Türme und Mauerreste der Madenburg, die majestätisch über den Weinbergen thronte, erkennen konnte.

Irina sog die klare Luft in ihre Lungen. »Ach ist das schön hier. Ein weiterer Grund, nicht mehr nach Russland zurückzuwollen.«

»Das sah dein Erzfeind Komarow wohl anders. Man hat mir heute die Aufnahmen der Überwachungskameras vom Frankfurter Flughafen geschickt. Man sah darauf, wie er – natürlich mit einem falschen kasachischen Pass – ein Flugzeug nach Kasachstan bestiegen hat. Und ich wette, danach ging's nach Russland weiter. Ist grad ein bisschen schwierig mit Direktflügen. Auch wenn er längst weg war, hat er wohl vom SEK-Einsatz bei Niklas gehört, und das schien ihm die Laune verdorben zu haben«, berichtete Achill.

»Und wie bist du eigentlich darauf gekommen, dass er dahinterstecken könnte, und warum hast du ausgerechnet bei dieser Prostituierten nach ihm gesucht?«, fragte Irina.

»Na ja, so viele böse Jungs, die mit dir eine Rechnung offen haben, gibt es nun auch nicht. Und die Sache mit dem Rizin sah schon ziemlich nach der Handschrift des russischen Geheimdienstes aus. Und dass er, nachdem er aus dem Gefängnis freigekommen war, wieder seinen alten Gewohnheiten nachgehen wird und sich bei Prostituierten rumtreiben würde, war auch klar. Also hab ich alles abgeklappert, was es diesbezüglich in der Gegend so gibt.«

»Schade, ich würde einen Tick besser schlafen, wenn ihr ihn erwischt hättet«, bemerkte André.

»Es hätte uns nicht viel gebracht. Peters und Marek sind auch, nachdem ich ihnen die Fotos von Komarow zeigte, beharrlich bei ihren Aussagen geblieben. Sie nehmen alles auf sich und Komarow ist raus. Offen gestanden, hätte sich durch ein Geständnis Komarows ihr Strafmaß nicht wesentlich verbessert. Wahrscheinlich denken sie sich: ›Lieber ein paar Monate länger im Gefängnis und überleben, als ihn mitreinziehen und aus dem dritten Stock fallen.‹ Das soll ja derzeit einer ganzen Reihe von sogenannten Heimatverrätern in Russland passiert sein.«

»Und was, meinst du, wird Komarow zu Hause erwarten?«

Achill rieb sich das Kinn. »Ich schätze, dass er befördert wird. Auch wenn es auf den ersten Blick nicht so aussieht, hat er hier erreicht, was er sollte. Er hat eine weitere Ölförderung im Umland von Landau verhindert. Doktor Kaiser hat es ja bestätigt, dass man nach dem Verlust der Geophone und der schlechten Stimmung im Ort die Ölsuche nicht mehr aufnimmt. Ein kleiner Schritt, um auch weiterhin von russischem Öl abhängig zu sein. Ganz wie es wohl seinem Auftrag entsprach.«

Irina schüttelte den Kopf. »Ich versteh euch Deutsche nicht. Umweltschutz ist für euch immer nur so wichtig, so weit eure Augen reichen. Bevor man hier sauber, nach höchsten Umweltstandards Öl aus der Erde pumpt, kauft ihr es lieber irgendwo in einem Entwicklungsland. Und es ist euch egal, ob es dort unter katastrophalen Bedingungen aus schlecht abgedichteten Ölquellen gefördert wird und ringsherum in die Erde sickert, wo es das Grundwasser und die Flüsse verseucht. Und dann schippert ihr es noch auf mit Schweröl betriebenen Schiffen rund um den Globus. Umweltschutz made in Germany.«

»Du bringst es mal wieder auf den Punkt«, bestätigte Bertling.

»Na ja, für Komarow hat alles bestens gepasst. Der Höhepunkt für ihn musste wohl gewesen sein, dich auch noch als Beifang dranzukriegen und mit dir gar noch von sich selbst abzulenken. Späte Rache dafür, dass du ihn vor drei Jahren ins Gefängnis gebracht hast. Mühlenkamp hat ihn ja unbewusst gewaltig unterstützt. Hättest du dich tatsächlich mit – ich wette – seiner Spritze umgebracht, hätte es eine Drahtzieherin gegeben und Komarow hätte munter in der Region sein Unwesen treiben können. Dass er sich bei Niklas als kasachischer Weinimporteur und Umweltschützer ausgegeben hat und ihm auch finanzielle Unterstützung für den weiteren Protest gegen die Ölförderung angeboten hat, beweist das ja, Niklas wäre so zu Peters' Nachfolger geworden.«

»Du meinst, Niklas trifft wirklich keine Schuld und er ist sauber?«, fragte Irina aufgeregt.

Bertling schmunzelte spöttisch. »Ich denke, ich kann dich

sicher beruhigen. Wir haben alles überprüft, der Junge ist sauber.«

Wieder schwiegen sie eine Weile und ließen ihre Blicke über die mit Reben bestandenen sanften Hügel um sie herum schweifen, ehe Bertling wieder das Wort ergriff. »Ich habe mich bei der ganzen Sache immer gefragt, was wohl in Mühlenkamps Gehirn vorgegangen ist. Er war in allem so widersprüchlich. Mal Saubermann, mal Cowboy, mal Geheimagent, irgendwie reichlich crazy, um in Irinas Worten zu sprechen.«

»Leider habe ich in meiner Laufbahn immer wieder Typen wie ihn getroffen. Krankhafte Narzissten wie er halten sich selbst und alles, was sie tun, für großartig. Alles, was andere tun, verurteilen, geringschätzen und kritisieren sie. Und das ohne einen Funken von Einfühlungsvermögen. Gegenüber sich selbst sind sie hingegen reichlich unkritisch – weil sie ja die Einzigen sind, die glauben, den Überblick zu haben. Und da sie sich für unfehlbar halten, sind auch Gesetze eher nachrangig – natürlich nur, wenn sie es sind, die sie brechen.

»Das kann einem Angst machen, aber du hast wahrscheinlich recht. In der Weltpolitik laufen genügend Beispiele dafür herum«, erwiderte Bertling.

»Und wie wird es eigentlich mit ihm weitergehen?«, ergriff nun wieder André das Wort.

»Nach der Sache mit der Vernehmung am letzten Montag hat er sich erst mal ein paar Tage krankgemeldet. Vorgestern habe ich ihn zur Rede gestellt. Polizeipräsident Metzger steht voll hinter uns. Irina wurde von ihm nachträglich zur Informantin deklariert. Somit ist sie aus der Sache raus und voll rehabilitiert. Ihrer Einbürgerung steht also nichts mehr im Wege. Und für Verena gibt es auch noch eine positive Überraschung. Polizeipräsident Metzger wird sie für ihre – wie er es ausdrückte – ›vorausschauende Festnahme‹ belobigen.«

André schenkte eine Runde Rosé-Secco in ihre Gläser und erhob das Glas. »Spätestens darauf sollten wir aber einen trinken.«

»Und darauf, dass du es überlebt hast!«, schob Bertling hinterher und umarmte ihre Freundin. Tränen schossen beiden in die Augen.

Irina wischte sich die Tränen aus dem Gesicht. »Mit euch kann man sich ja nicht mal in Ruhe umbringen.«

ENDE

DANKE

Wieder einmal hatten meine Ermittlerinnen und Ermittler an vielen unterschiedlichen Fronten zu kämpfen. Ob Winzerwissen, Hintergründe zur Ölexploration, juristische Feinheiten oder gar die Abläufe bei der Marine. All das forderte nicht nur meine Ermittler, sondern auch mich als Autor. Denn schließlich soll alles so routiniert klingen, als säße man tatsächlich mit im Marinehubschrauber.

Wie immer gilt: je komplexer ein Stoff, desto größer der Rechercheaufwand und desto umfangreicher der Kreis der Unterstützer.

Wieder geht zuerst mein besonderer Dank an meine Frau Christiane, die erneut große Nachsicht bewies, wenn ich sie an die ungewöhnlichsten Schauplätze mitschleppte oder ihr bergeweise Manuskriptseiten zum Testlesen vorlegte.

Nun zu meinen fachlichen Beraterinnen und Beratern:

Wie könnte es anders sein, spielten auch dieses Mal die Fachleute aus der Weinbranche eine ganz besondere Rolle.

Zum Beispiel die Biowinzerfamilie Christine und Jochen Gradolph vom Neuspergerhof in Rohrbach, die mein Manuskript kritisch unter die Lupe nahmen. Der Seniorchef Hans Gradolph gab mir tiefe Einblicke in die Funktionsweise eines Traubenvollernters, die gerade für den Romananfang von unschätzbarem Wert waren.

Genauso wichtig war mir die Expertise von Andreas Böhm, Geschäftsführer des Bestattungsinstitutes Böhm-Kramny in Speyer. Er inspirierte mich zu den beiden Szenen am Anfang des Buches und gab mir ein Verständnis für die Arbeiten eines Bestatters – was so weit führte, dass er schließlich sogar einen Echtauftritt im Roman hat.

Daneben geht ein ganz großer Dank an die Bundesmarine.

Ohne die intensive Unterstützung durch eine erfahrene Fregattenkapitänin vom Marinefliegergeschwader 5 bei der Terminologie und den typischen Marineprozessen hätten die Szenen im Schwarzen Meer wahrscheinlich buchstäblich Schiffbruch erlitten. Und wer sich gewundert hat, dass im Text die Dienstgrade etwas unpassend ausschließlich in maskuliner Form aufgeführt sind, dem sei gesagt, dass dies aus Authentizitätsgründen geschehen ist. Die Bundeswehr arbeitet bereits seit Jahren an der Einführung weiblicher Dienstgrade.

Auch von der Kriminalpolizei wurde ich tatkräftig unterstützt. So zeigte mir Kriminalhauptkommissar Sebastian Sessig just jenen Vernehmungsraum und jene Arrestzellen des Polizeipräsidiums Rheinpfalz in Ludwigshafen, in denen einige Szenen am Ende des Buches spielen. Auch Kriminalhauptkommissar Oliver Jung unterstützte mich bei einigen Polizeiszenen mit seiner Expertise im Polizeirecht.

Danke an Mariana für die Inspirationen zum Thema Erdölförderung in der Pfalz.

Wie man Erdölvorkommen erkundet, erklärte mir die Diplom-Geologin Silke Bißmann von der DMT GmbH & Co. KG in Essen.

Jürgen Siewerth, in leitender Position in der Ölbranche tätig, gab mir wertvolle Einblicke in die Erdölförderung und half mir am Ende dabei, die Szenen rund ums Erdöl zu verifizieren.

Ein großer Dank geht zudem an die Rechtsanwältin und angehende Autorenkollegin Eva-Constanze Gröger, die mich wieder bei allen juristischen Feinheiten beriet.

Doch nicht nur beim Schreiben braucht man die Unterstützung Dritter, sondern auch beim stilistischen Feinschliff.

Hier unterstützte mich wie immer die im Literaturbetrieb sehr erfahrene Sandra Lode, die mit gewohnt kritischem Blick das Manuskript begutachtete und mich mit unzähligen wertvollen stilistischen Tipps versorgte.

Dasselbe gilt für Christoph Lode, alias Daniel Wolf, alias Kilian Eisfeld. Seine kritische Stimme als Spiegel-Bestseller-Autor ist mir besonders wichtig, wenn es um den rechten Plot und Stil geht.

Daneben spiegelten mir Sabine und Frank Seidel die Sicht des Lesers wider, signalisierten mir, wenn ich zu komplex dachte oder meine kleinen Brotkrumen, die letztlich zum Täter führen sollen, zu sparsam auslegte.

Doch was wäre ein Manuskript ohne die, die es zum Buch machen und letztlich in die Buchhandlungen an die Leserinnen und Leser bringen – nämlich das Team des Gmeiner-Verlages. Hier danke ich stellvertretend für all die unzähligen hochkompetenten Unterstützerinnen und Unterstützer der Programmchefin und meiner Lektorin Claudia Senghaas, mit der ich schon seit nunmehr sechs Jahren äußerst fruchtbar und freundschaftlich zusammenarbeite.

Vielen Dank dafür, liebe Claudia!

Weitere Titel finden Sie auf den folgenden Seiten und im Internet:

WWW.GMEINER-VERLAG.DE

Alle Bücher von Uwe Ittensohn:

Kommissar Achill und Stadtführer Sartorius ermitteln:

1. Fall: Requiem für den Kanzler
ISBN 978-3-8392-2386-4

2. Fall: Abendmahl für einen Mörder
ISBN 978-3-8392-2560-8

3. Fall: Festbierleichen
ISBN 978-3-8392-2822-7

4. Fall: Klostertod
ISBN 978-3-8392-0148-0

5. Fall: Winzerblut
ISBN 978-3-8392-0427-6

6. Fall: Letzte Lese
ISBN 978-3-8392-0609-6

Weitere:

Weinbar. Essbar. Wanderbar
ISBN 978-3-8392-0209-8

Weinbar. Essbar. Wanderbar 2
ISBN 978-3-8392-0657-7